西讀紅樓夢之

金陵十二釵

上

西嶺雪◎著

目錄

【序言】

紅樓夢的金玉女兒論

整部「千紅一哭」、「萬豔同悲」的《紅樓夢》，說穿了，不過是「悲金悼玉」四個字。

大抵來說，所有的紅樓女兒，都無不可以「金」和「玉」兩種特點來形容。其代表人物，自然是薛寶釵和林黛玉，寶釵是「金派」的掌門人物，而黛玉則是玉派的形象代言。

以十二釵正冊爲例，釵爲金，則黛爲玉；元春爲金，則探春爲玉；湘雲爲金，則妙玉爲玉；迎春爲金，則惜春爲玉；鳳姐爲金，則巧姐爲玉；李紈爲金，則可卿爲玉——恰是一對一對的出現，好比金玉齊鳴，琴瑟交錯。

那怎麼來分辨金玉兩派呢？

先說「金」，此派以薛寶釵的金鎖爲祭旗之物，故而最大標誌就是首飾配件，比如史湘雲的金麒麟。

黛玉曾經諷刺寶釵，「他在別的上還有限，惟有這些人帶的東西上越發留心。」的確如此。除了「金麒麟」，寶釵還曾留意過邢岫煙戴的「碧玉佩」，詢問之下，才知是探春所贈。這就界定了探春與邢岫煙的玉派身分。

而迎春貴為賈府第二豔，在書中的戲碼卻實在少得可憐，上回目更是只有兩次，其中一次便是〈懦小姐不問累金鳳〉，故而，她也是立場明確的「金派」。

至於那乘坐「金頂金黃繡鳳版輿」而來的皇妃元春，如此豪奢尊貴，自然更是金派。

王熙鳳出場也是一身的金碧輝煌，頭上戴著金絲八寶攢珠髻，項上戴著赤金盤螭瓔珞圈，又是紅樓中第一貪金好利之人。其心腹丫頭平兒，雖名字中有「平分秋色」之意，但在標誌配飾上，卻戴著一對蝦鬚鐲，亦且入了回目〈俏平兒不問蝦鬚鐲〉，故而也是金派。

依此類推，那偷金的墜兒自然也是金，而偷玉的良兒，便是玉派了。

這可真是無獨有偶，有一個金，便必有一個玉來配，就連有個偷金的，也定要找個竊玉的對應。真個是勢均力敵，絕不落空了。

除了以飾物做標誌外，「金派」的另一標誌是姓名。

第一個是鶯兒，這是寶釵的頭號心腹，貼身丫環，原名黃金鶯；再如夏金桂，這是寶釵之嫂，切身相關者。

還有為寶玉跳井的金釧兒，多有紅學家認為是黛玉的替身兒，並因此認定黛玉將來也是死在水裏的。然而原著八十回中，何嘗見過曹雪芹關於金釧與黛玉有半點聯繫？

那金釧的第一次出場在第七回〈送宮花賈璉戲熙鳳〉一節中，周瑞家的去梨香院回王夫人話，看見金釧與香菱在院門前玩，然後周瑞家的進去，同寶釵聊了一回冷香丸之事，出來，又與金釧說了一回香菱身世。

這裏的金釧與香菱，恰是寶釵和黛玉兩人分別的化身。金釧的頭次出場，即在寶釵窗外。

金釧兒死於一句戲謔：「金簪子掉在井裏頭，有你的只是有你的。」一語成讖，金簪子當真掉在井裏頭了。

而金釧死後，用來裝裹的，正是寶釵的衣裳，明明白白地點出了兩人一體，這暗示何等清楚？

和金釧兒相對的，自然是玉釧兒。而〈白玉釧親嘗蓮葉羹　黃金鶯巧結梅花絡〉，是又一種組合的金玉相對，寶玉見了鶯兒，十分歡喜，待看見玉釧也來了，便又丟下鶯兒，來討好這玉釧，正好像他對釵黛兩個的情形。

除了金釧，書裏投水而死的還有一個人，就是與張金哥相愛的守備之子。又是一個「金」。雖然金哥死於自縊，她的戀人卻是跳河死的。

紅學家們認爲黛玉沉湖，有個依據就是中秋聯句中的「寒塘渡鶴影，冷月葬花魂」之句，可是那說出「寒塘渡鶴」的人是史湘雲而非林黛玉，即使這句話是讖語，代表投水而死，那死的也該是湘雲，與黛玉何干呢？

而史湘雲，正是那個「掛金麒麟的姐兒」，是金派。

還有一個姓金的人，是鴛鴦，金鴛鴦。曹雪芹生怕我們忽略了這個人，不但在回目裏大書明書〈金鴛鴦三宣牙牌令〉，且借邢夫人之口勸她：「俗語說的，『金子終得金子換』，誰知竟被老爺看重了你。如今這一來，你可遂了素日志大心高的願了。」明白提醒：這是個真真正的「金子」。

〈鴛鴦女誓絕鴛鴦偶〉，她註定了是一世孤獨的，這點也像寶釵。

說到回目，最觸目驚心的莫過於第十回〈金寡婦貪利權受辱〉，金榮之姑母只是個小人物，出場不到兩頁紙，如何卻堂而皇之上了回目呢？其緣故就是提醒我們注意那三個讖語般的字：金寡婦！

如此，便道出了「金派」女兒的第三個標誌：命運。

書中的寡婦大約都可歸入「金派」，比如李紈，就是其中代表。而夏金桂，薛寶釵，史湘雲，大抵將來也都是要加入寡婦一族的。

那麼玉派人物又是以何爲標誌的呢？

脂硯齋曾明白提出：襲爲釵副，晴爲黛影。說襲人是寶釵替身兒，指的是她們的性格相近；書中說麝月「公然又是一個襲人」，也是指的性格，故而麝月和襲人都是金派。

然而說「晴爲黛影」，則不單指性情，還特指相貌。書中曾借王夫人之口特意點明一句「眉眼又有些像你林妹妹的」。可見甄別「玉」派身分的第一標誌是相貌神似。

除了晴雯外，齡官與黛玉也極為酷似。王熙鳳說過：「這個孩子扮上活像一個人，你們再看不出來。」史湘雲乾脆點破：「倒像林妹妹的模樣兒。」

後來寶玉看見齡官畫薔，最初以為她要葬花，東施效顰，便要叫她，說：「你不用跟著那林姑娘學了。」

這幾處都點明齡官乃是黛玉分身。而齡官的多病，宜嗔宜喜，亦酷肖黛玉。

再則，小廝興兒曾說過：「咱們姑太太的女兒，姓林，小名兒叫什麼黛玉，面龐身段和三姨不差什麼。」這就又將尤三姐定格為「玉」派了。

尤三的心上人是柳湘蓮，但他為成見所誤，害得三姐飲劍而死，「揉碎桃花紅滿地，玉山傾倒再難扶」。這裏的「桃花」、「玉山」都可暗射黛玉，因其曾做〈桃花行〉。

而尤三與柳湘蓮一個夭逝、一個出家的結局，也像透了寶玉同黛玉。

尤三說過的：「咱們金玉一般的人。」明明白白地指出兩姐妹也是一對金玉。而尤二姐的結局，正是死於吞金，這真可令人玩味深遠了。

除了上面三個人之外，還有兩個在形象上亦與黛玉瓜葛的人，身分就有些含糊了。這就是正冊的壓卷秦可卿，和副冊的開篇甄英蓮。

可卿字兼美，是既像寶釵又像黛玉的，故而很難判斷是「金」還是「玉」。然而回前詩中曾有「相逢若問名何氏，家住江南本姓秦」的句子，此乃化用「未嫁先名玉，來時本姓秦」之典。可見秦可卿在金玉之間更偏向「玉派」。

香菱的形象，據周瑞家的說是「竟有些像咱們東府裏蓉大奶奶的品格兒」，可見也是兼釵黛之美，她又拜了黛玉爲師，因此也是「玉派」。

行文至香菱學詩一段，探春曾隔窗笑喚：「菱姑娘，你閑閑罷。」後文小舍兒找香菱給夏金桂送帕子時，也曾叫過她「菱姑娘」。

南人「齡」「菱」「林」不分，可見齡官與香菱之名，都是本著「林姑娘」之姓來的。

可見，姓名同樣也是「玉」派的標誌。

除了黛玉和香菱這對師徒，書中有「半師之分」的還有妙玉和岫煙。妙玉除了名字中有個「玉」字外，書中還特意點明她自用的茶杯是「碧玉斗」。

另外書中名「玉」的女子，還有小紅，以及劉姥姥口中的「若玉」（又作茗玉）。

小紅原名林紅玉，與黛玉只有一字之差。黛玉的前身是絳珠仙草，絳即紅；寶玉將自己的住處起名「絳芸軒」，而紅玉的意中人正是賈芸；小紅、賈芸兩個是因拾帕而訂情的，寶玉送給黛玉的，也是手帕。

後來寶玉進了獄神廟，小紅和茜雪曾去探望，而茜雪之雪，亦通「薛」，和小紅恰成一對「金玉」。

除了外貌與名字的相似外，第三個特徵相對含糊，卻格外重要，那就是：品格。

黛玉在書中是個詩人的形象，其性格特徵是「孤高自許，目無下塵」；而妙玉更是「好高人愈妒，過潔世同嫌」；連其徒弟邢岫煙都因受其薰陶，「舉止言談，超然如野鶴閑雲」一般；齡官雖賤爲優伶，卻性情高傲，連貴妃娘娘的懿旨也敢違抗的。

可見這清高孤傲的一派，都可謂「玉」女。如此，惜春便也以其性情乖僻得入玉派，正如探春所說：「這是他的僻性，孤介太過，我們再傲不過他的。」

綜上所述，「金、玉」兩派的劃分標準可體現在五個方面：一是配飾，二是名姓，三是相貌，四是品格，五是命運。

除了上述這些上下主僕各層不同代表人物之外，另如四兒與五兒，寶珠與瑞珠，傅秋芳與慧娘等等邊緣人物，也莫不可以「金」「玉」兩派來劃分。

讓我們先分清了這個大方向大立場，再來探佚諸釵的下落，就相對容易了。

孤標傲世偕誰隱——林黛玉。

林黛玉的愛情・前生是株絳珠草・黛玉進賈府時多少歲

賈赦、賈政為何不見林黛玉・寶黛初見的第一次流淚

誰說黛玉小性子・為何人人陷害林妹妹・香菱與黛玉的鏡花緣

賈雨村與林黛玉・都是扇子惹的禍・北靜王的三件禮物

寶黛感情發展的四個階段・林黛玉的姑蘇情結

黛玉得的是什麼病・林黛玉的九個替身兒

《西廂記》與《牡丹亭》・從〈五美吟〉看黛玉結局

林黛玉的愛情

少女多半會有林黛玉情結，多愁多嗔，自憐自艾，敏感又傷感。然而一天天大起來，自以爲歷盡滄桑，看透世事，便都拋卻了少時情懷，煞有介事地品評起薛寶釵、賈探春來，還有很多人喜歡王熙鳳，甚或奉可卿爲偶像的。若是哪個成年人自稱喜歡黛玉，便會獲得一片善意的嘲笑聲。

然而我卻的的確確，是在成年以後才開始重新喜歡上黛玉的。少年時自命清高，以爲只有妙玉才可爲知己，黛玉則是太心狹了些，太多眼淚，太多醋意，自尋煩惱。待至成年，才知道專心一意地愛一個人其實有多麼不容易。

黛玉的愛情是純粹而徹底的，她從看見寶玉的第一眼就愛上了他，從未思慮懷疑過，一生人中沒有一分鐘搖擺。不像寶釵，是在入宮失敗後才退而求其次地選擇了做賈家媳婦。

對黛玉來說，愛便是愛，愛的是這個人，不是他的背景，他的前途，因此從未對寶玉有過任何要求或勸誡。只要他是他，她便希望與他永遠廝守，兩相情悅。她想的是「你只管你，你好我自好，你失我自失」，生命的設置永遠以寶玉爲前提。

黛玉的愛如此澄明清澈，高貴得莫可名狀，曹雪芹惟有給她設定了一段前世姻緣：離恨天靈河岸邊三生石畔有絳珠仙草，生得婀娜可愛，神瑛侍者見了，日以露水灌溉，使其得換人形，修成女體。那草銜恩未報，遂發下一段宏願：倘若他下世為人，我也跟他走一遭，將一生的眼淚還他，也還得過了——彷彿惟有這樣的理由，才可以解釋世上怎麼會有那麼絕對的愛情。

曹雪芹為林黛玉的眼淚找到了緣由，卻找不到歸宿。她寫：「眼空蓄淚淚空垂，暗灑閑拋更為誰？」全不能為自己的愛做主。

她是孤身一人投在外祖母膝下尋求依傍的，上無父母憐恤，下無兄弟扶持，倘若寶玉辜負了她的愛，她便貧窮得一無所有，又怎能不多嗔，不多愁，不多疑？

疑心的最集中表現便是傷心寶玉「見了姐姐就忘了妹妹」，因此她每每譏諷寶釵，察言觀色。然而一旦「蘅蕪君蘭言解疑癖」，寶釵送來燕窩，又說了許多知心話兒，她便立刻視寶釵如親姐，推心置腹地做起知己來，再不想與她爭競。她認了薛姨媽做母親，對寶琴直呼妹妹，甚至襲人奉茶時，寶釵喝了一口才遞給她，她也毫不計較地接過來喝了——如此含蓄又坦然地表白了敬愛之情。

最初看到那一回時只覺得好，覺得兩個女孩子親密無間。長大後再看，才覺觸目驚心——襲人手上只有一杯茶，世上也只有一個賈寶玉。襲人說：「那位渴了那位先接了，我再倒去。」寶釵搶先喝了一口，卻將剩下的半杯遞在黛玉手中。連襲人也覺得不妥，且知黛玉是素性好潔的，遂說：「我再倒去。」然而黛玉竟坦然接過，一飲而盡。

這一段描寫真是不敢往深裏想，越想越覺得心疼。茶，在中國禮儀上的講究實在是太豐富了。一授一遞，一敬一飲，莫不有諸多含義，從端茶送客到斟茶賠禮，茶都是重要的道具。《紅樓夢》裏是很在意茶道的，也很在乎茶禮，王熙鳳開黛玉玩笑：「你既吃了我家的茶，怎麼還不給我們家作媳婦？」就指的是下聘的「茶訂」。新婦進門，一杯媳婦茶是省不了的；收房納妾，那妾也要先給正室敬茶；寶釵喝過的半杯茶，幾乎相當於開出的題目，而黛玉竟將它接受了下來——從某種意義上來說，這幾乎可以理解為黛玉願意與寶釵平分秋色，共事一夫，正如《兒女英雄傳》中的何玉鳳承認了張金鳳。

想到這一層，不能不讓人心驚。可惜後四十回的續稿不見了，不然我相信寶、黛、釵之間的感情交流必然有更豐富的層次，不僅是三角紛爭那麼簡單。高鶚簡化了黛玉情感的層次，又給寫回到最初的小女兒心性，將黛玉的形象定格在小心眼愛吃醋的調調上了，其實做不得準。前八十回裏寶釵和黛玉都是有過掙扎與妥協的，連同她們身邊的人也都在尋找一個成全的方法，所謂薛姨媽提到的「四角俱全」。

喜愛黛玉的人或許很難接受我的這種猜想，但請你靜靜把這一章看完，得出自己的結論。事實上我自己也很難想像黛玉肯與別人分享愛情，甚至曹雪芹也不能夠真正完成這樣的格局。黛玉的終結註定是淚盡人亡，然而在淚盡之前，她是想過委曲求全的吧？不然就無法解釋為什麼她突然不再追究「金玉良姻」的傳言了。

愛一個人，愛到了極處，便是無嗔，無怨，無悔，甚至無妒，只是一心一意地為他著想，想他好，想他快樂，想他活得輕鬆。

林黛玉，不單是因為吃醋和傷心而流淚，更煎熬的是這個退讓與思考的過程。她在愛情上，其實是相當的隱忍和寬容，除了愛，什麼也不想要。

這樣的決絕與大度，有多少人能做到呢？尤其在愛情失傳的現世，黛玉的專一，便格外可貴了。

前生是株絳珠草

《紅樓夢》全書中，林黛玉的第一次出場在什麼時候？

受電影電視影響，大多人對黛玉的第一印象就是她的初入賈府，「不肯輕易多說一句話，多行一步路，惟恐被人恥笑了去。」並借寶玉眼光濃墨重彩，形容其神情樣貌，給了一個很驚豔的亮相：「兩彎似蹙非蹙籠煙眉，一雙似喜非喜含露目。態生兩靨之愁，嬌襲一身之病。淚光點點，嬌喘微微。閒靜時如姣花照水，行動處似弱柳扶風。心較比干多一竅，病如西子勝三分。」——再三形容其「弱」，詳見於第三回。

這是全書的第一場重頭戲，不但上演了「寶黛初見」這樣的大關目，還借黛玉的眼光腳步細寫了榮國府的輝煌鼎沸。所以不但很多影視劇以此爲開篇，就連一些白話縮水版紅樓書也是從這裏開始，這就給很多讀者和觀眾造成誤解，以爲這就是林黛玉的第一次出場。

但其實黛玉名字的第一次出現則要往前些，在第二回，借賈雨村行蹤說他貶官來至淮揚，投入巡鹽御史林如海府上做西賓，教授其獨女讀書。因說這林如海「今只有嫡妻賈氏，生得一女，乳名黛玉，年方五歲。夫妻無子，故愛如珍寶，且又見他聰明清秀，便也欲使他讀書識得幾個字，不過假充養子之意，聊解膝下荒涼之歎。」

這段話乍看上去好像是在交代賈雨村的境況時捎帶著提及林府，說到黛玉時，也只是站在雨村立場上輕描淡寫：「這女學生年又小，身體又極怯弱，工課不限多寡，故十分省力。」貌似輕輕帶過，不以爲意。然而脂硯齋卻點破天機，謂之「總爲黛玉極力一寫」，明白地告訴我們：這一段表面上是寫賈雨村，實則是爲了黛玉做鋪陳。

然而這仍不是林黛玉的第一次出場，她的出場，比這還要早，是早在第一回故事開篇就借著甄士隱的夢境鄭重介紹了其根基來歷的。只不過，那時候她還不叫林黛玉，而只是一株草，絳珠仙草。

古代的大戶人家，房子前一定會有照壁，不使人直見內苑；同樣的，一位真正閨秀的出場，又怎能揭簾直見？非但要千呼萬喚，更需要層層鋪墊。

林黛玉在作者的心目中太高貴太清靈了，以至於作者不敢直呼其名，直出其人，而要借助一個夢來介紹她。

那麼美麗柔弱的女子，也只能出現在世人的夢裏吧？

這還不算，即使在甄士隱的夢裏，他也不是直接見到了她，而只是聽見一僧一道講的故事，真是虛之又虛，幻之又幻。

在夢裏，一僧一道且行且說：

只因西方靈河岸上三生石畔，有絳珠草一株，時有赤瑕宮神瑛侍者，日以甘露灌溉，這絳珠草便得久延歲月。後來既受天地精華，復得雨露滋養，遂得脫卻草胎木質，得換人形，僅修成個女體，終日游於離恨天外，饑則食蜜青果為膳，渴則飲灌愁海水為湯。

多麼空靈虛幻卻又鄭重華麗的出場！

難怪甲戌本在此有側批：「飲食之名奇甚，出身履歷更奇甚，寫黛玉來歷自與別個不同。」

前世今生輪迴之說原出自佛教，這使我想起另一個佛經故事來：傳說孔雀王有五百個妻子，卻只鍾愛青雀一個。因爲青雀喜歡喝甘露，吃蜜果，孔雀王便每早採來奉養，就像差役那樣甘爲隸使，以至於爲獵人所乘，設陷阱捉了牠獻給國王。

這麼巧，絳珠草也曾得甘露灌溉，且以蜜青果爲食，但卻多飲了灌愁海的水，至於鬱結纏綿，多愁善感，與青雀的命運剛剛相反——孔雀王是因爲青雀而誤墮紅塵的，絳珠草卻是跟隨著神瑛入世。

恰近日這神瑛侍者凡心偶熾，乘此昌明太平朝世，意欲下凡造歷幻緣，已在警幻仙子案前掛了號。警幻亦曾問及灌溉之情未償，趁此倒可了結的。那絳珠仙子道：「他是甘露之惠，我並無此水可還。他既下世為人，我也去下世為人，但把我一生所有的眼淚還他，也償還得過他了。」

這段話說得極為婉約動人，幾乎替天下所有的癡情女兒說出了心裏話，翻譯成大白話就是：我上輩子欠了你的，所以今生來還債，為你傷心，為你流淚，都是我心甘情願，無怨無悔。

——後來，她果然為他流了一世的淚，並且「至死不乾，萬苦不怨」（**蒙府本批語**）。

程偉元、高鶚的一百二十回《紅樓夢》裏，讓林黛玉臨死前咬牙切齒地喊著「寶玉你好……」咽了氣，有些讀者會覺得夠慘烈，夠煽情，是續書裏的精彩篇章。

但是從情感上說，把「萬苦不怨」改成「死不瞑目」，境界顯然低了很多個檔次，原本淒美空靈的「三生石畔舊精魂」的木石仙緣，演變成了一場「癡心女子負心漢」的俗世苦情戲，表面是同情黛玉，其實是褻瀆仙子，完全違背了絳珠草「把我一生所有的眼淚還他」的初衷了；即使從寫作手法上來講，續書裏一邊是寶玉成婚，一邊是黛玉斷魂，也實在太戲劇化了些，全不符合前八十回慣用的白描手法。

且說那一僧一道講故事的時候，原有兩個聽眾：一個是甄士隱，另一個是石頭。石頭後來也跟著神瑛侍者下了凡，成爲賈寶玉口中銜著的通靈玉，從頭至尾旁觀了整個「還淚」的因果，之後仍回到青梗峰下，變回一塊大石頭，「復還本質，以了此案」。但是與石頭有一面之緣的甄士隱呢，出家之後是否另有作爲？與寶黛二人又有過什麼樣的遇合？八十回後遺失，令我們不得而知，因此便有了眾多猜想，莫衷一是。

但可以肯定的是，夢裏僧人在講完這個「三生石畔舊精魂」的故事後曾歎息：「因此一事，就勾出多少風流冤家來，陪他們去了結此案。」

——這裏說得很清楚，正因爲這段「還淚」公案，才勾出了眾多風流冤家跟著下世陪同，所以很明顯，神瑛與絳珠的因緣，便是整部《石頭記》的根本。

可笑近年來紅學家多有爲「誰是紅樓第一女主」的問題打破頭的，有的說是史湘雲，有的說是王熙鳳，還有的甚至說成是曇花一現的秦可卿——然而在僧道歷述木石前緣的夢境中，史、王、秦蹤影何在？不過是「多少風流冤家」中一員，又怎麼可以同神瑛絳珠相提並論呢？

那麼淺顯的例證，但是紅學家們看不見，無法相信他們真不懂，只能說是爲了「驚人」而強作「一鳴」罷了。

黛玉進賈府時多少歲？

黛玉進賈府的年紀一直是紅學上的重要分歧之一，我們不妨通過甄英蓮的故事來重新釐清。

在第一回裏英蓮出場時三歲，是個赤日炎炎的夏日午後，她抱在父親懷裏，見了賈雨村一面；接著寫仲秋夜，甄士隱請賈雨村吃酒贈銀；接著是次年元宵節英蓮丟失，這一年，她四歲。

甄士隱夫妻思女成疾，先後得病，偏又因三月十五廟裏炸供失火受了株連，致使家財散盡，只得投靠到老丈人封肅家中。

封肅欺負女婿是讀書人，半哄半賺，給了他些薄田朽屋度日。甄士隱勉強支持一二年，越發窮了下去，心灰意冷間捱滿三劫，到底唱著「好了歌」隨道人去了。這時，英蓮約有五六歲。

等到賈雨村成了新知府，耀武揚威來討了嬌杏做妾時，封肅說甄士隱「今已出家一二年」了。英蓮已有七八歲。

再下來，賈雨村「不上一年，便被上司尋一個空隙，作成一本」，將他奏了下來。那雨村不以爲意，安頓了家小，自己擔風袖月，遊山玩水去了。不久，來至淮揚，托朋友之力謀得西席一職，教鹽政林如海的女兒黛玉讀書去了。這就又是一兩年過去，英蓮至少該有八九歲了。

而黛玉的名字這才第一次出現，書裏明明白白說她年方五歲，也就是說英蓮比黛玉大了三四歲。

既便從賈雨村的履歷行蹤來看，這道算術也是說得過去的。

但因書中有襲人「年紀本又比寶玉大兩歲」，又說襲人與寶釵、香菱同庚的話，所以很多紅學研究者在習慣上都認爲寶釵比寶玉大兩歲，比黛玉大三歲。其實這是不確切的，因爲甄士隱夢中聽聞絳珠草故事的時候，英蓮已經三歲，而寶黛兩個和石頭都還沒有下凡，所以甄英蓮理當比寶玉大三歲，比黛玉大四歲。

賈雨村只教了黛玉一年，因賈敏病逝，黛玉一度休學。休了多長時間呢？書中有明確記載——那雨村閑來無聊，往郊外去踏青，正遇著舊友冷子興。說起林黛玉的與眾不同時，賈雨村曾說：「怪道我這女學生言語舉止另是一樣，不與近日女子相同……可傷其母上月竟亡故了。」

而冷子興也是第一次提起寶玉的種種奇事來，說他「如今長了七八歲，雖然淘氣異常，但其聰明乖覺處，百個不及他一個。」

——可歎寶黛兩個還不曾見面，倒在賈冷二人的對話裏先遙遙映照了。

冷子興在這番對話裏告訴我們，賈寶玉這年七八歲，那麼林黛玉小他一歲，正值六七歲，與賈雨村遊歷的時間「我自革職以來，這兩年遍歷名省」，及教授黛玉的時間「看看又是一載的光陰」，剛好相符。而這一年，香菱的年紀大約是十歲。

雨村見完冷子興後，又見了個叫張如圭的人，得知都中起復舊員之信，遂回來向林如海求情。書中說「次日當面謀之如海」，時間上極其緊湊。林如海一口應允，遂令雨村護送女兒進京投靠賈府，並說：「已擇了出月初二日小女入都。」也就是下月初。再接著便是「有日到了京都」，這「有日」再長，也長不過數月吧。

現在時間表已經清清楚楚：黛玉五歲師從雨村，念了一年書，母親病故；一個月後，父親接獲賈府書信，遂打點女兒於下月初進京——很明顯，林黛玉進賈府時，也就是六七歲光景，但爲什麼有些專家卻說是十三歲呢？

第三回末是造成歧誤的關鍵，這一回說的是黛玉入府第一天，當晚爲寶玉摔玉哭了一場後，緊接著下段就是：

次日早起來，省過賈母，因往王夫人處來，正值王夫人與熙鳳在一處拆金陵來的書信看，又有王夫人之兄嫂處遣了兩個媳婦來說話的。黛玉雖不知原委，探春等卻都曉得是議論金陵城中所居的薛家姨母之子姨表兄薛蟠，倚財仗勢，打死人命，現在應天府案下審理。如今母舅王子騰得了信息，故遣他家內的人來告訴這邊，意欲喚取進京之意。

這一回到這裏就完了。感覺上，寶釵進府的動意，跟黛玉進府只差了一天，腳趕腳兒來的。這跟後來第二十回裏寶黛兩個拌嘴時，寶玉說的「親不間疏，先不僭後」的道理分明不符，寶玉因黛玉恨他「見了姐姐就忘了妹妹」，苦口勸說：「頭一件，咱們是姑舅姊妹，寶姐姐是兩姨姊妹，論親戚，他比你疏；第二件，你先來，咱們兩個一桌吃，一床睡，長的這麼大了，他是才來的，豈有個爲他疏你的？」

這段話裏分明說兩人一起過了好幾年，「長的這麼大了」之後，寶釵才進府的；而且用到了「一桌吃，一床睡」這樣的說法，也不會是十二三歲大孩子的所爲。

即使從行文語氣上說，「次日早起來，省過賈母，因往王夫人處來」，如此稔熟循舊，也不像是剛到府第二天的樣子，顯然兩段之間少了許多內容。

張愛玲在《紅樓夢魘》中曾猜測作者每回修改增刪原稿時，爲了裝訂方便，總是儘量在每一回的開頭結尾動筆，所以歧誤也都往往出在開頭結尾處。

從第三回末看來，這個猜測十分可能——想來第三回黛玉進府後，原本還有更多情節，但在抄傳過程中遺失，於是修訂者便隨意寫了句「次日起來」胡亂接上，就此製造了一個三百年懸案。

接下來就是第四回的〈薄命女偏逢薄命郎　葫蘆僧亂判葫蘆案〉，文中說賈雨村授了應天府接的第一個案子，就是兩家爭買一婢。

這兩家，是薛蟠與馮淵，這一婢，就是不幸的甄英蓮，在這一回裏，她無名無姓，只是無主孤雛。但是門子卻明確地提到了她的年齡：「當日這英蓮，我們天天哄他頑耍，雖隔了七八年，如今十二三歲的光景，其模樣雖然出脫得齊整好些，然大概相貌，自是不改，熟人易認。況且他眉心中原有米粒大小的一點胭脂痣，從胎裏帶來的，所以我卻認得。」

原來英蓮離家已有七八年，被賣時已有十二三歲了。要注意的是，這不是指當下的時間，因爲馮淵的家人稟告賈雨村說：「囟身主僕已皆逃走，無影無蹤，只剩了幾個局外之人。小人告了一年的狀，竟無人作主。」換言之，雨村判案距離案發已經一年，英蓮現今該有十三四歲了，這離我們前面推斷的黛玉進賈府的時間，過了三四年。

也就是說，第三回末這句「次日早起來」之前，失掉了近三四年的光陰。林黛玉這一覺睡得可真長。

即便退一萬步講，賈雨村一進京就得了官，林黛玉十三歲進賈府的說法也不可能成立——因爲前面已經算清，英蓮比黛玉大四歲，那麼賈雨村送了黛玉進府後才做成這個應天府尹，也才審理英蓮的案子，如果英蓮才十三四歲，黛玉又怎麼可能已經滿十三歲了呢？

更何況，書中說：「這賈政最喜讀書人，禮賢下士，濟溺扶危，大有祖風，況又係妹丈致意，因此優待雨村，更又不同，便竭力從中協助，題奏之日，輕輕謀了一個復職候缺，不上兩個月，金陵應天府缺出，便謀補了此缺，拜辭了賈政，擇日到任去了。」

這裏銜接得再緊湊，也還需要幾個月時間，況且賈雨村斷完了薛蟠的案子後，先要寫信給王子騰表功，之後王子騰才遣人來告訴這邊，意欲喚取薛家進京，而黛玉也才可能聽到這個消息——這中間，又過去了不知多少時日，如何她只不過進府一夜，「次日早起來」，就直接跨越時光，提前聽說了案子結果呢？

那麼黛玉十三歲進府的說法是怎麼來的呢？

這說法只出現於己卯本和夢稿本兩個版本中，在第三回黛玉進賈府時，鳳姐一連串的問題中插入了一句「黛玉答道十三歲了」。但在己卯本中，這句話是被朱筆用【】符號刪去的。而以己卯本為母本的庚辰本已經沒了這句。可見三百年前已經有人看出其不確切不合理。

其實真相不難分辨——在第二十二回關於寶釵的年齡有個非常明確的紀年。書中說：「誰想賈母自見寶釵來了，喜他穩重和平，正值他才過第一個生辰，便自己蠲資二十兩，喚了鳳姐來，交與他置酒戲。」

——點明是寶釵來京後的第一個生日，而且是及笄之年，也就是十五歲。

雖然從行文上看，中間又是可卿之死，又是建造大觀園，又是元妃省親，似乎過了不只一年的樣子，但是這句話卻同第二十回裏寶玉勸黛玉時說的「他（寶釵）是才來的」相吻合。

而且鳳姐同賈璉商量為寶釵過生日時，賈璉曾說過：「往年怎麼給林妹妹過的，如今也照依給薛妹妹過就是了。」可見黛玉此前已經在賈府過過不只一次生日了，所以才會有例。而寶釵才不過是第一個生日。所以兩個人進府的時間，不可能緊密相連，中間至少隔了幾年。

寶釵十五歲生日過完不久，元春就下令讓眾姑娘與寶玉搬進大觀園了。書中在引用寶玉所做的四時即事詩時，特地說明：「當時有一等勢利人，見榮府十二三歲的公子作的，錄出來各處稱頌。」寶玉比寶釵小了兩三歲的樣子，所以這年是十二三歲，非常合理。

而且寶釵與香菱同庚，那麼寶釵進府時既然是十四歲，香菱自然也是十四歲。距之前門子見到香菱時說她「如今十二三歲了」，再加上馮家說的「告了一年的狀」，時間剛好符合。可見薛寶釵、甄英蓮於十四歲抵京是成立的，但起程的時候要更早，至少走了一年多。因為薛蟠是搶了香菱便上京的，馮家告了一年狀，賈雨村才上任，而薛家也才到京城來。

甲戌本上介紹薛蟠時，比別本多出來一個年紀介紹，寫明薛蟠奪香菱時十五歲，又說比寶釵大兩歲。所以寶釵起程時應該是十三歲，在路上過了一個生日，或是故意耽擱了一些日子，然後才到賈府的。

而黛玉比寶釵、香菱小四歲，在寶釵進府時剛滿十歲，所以即便真是跟寶釵同年進府的，也不可能十三歲。

《紅樓夢》的時間表是最令讀者頭疼的一個謎宮，前後矛盾處不計其數，有時很難對其較真兒，正如眾釵結社時所說：「連他們自己也不能細細分晰，不過是『弟、兄、姊、妹』四個字隨便亂叫。」

作者下筆時動輒一兩年過去，彈指春秋，難以細論；但是十三歲進府還是六歲進府，失誤如此之大，卻不可能是「筆誤」，而只會是「失傳」了。

賈赦、賈政爲何不見林黛玉？

關於林黛玉初進賈府時，賈赦、賈政兩位身爲至親舅父卻都託辭不見，很多人都發文指摘，斥責賈府人情冷暖，世態炎涼，瞧不起黛玉這個孤女；並舉出薛家爲例，說賈家對薛家的迎接有多熱絡重視，可見趨炎附勢，厚此薄彼。

這指責貌似正直，實則太有點小家子氣，把赦、政等人看作周瑞、林之孝一般見識了。

書中說，黛玉進京那日，「棄舟登岸時，便有榮國府打發了轎子並拉行李的車輛久候了黛玉。」可見並無冷淡之意。而且進府之時，賈母與邢、王二夫人都一早等在堂上，連丫環見了黛玉來都是「三四人爭著打起簾子」，搶著回話：「林姑娘到了。」可見賈母等待之殷。

黛玉進來，賈母摟著「心肝兒肉」的大哭絕非做作，是一位老祖母想念外孫女兒的最正常反應。而賈府裏的人都是看著賈母眼睛眉毛行事的，賈母如此看重黛玉，賈赦、賈政兩個做兒子的又怎麼會慢怠她呢？

即便從賈政對賈雨村的態度，也可以看出端倪：

進入神京，雨村先整了衣冠，帶了小童，拿著宗侄的名帖，至榮府的門前投了。彼時賈政已看了妹丈之書，即忙請入相會。見雨村相貌魁偉，言語不俗，且這賈政最喜讀書人，禮賢下士，濟弱扶危，大有祖風，況又係妹丈致意，因此優待雨村，更又不同。

說句不恭的話：打狗還得看主人。賈政對賈雨村如此厚待，全是看在林如海面上，愛屋及烏——「況又係妹丈致意，因此優待雨村」——賈政因看重妹丈，對其雇傭的家庭教師都這樣禮遇，且「即忙請入相會」，又怎麼會對外甥女兒刻薄冷淡、故意不見呢？

更何況，那林家五代列侯，林如海探花出身，又是欽定的巡鹽御史，蘭台寺大夫，「雖係鐘鼎之家，亦是書香之族」，官銜比賈政高不說，還是個欽差，還輪不到賈赦、賈政瞧他不起呢。

那麼賈赦、賈政到底爲什麼不見黛玉呢？

其實，爲的是個「禮」字。

鐘鼎之家行的是孔孟之道，在《孟子》語錄裏，連「嫂溺，援之以手」這樣顯而易見的事都要拿出來討論到底合不合禮法，還要聖賢孟子來拿主意，並特地解釋說：男女授受不親，但是嫂子掉水裏快淹死了，小叔子出手救她，是權宜之計。

換言之，要是沒到生死關頭的大事，那麼「男女授受不親」就還是天條。

古時大富之家，貴公子拜會朋友，先得拜會對方母親、妻子，但只是口裏說著拜見，人卻往往只到對方閣樓下行禮即回，並不須真的見面。《水滸傳》裏武松見潘金蓮，一是因爲武大郎家宅狹窄，小戶人家，無處迴避，講不起這些禮法；二則也是金蓮不尊重，本來見過之後就該躲了去，她卻存了心思要勾引小叔子。

但那林黛玉是寫「敏」字都要減一筆的閨秀，深諳禮法，卻必會是另一番行事了。這在曹雪芹的年代原是常識，所以作者只是以白描手法平平寫來，並不需額外加注解；但是在清朝小說《歧路燈》裏，我們可以找到一段旁證，幫助我們更好地理解這件事。

書中說譚紹聞往堂兄譚紹衣府上拜訪，提出要與嫂嫂請安。譚紹衣道：

吾弟差矣。咱家南邊祖訓：從來男女雖至戚不得過通音問。姻親往來慶賀，男客相見極為款洽，而於內眷，不過說「稟某太太安」而已。內邊不過使奉茶小廝稟道「不敢當」，尊行輩，添上「謝問」二字。雖叔嫂亦不過如此。從未有稱姨叫妗，小叔外甥，穿堂入舍者。

這便是大家之風了。

同樣的，黛玉進賈府時，依禮先隨邢夫人去拜見賈赦，行「稟安」之禮；但賈赦命人傳話說：「連日身上不好，見了姑娘倒彼此傷心，暫且不忍相見。」是爲「謝問」。黛玉站著聽過，告辭回去，又要去拜見賈政。先是等在東耳房裏，王夫人卻命人傳話說「太太說，請林姑娘到那邊坐罷」，只得往正房裏來。來了後，王夫人才說：「你舅舅今日齋戒去了，再見罷。」就此全了禮。

這些場景閑閑道來，就像今人寫小說，兩人見面問句「吃了嗎？」原是國人從前最常見的問候語，雖然在今天已經不大聽到了，可若誰寫了這情節，也不會故意解釋說：我其實並不關心他是不是真的吃了，只不過禮貌上這樣問一句而已，是個俗禮兒。

當然賈政去齋戒也可能是實情，因爲下文接著說到寶玉：「今日因廟裏還願去了，尚未回來。」寶玉這時候才七八歲，不會是獨自出門，很可能父子倆是一道去的。

但是黛玉去拜見時，並沒有直接進正房，而是先在東耳房等候，就是因爲並不知道賈政不在家，所以要先側室問禮；倘若賈政在正房，那也一定會說「身上不好，暫且不忍相見」的。如今賈政不在家，所以王夫人會讓人請林黛玉進來，而這時候黛玉仍然不知道賈政在不在，所以書中用了一句「只得往正房裏來」，是有點無奈的意思；結果進來了，王夫人才說出賈政不在家的話，黛玉也才放下心來。

有不滿意賈政王夫人者，曾撰文說從這段明顯看出王夫人對黛玉不好，明知道賈政不在家，還讓她跑來跑去，等在耳房裏，顯然是有意冷落——這也是多心了。黛玉進府時才六歲，王夫人再城府深沉，也不會費這麼大周章去給一個小姑娘臉色瞧，更何況這小姑娘還剛剛進府，這下馬威也行得太早了點吧。

說過黛玉進京，我們再看薛家進府的情形：

過了幾日，忽家人傳報：「姨太太帶了哥兒姐兒，闔家進京，正在門外下車。」喜的王

夫人忙帶了女媳人等，接出大廳，將薛姨媽等接了進去。姊妹們暮年相會，自不必說悲喜交集，泣笑敘闊一番。忙又引了拜見賈母，將人情土物各種酬獻了，闔家俱廝見過，忙又治席接風。

薛蟠已拜見過賈政，賈璉又引著拜見了賈赦，賈珍等。賈政便使人上來對王夫人說：「姨太太已有了春秋，外甥年輕不知世路，在外住著恐有人生事。咱們東北角上梨香院一所十來間房，白空閒著，打掃了，請姨太太和姐兒哥兒住了甚好。」王夫人未及留，賈母也就遣人來說「請姨太太就在這裏住下，大家親密些」等語……從此後，薛家母子就在梨香院住了。

乍一看，賈家待薛家確似比接待黛玉時熱情多了。然而細看卻別有道理，一則黛玉只是小女孩，賈母和邢、王二位夫人俱是長輩，卻一早等候多時，可見隆重；而薛姨媽合宅來見，不過是親姐姐王夫人接了進去，然後才引著拜見賈母，分明親疏有別；第二，這裏寫得分明，拜見賈政、賈赦、賈珍的人乃是薛蟠，可沒說薛寶釵也跟著拜會。須知赦、政二人乃是黛玉的親舅舅，卻只是薛蟠、寶釵的姨父，關係隔了一層，並沒有直接的血緣關係，故而寶釵不便拜會男性長輩，只有薛蟠一人來拜。而黛玉與賈政雖是至親舅甥，亦有男女之別，故而在黛玉則非拜見不可，在賈政等卻是能不見則不見爲禮。

後文賈府裏元宵猜燈謎，賈政特地備了酒席彩頭前來湊趣，也只與賈母、寶玉同席，釵黛湘等另一席，這還是晚輩，跟自家女兒一樣；至於兒媳婦李紈與侄媳婦鳳姐因爲已是人妻，則乾脆在裏面另設一席，當賈政問及賈蘭時，還要婆子特地進裏屋同李紈傳話——公公與兒媳婦尙且如此，何況他人？因此整個席間，釵黛等也都守禮緘默不言，賈政略盤桓了一會兒，賈母便攆他離去了。

又有過中秋講笑話，賈母與賈赦、賈政等同席，姑娘們則在屏風後設席。賈母因覺得冷清，叫姑娘們一同共坐，也只是叫過賈赦、賈政的親生女兒迎春、探春、惜春出來，卻未叫黛玉、湘雲；直等賈等都散了，才撤去屏風，兩席相並，禮數之嚴，一絲不苟。但是又爲什麼沒人會猜疑賈母只把迎春姐妹當孫女兒，卻懶見黛玉、湘雲呢？

最明顯的一處照應，還在寶黛葬花讀西廂一節，兩人正收拾落花，襲人忙忙地來告訴：「那邊大老爺身上不好，姑娘們都過去請安。老太太叫打發你去呢。」於是寶玉匆匆去了，黛玉聽說眾姊妹都不在房，就有些悶悶的。

「大老爺」自然是指賈赦，「姑娘們」則指迎、探、惜姐妹，這裏不會包括寶釵、黛玉，因爲不是近親，須迴避，所以不用去請安。

種種細節，寫足賈府規矩森嚴，即使親舅舅外甥女兒，亦有男女大妨，親疏有別，能不見則不見的。

榮府裏與男親戚不避嫌疑，「小叔外甥，穿堂入舍者」，惟有王熙鳳一人。故而賈璉抱怨她：「他防我像防賊的，只許他同男人說話，不許我和女人說話，我和女人略近些，他就疑惑，他不論小叔子侄兒，大的小的，說說笑笑，就不怕我吃醋了。以後我也不許他見人！」平兒道：「他醋你使得，你醋他使不得。他原行的正走的正，你行動便有個壞心，連我也不放心，別說他了。」

這是平兒在替熙鳳向賈璉分辯，也是向讀者解釋：鳳姐是當家人，見男親是不得已而為之，但她行的正走的正，不算違規。

又如第十三回〈秦可卿死封龍禁尉　王熙鳳協理寧國府〉，賈珍來上房請鳳姐理事，人報：「大爺進來了。」唬的眾婆娘呼的一聲往後藏之不迭，獨鳳姐款款站了起來。

在這一句中間，有朱筆旁批「素日行止可知」，這是說賈珍素日之不遵法禮，「把個寧國府都翻過個兒來了」。寧國府的禮節一向疏鬆，賈蓉與二尤調笑一場著重描寫。所以只有賈珍這種又不遵禮節又是族長的人物才敢想去哪去哪，也不管上房裏坐的是誰。因此才「唬的眾婆娘藏之不迭」，而王熙鳳因是管家，平素裏與本家爺們並不避諱，故而獨有她不躲不避，「款款站了起來」。這是一處反襯。

但是這些女人中倘或有寶釵、黛玉、湘雲等，就非得「藏之不迭」不可。雖然聽起來好像不夠從容大方似的，但是姑娘家見到親戚大哥，不躲出去，還要「款款站了起來」，就很不合適。這同寶玉因深得賈母溺愛自小在內幃廝混是兩回事。

紅樓有很多謎，有一些是作者故意設陷，有一些是因遺失之憾，但也有一些，如這「謝問」之禮，則只是因為古今禮數不同而已，今人大可不必胡亂猜疑，枉加解釋。

其實何止黛玉進賈府時，赦、政二人託辭不見，即便整部《紅樓夢》八十回裏，又何曾見賈赦、賈政等與黛玉、寶釵有過一句正面問答呢？

寶黛初見的第一次流淚

雖然絳珠仙子下凡是爲了「還淚」，然而當真寶玉和黛玉見面時，先哭的人卻是寶玉。這一點被很多紅迷忽略了，永遠記得黛玉多情善感，一次次地爲寶玉而落淚，卻忘了一見黛玉即觸動傷心事的，卻是寶玉。

這段描寫以退爲進，層層皴染，非常好看：先是讓寶玉去廟裏還願，沒來得及參加黛玉的接風宴，只通過王夫人的描述來形容其作派：「我不放心的最是一件：我有一個孽根禍胎，是這家裏的混世魔王，今日因廟裏還願去了，尚未回來，晚間你看見他便知了。你只以後不要睬他，你這些姊妹都不敢沾惹他的。」又說，「他嘴裏一時甜言蜜語，一時有天無日，一時瘋瘋傻傻，只休信他。」——這番話，倒有些像和尚的讖言：不見外姓人，不許聞哭聲。

因有王夫人的這番鋪墊，黛玉便誤信為真，當丫鬟笑著說「寶玉來了」時，黛玉還在腹誹：「這個寶玉，不知是怎麼個憊懶人物，懵懂頑童。」這段話後面原本還有句「到不見那蠢物也罷了。」然而「蠢物」特指「石頭」，黛玉怎知如此稱呼？所以我認為這句原為批語，被抄寫者疏忽混入正文中了。

接著書中用一大段溢美之詞細寫寶玉穿戴面貌，不啻翩翩濁世佳公子，非但不是什麼「憊懶人物」，還極俊秀風流的，最重要的，是黛玉一見便吃了一大驚，心下想道：「好生奇怪！到像在那裏見過般，何等眼熟到如此！」

古往今來的一見鍾情，必先取決於心有靈犀，黛玉所思，正也是寶玉所想。不同的是，黛玉只在心裏吃驚，寶玉卻很肯定地說了出來：「這個妹妹我曾見過的。」被賈母質疑「胡說」後，自己大概也無法解釋，只好說：「雖然未曾見過他，然我看著面善，心裏就算是舊相認識的，今日只作遠別重逢，未為不可。」

三生石畔灌溉之恩，距此時已是七八年過去，更是前生之事，可不正是「遠別重逢」麼？

寶玉視黛玉與眾不同，不僅因其美，因其才，因其弱，更因了這份親。

於是他湊上去問人家讀什麼書，又問人家叫什麼名，再問表字。因黛玉說無字，寶玉便賣弄學問：「我送妹妹一個妙字，莫若『顰顰』二字極妙。」

少時讀這段只覺有趣，並不以為有什麼大不得的特別之處。然而後來讀《禮記・曲禮》說：「男子二十，冠而字……女子許嫁，笄而字。」

驀然間再想起寶黛初見，寶玉贈字「顰顰」，忽覺雲垂海立，心驚意動。

寶玉彼時只有七八歲，自然絕想不到這句「笄而字」，然而「郎騎竹馬來，繞床弄青梅」，兩人的夙世姻緣，卻早在那一刻已經印證；更令人感慨的是眾人也都未作異議，後來還跟著寶玉喚黛玉「顰兒」。不但寶釵、探春等如此，連賈母派菜時，也會吩咐「這一碗筍和這一盤風醃果子狸給顰兒寶玉兩個吃去」。

小小孩兒隨口的一句玩笑，居然大家都認了真，這就好比後來〈大觀園試才題對額〉，賈政命寶玉題名對聯，原本只是考核他的功課才情，後來卻也當真鏨在石柱廊楣上，正式成爲大觀園題名。可見紅樓竟無一廢語。

寶玉見黛玉，問名又贈字，這過程若合符契，很像是「六禮」中第二禮，即男方遣媒至女家詢問姓名生辰，之後便可以合八字過文定了。

所以接下來，寶玉又問了第三個問題：「可也有玉沒有？」黛玉答：「想來那玉是一件罕物，豈能人人有的。」

這下子可捅了馬蜂窩，寶玉登時狂病發作，不但摔了玉，還大哭起來，滿面淚痕地道：「什麼罕物，連人之高低不擇，還說通靈不通靈呢。我也不要這勞什子了！」又說：「家裏姐姐妹妹都沒有，單我有，我說沒趣，如今來了這麼一個神仙似的妹妹也沒有，可知這不是個好東西。」嚇得眾人搶之不迭。

——以此來看，寶玉對這「蠢物」並沒多重視，只不過世人當它是「命根子」罷了。然在神瑛侍者眼中，石頭只是石頭，不過「勞什子」而已。

問了字，又鑒證過信物之後，就該「安床」了。

賈母吩咐，將黛玉安置在碧紗櫥裏，讓寶玉出來跟自己住套間暖閣。寶玉不願意，只想同黛玉親近些，央告說：「好祖宗，我就在碧紗櫥外的床上很妥當，何必又出來鬧的老祖宗不得安靜。」

彼時寶黛兩個都只是七八歲小孩子，所以縱居一室，也無甚不妥，因此賈母想了想說：「也罷哩。」

那什麼是「碧紗櫥」呢？

通常指清代南方建築內屋中的隔斷，類似落地長窗，也有叫隔扇門或格門的。因為富貴人間常在格心上糊青、白二色絹紗，絹紗上畫畫、題詞，所以又叫「碧紗櫥」。簡單來說，就是臥室裏的隔間兒。紗格之內，只有一張床和不大的空間供人起居坐臥，既加強了房屋的縱深感和層次感，也加強了「寢床」的私密感，其實是很科學的佈局。

比如書中第四十二回，賈珍等引著王太醫來給賈母把脈，賈母穿著一斗珠的羊皮褂子端坐在榻上，「兩邊四個未留頭的小丫鬟都拿著蠅帚漱盂等物；又有五六個老嬤嬤雁翅擺在兩旁，碧紗櫥後隱隱約約有許多穿紅著綠戴寶簪珠的人。王太醫便不敢抬頭，忙上來請了安。」

因為女眷不能輕易讓男人看見，所以外間只有未留頭的小丫鬟和老嬤嬤，而小姐與有身分的大丫鬟如鴛鴦等，便站在碧紗櫥裏，既表示了對賈母的關心與陪伴，又不使自己拋頭露面，真是絕佳的安排。

如今黛玉睡在這碧紗櫥裏，寶玉就在紗格外設了張床，因此兩個人等於同室而居，而且還頗持續了一段日子，所以寶玉後來才會說「咱們兩個一桌吃，一床睡，長的這麼大了。」

當晚，王嬤嬤與鸚哥陪侍黛玉在碧紗櫥內，李嬤嬤與襲人陪侍寶玉在外面大床上。襲人卸了妝，就進來找黛玉說話，笑問：「姑娘怎麼還不安息？」鸚哥笑道：「林姑娘正在這裏傷心呢，自己淌眼抹淚的說：『今兒才來，就惹出你家哥兒的狂病，倘或摔壞了那玉，豈不是因我之過！』因此便傷心，我好容易勸好了。」

——這才是林黛玉爲寶玉流的第一滴眼淚。蒙府本在這一回末批道：

補不完的是離恨天，所餘之石豈非離恨石乎。而絳珠之淚偏不因離恨而落，為惜其石而落。可見惜其石必惜其人，其人不自惜，而知己能不千方百計為之惜乎？所以絳珠之淚至死不乾，萬苦不怨。所謂求仁得仁又何怨，悲夫！

這段批語非常重要，因爲它直接告訴了我們八十回後黛玉之死的真相：「至死不乾，萬苦不怨」。

黛玉的死是不可更改的悲劇事實，但究竟爲何而死，又會不會臨死前還咬牙切齒恨罵

「寶玉你好」呢？這一段明確告訴我們：不可能！

黛玉為還淚而來，一生之淚，都為了愛玉惜玉而落，並且是「千方百計為之惜」，所以黛玉之死，也只會因為愛玉惜玉而死，絕不可能恨怨而終。

以為黛玉小性子，認定她至死都會怨恨寶玉的人，是不知黛玉為何人，亦不知情為何物啊！

誰說黛玉小性子

一提到林妹妹，我們總是想到一個尖酸刻薄小性子的形象，覺得她清高自許，目無下塵，看不見貧苦大眾，瞧不起下層人民，其集中表現就是譏諷劉姥姥為「母蝗蟲」一段。其實不是這樣的。黛玉貌似尖刻，心底裏自有她的一份寬容與大度，慈悲與憐憫。只是曹雪芹對她的形象刻畫往往故作白描之筆，把真正的激賞全藏在輕描淡寫之中，表現得相當含蓄。

比如書中明寫寶釵「行為豁達，隨分從時，不比黛玉孤高自許，目無下塵，故比黛玉大得下人之心。便是那些小丫頭子們，亦多喜與寶釵去頑。然而真落實到具體情節上，全書何曾見到寶釵與丫環頑過？倒是有一回小丫頭靛兒因不見了扇子，和寶釵笑道：「必是寶姑娘藏了我的。好姑娘，賞我罷。」寶釵正和寶玉嘔氣，便機帶雙敲，指著他罵道：「你要仔細！我和你頑過，你再疑我。和你素日嘻皮笑臉的那些姑娘們跟前，你該問他們去。」不但把靛兒罵得一溜煙跑了，且把別的姑娘也連帶捎上了。這時候，寶釵的大度涵養跑到哪裏去了？

金釧兒投井死了，王夫人也自愧悔落淚，寶釵卻輕飄飄地說：「姨娘是慈善人，固然這麼想。據我看來，他並不是賭氣投井。多半他下去住著，或是在井跟前憨頑，失了腳掉下去的。他在上頭拘束慣了，這一出去，自然要到各處去頑頑逛逛，豈有這樣大氣的理！縱然有這樣大氣，也不過是個糊塗人，也不爲可惜。」何等冷漠無情？又何曾把丫頭當人？

而黛玉呢，不但肯與香菱這樣妾侍出身的半個主子平等論交，誨人不倦；對邢岫煙這樣的窮親戚真心對待，同病相憐；便是對小丫頭們也很大方親切。第二十六回，怡紅院小丫頭佳蕙同紅玉說過一件小事：「我好造化！才剛在院子裏洗東西，寶玉叫往林姑娘那裏送茶葉，花大姐姐交給我送去。可巧老太太那裏給林姑娘送錢來，正分給他們的丫頭們呢。見我去了，林姑娘就抓了兩把給我，也不知多少。你替我收著。」

林姑娘給一個三等小丫頭打賞錢，是一把一把地給，何等手筆！

婆子在大觀園中是最沒地位的，連玉釧這樣的大丫頭都可以隨意指使，自己端湯怕燙，便叫個婆子來，將湯飯等物放在一個捧盒裏，令他端了跟著，自己空手走。然而黛玉呢？卻對園中最沒地位的婆子也一般體恤和氣。第四十五回，寶釵打發婆子給黛玉送燕窩。黛玉同婆子道：「我也知道你們忙。如今天又涼，夜又長，越發該會個夜局，痛賭兩場了。」命人給他幾百錢，打些酒吃，避避雨氣。又是何等憐下！

至於絕無僅有的諷刺劉姥姥做「母蝗蟲」一例，也絕非是因爲黛玉欺貧，而是因爲劉姥姥胡謅了一個「茗玉」還是「若玉」的故事，讓寶玉這個多情種子十分上心，私下裏拉了姥姥細問長短。這使得黛玉暗暗著惱，打趣寶玉道：「咱們雪下吟詩？依我說，還不如弄一捆柴火，雪下抽柴，還更有趣兒呢。」可見對這件事很有意見。至少是在潛意識中，黛玉已經開始吃那個莫須有的若玉的醋，並且遷怒劉姥姥。

這也就難怪後來別人再提起劉姥姥時，她會忍不住口出不遜道：「他是那一門子的姥姥，直叫他是個『母蝗蟲』就是了。」這種心理，說穿了就和張道士給寶玉提親因而惹怒寶玉是一樣的。「誰知寶玉一日心中不自在，回家來生氣，嗔著張道士與他說了親，口口聲聲說從今以後不再見張道士了，別人也並不知爲什麼原故。」

「別人」不知寶玉嗔著張道士的原故，也不知黛玉嫌著劉姥姥的原故。其實，追根究底，都是一個「情」字使然，這裏，哪有什麼「階級」「貧富」可言呢？

再說黛玉的小心眼兒。書中一再明寫黛玉爲了寶釵、湘雲等與寶玉多疑吃醋，然而寶釵就不會設防存心了嗎？

第三十二回〈訴肺腑心迷活寶玉　含恥辱情烈死金釧〉中，開篇提到寶玉拾了個金麒麟，黛玉十分留意：「近日寶玉弄來的外傳野史，多半才子佳人都因小巧玩物上撮合，或有鴛鴦，或有鳳凰，或玉環金珮，或鮫帕鸞條，皆由小物而遂終身。今忽見寶玉亦有麒麟，便恐借此生隙，同史湘雲也做出那些風流佳事來。因而悄悄走來，見機行事，以察二人之意。」這是明寫黛玉的心事。好在她恰巧聽見寶玉頌揚自己的一番言論，兩人盡釋前嫌，互訴肺腑。

接著文鋒一轉，寫到襲人給寶玉送扇子，待寶玉去了，自己正在出神，忽見寶釵從那邊走來，閒談兩句後，便拐彎抹角地打聽：「寶兄弟這會子穿了衣服，忙忙的那去了？」又問：「雲丫頭在你們家做什麼呢？」

可見寶釵存的是和黛玉一樣的心，也是來怡紅院打探消息的，只不過曹雪芹故意用了暗寫罷了。文中寫寶釵說賈雨村，「這個客也沒意思，這麼熱天，不在家裏涼快，還跑些什麼！」這話，倒不用在她自己身上?這麼熱天，不在家裏涼快，跑些什麼呢?

湘雲拿戲子比黛玉，兩人惹了好一場氣生。然而惱歸惱，之後黛玉見了寶玉「無我原非你，從他不解伊」的偈句，又特意拿去與寶釵、湘雲同看，完全不記仇。真是小孩子心性，說惱便惱，轉身便忘，多麼天真可愛!這一番交鋒，黛玉表現得可比「幸生來，英豪闊大寬宏量」的湘雲大度多了。

正如曹雪芹在明面上一味寫寶釵如何端莊自重，「遠著寶玉」，細節中卻屢屢白描寶釵之不拘小節一樣；寫到寶釵與湘雲的情份時，也是明面上一片褒揚之詞，骨子裏卻每每透出悲涼之氣。難怪中秋夜湘雲同黛玉聯詩時，會感慨說：「可恨寶姐姐，姊妹天天說親道熱，早已說今年中秋要大家一處賞月，必要起社，大家聯句，到今日便棄了咱們，自己賞月去了。社也散了，詩也不作了。倒是他們父子叔侄縱橫起來。你可知宋太祖說的好：『臥榻之側，豈許他人酣睡。』他們不作，咱們兩個竟聯起句來，明日羞他們一羞。」——到這時，湘雲已經很清楚寶釵以往對她的好不過是面兒上客套，其實從來都是陌路之人，「他們」是「他們」，「咱們」是「咱們」了。

因此說，雪芹對寶釵的描寫是明褒實貶，對黛玉卻是明貶實褒，正所謂「實則虛之，虛則實之」。讀者若因此以爲黛玉是醋罈子，小心眼兒，那就真是冤枉了黛玉，被雪芹的狡獪之筆給瞞過了。

爲何人人陷害林妹妹？

第二十七回〈滴翠亭楊妃戲彩蝶〉是看上去很美的一場戲，然而這妙景後卻藏著一明一暗兩宗小陰謀。明的是小紅與墜兒在滴翠亭裏計議私相授受之事，暗的則是寶釵的「嫁禍」——那寶釵本是要往瀟湘館去的，因見寶玉進去了，便抽身回來，一路撲蝶來至滴翠亭，正聽見小紅和墜兒說話。

寶釵在外面聽見這話，心中吃驚，想道：「怪道從古至今那些姦淫狗盜的人，心機都不錯。這一開了，見我在這裏，他們豈不臊了。況才說話的語音，大似寶玉房裏的紅兒的言語。他素昔眼空心大，是個頭等刁鑽古怪東西。今兒我聽了他的短兒，一時人急造反，狗急跳牆，不但生事，而且我還沒趣。如今便趕著躲了，料也躲不及，少不得要使個『金蟬脫殼』的法子。」猶未想完，只聽「咯吱」一聲，寶釵便故意放重了腳步，笑著叫道：「顰兒，我看你往那裏藏！」一面說，一面故意往前趕。那亭內的紅玉墜兒剛一推窗，只聽寶釵如此說著往前趕，兩個人都唬怔了。寶釵反向他二人笑道：「你們把林姑娘藏在那裏了？」墜兒道：「何曾見林姑娘了。」寶釵道：「我才在河那邊看著林姑娘在這裏蹲著弄水兒的。我要悄悄的唬他一跳，還沒有走到跟前，他倒看見我了，朝東一繞就不見了。別是藏在這裏頭了。」一面說，一面故意進去尋了一尋，抽身就走，口內說道：「一定是又鑽在山子洞裏去了。遇見蛇，咬一口也罷了。」一面說一面走，心中又好笑，這件事算遮過去了，不知他二人是怎樣。

這小紅只是寶玉房裏的下等丫環，連寶玉也記不清她姓甚名誰，薛寶釵倒不但聽到聲音就知道人物，而且深知其脾氣性格，「素昔眼空心大，是個頭等刁鑽古怪東西。」

這是從反面寫出寶釵對寶玉的一舉一動，乃至怡紅院人事的熟悉程度，可見心機之深。

雖然多少喜愛寶釵的人都用「潛意識」和「本能」來替寶釵開脫，說她隨口說出黛玉的名字只是因為剛好要去找黛玉，所以便會隨口說起，然而我卻不相信為人深沉穩重的寶釵會是無心之失。

要知道，寶釵此前去尋黛玉而半路中止，正是因為看到了寶玉進了瀟湘館，她明知自己前往不便，遂抽身回來，心中不無悻悻之意。而這時候又恰好聽到寶玉房裏的紅兒在計議私相授受的醜事，生怕她「人急造反，狗急跳牆」，遂要使個「金蟬脫殼」的法子——這一刻功夫，她的心思其實轉了好幾個彎兒，決不是什麼「潛意識」，而是計畫周密的「移花接木」，有意要把偷聽之名卸給黛玉，好讓「頭等刁鑽古怪」的小紅與黛玉結怨，使她將來「生事」。

鳳姐也是很習慣於用黛玉做擋箭牌的，第四十六回〈尷尬人難免尷尬事　鴛鴦女誓絕鴛鴦偶〉中，鴛鴦嫂向邢夫人告狀說襲人搶白自己時，平兒也在一旁，鳳姐故意發作起來：

鳳姐兒忙道：「你不該拿嘴巴子打他回來？我一出了門，他就逛去了；回家來連一個影兒也摸不著他！他必定也幫著說什麼呢！」金家的道：「平姑娘沒在跟前，遠遠的看著倒像是他，可也不真切，不過是我白忖度。」鳳姐便命人去：「快打了他來，告訴他我來家了，太太也在這裏，請他來幫個忙兒。」豐兒忙上來回道：「林姑娘打發了人下請字請了三四次，他才去了。奶奶一進門我就叫他去的。林姑娘說：『告訴你奶奶，我煩他有事呢。』」

鳳姐兒聽了方罷，故意的還說：「天天煩他，有些什麼事！」

然而林黛玉何曾天天煩過平兒來？倒是鳳姐送了黛玉一筒茶，立刻就說還有事要煩她幫忙。

鳳姐和豐兒主僕兩個一唱一和，默契得很，拿誰做藉口不好，偏偏很「順手」地牽出個林姑娘來，爲什麼呢？

正是因爲黛玉太清高，人人都可以很順手順口地抬她出來做盾牌，反正沒有人會找到黛玉去理論，那麼謊言也就可以永遠不被揭穿了。真個是百試百靈，要多好用有多好用。

寶釵與鳳姐還罷了，鬱悶的是連寶玉也拿她來墊背。第五十八回〈杏子陰假鳳泣虛凰　茜紗窗真情揆癡理〉中，藕官燒紙被婆子看見，寶玉忙替她遮掩，張口便說：「他並沒燒紙錢，原是林妹妹叫他來燒那爛字紙的。」

寶玉要替藕官脫罪，這也猶可，因藕官是黛玉的丫環，總不能是替別人燒東西；但當婆子揀出不曾化盡的遺紙證明確是紙錢時，寶玉仍然強辭奪理地拉住不許去，這才犧牲自我，說藕官乃是替自己燒紙還神，逼得婆子只得改口說自己看錯了，又說：「我已經回了（奶奶們），叫我來帶他，我怎好不回去的。也罷，就說我已經叫到了他，林姑娘叫了去了。」寶玉想了一想，方點頭應允。

又是「林姑娘叫了去了」，想來那婆子去回上邊，說林姑娘攔著人家不許審她的丫環，那奶奶少不得又記恨了黛玉的不給面子——這一點寶玉不會不知道，所以是「想了一想，方點頭應允」，他想的是什麼呢？大概是：林黛玉脾氣大心眼窄，又有老太太的疼愛偏寵，想來那些奶奶們縱生氣，也不好跟她較真，多半就放過藕官了。

這時候，寶玉是只想著用這個辦法可以救藕官，卻未顧及到損害了黛玉的人緣，又或許是覺得無傷大雅，即便奶奶們因此厭惡黛玉也無所謂吧？反正黛玉爲人孤傲，也不在乎人家是不是喜歡她。

可見，越是清高孤傲，不屑與眾爲伍的人，就越容易被人利用，設計，架空，孤立，所謂「高處不勝寒」，原因是太多人在四周放冷箭之故。

香菱與黛玉的鏡花緣

香菱是十二釵副冊中第一個出場的人物，而黛玉是十二釵正冊中第一個出場的人物。兩人的身世、經歷、相貌、乃至情性上，都有極其相似的地方。

先看這甄英蓮的來歷細述，乃在全書第一回故事發始之端：

當日地陷東南，這東南一隅有處曰姑蘇，有城曰閶門者，最是紅塵中一二等富貴風流之地。這閶門外有個十里街，街內有個仁清巷，巷內有個古廟，因地方窄狹，人皆呼作葫蘆廟。廟旁住著一家鄉宦，姓甄，名費，字士隱。嫡妻封氏，情性賢淑，深明禮義。家中雖不甚富貴，然本地便也推他為望族了。因這甄士隱稟性恬淡，不以功名為念，每日只以觀花修竹，酌酒吟詩為樂，倒是神仙一流人品。只是一件不足：如今年已半百，膝下無兒，只有一女，乳名英蓮，年方三歲。

再看全書第二回中黛玉的來歷介紹：

原來這林如海之祖，曾襲過列侯，今到如海，業經五世。起初時，只封襲三世，因當今隆恩盛德，遠邁前代，額外加恩，至如海之父，又襲了一代；至如海，便從科第出身。雖係鐘鼎之家，卻亦是書香之族。只可惜這林家支庶不盛，子孫有限，雖有幾門，卻與如海俱是堂族而已，沒甚親支嫡派的。今如海年已四十，只有一個三歲之子，偏又於去歲死了。雖有幾房姬妾，奈他命中無子，亦無可如何之事。今只有嫡妻賈氏，生得一女，乳名黛玉，年方五歲。夫妻無子，故愛如珍寶，且又見他聰明清秀，便也欲使他讀書識得幾個字，不過假充養子之意，聊解膝下荒涼之歎。

這甄士隱與林如海二人，雖地位懸殊，然而一個「稟性恬淡」，是「神仙一流人品」；

一個「雖係鐘鼎之家，卻亦是書香之族」；又都是膝下無子，只得一女，愛如珍寶。

最巧的是，兩個女孩兒同樣是在三歲那年有一段奇遇，被個癩頭和尚要化去出家，人家父母不答應，那僧道就胡言妄語，替人家的一生做了定評。

只是香菱的故事是實寫，而黛玉的經歷是暗出；在僧道的口中，香菱得到了一首詩，「慣養嬌生笑你癡，菱花空對雪澌澌。」不但預言了她將來的噩運，連她將會改名叫「香菱」，要嫁給姓「雪」的人都說出來了；黛玉則得到了一段警告：「既捨不得他，只怕他的病一生也不能好的了。若要好時，除非從此以後總不許見哭聲，除父母之外，凡有外姓親友之人，一概不見，方可平安了此一世。」

《紅樓夢》八十回中，一僧一道雖然時不時地就冒出來客串一回人間指南，然而要化小孩子出家，卻只有這麼無獨有偶的兩次。這之外雖然接引過甄士隱，度化過柳湘蓮，但二人均已是成人，且是在歷劫幻滅後的主動選擇，不能做數。

那為什麼只有黛玉和香菱會得到和尚的特別眷顧，在她們懂事前就著意化她們出家，以期使她們避開人世的諸般厄運呢？或許，正因為這兩個人一個是十二釵正冊之首，一個是副冊之首的緣故吧。如果阻止了她們兩人的厄運，可能就救得下全天下的薄命女兒了。

更奇的是，黛玉的前身、絳珠仙草的故事，也是從香菱之父甄士隱的夢中透露出來，更是奇之又奇，幻而復幻。

而除了這些仙履奇緣之外，香菱和黛玉在幼時共同遇到的，還有一個世俗之人：賈雨村。

英蓮被抱在父親甄士隱懷中遇見賈雨村時，只有三歲；而黛玉拜賈雨村爲師時，也只有五歲。

甄、林兩家，同樣對賈雨村有大恩：

那雨村原是在葫蘆廟借宿的一個貧寒秀才，得到甄士隱接濟，方才有銀子進京赴考，求取功名的。然他做了官後，回過頭來幹的第一件事卻不是報答甄家，而是謀了自己久已覬覦的甄家丫頭嬌杏爲妾；之後與英蓮狹路相逢，非但沒有將她送還甄家使其母女團聚，還亂判葫蘆案，將英蓮推給了呆霸王薛蟠，直接造成了香菱一生的悲劇。

那麼，這賈雨村承了林如海的大恩，憑藉他一封舉薦信，隨從黛玉進京，結識賈政、王子騰等人，得以復官飛騰之後，又會怎麼「報答」賈、林兩家呢？會不會又是另一次變本加厲的恩將仇報，反面無情？

在他從門子口中聽說了馮淵與香菱的故事後，曾假惺惺地給過兩句評語：「這正是夢幻情緣，恰遇著一對薄命兒女。」

這句話，是說香菱與馮淵，但也切切實實，可以放在黛玉和寶玉的頭上。那麼，當賈家落勢之時，賈雨村又會怎樣對待這一對薄命兒女呢？後文我們一一推測。

賈雨村與林黛玉

賈雨村戲分雖不多，卻是書中非常重要的一個人物。因爲整部《紅樓夢》就是一部「假語村言」麼。

他在開篇第一回裏就念了一句聯：

玉在匵中求善價　釵於奩內待時飛

上聯典出《論語》，孔子問子貢說你是一塊玉的話，是希望標價賣掉還是長久收藏，子貢回答說要待在櫃子中，遇到出好價錢的人才賣；下聯說的是仙女送給漢武帝一支釵，他收在匣子裏，後來卻化成白燕飛走了。

從字面上解釋來說，這裏是引用了兩個典故來表達雨村等待機遇渴望飛升的心態，所以甄士隱聽了此聯讚歎：「雨村兄真抱負不淺也！」

聯繫到本書來講，則無疑「玉」和「釵」都有所指代。

甲戌側批：「表過黛玉則緊接上寶釵。」又有夾批：「前用二玉合傳，今用二寶合傳，自是書中正眼。」

明確指出上聯說黛玉，下聯說寶釵。

因爲「價」與「賈」相通，「時飛」又是賈雨村的字，於是就有人聯想到寶釵將來會改嫁賈雨村，這未免牽強，因爲「山中高士晶瑩雪」斷不至如此敗行，而且「致使鎖枷扛」的賈雨村大概也等不到那會兒。

其實不必想得那麼久遠，因爲這兩句詩很可能只是指眼下即將發生的事——賈雨村得了甄士隱的銀子，進京趕考中舉是接下來就做到了的，同樣的，林黛玉和薛寶釵的出場也離此不遠了。

所以第二回裏賈雨村便做了黛玉的蒙師，接著又因審理葫蘆案帶出薛家，在書中一直起著牽引的作用。「玉」與「釵」所等的，不過就是賈時飛的報幕揭簾而已。

賈雨村來到淮揚，因病小住，靠朋友幫忙，謀進鹽政林如海家做教習，暫且安身。

妙在只一個女學生，並兩個伴讀丫鬟，這女學生年又小，身體又極怯弱，工課不限多寡，故十分省力。

堪堪又是一載的光陰，誰知女學生之母賈氏夫人一疾而終。女學生侍湯奉藥，守喪盡哀，遂又將辭館別圖。林如海意欲令女學生守制讀書，故又將他留下。近因女學生哀痛過傷，本自怯弱多病，觸犯舊症，遂連日不曾上學。雨村閒居無聊，每當風日晴和，飯後便出來閒步。

書中關於賈雨村教授黛玉的情節只是如此一筆略過，輕描淡寫。那麼教得怎麼樣呢？從後文黛玉的才學可知，賈雨村是個好老師。但他只教了黛玉一年，賈敏就亡故了，甲戌本有眉批：「上半回已終，寫『仙逝』正爲黛玉也。故一句帶過，恐閑文有妨正筆。」

正筆是什麼呢？自然是黛玉。還有寶玉。

於是，借著賈雨村偶遇好友冷子興的一番談話，我們第一次瞭解到落入凡塵後的絳珠仙草與神瑛侍者的近況：

雨村拍案笑道：「怪道這女學生讀至凡書中有『敏』字，皆念作『密』字，每每如是；寫字遇『敏』字，又減一二筆，我心中就有些疑惑。今聽你說的，是為此無疑矣。怪道我這女學生言語舉止另是一樣，不與近日女子相同，度其母必不凡，方得其女，今知為榮府之孫，又不足罕矣。可傷上月竟亡故了。」子興歎道：「老姊妹四個，這一個是極小的，又沒了。長一輩的姊妹，一個也沒了。只看這小一輩的，將來之東床如何呢。」

這段對話不僅從側面寫出了黛玉與眾不同的性情作派，而且自然引出了「只看這小一輩的將來之東床如何」的設問。

「東床」的典故出自《晉書‧王羲之傳》，說的是太尉郗鑒選女婿，年輕才俊們人人拘謹，只有王羲之坦腹東床，泰然自若，於是就被選中了。從此人們就以「東床」指代「女婿」。

這裏雨村剛說完林黛玉的故事，冷子興就感慨說不知道這一輩的小姐們將來會嫁些什麼人，而賈雨村又接口說起賈政的銜玉之子賈寶玉來，這三句話接起來就是：「黛玉——東床——寶玉」！

倘或果然如此，該是多麼好啊。

可惜《紅樓夢》說的就是「美中不足，好事多魔」，總不脫此塵網。

賈雨村見了冷子興後回去，第二天即與林如海談論進京事宜，並且得償所願，拿了如海的薦書，另乘一隻船，依附著黛玉的大船一塊進京了。並借著如海舉薦，賈政幫忙，謀得一個應天府尹，不久上任去了。

明太祖朱元璋建都南京，改名應天府，清時則名江寧府。而曹寅曾任江寧織造，所以書中的金陵、應天，都是南京的別名，曹家最鼎盛時期的居住之地。

香菱在蘇州被拐，卻帶到南京來賣。兩地既有些距離又不會太遠，這很合乎情理。有趣的是，算算香菱被薛蟠搶了進京的時間，也正是賈雨村復職上任的時間。說不定兩個人的船隻在途中曾經擦肩而過的，只是沒有見過面。

那麼賈雨村後來同林黛玉有沒有再見過面呢？

雨村復職後的描寫我一直忽略了，印象中長久地有段空白，總感覺雨村後來再也沒有見過黛玉。直到不知第幾次重讀的時候，才忽然注意到，書中第十六回〈賈元春才選鳳藻宮秦鯨卿夭逝黃泉路〉，有一段很重要的描寫：

且喜賈璉與黛玉回來，先遣人來報信，明日就可到家，寶玉聽了，方略有些喜意。細問原由，方知賈雨村也進京陛見，皆由王子騰累上保本，此來後補京缺，與賈璉是同宗弟兄，又與黛玉有師從之誼，故同路作伴而來。林如海已葬入祖墳了，諸事停妥，賈璉方進京的。本該出月到家，因聞元春喜信，遂晝夜兼程而進，一路俱各平安。

原來，不僅第一次黛玉進京是由賈雨村護送的，這第二次進京，還是與賈雨村作伴。而且既然特地點出雨村因與黛玉有「師從之誼」，才會同路作伴，那麼其間兩人見面也是不會特別避忌的。正相反，黛玉聽說老師來了，出於尊重，也是要特地面見行禮的。

後文說寶玉與黛玉小別重逢，「心中品度黛玉，越發出落得超逸了」。這段話，也等於寫了雨村的心理。這賈雨村自送了女學生進京後，總有五六年未見了，重逢之際必然也會「心中品度」，暗加讚歎的。

寶玉品度過黛玉之後，不知道怎麼表達這份思念愛慕之心才好，特特地將北靜王贈的鶺鴒香念珠珍重相贈，然而黛玉卻看不上，說「什麼臭男人拿過的！」擲而不取。

脂硯齋在此處批語「略一點黛玉性情，趕忙收住，正留為後文地步」，顯然這段還有餘波。

那麼這接連的兩段文字，先寫了賈雨村與賈璉作伴，護送黛玉回京；又寫了寶玉將北靜王之物轉贈黛玉被拒。這就遙遙地把「賈雨村、賈璉——林黛玉——賈寶玉——北靜王」幾個人聯繫了起來。

那麼，這幾個人之間，後文還會有戲嗎？

還真是有。

那之後，雨村與賈府的往來甚密，賈政遊大觀園題匾時尚惦記：「我們今日且看看去，只管題了，若妥當便用；不妥時，然後將雨村請來，令他再擬。」足見欣賞之情；有趣的是，雨村回回來都要見寶玉，寶玉卻頂不喜歡見他，並且還因為見面時表現不佳挨了賈政一頓罵。

連賈璉也間接為雨村遭了一頓打。見於第四十八回「石呆子」之事。這件事後文會有詳細解說。

如今且說賈雨村一路飛升，後來做到了大司馬，協理軍機參贊朝政，正是得意之時，忽然文字一轉，又遇阻了。事見第七十二回〈王熙鳳恃強羞說病　來旺婦倚勢霸成親〉，借林之孝之口寫出：

這裏賈璉出來，剛至外書房，忽見林之孝走來。賈璉因問何事。林之孝說道：「方才聽得雨村降了，卻不知因何事，只怕未必真。」賈璉道：「真不真，他那官兒也未必保得長。

將來有事，只怕未必不連累咱們，寧可疏遠著他好。」林之孝道：「何嘗不是，只是一時難以疏遠。如今東府大爺和他更好，老爺又喜歡他，時常來往，那個不知。」賈璉道：「橫豎不和他謀事，也不相干。你去再打聽真了，是為什麼。」林之孝答應了，卻不動身，坐在下面椅子上，且說些閒話。

這是全書前八十回裏最後一次提到賈雨村，原來在這時候雨村已經又出了事，降了官，而且賈璉一早說出「他那官兒也未必保得長」的話，只是擔心賈赦、賈政與其過從甚密，將來會受牽連。

幾乎所有的紅學家都一致認定，賈府之敗必與賈雨村有關，但大多都推論在賈雨村會擺賈府一道或是在賈府敗後落井下石之類，但我以爲未必，因爲《紅樓夢》的書寫手法是反話正寫的，越是雨村這樣的奸雄，越會寫得正義無比，做惡也做得彷彿無心之失一樣。

所以我的推論是：賈雨村極善鑽營，但同時也確有才幹，他能得到甄士隱、林如海、賈政、王子騰的信任推重，自然也不難獲得北靜王的青睞。須知前文北靜王親口說過他府上品流複雜，「海上眾名士凡至都者，未有不另垂青，是以寒第高人頗聚」，那麼賈雨村通過這些「高人」引薦，接近北靜王就非常容易而且可能了。

賈雨村再次降官後，一定會努力尋找更大的靠山，而當他抓住北靜王這根救命稻草之後，就不只像送扇子給賈赦那麼簡單了，非得想法送一件大禮給北靜王不可。這件大禮，就很可能是爲北靜王做媒。

當然他也許並不是存心的，而是在閒聊中，正如同開篇他與冷子興說到林黛玉念書時種種表現一樣，與北靜王也是閑說八卦，偶然提起他在揚州設館的情形，提起他前東家、翰林御史林如海的小姐，後面的故事可就順水推舟不受控制了。

而《紅樓夢》的筆法，往往正是這樣：表面上一切寫得風清雲淡順理成章，暗底下卻是天地變色樂極生悲！

當然這些都是我的猜測，有沒有可能，我們聯繫「扇子」再做細論。

都是扇子惹的禍

第四十七回鴛鴦抗婚的餘波中，賈璉來請邢夫人，平兒勸他回頭再說，賈璉道：「老爺親自吩咐我請太太的，這會子我打發了人去，倘或知道了，正沒好氣呢，指著這個拿我出氣罷。」

結果第四十八回裏，賈璉就果然捱了一頓毒打，而且比賈政打寶玉更加慘烈，用平兒的話說，是「也沒拉倒用板子棍子，就站著，不知拿什麼混打一頓，臉上打破了兩處。」何其毒恨之深也！

很明顯，賈璉挨打的原因不只是因爲石呆子的扇子，其底火還在於鴛鴦身上——那賈赦得不到鴛鴦，一早就曾放話說：「自古嫦娥愛少年，他必定嫌我老了，大約他戀著少爺們，多半是看上了寶玉，只怕也有賈璉。果有此心，叫他早早歇了心，我要他不來，此後誰還敢收？」

原來是父子爭風，當爹的是個老風流，卻自知年紀大，難入美人之眼，所以醋妒交加，竟把氣撒在兒子身上了。被鴛鴦拒婚是賈赦生平至丟臉的醜事之一，尷尬到要「自此便告病，且不敢見賈母，只打發邢夫人及賈璉每日過去請安。」連賴大家的請客，寧榮二府爺們俱往赴宴，賈赦也稱病沒去，可見介意之深。

我們且重看一下平兒是怎樣敘述這次賈璉捱打經過的——

平兒咬牙罵道：「都是那賈雨村什麼風村，半路途中那裏來的餓不死的野雜種！認了不到十年，生了多少事出來！今年春天，老爺不知在那個地方看見了幾把舊扇子，回家看家裏所有收著的這些好扇子都不中用了，立刻叫人各處搜求。誰知就有一個不知死的冤家，混號兒世人叫他作石呆子，窮的連飯也沒的吃，偏他家就有二十把舊扇子，死也不肯拿出大門來。二爺好容易煩了多少情，見了這個人，說之再三，把二爺請到他家裏坐著，拿出這扇子略瞧了一瞧。據二爺說，原是不能再有的，全是湘妃、棕竹、麋鹿、玉竹的，皆是古人寫畫真跡，因來告訴了老爺。老爺便叫買他的，要多少銀子給他多少。偏那石呆子說：『我餓死凍死，一千兩銀子一把我也不賣！』老爺沒法子，天天罵二爺沒能為。已經許了他五百兩，先兑銀子後拿扇子。他只是不賣，只說：『要扇子，先要我的命！』姑娘想想，這有什麼法子？誰知雨村那沒天理的聽見了，便設了個法子，訛他拖欠了官銀，拿他到衙門裏去，說所欠官銀，變賣家產賠補，把這扇子抄了來，作了官價送了來。那石呆子如今不知是死是活。老爺拿著扇子問著二爺說：『人家怎麼弄了來？』二爺只說了一句：『為這點子小事，弄得人坑家敗業，也不算什麼能為！』老爺聽了就生了氣，說二爺拿話堵老爺，因此這是第一件大的。這幾日還有幾件小的，我也記不清，所以都湊在一處，就打起來了。也沒拉倒用板子棍子，就站著，不知拿什麼混打一頓，臉上打破了兩處。我們聽見姨太太這裏有一種丸藥，上棒瘡的，姑娘快尋一丸子給我。」寶釵聽了，忙命鶯兒去要了一丸來與平兒。

賈赦爲了奪得幾把扇子，不惜將石呆子逼得「坑家敗業」；得不到鴛鴦，又怎會善罷干休？打了賈璉一頓還是輕的，待賈母死後，不知還有多少厲害手段要施展呢。

有趣的是，薛家的棒傷藥似乎很是有名。舊年寶玉捱打時，寶釵曾親自托著一丸藥送了去，囑咐襲人用酒研開，敷在傷處，必可解毒化淤；這次賈璉捱了打，平兒會特地到寶釵處來求棒傷丸藥，而寶釵也不過是令鶯兒要一丸來，可見這丸藥還名貴得很，只能一丸一丸地送人。

前文寫鳳姐弄權鐵檻寺，害了張金哥和守備兒子兩條人命時，文中曾道：「自此鳳姐膽識愈壯，以後有了這樣的事，便恣意的作爲起來，也不消多記。」

而甲戌本於此有雙行夾批：「一段收拾過阿鳳心機膽量，真與雨村是一對亂世之奸雄。後文不必細寫其事，則知其乎生之作爲。回首時，無怪乎其慘痛之態，使天下癡心人同來一警，或可期共入於恬然自得之鄉矣。脂硯。」

鳳姐此後有此等事便恣意作爲，雨村又何嘗不是？陷害石呆子這類的事情，雨村爲官生涯中不知做了多少，又害死幾許人命。

但最值得玩味的，還是這「石呆子」與「竹扇子」的典故。

我們都知道，寶玉是「石兄」，且素有「呆病」，而此石呆子豈非暗喻寶玉麼？而文中所提之名扇「全是湘妃、棕竹、麋鹿、玉竹的」，此四樣皆爲竹名，且第一個就提到「湘妃」，這不是暗示黛玉又是誰呢？

那石呆子說：「要扇子，先要我的命！」惠愛之深，亦正如寶玉之對黛玉，然而最終卻到底保不住，被賈雨村設陷奪去，落入賈赦之手。

結合前文關於「賈雨村與林黛玉」的種種分析暗示，這件「石呆子與竹扇」的插曲，明明就暗示著黛玉的結局：將來某日，因賈雨村作梗，使寶玉失去了黛玉，且惹出禍端，坑家敗業。

那麼寶玉、黛玉、扇子之間會有什麼樣的故事呢？

第六十四回〈幽淑女悲題五美吟〉中露了端倪——因黛玉抱怨寶玉將自己的詩傳出去與外人看見，寶玉忙道：「我多早晚給人看來呢。昨日那把扇子，原是我愛那幾首白海棠的詩，所以我自己用小楷寫了，不過爲的是在手中看著便易。我豈不知閨閣中詩詞字跡是輕易往外傳誦不得的。自從你說了，我總沒拿出園子去。」

這裏已經明確地將黛玉詩作與寶玉的扇子聯繫到了一起，而這樣做的後果會是什麼呢？作者惟恐讀者不知其害，故而借寶釵之口點破：「林妹妹這慮的也是。你既寫在扇子上，偶然忘記了，拿在書房裏去被相公們看見了，豈有不問是誰做的呢。倘或傳揚開了，反爲不美。」

那麼寶釵是否過慮呢？外邊的人是不是看過了寶玉的扇子、黛玉的詩作呢？

早在香菱學詩時，寶玉已曾說過：「前日我在外頭和相公們商議畫兒，他們聽見咱們起詩社，求我把稿子給他們瞧瞧。我就寫了幾首給他們看看，誰不真心嘆服。他們都抄了刻去了。」當時黛玉探春就教訓道：「你真真胡鬧！且別說那不成詩，便是成詩，我們的筆墨也不該傳到外頭去。」寶玉卻不以爲然，說：「這怕什麼！古來閨閣中的筆墨不要傳出去，如今也沒有人知道了。」

彼回還只說是抄寫出來給人看見，且已經被刻去傳散了；此回則說「自從你說了，我總沒拿出園子去」，但卻承認又寫在了扇子上——此兩回遙遙呼應，到底把黛玉詩同寶玉扇聯繫到一起了。

寶玉口中雖說「總沒拿出園子去」，但他向是無心之人，這話再信不得真。他又是在北靜王府常來常往的，若是扇上詩句被王爺看見，那水溶又是風雅之人，豈有不問的？倘若北靜王得知此詩爲賈府孤女林黛玉所作，又怎不遙思渴慕？再倘或後來竟向旁人打聽，被賈雨村得知，豈會不趁機獻勤，便如從前與冷子興閒談一般，將黛玉幼時言行盡情稟報？一日爲師，終身爲父，便是賈雨村毛遂自薦要爲北靜王向賈府保媒提親，也是說得過去的。

那林黛玉是翰林之後，書香之族，才貌雙全，品行兼優；而北靜王初次見寶玉時年未弱冠，也就是不到二十歲，與黛玉可謂年貌相當，門第相稱，若是聽了雨村的介紹，想納黛玉爲妃簡直是一定的念頭；正所謂「窈窕淑女，君子好逑」，北靜王又不可能知道林黛玉和賈寶玉早已兩相情悅，所以就算求親也是正常，算不得棒打鴛鴦，橫刀奪愛。那時候婚姻講的是「父母之命，媒妁之言」，賈雨村身爲黛玉業師，又和賈政關係密切，爲兩府做媒名正言順，甚至從表面上來講是做了一件大好事。

但是賈母必定不願意，寶玉必定大鬧一場，即賈政從前所慮之「弒君殺父」——雖不至如此誇張，然而北靜爲四王之首，地位僅次於皇上，寶玉若是大鬧北靜府，也就與「弒君」同罪了。而賈雨村在整個事件中所起的作用，便會像之前亂判葫蘆案，此時強取石呆扇一般，變盡方法向賈府施壓，花言巧語，威逼利誘。

黛玉自然誓死不嫁，甚至極可能就死在這件事上，完成了「質本潔來還潔去」的終極宿命。

——上述雖然只是猜測，但是綜合「香菱與黛玉的鏡花緣」、「賈雨村與林黛玉」、以及後文「北靜王的三件禮物」、「黛玉的〈五美吟〉」等篇看來，則知可能性極大。

小小扇子竟能引起如此大禍，就難怪黛玉的替身兒晴雯會「撕扇子作千金一笑」了！

北靜王的三件禮物

北靜王水溶在書中出場的次數不多，但分量卻很重，而且他每次送出的禮物，幾乎都能引出點故事。

他在書中的第一次出場，也是惟一的一次正面描寫，就將腕上一串念珠卸了下來送給寶玉，見於第十五回：

話說寶玉舉目見北靜王水溶頭上戴著潔白簪纓銀翅王帽，穿著江牙海水五爪坐龍白蟒袍，繫著碧玉紅鞓帶，面如美玉，目似明星，真好秀麗人物。寶玉忙搶上來參見，水溶連忙從轎內伸出手來挽住。見寶玉戴著束髮銀冠，勒著雙龍出海抹額，穿著白蟒箭袖，圍著攢珠銀帶，面若春花，目如點漆。水溶笑道：「名不虛傳，果然如『寶』似『玉』。」……水溶又將腕上一串念珠卸了下來，遞與寶玉道：「今日初會，傖促竟無敬賀之物，此係前日聖上親賜鶺鴒香念珠一串，權為賀敬之禮。」寶玉連忙接了，回身奉與賈政。賈政與寶玉一齊謝過。

這段描寫，與第二十八回〈蔣玉菡情贈茜香羅　薛寶釵羞籠紅麝串〉互看，特別發人深思。

寶玉到馮紫英府上做客，席間行酒令時，伶人蔣玉菡念了句「花氣襲人知晝暖」，被薛蟠叫嚷出來，說「襲人」是「寶貝」，妓女雲兒忙向蔣玉菡說明緣故。其後寶玉出來解手，蔣玉菡追出來賠不是。寶玉趁機向他打聽名聞天下的伶人琪官，得知就是蔣玉菡小名——

寶玉聽說，不覺欣然跌足笑道：「有幸，有幸！果然名不虛傳。今兒初會，便怎麼樣呢？」想了一想，向袖中取出扇子，將一個玉玦扇墜解下來，遞與琪官，道：「微物不堪，略表今日之誼。」琪官接了，笑道：「無功受祿，何以克當！也罷，我這裏得了一件奇物，今日早起方繫上，還是簇新的，聊可表我一點親熱之意。」說畢撩衣，將繫小衣兒一條大紅汗巾子解了下來，遞與寶玉，道：「這汗巾子是茜香國女國王所貢之物，夏天繫著，肌膚生香，不生汗漬。昨日北靜王給我的，今日才上身。若是別人，我斷不肯相贈。二爺請把自己繫的解下來，給我繫著。」寶玉聽說，喜不自禁，連忙接了，將自己一條松花汗巾解了下來，遞與琪官。

那怡紅院名曰「怡紅快綠」，而這裏寶玉恰是拿松花（綠）汗巾換了蔣玉菡的大紅汗巾子。無怪乎脂硯這裏戲批了一句：「紅綠牽巾，是這樣用法。一笑。」

然而故事到這裏還沒完，交代了這大紅汗巾子的曲折來源：原是「茜香國女國王進貢—

──北靜王賞賜蔣玉菡──琪官轉贈寶玉」之後，卻又寫到原來寶玉的松花汗巾也並非他本人所有，而是襲人之物：

寶玉回至園中，寬衣吃茶。襲人見扇子上的墜兒沒了，便問他：「往那裏去了？」寶玉道：「馬上丟了。」睡覺時只見腰裏一條血點似的大紅汗巾子，襲人便猜了八九分，因說道：「你有了好的繫褲子，把我那條還我罷。」寶玉聽說，方想起那條汗巾子原是襲人的，不該給人才是，心裏後悔，口裏說不出來，只得笑道：「我賠你一條罷。」襲人聽了，點頭歎道：「我就知道又幹這些事！也不該拿著我的東西給那起混帳人去。也難為你，心裏沒個算計兒。」再要說幾句，又恐慪上他的酒來，少不得也睡了，一宿無話。

至次日天明，方才醒了，只見寶玉笑道：「夜裏失了盜也不曉得，你瞧瞧褲子上。」襲人低頭一看，只見昨日寶玉繫的那條汗巾子繫在自己腰裏呢，便知是寶玉夜間換了，忙一頓把解下來，說道：「我不希罕這行子，趁早兒拿了去！」寶玉見他如此，只得委婉解勸了一回。襲人無法，只得繫在腰裏。過後寶玉出去，終久解下來擲在個空箱子裏，自己又換了一條繫著。

這樣子，襲人的松花汗巾就和琪官的大紅汗巾子經由寶玉之手做了交換。原來，「紅綠牽巾」的並不是寶玉和琪官，而是襲人與琪官。其間又夾著北靜王的恩澤。

第二十八回曾有一段回前批：

茜香羅、紅麝串寫於一回，蓋琪官雖係優人，後回與襲人供奉玉兄、寶卿得同終始者，非泛泛之文也。

茜香羅是琪官贈與寶玉，寶玉轉贈襲人之物；紅麝串是元妃賜與寶釵之物；而這兩個物件，關乎兩段婚姻：琪官與襲人後來「供奉玉兄、寶卿得同終始」，可見襲人嫁了琪官，寶釵嫁了寶玉。

脂硯將「茜香羅」與「紅麝串」並提，指明「非泛泛之文」，而我則以爲這條大紅汗巾子的情形，同「鶺鴒香念珠」更加合拍。

不信，且看那水溶見寶玉的口角情形，與寶玉見琪官何其相似：水溶是誇讚「果然如寶似玉」，寶玉是笑稱「果然名不虛傳」；水溶是卸了腕上一串念珠，說：「今日初會，倉促竟無敬賀之物。」寶玉則說是「今兒初會，便怎麼樣呢？」解下扇墜，說：「微物不堪，略表今日之誼」；而水溶的香串原來並不是自己之物，而是「前日聖上親賜」的，這又和琪官的大紅汗巾子，「昨日北靜王給我的」不謀而合。

——兩段描寫如此相似，難道是曹雪芹筆乏嗎？

大紅汗巾子從出現後，只在忠順府長史官上門的時候照應了一次，寫忠順府長史官往賈府搜尋琪官下落，寶玉矢口否認，那長史官冷笑道：「既云不知此人，那紅汗巾子怎麼到了公子腰裏?」

而鶺鴒香念珠出現後，也在第十六回黛玉回京後照應了一次，由寶玉「珍重取出來轉贈黛玉」，卻被黛玉擲而不取，且說：「什麼臭男人拿過的!我不要他。」

這是又一次寫寶玉將北靜王賞賜之物轉贈他人。然而與茜香羅不同的是，汗巾子原不是北靜王直接賞給寶玉的，而寶玉最終也並沒有據爲己有，兩個人都只是轉了一道手，最終的獲益者是襲人，並成就了襲人與琪官的一段婚姻；而這香珠串是北靜王直接贈與寶玉的，寶玉想拿來送黛玉，卻沒送出去，反被黛玉譏斥道：「什麼臭男人拿過的!」

這「臭男人」固然不是說寶玉，而是此前擁有此珠串的人，是誰呢?是將珠串贈給寶玉的北靜王，還是將珠串賜給北靜王的當今聖上?換言之，黛玉罵的人，是皇上。

己卯本在這段後有句批：「略一點黛玉性情，趕忙收住，正留爲後文地步。」那就是說這鶺鴒香還有下文了，會是什麼樣的文章呢?寶玉送出手的「茜香羅」成就了襲人、琪官的婚姻，那麼沒送出手的「鶺鴒珠」會不會帶來一段悲劇?

「鶺鴒珠」是惟一一件明寫的北靜王贈與寶玉之物，至於暗出之物，除「茜香羅」外，還有一套雨具。事見第四十五回〈金蘭契互剖金蘭語　風雨夕悶製風雨詞〉，說風雨之夜，黛玉悶悶填詞，寶玉突然披蓑來訪：

（寶玉）脫了蓑衣，裏面只穿半舊紅綾短襖，繫著綠汗巾子，膝下露出油綠綢撒花褲子，底下是掐金滿繡的綿紗襪子，靸著蝴蝶落花鞋。黛玉問道：「上頭怕雨，底下這鞋襪子是不怕雨的？也倒乾淨。」寶玉笑道：「我這一套是全的。有一雙棠木屐，才穿了來，脫在廊簷上了。」黛玉又看那蓑衣斗笠不是尋常市賣的，十分細緻輕巧，因說道：「是什麼草編的？怪道穿上不像那刺蝟似的。」寶玉道：「這三樣都是北靜王送的。他閑了下雨時在家裏也是這樣。你喜歡這個，我也弄一套來送你。別的都罷了，惟有這斗笠有趣，竟是活的。上頭的這頂兒是活的，冬天下雪，帶上帽子，就把竹信子抽了，去下頂子來，只剩了這圈子。下雪時男女都戴得，我送你一頂，冬天下雪戴。」黛玉笑道：「我不要他。戴上那個，成個畫兒上畫的和戲上扮的漁婆了。」及說了出來，方想起話未忖奪，與方才說寶玉的話相連，後悔不及，羞的臉飛紅，便伏在桌上嗽個不住。

又是一句「我不要他」！這已經是第二次黛玉間接拒絕北靜王的禮物了。

此前寶玉葬花是用衣襟兜著花瓣直接撒進水裏去，黛玉卻說水裏不乾淨，「未若錦囊收豔骨，一抔淨土掩風流」，要用土葬——而北靜王，正是姓「水」，這裏面，是否暗示著什麼呢？種種痕跡，顯示了黛玉、寶玉、北靜王之間，隱藏著某種似有還無的可能性關係，這些伏線會在遺失的後文裏突顯出來嗎？

而黛玉在拒絕了寶玉的蓑衣之後，卻反過來送了寶玉一樣東西，玻璃繡球燈——真真讓人歎息，正所謂「彩雲易散玻璃脆」啊！

寶黛感情發展的四個階段

寶玉和黛玉這對木石前盟，在初次相見時已經傾蓋如故，一個在心裏想：「倒像在那裏見過一般！」一個則直白說：「這個妹妹我曾見過的。」這真是最最樸實明白的心有靈犀。

然而他們雖然有著那麼深的前世淵源，有著三生石畔的還淚之盟，在今世裏紅塵相逢時，感情路卻並不順暢，而是一波三折，歷盡坎坷，最終也不能遂心如願。

也許，要怪她在離恨天時許錯了願，本該報恩而來，卻偏偏說要還淚。那眼淚，豈是流得完的？而當淚盡之時，緣分也就盡了，他與她，註定是不能在一起。

很多讀者將寶黛的悲劇歸結於黛玉的小心眼，愛吃醋。然而黛玉並不是從一開始就小心眼的，也並不是一直吃醋到底。寶黛的情感在前八十回裏是有發展有深入有調整有平衡的，是高鶚的續書混淆了人物性情，把黛玉又打回到十二歲前不懂事的小孩子去了。

在前八十回裏，寶黛的情感有四個發展階段，並以三十二回爲分水嶺，達成真正心心相印的戀愛同盟。

第一個階段，是黛玉初進賈府而寶釵還沒來之前。寶黛兩人是耳鬢廝磨，言和意順。

雖然由於書中第三回末的大窟窿——「次日起來，省過賈母，因往王夫人處來，正值王夫人與熙鳳在一處拆金陵來的書信看。」——造成了一個黛玉剛進京，寶釵跟腳兒就來了的錯覺。然而事實上，兩人的進府時間至少隔了三四年。

這三四年間，便是寶黛相處的第一階段。

他們相處的細節在書中並沒有正面寫足，但是通過後文裏寶黛二人爭辯時的回憶，卻每每提及舊時情景，讓我們多少瞭解到那段青梅竹馬兩小無猜的美好時光。

最集中的一次描寫是在黛玉葬花後，寶玉慨歎：「既有今日，何必當初？」黛玉由不得要問：「當初怎麼樣？今日怎麼樣？」於是寶玉長篇大套地回憶起來：

當初姑娘來了，那不是我陪著頑笑？憑我心愛的，姑娘要，就拿去；我愛吃的，聽見姑娘也愛吃，連忙乾乾淨淨收著等姑娘吃。一桌子吃飯，一床上睡覺。丫頭們想不到的，我怕姑娘生氣，我替丫頭們想到了。我心裏想著：姊妹們從小兒長大，親也罷，熱也罷，和氣到了兒，才見得比人好。如今誰承望姑娘人大心大不把我放在眼睛裏，倒把外四路的什麼寶姐姐鳳姐姐的放在心坎兒上，倒把我三日不理四日不見的。

這清楚見出，黛玉初來時，與寶玉的關係是「和氣」的，一桌子吃飯，一床上睡覺，當真親密無間。直到寶釵進了賈府，這種親密才受到衝擊，生出許多嫌隙來。

第五回開篇，書中有段文字特地將寶、黛、釵三人的微妙矛盾囫圇總結了一番，十分提綱挈領：

如今且說林黛玉自在榮府以來，賈母萬般憐愛，寢食起居，一如寶玉，迎春、探春、惜春三個親孫女倒且靠後。便是寶玉和黛玉二人之親密友愛處，亦自較別個不同，日則同行同坐，夜則同息同止，真是言和意順，略無參商。不想如今忽然來了一個薛寶釵，年歲雖大不多，然品格端方，容貌豐美，人多謂黛玉所不及。而且寶釵行為豁達，隨分從時，不比黛玉孤高自許，目無下塵，故比黛玉大得下人之心。便是那些小丫頭子們，亦多喜與寶釵去頑。因此黛玉心中便有些悒鬱不忿之意，寶釵卻渾然不覺。那寶玉亦在孩提之間，況自天性所稟來的一片愚拙偏僻，視姊妹弟兄皆出一意，並無親疏遠近之別。其中因與黛玉同隨賈母一處坐臥，故略比別個姊妹熟慣些。既熟慣，則更覺親密，既親密，則不免一時有求全之毀，不虞之隙。這日不知為何，他二人言語有些不合起來，黛玉又氣的獨在房中垂淚，寶玉又自悔言語冒撞，前去俯就，那黛玉方漸漸的回轉來。

這是摔玉之後第一次寫黛玉垂淚，雖然文中兩次說「又」，可見流淚本黛玉常態，但在寶釵來之前，黛玉之淚非因吃醋而流，理由不夠強大，傷心程度也不深，所以書中也就不做深寫。

直到寶釵帶著她的金鎖以及「金玉姻緣」的大命題旗幟高張地住進了賈府來，林黛玉深深地覺得受到了威脅，大為憂戚，這才淚流不斷，把吃醋當主食、把猜疑當佐料的。但是寶玉卻有點懵懂，雖然對黛玉遠較諸人親密，卻只是欣賞憐惜，並沒有別的想法，便在遊太虛做春夢時，見了秦可卿，也把她看成是釵、黛的結合體。

第八回〈比通靈金鶯微露意〉是寶黛釵的第一次鬥法，這回裏寶玉和寶釵互換了金鎖片、通靈玉來看，鶯兒又點破上面的字「是一對兒」，這些話顯然被剛剛走來的黛玉聽見了，從此就時時刻刻放在心上。連開玩笑時也會對寶玉說：「你有玉，人家就有金來配你；人家有『冷香』，你就沒有『暖香』去配？」

但到這時候也仍然停留在小孩子口角的階段，湘雲來時住在黛玉房裏，為拿戲子比黛玉的事鬧了彆扭，寶玉賭氣寫了篇佛偈，黛玉看見了，立刻忘了昨天吵嘴的事，拿著字帖兒去與湘雲、寶釵同看，再一同來找寶玉，辯得他啞口無言，打消執念。四個人的表現，到此都還一派天真，遠遠上升不到「愛情」或「三角戀」的高度上去。

即便黛玉小心眼兒，一會兒生湘雲的氣，一會兒吃寶釵的醋，都還是出自天然，「我為的是我的心。」

而寶玉勸黛玉的話，也只停留在小孩子間「誰跟誰關係更鐵」的把戲上：「你這麼個明白人，難道連『親不間疏，先不僭後』也不知道？我雖糊塗，卻明白這兩句話。頭一件，咱們是姑舅姊妹，寶姐姐是兩姨姊妹，論親戚，他比你疏。第二件，你先來，咱們兩個一桌吃，一床睡，長的這麼大了，他是才來的，豈有個為他疏你的？」

姑舅姊妹也好，兩姨姊妹也好，都是姊妹，不是情人。元春命寶玉同諸芳一起遷入大觀園時，寶玉問黛玉想住哪裏，黛玉說瀟湘館，寶玉拍手笑道：「正和我的主意一樣，我也要叫你住這裏呢。我就住怡紅院，咱們兩個又近，又都清幽。」

這時候眾姐妹都在廳上，寶玉不避嫌疑——也沒嫌疑可避，因為他和黛玉更「近」是誰都知道的事，並無私情。直到住進大觀園，寶黛兩個一同葬花看《西廂》，這才情竇初開，心意纏綿，並且說出「傾國傾城貌，多愁多病身」這樣意味深長的玩笑來，已經跡近調情了。

因此，從寶釵進府，到遷入大觀園之前的這段時間，是寶黛愛情的第二階段。

但是從共讀《西廂》，並一再地借戲詞調情、鬧彆扭、和好，兩個人之間的吵架鬥嘴便再不是小時候那般簡單，而是充滿了打情罵俏的意味，進入到情感的第三階段——戀愛的感覺了。

在這個階段裏，黛玉的第二次葬花、哭訴〈葬花吟〉，是寶黛情感的一個小高潮，也是一次重要表白。事實上，整個第三階段裏，寶黛二人的主要情感交流方式就是：黛玉一味傷心猜疑，寶玉不住勸慰表白。

非常重要且明確的表白就有四次。

第一次是為了閉門羹的事。黛玉明明看見寶釵進了怡紅院，自己隨後來時，丫鬟卻不給開門，說「都睡下了」，還說是「寶二爺吩咐的」，這讓黛玉怎不氣極？

次日黛玉葬花吟詩，寶玉賭咒發誓，遂說出那番「早知今日，何必當初」的理論來。

剛剛地和好了，偏偏元春又賞賜端午禮，給寶玉和寶釵是一樣的，黛玉卻和迎探惜等人相同，這麼明顯的暗示，瞎子也看出來了，黛玉豈會不傷心？於是見了寶玉，便又舊話重提說：「我沒這麼大福禁受，比不得寶姑娘，什麼金什麼玉的，我們不過是草木之人！」

寶玉只得再次表白說：「我心裏的事也難對你說，日後自然明白。除了老太太、老爺、太太這三個人，第四個就是妹妹了。要有第五個人，我也說個誓。」

這時候已經提到「心裏的事」了，只是「難對你說」，也難對看官說。但到了第二十九回〈癡情女情重愈斟情〉，就說得很清楚了。

這第三次彆扭鬧得比較凶，是清虛觀打醮回來，黛玉為張道士給寶玉提親的事已經夠賭氣的了，又見寶玉特地藏起金麒麟來，越發難過——滿園子盛傳金玉姻緣，寶釵有個金鎖不算，現在又出來個湘雲的金麒麟，寶玉這不是存心給自己添堵嗎？

因此寶玉來訪時，黛玉脫口便說：「我也知道白認得了我，那裏像人家有什麼配的上呢。」——這裏的「人家」，已經不只是寶釵，還有湘雲在內了。

這裏有一大段寶黛二人的心理活動，作者一向慣用史筆，此處卻偏偏深入內心，直接做主觀表白了：

原來那寶玉自幼生成有一種下流癡病，況從幼時和黛玉耳鬢廝磨，心情相對；及如今稍明時事，又看了那些邪書僻傳，凡遠親近友之家所見的那些閨英闈秀，皆未有稍及林黛玉者，所以早存了一段心事，只不好說出來，故每每或喜或怒，變盡法子暗中試探。那林黛玉偏生也是個有些癡病的，也每用假情試探。因你也將真心真意瞞了起來，只用假意，我也將真心真意瞞了起來，只用假意，如此兩假相逢，終有一真。其間瑣瑣碎碎，難保不有口角之爭。即如此刻，寶玉的心內想的是：「別人不知我的心，還有可恕，難道你就不想我的心裏眼裏只有你！你不能為我煩惱，反來以這話奚落堵我。可見我心裏一時一刻白有你，你竟心裏沒我。」心裏這意思，只是口裏說不出來。那林黛玉心裏想著：「你心裏自然有我，雖有金玉相對之說，你豈是重這邪說不重我的？我便時常提金玉，你只管了然自若無聞的，方見得是待我重，而毫無此心了。如何我只一提金玉的事，你就著急，可知你心裏時時有金玉，見我一提，你又怕我多心，故意著急，安心哄我。」

看來兩個人原本是一個心，但都多生了枝葉，反弄成兩個心了。那寶玉心中又想著：「我不管怎麼樣都好，只要你隨意，我便立刻因你死了也情願。你知也罷，不知也罷，只由我的心，可見你方和我近，不和我遠。」那林黛玉心裏又想著：「你只管你，你好我自好，你何必為我而自失。殊不知你失我自失。可見是你不叫我近你，有意叫我遠你了。」如此看來，卻都是求近之心，反弄成疏遠之。如此之話，皆他二人素習所存私心，也難備述。

回目說〈癡情女情重愈斟情〉，的確是把個「情」字掂來倒去掰開嚼碎了。與第五回開篇那段話相對，這裏已經清楚地說明寶黛的情感轉換，前文說二人從前「情和意順，略無參商」，這裏則說「耳鬢廝磨，心情相對」，再次肯定第一階段的和諧；但是第五回說自寶釵來後，黛玉「有些悒鬱不忿之意」，寶玉卻是「並無親疏遠近之別」，只是與黛玉更加熟慣些罷了，是形容的第二階段概況；這裏則說「凡遠親近友之家所見的那些閨英闈秀，皆未有稍及林黛玉者。」這所有「閨英闈秀」中，自然也包括了寶釵，因此這時候的寶玉可再不是沒有親疏遠近之別，而是已經進入第三階段，心中認定黛玉一人了。

「早存了一段心事，只不好說出來」，正與前面他向黛玉表白「我心裏的事也難對你說」相映，但是讀者卻已經盡明白他二人的心事了——此時的寶黛之間情苗已茁，且是「兩個人原本是一個心」了，只爲嫌隙不斷，不能自明，所以才「反弄成兩個心」。

好在，他們有可敬可愛的老祖母道破天機——賈母的一句「不是冤家不聚頭」，讓兩人參禪一般細細咀嚼，「人居兩地，情發一心。」已經再明白沒有了。

只是，直到這時候，兩個人之間卻還仍沒有把話點破說通，仍然是各抱心思。

直到第三十二回〈訴肺腑心迷活寶玉〉，寶黛間終於有了明明白白的一次「談情」，也是最重要的第四次表白。

因金麒麟一事，黛玉特往怡紅院察顏觀色，孰料正聽見寶玉對湘雲說：「林妹妹不說這樣混帳話，若說這話，我也和他生分了。」這下面，又有一大段黛玉的內心獨白：

林黛玉聽了這話，不覺又喜又驚，又悲又歎。所喜者，果然自己眼力不錯，素日認他是個知己，果然是個知己。所驚者，他在人前一片私心稱揚於我，其親熱厚密，竟不避嫌疑。所歎者，你既為我之知己，自然我亦可為你之知己矣；既你我為知己，則又何必有金玉之論

哉；既有金玉之論，亦該你我有之，則又何必來一寶釵哉！所悲者，父母早逝，雖有銘心刻骨之言，無人為我主張。況近日每覺神思恍惚，病已漸成，醫者更云氣弱血虧，恐致勞怯之症。你我雖為知己，但恐自不能久待；你縱為我知己，奈我薄命何！

黛玉的內心糾結，種種深情與顧慮，這裏做了一個徹底剖析，這還不算，之後寶玉追出來，兩人更是清心直說，痛陳肺腑，寶玉說出了那句驚天動地的「你放心」。這三個字，一向被我認爲是情感告白最經典最有分量的許諾，比之「我愛你」更重千鈞。佛偈有云：「由愛故生憂，由愛故生怖，若離於愛者，無憂亦無怖。」有了愛，就會有憂慮，有恐懼，會患得患失，猜疑思慮——而這些正是黛玉的心事。寶玉並不需要向她表白「我愛你」，甚至不需要承諾「我娶你」。他明明白白說的是：「你放心！」這比一千一萬句表白承諾、誓言賭咒更能表達他的心——這心，包括了情意和決定。

黛玉卻仍是不放心，惟恐自己錯解，因此怔了半天，還是要再追問一句：「我有什麼不放心的？我不明白這話。你倒說說怎麼放心不放心？」

寶玉點頭歎道：「好妹妹，你別哄我。果然不明白這話，不但我素日之意白用了，且連你素日待我之意也都辜負了。你皆因總是不放心的原故，才弄了一身病。但凡寬慰些，這病也不得一日重似一日。」

這番話，體貼柔情之至，不光是表白我對你的心，且是憐惜你對我的心。因此「林黛玉聽了這話，如轟雷掣電，細細思之，竟比自己肺腑中掏出來的還覺懇切。」——因爲寶玉已經完全說中了她的心事，也完全回應了她的心意。至此，兩個人終於湊成一個心了。

而寶黛的愛情也再次昇華，進入第四階段：心心相印，情比金堅！

至此後，黛玉再不曾猜忌寶玉，卻因鐵了心要和寶玉在一起，不免對寶釵愈發含酸。第三十四回寶玉捱打後，寶釵前來送藥，脫口說出「早聽人一句話，也不至今日。別說老太太、太太心疼，就是我們看著，心裏也……」說著紅了臉咽住，低頭弄帶，大爲嬌羞。這番表現，多半又被黛玉窺知了，她自己哭得眼睛跟桃兒一樣，卻打趣寶釵「哭出兩缸眼淚來，也醫不好棒瘡！」就是因爲著實吃醋。

但她對寶玉是沒有懷疑的。因寶玉特地打發紫鵑送了她兩條帕子，一片體貼知己心思，令黛玉感慨莫名，再次照應前文，發出大段獨白：

這裏林黛玉體貼出手帕子的意思來，不覺神魂馳蕩：寶玉這番苦心，能領會我這番苦意，又令我可喜；我這番苦意，不知將來如何，又令我可悲；忽然好好的送兩塊舊帕子來，若不是領我深意，單看了這帕子，又令我可笑；再想令人私相傳遞與我，又可懼；我自己每每好哭，想來也無味，又令我可愧。如此左思右想，一時五內沸然炙起。

這同「訴肺腑」一回的「又喜又驚，又悲又歎」，既相重疊又不盡同，要更深入，也更明曉，於是餘意綿纏，顧不得嫌疑避諱等事，便向案上研墨蘸筆，於兩塊舊帕上連題三絕——這兩條半新不舊的家常帕子，再不同於從前寶玉說的「憑我心愛的，姑娘要，就拿去」的玩意兒，而已經有了「私相授受，定情信物」的意思。

其後三十六回〈繡鴛鴦夢兆絳芸軒〉，黛玉親眼看見寶釵給寶玉繡肚兜，心中滋味可想而知。擱在從前，早又對寶玉生了疑心，這一次卻並未對寶玉發作，只是過後在頑笑中提到：「你看著人家趕蚊子分上，也該去走走。」

而這時候的寶玉也是鐵了心要和黛玉一起的，睡夢裏都喊出：「和尚道士的話如何信得？什麼是金玉姻緣，我偏說是木石姻緣！」也再不是從前夢太虛時將釵黛混爲一談的時候了。

此時的寶黛，已經結成了緊密的戀愛聯盟，站在寶釵的對立面了。雖然寶玉不會像黛玉那樣對寶釵醋語宣戰，卻也明顯地厚黛而薄釵，並且借著第五十七回〈慧紫鵑情辭試莽玉〉，將隱情大白於天下，只是仍然不能得到眾人認可罷了。

綜上所述的寶黛情感四個階段，若說第一階段是「兩小無猜」，第二階段就是「充滿猜疑」，第三階段則是在「不斷驗證」，而第四階段終於「彼此信任」了。

這之後寶黛之間的情感描寫忽然少起來，再沒有猜疑與表白，齟齬同勸慰，因爲就像黛玉說的：「你的話我都知道了。」再沒什麼可說的了。

林黛玉的姑蘇情結

《紅樓夢》又名《金陵十二釵》，一直在強調「金陵」這個概念。但是金陵在這裏似乎是泛指，南京、姑蘇、杭州乃至揚州等地都屬金陵。

比如林黛玉就是蘇州人，在京中寄人籬下，未免自傷身世，一直表露出深深的思鄉之情，其中最集中的一次體現就是在第六十七回〈見土儀顰卿思故里〉。薛蟠從江南辦貨回來，給妹妹寶釵帶了一箱子手信，無非是些「筆、墨、紙、硯、各色箋紙、香袋、香珠、扇子、扇墜、花粉、胭脂等物；外有虎丘帶來的自行人、酒令兒，水銀灌的打筋斗小小子，沙子燈，一齣一齣的泥人兒的戲，用青紗罩的匣子裝著；又有在虎丘山上泥捏的薛蟠的小像，與薛蟠毫無差錯。」──的確都是蘇州特產。蘇州的香粉花扇、手工藝品，到今天也是很聞名的。

寶釵很會做人，將禮物分成一份份地送給園裏諸人，連趙姨娘、賈環母子也不落下，又特地給黛玉的加厚一倍。「林黛玉看見他家鄉之物，反自觸物傷情，想起父母雙亡，又無兄弟，寄居親戚家中，那裏有人也給我帶些土物？想到這裏，不覺的又傷起心來了。」

寶玉來了看見，不免安慰再三，又約她往寶釵那裏道謝。黛玉說：「自家姊妹，這倒不必。只是到他那邊，薛大哥回來了，必然告訴他此南邊的古跡兒，我去聽聽，只當回了家鄉一趟的。」說著，眼圈兒又紅了。

遊子鄉情，溢然紙上。

但實際上，黛玉在蘇州並未生活多久，早在五歲時便隨父親林如海來到揚州。次年母親亡故，又隨蒙師賈雨村投奔賈府，與三生石畔舊精魂的賈寶玉隔世重見，從而結下一段傷心緣。

蘇州五年加上揚州一年，黛玉對於江南的記憶最多到六歲為止。然而在她身上，卻時時處處打下了深深的江南烙印，姑蘇風華。

蘇繡馳名天下，姑蘇女子大都擅長女紅，大家閨秀的林黛玉也不例外。儘管襲人背後諷刺黛玉說：「他可不作呢。饒這麼著，老太太還怕他勞碌著了。大夫又說好生靜養才好，誰還煩他做？舊年好一年的工夫，做了個香袋兒；今年半年，還沒見拿針線呢。」

然而書中關於黛玉做針線的描寫其實並不少，而且黛玉是小姐又不是女工，賈母待她一片憐恤之情，絕不會像史湘雲的嬸娘待湘雲那般苛刻，所以不至於讓黛玉手不停工就是了。活計在精不在多，「巧」才是第一位。

那麼黛玉的手巧不巧呢？

第十七回〈大觀園試才題對額〉中，寶玉得了賈政誇獎，一高興，就把身上配的戴的任由小廝們解了個乾淨，黛玉聽說了，便疑惑他將自己送的荷包也給了人，氣得轉身回房，將寶玉前日煩他做的香袋兒逕自剪了。書中說，「寶玉已見過這香囊，雖尚未完，卻十分精巧，費了許多工夫，今見無故剪了，卻也可氣。」足見黛玉手工之精巧。

而且不僅是寶玉的香囊、荷包，就連他命根子通靈寶玉上穿的穗子，也是由黛玉所做。兩人口角時，襲人勸道：「你不看別的，你看看這玉上穿的穗子，也不該同林姑娘拌嘴。」那穗子是穿在通靈玉上，每天寶玉不離身的，老太太、太太等幾十雙眼睛盯著的，若是活計不精緻細巧，哪能入得了幾位老人家的眼？

後來寶玉煩鶯兒打絡子，寶釵熱心地慫恿：「倒不如打個絡子把玉絡上呢。」可見對這事兒有多耿耿於懷。

第二十八回〈蔣玉菡情贈茜香羅　薛寶釵羞籠紅麝串〉中有這麼一段描寫：

寶玉進來，只見地下一個丫頭吹熨斗，炕上兩個丫頭打粉線，黛玉彎著腰拿著剪子裁什麼呢。寶玉走進來笑道：「哦，這是作什麼呢？才吃了飯，這麼空著頭，一會子又頭疼了。」黛玉並不理，只管裁他的……寶釵也進來問：「林妹妹作什麼呢？」因見林黛玉裁剪，因笑道：「妹妹越發能幹了，連裁剪都會了。」……寶玉便問丫頭們：「這是誰叫裁的？」林黛玉見問丫頭們，便說道：「憑他誰叫我裁，也不管二爺的事！」寶玉方欲說話，只見有人進來回說「外頭有人請」……

此處可見，黛玉不但要做自己的活計，有時還要負責園裏其他人的裁剪，故而寶玉才會問「這是誰叫裁的？」

會是誰呢？左不過老太太、王夫人、鳳姐幾個人，別的人也使不著黛玉。

而在這一段之前，剛剛寫道王熙鳳讓寶玉幫忙記個帳，「大紅妝緞四十匹，蟒緞四十匹，上用紗各色一百匹，金項圈四個。」寶玉道：「這算什麼？又不是帳，又不是禮物，怎麼個寫法？」鳳姐兒道：「你只管寫上，橫豎我自己明白就罷了。」

這個無頭賬，到最後也沒有揭曉，於是讀者就和寶玉一樣都裝在悶葫蘆裏了。然而聯繫上下文看，很可能這個賬和黛玉做的活計有關，或是給什麼大人物備的禮吧。黛玉的手若不巧，活如不精，又怎麼會接受這樣的派使呢？雖說不至於讓黛玉做滿四十匹大紅妝緞什麼的，但其中幾件重要禮品求得著黛玉的裁剪功夫，卻是極有可能的。而這些禮物又極重要，所以連老太太也默許鳳姐指使黛玉來做。因爲這會兒黛玉並不是在瀟湘館，而是在賈母的房裏。所以寶玉才會問：「這是誰叫裁的？」

鳳姐送茶給黛玉時曾說過：「不用取去，我打發人送來就是了。我明兒還有一件事求你，一同打發人送來。」可見鳳姐是經常求黛玉做事的。而無所不能的當家人王熙鳳能求得著孤女林黛玉的事，想想實在有限，況且還要「打發人送來」，九成是布料活計之類，總不見得會求黛玉幫忙寫詩吧？

有專家猜測是鳳姐不識字，所以求黛玉幫自己做些筆墨學問上的事。非也，通常的小事，鳳姐手下有個彩明是識字的，專門用於點花名冊簽到之類的差使；事情再重大些，她或許會去煩賈璉、寶玉，甚至三姑娘探春，但不至於找不理俗務的黛玉。這個表嫂能求到家中表小姐的，最多只是針線上的事，而且也只有針線事，才會當著眾人面毫不在意地說出來，因爲本來就是閨中本份，不以爲忤。

其實除了黛玉，書中寫明籍貫姑蘇的女子不少，第一個就是香菱，家住姑蘇閶門十里街仁清巷葫蘆廟隔壁。這是全書出現的第一個女子，不但籍出姑蘇，而且連家門街巷也報得清楚，然而偏偏就是這個女孩子，卻因自幼被拐，連自己的家鄉籍貫都記不清了，並不知道自己是黛玉的同鄉。也許，這正是讓人可悲可歎之處！

然而冥冥中自有感知，後來香菱拜了黛玉做師父，學習做詩。連寶玉也感歎：「這正是『地靈人傑』。老天生人再不虛賦情性的。我們成日歎說可惜他這麼個人竟俗了，誰知到底有今日。可見天地至公。」

「地靈人傑」，這個地方，自是姑蘇了。

黛玉在梨香院外聽小戲子們演練「牡丹亭」，香菱碰了來，兩人一道回瀟湘館閑坐片時，「說些這一個繡的好，那一個刺的精，又下一回棋，看兩句書」。可見黛玉和所有女孩兒一樣，話題離不開繡活兒，是常用的開場白。

第五十七回說薛姨媽生日，「自賈母起諸人皆有祝賀之禮，黛玉亦早備了兩色針線送去。」——既然敢以針線爲賀禮，可見黛玉對自己的手工是自得的。

況且，眾所周知晴雯是黛玉的第一個替身兒，也是書中手工最精的一個，「病補雀金裘」之舉是她的華彩樂章，這其實也是側面對黛玉精工的一個烘托。

而除了晴雯這個明顯的替身之外，黛玉在書裏還有一個暗出的影兒，就是「針神」慧娘，乃是賈母至愛瓔珞的舊主人。同樣是金陵人氏，書香宦門之家，「偏這慧娘命夭，十八歲便死了。」

種種暗示，都可見黛玉精通女紅，只不過她是絳珠仙子下凡，是精靈的化身，所以書中對其才藝的表現重點放在詩詞上，而針黹女紅是人人都會她獨精的，所以只輕描淡寫幾筆，讓人們朦朧地得出一個黛玉擅針黹但並不以此爲意的概念罷了。

她在詠白海棠詩中曾有句「月窟仙人縫縞袂，秋閨怨女拭啼痕。」這正是自我寫照——黛玉是嫦娥，不是織女，雖不會視紡績爲本等要事，卻也是一樣的精於縫縞啊。

除了上述幾位閨秀之外，大觀園裏來自姑蘇的女子還有十二個女戲子及她們的教習，自然也都是精通音律、聰明靈秀的女子了，而其中的齡官，更是眉眼兒像極了黛玉，並且也是身子柔弱、性情乖僻自傲的，更可謂是淪落戲行的黛玉了。後來戲班子解散，跟了黛玉的是藕官，曾經膽大包天、在園子裏燒紙祭藥官的，可見也是癡情種子。

除卻這些有名有姓的人之外，園中來自姑蘇的還有駕駛棠木舫的蘇州駕娘，可謂是書中地位最低賤的蘇州女了，然而寶玉既說過「女人是水做的骨肉」，那麼水中操舟的女子，自然只能來自姑蘇了。

可惜的是，她們無法駕著棠木舫，將黛玉送回她的家鄉去。

黛玉得的是什麼病？

《紅樓夢》中寫醫診的情節不少，藥方更多，卻始終沒有明確點出：黛玉得的到底是什麼病？

那林黛玉原是絳珠仙草托生，林下風致，弱不勝衣，從吃飯起便吃藥。初進賈府時，眾人見她面龐怯弱，便知有不足之症。因問常服何藥？黛玉答說「人參養榮丸」。賈母便道：「正好，我這裏正配丸藥呢。叫他們多配一料就是了。」

顯然「人參養榮丸」比起後文薛寶釵的「冷香丸」普通得多了，賈母一聽即明，而且痛快地說讓人去配就是了。因爲這是一種常見成藥，由「人參、白術、茯苓、炙甘草、當歸、熟地黃、白芍、炙黃芪、陳皮、遠志、肉桂、五味子」十二味藥組成，有氣血兩補，寧神定氣的作用，主治心脾不足，氣血兩虧，對神經衰弱也有療效，正合宜黛玉的先天氣血不足，後天憂思多慮。

然而這當然只是治標不治本，所以黛玉的病始終不見好。庚辰本第二十八回有回前批說：「自『聞曲』回以後，回回寫藥方，是白描顰兒添病也。」

「聞曲」指的是第二十三回〈西廂記妙詞通戲語　牡丹亭豔曲警芳心〉。這一回裏黛玉並沒有發病，倒是剛剛搬進大觀園，心情好得很，還同寶玉一起葬花、讀《西廂》。在這回末，黛玉聽見梨香院的小戲子演練「牡丹亭」，深有所感，潸然淚下——很顯然，黛玉之病，是典型的「心病」。

而之後的藥方，除了二十八回寶玉杜撰的那個什麼「頭胎紫河車，人形帶葉參」的天價藥方外，並沒有實寫過哪位太醫來給黛玉看病開藥，只是王夫人提了句「你吃那鮑太醫的藥可好些？」黛玉回：「也不過這麼著。老太太還叫我吃王大夫的藥呢。」可見醫生是常來的，還換著方兒開藥。

王夫人且又說起大夫給的一個藥名兒，叫什麼「金剛丸」的，寶玉開玩笑對應了個「菩薩散」，還是寶釵點明該是「天王補心丹」。這也是一味中醫成藥，主治思慮過度，耗傷心陰，心失所養而神志不安，虛煩少眠等症，正宜黛玉。

這且不論，重要的是藥名，點明了「補心」二字；可惜醫家之藥，不論「人參養榮」也好，「天王補心」也好，終究醫症不醫心，無法痊救的。

因此到了三十二回〈訴肺腑心迷活寶玉〉之時，黛玉自忖：「近日每覺神思恍惚，病已漸成，醫者更云氣弱血虧，恐致勞怯之症。你我雖為知己，但恐自不能久待；你縱為我知己，奈我薄命何！」

「神思恍惚，氣弱血虧」，已經把症狀病源都說得清清楚楚，且「病已漸成，不能久待」，實令讀者哀之傷之，留春無計。

黛玉本是書中第一個「多愁多病身」，但是關於她的病以及治病的藥雖然屢屢提及，卻都作煙雲模糊之筆，從不肯細寫其就醫詳情，難道是曹雪芹不諳醫理，避重就輕嗎？

當然不是。因為書中分明多次詳寫了其他人的病症與診治。不但藥方明白，而且脈理清楚，甚至連診治過程的禮儀瑣事也細說分詳。

比如書中第一個大寫特寫其病的小蓉大奶奶秦可卿，她身居十二釵之末、卻死在十二釵之先。尤氏說她為了看醫生，一天折騰幾次起來換衣裳。

但這件事有點奇怪，因為那時候淑媛貴婦看病時，都是垂下帳子的，只伸一隻手出來搭在枕上由醫生聽脈，連晴雯尚且如此，如何寧國府女主人倒要拋頭露面？第十回〈張太醫問病細窮源〉，也是直接進了賈蓉居室，見了秦氏，向賈蓉說道：「這就是尊夫人了？」——見得太容易了。但是聯繫到後文賈珍宴客以孌童侍酒，尤氏竟能跑到門外偷聽，可知寧國府一向沒什麼規矩，女主人更不懂得自重，這處也就容易理解了。

張友士按了右手按左手，出來細說了病源病徵，明確指出：「大奶奶是個心性高強聰明不過的人，聰明忒過，則不如意事常有，不如意事常有，則思慮太過。此病是憂慮傷脾，肝木忒旺，經血所以不能按時而至。」顯然也是心病，但是這次的藥方就寫得清楚明白，可見作者精通醫理。

同時這段也側寫了可卿的性格與心結——越是薄宦人家的女兒攀了高枝，就越在乎面子活兒，特別注重外表。卻惟獨忘了，真正自重身分倒不在於穿戴華麗，而是深居簡出，愛惜顏面才是。

後文「王熙鳳協理寧國府」，說到對牌一事，秦鐘問：「你們兩府裏都是這牌，倘或別人私弄一個，支了銀子跑了，怎樣？」這段正與可卿的行爲相照應，秦鐘說的是孩子話，也是寒酸話。因爲秦鐘沒經過大陣仗，腦子裏只有小算盤，居安思危原是貧寒子弟的本能思維定式。

姐弟倆在一樣的環境中長大，但可卿後來開了眼界，思慮會更深遠憂慮些。所以才有魂托鳳姐一段描寫，娓娓道出對於賈府未來的憂患，這種保全良方由經過貧寒上位的可卿道出，十分合理。正如脂批所讚：「的是安富尊榮坐享人不能想得到處。」

可歎的是，張友士的藥方未救得了可卿的命，秦可卿的良計也同樣救不了賈府的難。

寧國府就醫過程如是，那麼榮國府的規矩又是怎樣的呢？

第四十二回裏，賈母因帶了劉姥姥遊園，略感風寒。府裏請了太醫來，嬤嬤們請賈母進幔子去坐。賈母道：「我也老了，那裏養不出那阿物兒來，還怕他不成！不要放幔子，就這樣瞧罷。」——這裏說得非常明確，照規矩賈母也是要坐在裏面，隔著帳幔讓太醫診脈的，不過賈母年歲已高，輩份更高，也就不必太講究男女之分了。

一時只見賈珍、賈璉、賈蓉三個人將王太醫領來。王太醫不敢走甬路，只走旁階，跟著賈珍到了階磯上。早有兩個婆子在兩邊打起簾子，兩個婆子在前導引進去，又見寶玉迎了出來。只見賈母穿著青皺綢一斗珠的羊皮褂子，端坐在榻上，兩邊四個未留頭的小丫鬟都拿著

蠅帚漱盂等物；又有五六個老嬤嬤雁翅擺在兩旁，碧紗櫥後隱隱約約有許多穿紅著綠戴寶簪珠的人。王太醫便不敢抬頭，忙上來請了安。

這段寫得特別細緻，王太醫乃是朝中六品供奉，進榮府時尚且循規蹈矩，戰戰兢兢；而賈母自己雖說不用垂帳，但是眾女眷包括鴛鴦等有身分的大丫頭，卻都躲在屏風後面，只留了嬤嬤和未留頭的小丫鬟在前面侍候——規矩體統之嚴，與寧國府的混亂隨便形成鮮明對比。

接著細寫了王太醫診脈，斷症，開藥，又順便給大姐兒也看了病，方才辭去。榮府裏一老一小，寫得繁簡相宜，相映成趣。

後來第五十一回裏晴雯因感了風寒，鼻塞聲重，懶怠動彈。寶玉命請大夫來，書中亦有完整過程寫胡君榮問診。晴雯不過是個丫鬟，看病也有偌大排場，不但垂下繡幔，而且有婆子侍候，胡庸醫看見她長指甲，婆子趕緊拿手帕遮了。

後來胡大夫出園後開了方子，因婆子說恐我們爺囉嗦還有話問，胡大夫問：「方才不是小姐，是位爺不成？那屋子竟是繡房一樣，又是放下幔子來的，如何是位爺呢？」婆子笑道：「那屋子是我們小哥兒的，那人是他屋裏的丫頭，倒是個大姐，那裏的小姐？若是小姐的繡房，小姐病了，你那麼容易就進去了？」

原來這樣的陣仗都還是最廉宜的，算不得規矩大。若小姐們病了，大夫進繡房都是難的，那麼黛玉瞧病的話，自然就更是一段極重要極深細的描寫了。而什麼樣的筆墨落到實處，似乎都不足以襯托黛玉的清靈飄逸，都會因爲太「寫實」反而讓這個人物俗了。

且說那胡大夫開了藥，寶玉因上面有紫蘇、桔梗、防風、荊芥、枳實、麻黃等，便道：「該死，該死，他拿著女孩兒們也像我們一樣的治，如何使得！憑他有什麼內滯，這枳實、麻黃如何禁得？」命人另請了王太醫來，重新診脈開藥，果然方子上再沒有枳實、麻黃，倒有當歸、陳皮、白芍等，分量較先也減了些。寶玉這才滿意了。

那輪到寶玉自己得病又如何呢？書中也有照應。

第五十七回寶玉被紫鵑一句話頂出了呆病來，眾人請的也是王太醫。王夫人和寶釵、襲人等女眷都避到裏間去，寶玉是位爺，自然不用隔帳幔什麼的，賈母早就說過自己不避嫌疑了，因此也端坐在寶玉身旁陪著。妙的是因爲寶玉拉著紫鵑的手不放，所以紫鵑也無法迴避，只得待在外面。

王太醫是知道規矩的，又一向謹慎，進來後先請了賈母的安才給寶玉診症，看到紫鵑站在旁邊，不禁覺得奇怪。書中輕描淡寫一句「那紫鵑少不得低了頭。王大夫也不解何意。」讓人又好笑又感歎。

診過脈，王太醫斷症是痰迷，且舉出多種症別，又說明寶玉此迷係急痛所致，不過一時壅蔽，不妨事的。而後按方煎藥，果覺比先安靜。

這次診症，因為寶玉的瘋瘋癲癲，多少有了點鬧劇的味道，然而第六十九回的尤二姐瞧病，卻與此天壤之別，慘烈之極了。

尤二姐有身孕後，天天受秋桐和丫鬟們的氣，不久便病倒了，四肢懶動，茶飯不進，漸次黃瘦下去。賈璉命人請太醫來，結果又請了給晴雯看症的虎狼醫生胡君榮。診過脈，說經水不調，要大補。賈璉說她三個月沒來月經，又常嘔酸，不會是懷孕吧？胡君榮聽了，復又命老婆子們請出手來再看看，診了半天脈聽不明白，又要求看看氣色，還說「醫生要大膽」；然而一見了尤二姐的花容月貌，竟發起花癡來，「魂魄飛上九天，通身麻木，一無所知」，哪裏還懂什麼診脈。於是亂開了方子，遂導致尤二姐墮胎。

——拋開這胡庸醫是否收了別人的黑錢來謀害尤二的不算，只這裏診了兩次脈又要求看面相，便知他醫術平庸。而賈璉因為「無法」，才勉為其難讓人把帳子掀起一條縫來，露出尤二姐臉來，可見尤二姐在寧國府時雖然同賈珍賈蓉父子鬼混得無法無天，來了榮國府卻是恪盡婦道的。

尤二姐墮胎後，賈璉另請了大夫來，診治說：「本來氣血生成虧弱，受胎以來，想是著了些氣惱，鬱結於中。這位先生擅用虎狼之劑，如今大人元氣十分傷其八九，一時難保就愈。煎丸二藥並行，還要一些閑言閒事不聞，庶可望好。」診得明白決斷。

可歎的是，二姐的日子哪裏避得開閑言閒事，終於吞金自盡，往警幻仙子座下銷號去了……

除了上述幾次描寫之外，餘者如鳳姐小產、襲人咯血等，也都有延醫治療的細節，病源病徵都寫得明明白白；惟獨黛玉這個常年多病的人，卻沒有一次詳寫請太醫的過程。

因為黛玉是個太空靈的人物，高貴清逸到無可形容，所以書中關於她的描寫一概是寫意的，說到她的衣著時，最多只提及古裝戲服一般的大紅羽緞斗篷，卻不會細寫衣裙首飾；說她的病時，也只提到一味最空泛的人參養榮丸，天王補心丹，不會實寫太醫如何為她診脈問病。

而賈母、晴雯等都是活在俗世裏的人，熱熱鬧鬧地過日子，所以如何病，請何醫，吃何藥，也都會一一道來，如數家珍。這就是作者的良苦用心了。

然而後人妄解紅樓時，卻偏偏「不解其中味」，硬要說黛玉得的是肺病，還說賈母就因為這個才不喜歡她，而讓寶釵嫁給寶玉的。真真是一派胡言！

且不說那黛玉原非凡夫俗子，不可能得什麼民間常見症，況且「神思恍惚」也不是肺結核的病症；就是從賈府的規矩也說不過去——那晴雯不過是傷風，李紈聽見了，還特意帶話說：「一兩劑藥吃好了便罷，若不好時，還是出去為是。如今時氣不好，恐沾染了別人事小，姑娘們的身子要緊的。」

一個傷風感冒都這麼嚴重，若是黛玉有肺病，賈母倒會許她成日家同寶玉在一處嗎？而且黛玉初來時，已經在吃人參養榮丸了，賈母還放心地安排兩個人住在一間屋裏，不過隔著一道碧紗櫥，這根本說不過去嘛。

況且作者早自二十三回起，已在「回回寫藥方，為顰兒添病」；三十三回說「病已漸成，不能久待」；四十九回時，索性讓黛玉自已拭淚直言：「近來我只覺心酸，眼淚卻像比舊年少了些的。心裏只管酸痛，眼淚卻不多。」——這已明明是淚債即將還清之兆。

很明顯，這個天下第一情癡的女子質本潔來還潔去，原爲還淚而來，後因淚盡而死，一如《牡丹亭》之杜麗娘，所有的病症都只是表像，說到底，也只是心病而已。眾評家又何須再爲其添病呢？

林黛玉的九個替身兒

黛玉前世原是一棵絳珠草，爲甘露之恩而追隨神瑛下凡，欲還他一生之淚。這註定了她多愁的性格，悲劇的命運。但是，即便沒有木石前盟，即便她不是林黛玉，也沒有遇到賈寶玉，她的人生又會怎樣？

賈雨村曾討論稟賦天地之氣而生的男女，其舉止命運註定不平凡，「在上則不能成仁人君子，下亦不能爲大凶大惡。置之於萬萬人中，其聰俊靈秀之氣，則在萬萬人之上；其乖僻邪謬不近人情之態，又在萬萬人之下。若生於公侯富貴之家，則爲情癡情種，若生於詩書清貧之族，則爲逸士高人，縱再偶生於薄祚寒門，斷不能爲走卒健僕，甘遭庸人驅制駕馭，必爲奇優名娼。」

顯然，黛玉以及紅樓諸女兒，都是稟那「正邪兩賦而來一路之人」。黛玉自是這些人中爲首的一個，她的將來已經註定了是「淚盡而逝」，那麼與她同類人的命運會怎樣呢？

書中爲黛玉安排了多個替身兒，她們有不同的身分，不同的故事，不同的選擇——我以爲，這應該就是作者的目的，爲了表現黛玉命運的不同可能性，人生選擇與歸宿的多種出路。

*妙玉

黛玉三歲那年，有個癩頭和尚曾向林如海夫婦化她出家，如海自是不允，和尚遂說：「既捨不得他，只怕他的病一生也不能好的了。若要好時，除非從此以後總不許見哭聲，除父母之外，凡有外姓親友之人，一概不見，方可平安了此一世。」

這就給了我們第一個人生想像：倘若黛玉當初真的出家了會怎樣？

同時，我們也找到了黛玉的第一個替身兒——妙玉。

林之孝家的介紹妙玉來歷時曾說：「本是蘇州人氏，祖上也是讀書仕宦之家。因生了這位姑娘自小多病，買了許多替身兒皆不中用，到底這位姑娘親自入了空門，方才好了。」又說她「如今父母俱已亡故」、「文墨也極通，模樣兒又極好。」——這不正是出了家的林黛玉嗎？

而且她名字裏也有一個「玉」字，真是與黛玉像到了十足十，難怪她會給黛玉續詩，敢於批評黛玉：「你這麼個人，竟是大俗人！」

黛玉是書裏極清高秀雅的一個女孩兒，是絳珠仙子轉世，妙玉竟然批評她「俗」，這讓很多喜愛黛玉的讀者都很難接受。但是如果弄清她們兩人的關係，就很容易理解了——因爲這妙玉就好像黛玉的分身，本尊留在父母身邊長大，分身卻入了空門，所以出家的那個，會指證在家的那個是「俗人」。

這個「俗」，並非與「雅」相對，而是指「世俗」與「空門」，有「檻內」與「檻外」之別。

所以黛玉往攏翠庵喝茶時，會自然地坐在妙玉的蒲團上，而當妙玉拿了自己的杯子給寶玉用，黛玉也不會吃醋，因爲她們兩個根本就是一個人。

可惜的是，妙玉縱然出了家，卻是「欲潔何曾潔，云空未必空。可憐金玉質，終陷淖泥中。」——到底是不能心靜，未必「好了」。

＊茗玉、慧娘

和尚又說，若黛玉不肯出家的話，就要一輩子不見哭聲，且除父母外不見一個外人。這又會如何呢？

書中亦曾暗場描寫過兩個相類的閨中女兒，雖然沒有正面出場，卻頗可玩味。這兩個人，一個出自劉姥姥口中，一個則在寫賈母心頭好時捎帶一筆。就是茗玉和慧娘，因爲神龍見首不見尾，故而合算一個。

那茗玉原是劉姥姥信口開河杜撰的故事，鄉紳之女，知書識字，相貌俊俏，可惜生到十七歲，一病死了。她名字裏也有個「玉」字，顯然是黛玉的又一個投影兒。

而慧娘也是個姑蘇女子，書香宦門之家，精於書畫，繡技超凡，可惜命夭，十八歲便死了。

這兩位一虛一實，都是未出閣的女孩兒，在父母家中視若掌珠的，卻終究逃不脫「命夭」的噩運。

可見，就算聽了癩頭和尚的話，無論出家也好，在家也好，黛玉始終是沒有出路的。

想想這一僧一道也真可恨，他們在幻境時本來深知神瑛侍者與絳珠仙草的「還淚之約」，卻爲了自己做功德，不但不成全他們在仙境裏的「木石前盟」，還要處處幫倒忙，生造出一個紅塵中的「金玉姻緣」來破壞，以便製造悲劇，好「趁此度脫幾個」。

於是他們一下世就找林如海要化黛玉出家，另一面卻給了寶釵幾句吉利話兒，讓鏨在金器上，讓她擇玉而配。結果三敗俱傷，最終黛玉淚盡早夭，寶玉懸崖撒手，一干風流孽鬼，終沒幾個有好結果的。

＊香菱

一僧一道除了要化黛玉出家外，還曾試過化甄英蓮出家。甄士隱也是拒了，於是他們便斷言這女孩兒將來遇雪則滅。

很顯然，香菱也是黛玉的一個替身兒，所以她進大觀園後，第一件事就是溯本求源，拜了林黛玉為師，〈慕雅女雅集苦吟詩〉一回中，探春喊她「菱姑娘」，直與「林姑娘」相應。

香菱判詞中說：「根並荷花一莖香，平生遭際實堪傷。」蓮與菱都可謂「根並荷花」，而黛玉占花名時拈了枝芙蓉，所以也是荷花。香菱的命運是「薄命憐卿甘作妾」，因被夏金桂嫉恨排擠，至於被薛蟠所休，最終枯血而死。

＊晴雯

脂批裏說過：「襲為釵副，晴有黛影。」明確指出位於十二釵又副冊第一位的晴雯，也是黛玉的一個投影兒。

寶玉生辰夜，群芳開夜宴，占花名。林黛玉掣了一枝芙蓉花，而晴雯死後，寶玉便做了一篇長長的〈芙蓉女兒誄〉。在「茜紗窗下，我本無緣；黃土壟中，卿何薄命。」四句後，庚辰本有雙行夾批：「一篇誄文總因此二句而有，又當知雖誄晴雯而又實誄黛玉也。」再次點出晴雯乃是黛玉替身。

而晴雯與黛玉最大的共同點，還在於對寶玉的一往情深上，這是一個「心比天高，身為下賤」的替身兒，她的結局是「壽夭多因誹謗生，風流夭巧招人怨」。

因為此，便有紅學家判斷黛玉命運也是遭嫉而死，被趙姨娘等人中傷誹謗，故而沉塘自盡。然而晴雯雖枉擔了虛名兒，到底是冰清玉潔的女孩兒，她的死是病逝而非自盡。所以黛玉也絕不可能含辱自盡，豈不等於承認罪名？

那麼黛玉的替身兒中有沒有死於自盡的呢？也有一位，就是尤三姐。

＊尤三姐

興兒向尤家姐妹說起林黛玉時，曾經形容：「面龐身段和三姨不差什麼。」可見尤三姐在形象上也有黛玉之風。

尤三姐的身世可憐而尷尬，歷史也有些不清不楚——父親早逝，做「拖油瓶兒」隨母改嫁，因為異胞大姐尤氏在寧府做續弦，她便同母親和胞姐尤二都一起進了寧國府，依附賈家生活。

「在人屋簷下，焉得不低頭。」她和黛玉一樣是寄人籬下，而寧國府的環境比榮國府險惡百倍，除了門前兩個石獅子乾淨外，滿府裏男盜女娼，毫無體統。書中說賈珍、賈蓉等

「素有聚麀之誚」，是一對父子淫魔，他們怎麼會放過這對姐妹花呢？

但是尤三姐並非一味淫奔之女，她有她的夢想和追求，不但主動擇夫，且求姐夫賈璉成全。尤三姐對愛情的追求比黛玉大膽得多，卻也沒落得好下場。不過她的自刎，是因爲生前確曾失腳，被棄後難以自辯，惟有一死相謝。這種不同的選擇，只有更反證了黛玉不可能自盡，否則便等於認罪，承認自己和寶玉真的有過不清白了。

＊齡官

和黛玉相貌肖似的人中，還有一個齡官不容忽視，寶玉第一次見她畫薔，就誤會她在學黛玉葬花，「東施效顰」；又看她「眉蹙春山，眼顰秋水，面薄腰纖，嫋嫋婷婷，大有林黛玉之態。」其後去梨香院求她唱曲時，更見她性情口角一如黛玉，連體弱多病的毛病兒都像。

但是齡官的審美卻和黛玉大異其趣，對寶玉不理不睬，甚至頗爲厭棄，卻深愛著少爺賈薔。

這是提供了黛玉選擇的另一種可能性——沒有愛過賈寶玉，卻愛上了別人，會怎樣？

前八十回裏沒有交代戲班解散後齡官的下落，我猜測她很可能被賈薔金屋藏嬌，但真相如何，不便妄擬。

＊五兒

五兒命薄，且出場時間又短，常常被忽略。但是此人姓柳，且又生得弱，豈非正暗射黛玉之「弱柳扶風」麼？又說她本平襲紫鴛之流，可見貌美。

她本來一心想進怡紅院，可憐目的未成，卻被誣為賊，受冤含辱，竟然一病死了。這同晴雯的含冤慘死頗有些殊途同歸之哀。只不過晴雯到死也是「枉擔了虛名兒」，而五兒卻得到了平兒判冤平反，總算還了清白名聲。

五兒同晴雯，可以說是怡紅院的兩個受害者，只不過一個門裏，一個門外。一個本是寶玉心上第一等的人，卻被攆了出去；另一個則沒能進來，就一命嗚呼了。而與她倆相呼應的，還有一個從門裏到門外的，就是小紅。

＊小紅

小紅原名林紅玉，同黛玉只有一字之差，她生得乾淨俏麗，言辭便給，卻懷才不遇，屈身於怡紅院中做個二流丫鬟，充爲灑掃之役。

作者將小紅取名林紅玉，覺得太過明顯，遂又藉口犯了「玉」字而改名小紅；卻又怕看官真的就此忽略了她與黛玉的親密關係，又特地讓寶玉在發狂症時，因聽見林之孝家的來訪，便大喊：「了不得，林家的人接他們來了，快打出去罷！」有意讓林之孝家的與林黛玉扯上關係，注明都是「林家的人」。

小丫頭佳蕙又曾勸紅玉說：「林姑娘生的弱，時常他吃藥，你就和他要些來吃，也是一樣。」雖然小紅批評：「胡說！藥也是混吃的？」然而這番話其實並非胡說——藥雖不能混吃，但小紅與黛玉「是一樣的」卻沒錯，她正是林黛玉在更俗的世界裏的又一個投影兒。

這個投影兒與晴雯「特犯不犯」，小紅對寶玉也曾經有些癡心妄想的，但是眼見無望，便立刻改了方向，重新下注在賈芸身上。

如果說黛玉和妙玉的雙身是在「出家」這條路上分成了兩路，那麼晴雯和小紅就是在「追愛」的道路上改變了方向——同樣是面對愛的險阻，晴雯誓將愛戀進行到底，一死以報知己；而小紅則「搖曳蟬聲過別枝」，在事業上選擇了鳳姐，在愛情上選擇了賈芸。

這大概是最英明的一種選擇了，只不知道他們兩個最後能否共諧連理。脂批說將來賈芸對於寶玉有「大倚仗處」，而小紅亦曾到「獄神廟慰寶玉」，或許兩人是終於走到一起了吧。

*林四娘

「林家的人」除了林紅玉外，書中還有一位林四娘，同慧娘、茗玉一樣，是暗場出現。

〈老學士閑征姽嫿詞　癡公子杜撰芙蓉誄〉寫於同一回中，一文（雯）一武，先誄林四娘，後誄晴雯，實則都是在誄黛玉。

這個替身兒有點讓人意出望外，因爲黛玉的眾多替身兒在書中多是柔弱女兒形象，林四娘卻是英姿颯爽，所以有人認爲這是湘雲的投影才對。但是四娘姓林，事蹟又在青州，這已經符合「林黛」二字了。腰間又是「丁香結子芙蓉絛」，更同後文的〈芙蓉女兒誄〉一脈相通，都是暗喻那位「風露清愁」的林黛玉的。況且「勇晴雯」也是走的忠勇剛烈一路，既然沒有人懷疑晴雯是黛玉替身兒，那麼這林四娘同爲黛玉替身兒也就不足爲奇了。

又有專家說寶玉撰〈姽嫿詞〉是賈府獲罪之源。然而賈政素向小心，對朝廷之事謹慎克己，旁邊一干清客更是吃政治飯的，耳目聰明，如果連他們都不覺得有什麼異樣，讀者又何必多心呢？況且這個題目本來就是朝廷發的，賈政又豈會不懂得格式和避忌呢？

所以我認爲書中所寫林四娘就與前面的慧娘、茗玉一樣，只是故事裏的一個人物，水月鏡花，曇花一現，只是作爲正角林黛玉的一個投影罷了，不會與正文再發生關係。

林四娘爲恒王妾，這只是討論黛玉出路的又一種可能——嫁與王侯爲妾。

但是，上述諸人縱與黛玉再相似，也都只是她的分身，不是本尊，所以會有不同的選擇，不同的命運。

而且正因爲她們已經分別履行了上述的人生故事，本角林黛玉便必然不會再重蹈覆轍——不會嫁與王侯爲妾，不會改變心意另覓所愛，不會遁入空門，也不會老死父母身邊，不會因爲讒謗含冤而死，更不會聲名受損憤然自盡，她就是她自己，因報恩而來，爲淚盡而逝。

淚灑相思地，魂歸離恨天。這，才是林黛玉的終極命運。

《西廂記》與《牡丹亭》

《紅樓夢》中多次提到戲曲，出現次數最頻的就是《西廂記》和《牡丹亭》。《西廂記》的作用似乎重在言情，而《牡丹亭》的任務則在暗示人物。元妃省親時，點了四部戲，壓軸之作就是「離魂」，脂批說：「《牡丹亭》中，伏黛玉之死。」

可憐這時候的林黛玉還沒看過幾齣戲，也沒讀過戲本子，自己的悲劇命運倒已經早被暗伏在戲中了。

但也著實合理，那杜麗娘本是古今第一情小姐，用來形容「情情」林黛玉，正是貼切。

《牡丹亭》的故事廣爲流傳，說的是太守小姐杜麗娘遊園思春，歸來後竟得一夢。在夢中，她邂逅了俊俏書生柳夢梅，並與其雲雨纏綿，醒來後戀戀不忘，致患相思，一病而歿。

故事到這裏本來是個悲劇，所幸兩人的「夢幻情緣」得到了花神與判官的相助，花神護其肉身不朽，而判官則許其靈魂幽遊。柳夢梅於太湖石下拾得美人圖，一見傾心，日夜呼喚，竟將畫中人喚了出來，於是柳杜之間演出了一場「人鬼情緣」。再後來就是常規的大團圓結局了，柳夢梅開棺，杜麗娘還魂，二人結爲夫妻。起初杜太守不信這些生死之談，但柳夢梅高中狀元，這段情孽奇案一直鬧到皇帝座前，終得御口賜婚，皆大歡喜。

脂批說「離魂」「伏黛玉之死」，顯然說這林黛玉同杜麗娘的命運有相似之處，都是爲相思而死，而且是病死。但卻不能生搬硬套地因此就把全本《牡丹亭》故事放在林黛玉身上，因爲黛玉不可能死而復生，寶玉也不可能中了狀元再得皇上賜婚。

黛玉對《牡丹亭》的第一次瞭解是在第二十三回，〈西廂記妙詞通戲語　牡丹亭豔曲警芳心〉。群芳遷入大觀園後，寶玉過了幾天開心日子，忽然不如意起來，青春躁動症發作，百般無聊。於是茗煙就去書坊裏，買了大堆傳奇角本送來與他開心。

果然寶玉如獲至寶，其中尤爲喜歡《會真記》（即《西廂記》），特地拿到園中細玩。正值黛玉前來葬花，問他讀的什麼書？寶玉起先藏之不迭，說「不過是《中庸》《大學》。」及至黛玉追問，便又笑道：「好妹妹，若論你，我是不怕的。你看了，好歹別告訴別人去。真真這是好書！你要看了，連飯也不想吃呢。」——寶黛二人是精神上的知己，有著共同的審美追求，所以他並不怕黛玉知道他看這些雜書，還主動向黛玉推薦，篤定黛玉會喜歡。

果然那「林黛玉把花具且都放下，接書來瞧，從頭看去，越看越愛看，不到一頓飯工夫，將十六齣俱已看完，自覺詞藻警人，餘香滿口。雖看完了書，卻只管出神，心內還默默記誦。」

這段文字，也可以說是作者本人對《西廂記》曲詞的賞評讚譽。「詞藻警人，餘香滿口」，以這八個字來評價，可謂美矣。

但是說這本書是打開寶黛情書的寶鑰，還不僅僅因爲他們花下共讀，更是因爲他們借著書中人物、故事、戲詞，捅破了兩人間朦朦朧朧的那層窗戶紙，把兩小無猜的友情向豆蔻花開的愛情邁進了一大步。

這層窗戶紙，當然還是寶玉主動捅破的，他向黛玉笑道：「我就是個『多愁多病身』，你就是那『傾國傾城貌』。」自比張生，而將黛玉喻崔鶯鶯。

黛玉本名門閨秀，面對寶玉的第一次情愛示意，又驚又羞，又惱又怕，這是少女很本能的表現。只見她「豎起兩道似蹙非蹙的眉，瞪了兩隻似睜非睜的眼，微腮帶怒，薄面含嗔，指寶玉道：『你這該死的胡說！好好的把這淫詞豔曲弄了來，還學了這些混話來欺負我。我告訴舅舅舅母去。』」

口裏說得這樣嚴重，但其實心裏是喜歡的，只是自己也不知道該怎麼處理。所以當寶玉說出一番傻話來告饒，什麼「掉在池子裏教個癩頭黿吞了去」，又什麼「往你墳上替你馱一輩子的碑去」，黛玉立刻就笑了，還借了句戲詞兒說：「一般也唬的這個調兒，還只管胡說。呸，原來是『苗而不秀，是個銀樣鑞槍頭』。」

這一下，就更加寫明兩人本是同道中人，看同一本書——《西廂》，做同一件事——葬花，所以說，共讀西廂一段，是寶黛愛情路上的重要里程碑。

正在情濃意洽之時，偏偏寶玉被人叫走，黛玉回轉途中即聽見了梨香院十二個小戲子演唱《牡丹亭》，庚辰本有眉批「情小姐故以情小姐詞曲警之，恰極當極！己卯冬。」這時候，戲裏戲外的兩位情小姐第一次相會了。這幾句戲文對黛玉的打動可謂深矣，以至於後來行酒令時，黛玉脫口而出念了句「良辰美景奈何天」。

當然，還有一個可能是黛玉在讀過《西廂記》後，一發不可收拾，聽到這《牡丹亭》的戲中亦有好文章，過後遂向寶玉討了本子來看。

「多愁多病身」與「銀樣鑞槍頭」是寶黛二人第一次讀西廂並借戲詞調笑，這之後，明裏暗裏，書中又提及《西廂記》故事及人物十數次，對情節起到直接推動作用的也有六七處之多。

比如第二十六回〈蜂腰橋設言傳心事　瀟湘館春困發幽情〉，寶玉來瀟湘館時，正值黛玉剛剛午睡醒來，在床上一邊伸懶腰，一邊幽幽長歎：「每日家情思睡昏昏。」——這一句，仍是《西廂記》裏崔鶯鶯的詞兒。

寶玉聽了，自然心癢癢的，於是看到紫鵑很解情趣地去倒茶時，就忍不住也借了張生的戲詞說道：「好丫頭！『若共你多情小姐同鴛帳，怎捨得叫你疊被鋪床！』」

現代讀者看了字面挺雅，便常常忽略了這句話的嚴重性，也不明白黛玉為什麼那麼易怒。但事實上，這句戲詞確實很過分，原是張生沖著鶯鶯小姐的丫鬟紅娘說的，寶玉用在這裏，意思是說等將來娶了黛玉為妻，自然連紫鵑也一塊娶了作妾——這種佔便宜的話，擱在今天也是明明白白的調戲，怨不得黛玉大怒。而且回思自己剛也說了句戲詞，分明情思迤逗，有思春之意，這才被寶玉抓住把柄，占了便宜，真是又羞又怒，因此便哭了，且「一面哭著，一面下床來往外就走」——因寶玉說了那樣過分的話，黛玉是再也不能待在床上了。

不過黛玉怒雖怒，心裏卻很認可寶玉把她比作崔鶯鶯，甚至自己也忍不住常常拿鶯鶯自比。

第三十五回〈白玉釧親嘗蓮葉羹　黃金鶯巧結梅花絡〉開篇，林黛玉站在花陰下，遠遠看著眾人一隊隊往怡紅院去了，感慨起沒有父母的苦楚來。回來瀟湘館時，看見地下竹影參差，苔痕濃淡，聯想起《西廂記》中「幽僻處可有人行，點蒼苔白露泠泠」二句，暗暗歎道：「雙文，雙文，誠為命薄人矣。然你雖命薄，尚有孀母弱弟。今日林黛玉之命薄，一併連孀母弱弟俱無。古人云『佳人命薄』，然我又非佳人，何命薄勝於雙文哉！」

「雙文」，乃是崔鶯鶯的字，這裏面，黛玉已經承認了自己是崔鶯鶯，卻又認為自己比鶯鶯更加命薄。

其實，戲中的鶯鶯不僅比戲外的黛玉有福，更比黛玉大膽，敢於讓紅娘相助，抱了枕頭去與張生私會——這樣的事，黛玉是決然做不出的。可是她這時候已經與寶玉互訴肺腑，題帕明志，認定了要跟寶玉在一起。想要在一起，就必須做出選擇，哪怕委曲求全，也要用力一搏。於是就有了第四十、四十二回的大轉折。

第四十回〈史太君兩宴大觀園　金鴛鴦三宣牙牌令〉中，行酒令輪到黛玉時，黛玉接連念了兩句《牡丹亭》、《西廂記》的詞：「良辰美景奈何天」，「紗窗也沒有紅娘報。」別人聽了都不理論，寶釵卻暗暗將她看了兩眼。四十二回〈蘅蕪君蘭言解疑癖　瀟湘子雅謔補餘香〉中，寶釵私下找了黛玉來「審問」，並教訓了一套大道理。

喜歡黛玉的人往往因此覺得寶釵虛僞，自己明明什麼都讀過，卻道貌岸然地教訓黛玉。但這真是錯怪了寶釵，因爲她說的「道理」是沒有錯的，閨中小姐的確是不許看這些淫詞豔曲的，這就像今天的中學生，雖然什麼都懂，但是父母仍會禁止孩子看黃色書刊影視，孩子們偷偷看了也不會承認，這是常理，並不是裝模作樣。

《西廂記》曲詞雖雅，故事卻是走的「私相授受、後園幽會」一路，曾在清朝幾度被禁，雖然戲台上仍有演出，但常常只是幾個章節片段，是「刪節本」的折子戲，比如元宵節家宴上賈母點的「惠明下書」、「聽琴」兩齣，就都是《西廂記》不同劇種中的兩齣。

而且，「寧爲人知，勿爲人見。」園子裏的姑娘都知道《西廂記》是一回事，公開談論背誦，甚至以戲詞當詩詞就是另一回事兒了。所以黛玉也自我反省「失於檢點」，「羞得滿臉飛紅，滿口央告」，「心下暗伏，只有答應『是』的一字」……

這之後，黛玉對寶釵俯首傾心，以姐呼之，可見《西廂記》不僅樹起了寶黛愛情的里程碑，也標誌了釵黛友情的轉捩點。

這一點，連寶玉也覺得奇怪，在第四十九回〈琉璃世界白雪紅梅　脂粉香娃割腥啖膻〉中，特地向黛玉詢問：「我雖看了《西廂記》，也曾有明白的幾句，說了取笑，你曾惱過。如今想來，竟有一句不解，我念出來你講講我聽。」

黛玉問他是哪句，寶玉笑道：「那『鬧簡』上有一句說得最好，『是幾時孟光接了梁鴻案？』這句最妙。『孟光接了梁鴻案』這五個字，不過是現成的典，難爲他這『是幾時』三個虛字問的有趣。是幾時接了？你說說我聽聽。」

這是兩人又一次借《西廂》對話，黛玉因說了行酒令、送燕窩等事，寶玉笑道：「我說呢，正納悶『是幾時孟光接了梁鴻案？』，原來是從『小孩兒家口沒遮攔』就接了案了。」

這幾處，《西廂》與《牡丹》都是並在一起提的，就連〈薛小妹新編懷古詩〉中，也是兩戲連寫，第九首〈蒲東寺懷古〉取自《西廂記》；第十首〈梅花觀懷古〉則指《牡丹亭》：

不在梅邊在柳邊，個中誰拾畫嬋娟。
團圓莫憶春香到，一別西風又一年。

因爲這詩中有一句「不在梅邊在柳邊」，後人便以爲這首是說寶琴，並猜測她未能如婚約所訂嫁與梅翰林之子爲妻，而是跟了姓柳的人家比如柳湘蓮。

然而事實上，這句詩根本就是出自《牡丹亭》，是杜麗娘臨死前自畫像題詩，可見只爲點明出處而已，原詩作：

近者分明似儼然，遠觀自在若飛仙。
他年得傍蟾宮客，不在梅邊在柳邊。

寶釵看了，自然又一貫道地批駁說：「前八首都是史鑒上有據的；後二首卻無考，我們也不大懂得，不如另作兩首爲是。」黛玉此前聽從寶釵教訓，此時卻借了寶琴之事連忙勸說：「這寶姐姐也忒膠柱鼓瑟，矯揉造作了。這兩首雖於史鑒上無考，咱們雖不曾看這些外傳，不知底裏，難道咱們連兩本戲也沒有見過不成？那三歲孩子也知道，何況咱們？」

連最保守的李宮裁也說：「如今這兩首雖無考，凡說書唱戲，甚至於求的籤上皆有注批，老小男女，俗語口頭，人人皆知皆說的。況且又並不是看了《西廂》《牡丹》的詞曲，怕看了邪書。這竟無妨，只管留著。」

——可見詩社裏人人都是知道這段故事的，甚或可能都偷偷讀過這些書，只是未必如黛玉那般癡迷讚賞，熟極而流罷了。

不過被黛玉「救」下來的這兩首懷古詩，內容頗可玩味。詩中稱紅娘爲「小紅」，正與黛玉的替身兒林紅玉同名，這已經讓人有所懷疑了，況且此前黛玉已經自認鶯鶯，而杜麗娘更是「伏黛玉之死」，那麼這兩首詩是否會照應她的命運呢？在寶黛的愛情故事中，小紅會扮演什麼樣的戲分呢？

除了這幾處之外，在描寫寶黛感情大轉折的第三十二回，庚辰本於回前也曾引錄一首湯顯祖的詩：

無情無盡卻情多，情到無多得盡麼？
解到多情情盡處，月中無樹影無波。

這三首詩，一首來自戲中人物，一首來自戲劇作者，一首卻來自戲外觀眾、書裏人物，卻留給我們這些戲外、書外的看官們解不盡的謎題，並且打了三百年的悶葫蘆，至今打不破。

而更可歎的是，《牡丹亭》中有皇上爲麗娘賜婚，《紅樓夢》裏，卻是元妃點戲伏黛玉之死，賞賜端午節禮時，還特地使寶玉同寶釵等分，而將黛玉降了一等。

戲如人生，可惜人生，竟不如戲！

從〈五美吟〉看黛玉結局

第六十四回〈幽淑女悲題五美吟〉，黛玉說：「我曾見古史中有才色的女子，終身遭際令人可欣可羨可悲可歎者甚多。今日飯後無事，因欲擇出數人，胡亂湊幾首詩以寄感慨。」分別是西施、虞姬、明妃、綠珠、紅拂，寶玉題之曰「五美吟」。

歷史上的紅顏傳說不知凡幾，而黛玉獨獨選了這五位，意義必定非凡。

其中第一首就是詠西施：

一代傾城逐浪花，吳宮空自憶兒家。
效顰莫笑東鄰女，頭白溪邊尚浣紗。

說西施指黛玉，大概沒有人反對。第三回裏林黛玉第一次出場，書中就借寶玉眼光評價其「心較比干多一竅，病比西子勝三分」；寶玉見齡官畫薔，誤認作在葬花，暗想其「東施效顰」，用的正是黛玉詠西施的典；興兒對二尤說起黛玉時，形容是「一肚子文章，只是一身多病，這樣的天，還穿夾的，出來風兒一吹就倒了。我們這起沒王法的嘴都悄悄的叫他

『多病西施』。」而王夫人罵黛玉的替身晴雯時，也說是「好個美人！真像病西施了。」

也正因爲西施的典故，使一些紅學家認爲找到了黛玉沉湖的理據。但是西施的終局向來有爭議，越王勾踐滅楚之後，西施究竟是投水自沉，還是跟范蠡泛舟西湖去了，兩種結局大相徑庭，卻各擅勝場。梁辰魚的《浣紗記》可說是昆劇的祖宗，第一次把昆腔搬上舞台，成爲昆劇，講述的正是西施的故事。

今天的讀者，多半借助電視劇來瞭解歷史；清朝時也一樣，流傳最廣的故事版本永遠不是書籍中記載的那一個，而是戲劇中演繹的傳奇。《紅樓夢》中關於賈府人看戲、說戲的情節甚多，其中所有的戲，都指的是昆劇。所以我們有理由相信，黛玉詩中的西施故事，不妨按照《浣紗記》中記載爲準。

《浣紗記》中，越大夫范蠡往諸暨山中游春，在苧蘿溪邊偶遇浣紗女施夷光，驚其美豔，當即許下婚約，並索取西施手中之紗爲訂。西施一等三年，思念成疾，所以常常捧著胸口說心痛，這便是西施捧心的緣由。

那范蠡因爲吳越戰發，勤勞王事，三年來一直顧不上再找西施。然而因爲越王勾踐想了個美人無間道的計畫，使他又重新想起苧蘿溪邊的絕世美女來，遂重訪故地，找到西施，勸她爲國捐軀——這真是天大的悲劇。幸好，在人們熟悉的越王勾踐臥薪嚐膽、終於復國的故事後，梁辰魚給了西施一個光明的結尾，讓范蠡在復國後功成身退，掛冠歸隱，帶著西施泛舟江湖去了。

將黛玉比西施，除了其面貌體質相像外，她們的命運會有交集嗎？拋開那個沉水的僞命題外，西施最大的特點是被當成救國良計嫁到楚國，黛玉會不會也這樣呢？

我們且跳過第二首詠虞姬詩，看看第三首詠明妃：

絕豔驚人出漢宮，紅顏命薄古今同。

君王縱使輕顏色，予奪權何畀畫工？

書中在寶玉為其題名〈五美吟〉後，特地借寶釵之口重重一評：「做詩不論何題，只要善翻古人之意。若要隨人腳蹤走去，縱使字句精工，已落第二義，究竟算不得好詩，即如前人所詠昭君之詩甚多，有悲輓昭君的，有怨恨延壽的，又有譏漢帝不能使畫工圖貌賢臣而畫美人的，紛紛不一。後來王荊公復有『意態由來畫不成，當時枉殺毛延壽』；永叔有『耳目所見尚如此，萬里安能制夷狄』。二詩俱能各出己見，不與人同。今日林妹妹這五首詩，亦可謂命意新奇，別開生面了。」

海棠詩起社時，寶玉曾說稻香老農不擅做詩卻擅評，然而寶釵這番話，卻壓過前文所有評語了，確是廣識之見。五美之中，寶釵單單以昭君為例評點，可見這一首才是本回的關鍵，點睛之題。

因了昭君遠嫁，所以紅學家以往例行認為這首詩暗喻探春，然而詩中既說「紅顏薄命古今同」，可見以古寓今，這首詩正是黛玉自己形容。

有個旁證：前回開夜宴、占花名，黛玉抽到的乃是芙蓉，詩為「莫怨東風當自嗟」。這句詩出自歐陽修的〈明妃曲〉，前一句乃是「紅顏勝人多薄命」。薛寶釵評詩時提到的「耳目所見尚如此，萬里安能制夷」，也來自這首詩。

毫無異議的是，這一回占花名中每人抽的籤都是自己的命運讖語，絕不會指別人。兩回緊密相連，前曰「紅顏勝人多薄命，莫怨東風當自嗟。」後曰「絕豔驚人出漢宮，紅顏薄命古今同。」很明顯這「紅顏」指的是黛玉自己無疑了。她自稱與明妃古今同命，那該是什麼樣的命運呢？

我們先從明妃的故事著手：西漢宣帝時，匈奴中有呼韓邪單于向朝廷求婚，願娶一位漢室公主為妻。皇上當然捨不得自己的親生女兒遠去僻疆，於是就想從宮女中挑一個認作義女。而王昭君便站出來說，願意成為和親之選。遠嫁之日，漢宣帝為之餞行，見其容貌美麗，有勇有謀，十分心儀，很後悔之前竟然沒有留意這個美人兒，回宮後遂翻出宮女畫像來看。

原來，那時候皇帝選妃不是當面挑選，而是憑畫像來定奪的。王昭君因為不肯賄賂畫工毛延壽，就被他故意在臉上點了一顆痣，遂落選。皇上看到自己當面錯失美人，龍顏大怒，遂下旨重辦毛延壽；然而皇令如山，悔之晚矣，王昭君到底還是遠嫁了。

昭君死後，葬於今呼和浩特市郊，背青山，傍黃河，其墓曰「青塚」——青與黛，豈非同為三生石畔舊精魂乎？

黛玉占花名時，抽中了「紅顏勝人多薄命，莫怨東風當自嗟。」作詩時，又自稱「紅顏薄命古今同」，很明顯與王昭君古今同命，難道她也曾經奉「東風」之命，有「遠適」的可能嗎？

西施與明妃同看，似乎可以得出這樣的公式來：八十回後戰亂紛起，國家危難，朝廷爲了罷戰而行和親之計，不知怎麼這名額竟落到了黛玉頭上，並直接導致了黛玉之死。

再看虞姬詩：

腸斷烏騅夜嘯風，虞兮幽恨對重瞳。
黥彭甘受他年醢，飲劍何如楚帳中？

楚漢相爭之際，西楚霸王項羽兵敗，被漢王劉邦圍於垓下。那劉邦爲亂楚軍之心，便讓自己的手下唱起楚地的哀歌，所謂「四面楚歌」，就是從這裏來的。項羽部下聽了，都以爲楚地皆降，民不聊生，故而哀歌，以致軍心渙散。項羽心煩意亂之餘，對著自己的愛妾虞姬做歌曰：

力拔山兮氣蓋世，時不利兮騅不逝；
騅不逝兮可奈何，虞兮虞兮奈若何？

這首詩史稱〈垓下歌〉，全詩大意是：我空有拔山之力，無奈時不我與。如今大勢已去，只可憐了我的烏騅馬和虞美人。烏騅馬也還好說，虞姬啊虞姬，我該拿你怎麼辦？

虞姬聽了，便向楚王說：請大王再進一杯酒，請看愛妾為您舞劍。遂一邊舞劍一邊唱歌曰：

漢兵已略地，四方楚歌聲。
大王意氣盡，賤妾何聊生。

這歌的意思是說：漢兵已經搶了我們的地方，如今四面楚歌，大王兵敗。既然大王已經窮途末路，我又怎能苟且偷生？唱罷，虞姬橫劍自亡，死於帳中。

而黛玉這首詠虞姬，第一句「腸過烏騅夜嘯風」，引用的是項羽的絕命詞「騅不逝兮可奈何」，而「虞兮幽恨對重瞳」則對應的是虞姬的絕命詞「大王意氣盡，賤妾何聊生」。傳說裏項羽的眼仁是雙瞳，所以「重瞳」指項羽。

「黥彭」是指項羽手下的兩位名將黥布、彭越，他們在烏江戰敗，投降了劉邦，後來還立下累累戰功，但最後還是被劉邦處以醢刑，斬成肉醬。黛玉在這裏嘲笑他們兩位降漢苟活，卻仍難逃一死，還不如虞美人的飲劍楚帳，以全清名。

這首詩寫得傲骨崢嶸，劍氣縱橫，直逼後文寶玉的〈姽嫿詞〉，非常剛烈冷冽。乍看上去，虞姬的氣質似乎與黛玉的柔弱婉轉頗不相類，然而我認為這首詩表達的乃是一種困境中的選擇：賈府勢敗，正如項羽對著四面楚歌，黛玉本來有機會嫁給北靜王自保，但是她卻恥於黥布、彭越的降敵自保，而寧可像忠於楚王的虞姬一樣，以死明志，完成了「質本潔來還潔去」的心願志向。

第四首乃是詠綠珠：

瓦礫明珠一例抛，何曾石尉重嬌嬈？
都緣頑福前生造，更有同歸慰寂寥。

綠珠的故事見於《樂史．綠珠傳》，西晉洛陽巨富石崇，以十斛真珠購得歌妓綠珠爲妾，藏於金谷園中，日則豔舞，夜則笙歌，還曾合作歌舞劇，堪稱我國最早的詞曲製作夫妻檔。而兩人最著名的作品，就是「昭君曲」。

綠珠豔名遠播，石崇富可敵國，這兩條理由都足以讓別的男人嫉恨，趙王司馬倫因此多次使人向石崇索要綠珠，石崇不允，且勃然說：「綠珠吾所愛者，不可得也！」後來趙王之親信孫秀羅織罪名，兵圍金谷園，石崇遂哭著對綠珠道：「我爲你成了罪人了。」綠珠聽了，便即走到欄邊，墜樓而死。

可歎的是，綠珠跳樓了，石崇也仍未能逃脫被捕斬首的命運，臨終之際，他說了真話：不是綠珠害我，是財富招禍——即使沒有綠珠，趙王也會找其他的藉口對石崇圖財害命的，不是石崇爲綠珠所牽累，恰恰相反，倒應該是綠珠爲石崇而殉葬了。

用金谷園故事來照應紅樓人物，顯然隱藏了一段強權逼迫的隱情。〈癡公子杜撰芙蓉誄〉一回，寶玉做了一篇長長的〈芙蓉女兒誄〉，其中有一段很重要的文字：

自為紅綃帳裏，公子情深；始信黃土隴中，女兒命薄。汝南淚血，斑斑灑向西風；梓澤餘衷，默默訴憑冷月。

誄文很長且深奧難懂，但是我說這幾句是全文最重要的一段，應該沒人反對。因爲後文寫了黛玉從花叢中走出，拋開長長悼文，單挑出「紅綃帳裏」、「黃土隴中」一聯評點；因此脂評特筆標注：「觀此知雖誄晴雯，實乃誄黛玉也。」由此可見這一段話有多麼重要。但是作者這樣鄭重提醒讀者注意的，真的只是「紅綃帳」或者「茜紗窗」的區別嗎？當然不會。所以這段描寫的真正用意，是要大家注意後面這一句「汝南淚血」、「梓澤餘衷」。

歷史上不同朝代有過很多位「汝南王」，我懷疑這裏指的應該是爲自己的寵妾碧玉寫過「碧玉歌」的西晉汝南王司馬義，也是「小家碧玉」典故的由來，傳誦最盛。「碧玉」正可指「黛玉」，而歌中「芙蓉凌霜榮，秋容故尚好」又與「芙蓉女兒」相映。

而「梓澤」是金谷園的別名，所以這裏是代指石崇。寶玉在這句誄文中，自比保不住綠珠的石崇，餘恨難言。

既然石崇是寶玉，綠珠自然呼之欲出。書中晴雯被王夫人羞辱而死，但是並不存在有強權向寶玉爭奪晴雯一說，脂評既然說「實誄黛玉」，可見寶玉要借這篇誄文表達的，其實是失去黛玉的悲感。黛玉，才是被強權索奪的綠珠。「都緣頑福前生造，更有同歸慰寂寥。」黛玉在詩中借綠珠典故，寫出綠珠爲石崇而死，都只爲前生因果，如今同赴黃泉，也不算寂寞了。這正是脂批說的「萬苦不怨」，黛玉對於自己和寶玉的感情，是至死不悔的。

清人明義在《題紅樓夢絕句二十首》中有詩：

饌玉炊金未幾春，王孫瘦損骨嶙峋。
青蛾紅粉歸何處？慚愧當年石季倫。

這首詩裏再度引用了石崇與綠珠的典故，說寶玉當年跟石崇一樣，爲了黛玉而得罪權貴，如今黛玉香消玉殞，寶玉卻沒有同歸，理當慚愧，還不如當年的石崇呢。其中「王孫瘦損骨嶙峋」句，可與甄士隱所注「好了歌」中的「金滿箱，銀滿箱，轉眼乞丐人皆謗」之語對看，脂硯在這句後面原有「甄玉、賈玉一干人」的批語，可見寶玉此後曾經一度淪爲乞丐；而「青蛾紅粉歸何處？」指的當然是黛玉，也就是說寶玉瘦骨嶙峋之際，黛玉已死；「慚愧當年石季倫」，則暗示了黛玉之死正與石崇禍累綠珠一樣，或爲寶玉所累——當然，也可以反過來說是綠珠的美名替石崇招禍，寶玉是被黛玉所累。

將綠珠詩與虞姬詩同看，黛玉的結局越來越清晰了：由於強權迫使黛玉離開寶玉，逼得黛玉以死明志，而寶玉卻也因此招禍，未能倖免於難。

最後我們來看看詠紅拂詩：

長揖雄談態自殊，美人巨眼識窮途。
屍居餘氣楊公幕，豈得羈縻女丈夫。

五美之中，這本是讓我最想不通的一個人物，紅拂一介歌妓，怎麼看與大家閨秀的林黛玉也沒半點相似之處，爲何林黛玉會選擇紅拂入詩呢？

紅拂的故事發生在隋朝末年，她本是權臣楊素家中的一名歌妓，原名叫作張出塵，因爲常常手執一柄紅色拂塵而得名紅拂女。有一天，落魄書生李靖求見楊素，談了很多天下形勢和應變之法，希望能夠得到重用或引薦，但是楊素不置可否。當晚，紅拂女私下找到李靖借宿的客棧，請求他帶自己私奔。李靖擔心楊素的勢力，但紅拂說：「彼屍居餘氣，不足畏。」意思是說楊公幕已經老得比死人只多一口氣了，不用怕。

李靖得到這鼓勵，加上紅拂私訪時帶了許多珠寶首飾，遂決定與紅拂遠走高飛。後來，他們又得到了虯髯客的資助，人稱「風塵三俠」；再後來，李靖投奔李世民，屢建戰功，助其完成大業，做了大唐的開國功臣，得封衛國公，紅拂女張出塵也做了一品夫人。

紅拂堪稱是五美中最幸運的一個，是一齣完美的喜劇。黛玉自稱選這五位的原因是其

「終身遭際令人可欣可羨可悲可歎」，而紅拂作爲壓軸之作，顯然是「可羨」的那位。

第一句「長揖雄談態自殊」，說的是李靖拜訪楊司空，只長揖不下跪，不卑不亢，談吐不俗。「美人巨眼識窮途」，是說紅拂獨具慧眼，識英雄於末路，並不以李靖的身微運蹇爲意，卻一眼認定他是可以託付終身的真知己。後兩句則引用的是紅拂的原話，說屍居餘氣的棺材板兒楊素怎麼可以困得住巾幗英雄張出塵呢？

爲了「女丈夫」三個字，很多紅學家認定這首詩指史湘雲。但是就像前面所分析的，如果西施、虞姬、昭君、綠珠都指的是黛玉自己，那麼沒道理最後一首紅拂卻寫別人吧？

戚序本在這一回末有總評詩云：

五首新詩何所居？顰兒應自日欷噓。
柔腸一段千般結，豈是尋常望雁魚？

可見早在清朝時，已經有人斷定這五首詩都是黛玉自歎，而且這位評詩人很可能看過紅樓全稿，知道黛玉柔腸百結的真正原因不僅是因爲相思——從西施和明妃的故事中，我們大致可以猜到黛玉之死與國事有關；而從虞姬與綠珠的故事裏，我們可以想像賈府四面楚歌之際，有強權與寶玉爭奪黛玉，兩人先後罹難。

那麼，最後一位美人——紅拂又可以告訴我們一個怎樣的故事，或者說曹雪芹爲什麼要選擇紅拂來壓軸呢？難道只是為了照應「怡紅快綠」四個字，所以就要寫一位綠珠，再寫一位紅拂麼？

納悶了很多年，在我查閱曹寅的資料，發現其著有昆劇角本《北紅拂記》時，真是豁然開朗，有如他鄉遇故知一般的驚喜。我們在看《紅樓夢》的時候，因為人物實在太逼真太生動，以至於讓我們常常忘記寶黛釵是虛構的人物，而當她們是真實的歷史存在；然而紅拂的出現讓我們清楚地知道，小說就是小說，無論如何都會打下作者的生活烙印。曹雪芹飽讀詩書又喜愛昆曲，祖父曹寅的劇作不可能不熟讀，於是在撰寫〈五美吟〉的時候，就會本能地選擇了紅拂壓軸，這也正符合了作者「為閨閣昭傳」的初衷。

曹寅在劇本前言的「自識」中寫道：

「壬申九月入越，偶得凌初成填詞三本，三人各為一齣。文義雖屬重複而所論甚快，第仿元人，但不可演戲耳。舟中無事，公之梅谷同好，因為之添減，得十齣，命王景文雜以蘇白，故非此無調侃也。庶幾一洗積垢，為小說家生色，亦卒成初成苦心也。」

《北紅拂記》並非曹寅完全的原創，而是對凌初成的三部角本的合成與編輯。因為凌為「風塵三俠」各寫一本，不適合演出，所以曹寅泛舟江南時，就增刪添減，撰成十齣角本，雜以蘇白，成為一個適合演出的舞台劇本。

通過後來的一些資料輔證，曹寅對自己的改編非常得意，每當有朋友來府坐宴，就會請伶人出而歌之，博得一個滿堂彩——這樣的家史美事，曹雪芹怎麼可能不知道、不熟悉呢？而當評選五位美人入詩時，又怎麼會忘了這個祖父極為讚賞的紅拂女呢？

更何況，她最能表達林黛玉對於自由意志的追求嚮往！

綜上所述，五美吟的故事，其實講述的是一個關於選擇的話題：同樣是處於危境，西施選擇了殉國，但林黛玉認為她不如「頭白溪邊尚浣紗」的鄰村東施，可以過自己的生活；虞姬選擇了自刎，黛玉盛讚她的剛烈決絕，以為比苟且偷生的黥布、彭越要強；明妃選擇了遠嫁，黛玉歎息是君王的疏忽誤了她；綠珠選擇了跳樓，黛玉感慨她能與至愛同生共死，也就不枉此生了；而紅拂選擇了與李靖遠走高飛，黛玉盛讚她不僅「美人巨眼識窮途」，而且是「女丈夫」，給予了最高的褒獎。

〈五美吟〉充分表現了林黛玉在傷春悲秋之外的另一個側面——對於自由選擇的渴望，可以說是她叛逆性格的集中反映。黛玉的挑剔、易感、犀利、不甘平庸，在這五首詩中得到了最淋漓的抒發，也將她的反抗精神提到了一個更高的層面，並真正表達了其「質本潔來還潔去」、「隨花飛到天盡頭」的終極願望。

淡極始知花更豔——薛寶釵。

薛寶釵的愛情．寶釵初來為何住在梨香院
寶釵是幾時落選的．寶黛釵的第一次鬥法
寶釵是怎樣上位的．賈母會不會近釵遠黛
寶釵對寶玉的感情怎麼樣．寶釵與黛玉的金蘭契

薛寶釵的愛情

敲斷玉釵紅燭冷。冷的是玉，還是釵？

寶釵的洞房花燭之夜，想必是意氣風發的。她終於是贏了黛玉，以活著的姿態，大婚的事實，以鳳冠霞帔的行頭，舉案齊眉的身段，敬告天地親友——她，薛寶釵，終於名正言順做了賈寶玉的妻。

木石前盟，終究敵不過金玉良緣。

她是天生的勝利者。她的名字就是一個標誌——別人出盡全力也只做到了十二釵之一，而她，生來就叫作寶釵，釵中之寶。當萬豔千紅爭奇鬥紫之際，她只閑閑袖手，已穩坐花魁——「淡極始知花更豔。掣此籤者，爲群芳之冠。」——花名籤上批得多麼清楚明白，理所當然。

她甚至無須爭美，因爲她本身就是完美。她晨昏定省，自進榮府起行止禮儀一如賈家兒媳；她承歡取悅，點戲撿熱鬧的，點心要甜軟的，一味投著老太太的脾胃；她毫不忌憚地將自己的新衣拿去給投井而死的金釧裝裹，解了王夫人的燃眉之急；她爲探春出謀劃策，制定了包乾到戶的新政策，讓一部分人先富起來，並提醒她們富了之後要拿些錢出來請請同事，搞好睦鄰關係；她幫助湘雲擺螃蟹宴，遍請園中上自賈母下至大丫頭，好事做在明面上，賺取湘雲感恩戴德的同時，眾人也都明白誰是真正的東道；她還把湘雲送給自己的戒指轉贈襲人，含蓄地表達了認同之情；甚至連她的丫頭鶯兒，也認了寶玉貼身小廝茗煙的母親做乾娘……真是四面八方都埋伏下了。

人們都說金童玉女，她卻偏要金娃玉郎。她和他的關係中，一開始就占了主導。她成功了，做了他明媒正娶舉案齊眉的妻。

黃土隴中埋白骨，紅綃帳底臥鴛鴦。她勝得多麼徹底明白！

——然而慢著，紅燭，紅燈，紅衣，紅帳，可是帳底，卻是鴛鴦不成雙。

茜紗窗下，寶玉心裏想的人，只有林黛玉。脂批告訴我們，新婚之後，仍有瀟湘館「對境悼顰兒」的淒涼一幕。

縱然是齊眉舉案，到底意難平！

生與死，隔斷了婚姻，卻斬不斷情緣。

黛玉，豈止是他心口的朱砂痣，她根本就是他心底最深處永不癒合的一道傷。

至於寶釵，她等到了婚姻，卻等不來愛情。

她對他太好了，因此他一直在逃，直到出家，從沒有完整地愛過她一天。

——也許有過某些剎那，當他初次識金鎖的時候，向她討冷香丸吃的時候，看到她腕上紅麝串的時候，他捱打她托著一丸藥前來探望的時候……雖然只是片段，然而她便錯當成愛情了。她以為可以把片段接連，定格，延伸，然後刻進光陰寫就完美人生。

她一直目標明晰地爲著婚姻而努力，只是，她卻從不曾爲愛情而努力。她甚至都不屑於和他爭吵，而只是一味寵著他，讓著他，管著他，勸著他。可他是這樣的不合作，始終游離於她的世界之外，她的寵，他不置一哂；她的勸，他抗拒之至。當她用盡全力終於靠近他的時候，他卻把自己的心放在了離她最遠的地方。

窗外，海棠無故枯了一半；床上，鴛枕無辜少了一隻。她期待中的婚姻生活終究未能實現。就像「四張機」裏唱的：四張機，織就鴛鴦欲雙飛。可憐未老頭先白……

她到死都是孤獨的。脂硯齋在「好了歌」裏「說什麼脂正濃粉正香，如何兩鬢又成霜」一句下面，批著「寶釵湘雲一干人」，可見寶釵一直活到了兩鬢成霜。寶玉出了家，她這個名譽妻子頂著賈門宜人的頭銜，守著冷帳孤衾，直到紅顏成槁，白髮蒼蒼。這真是最殘酷的結局。

而她唯一的過錯，不過是在寶玉愛上她之前，先愛上了寶玉。於是，她一心要嫁他，並努力使他變得更完美，更上進，以配得上她名貴隱忍的愛情。雖然他一再令她失望，他不務正業，他沾惹優伶，他貪花惡學……她卻仍然一再地原諒，容忍，以堅定的姿態站在原地等他回頭。

鏡頭搖回到三年前：

赤日炎炎芭蕉冉冉的夏日午後，薛寶釵信步走入鴉雀無聲的怡紅院，丫頭們都睡熟了，寶玉也香夢正酣，襲人坐在旁邊繡肚兜。寶釵見那活計實在精緻，忍不住拿過來接著繡了幾針。

肚兜上的圖案，正是鴛鴦。

如果鴛鴦可以說話，一定會說：記住，永遠不要在對方愛上你之前，就早早地決定愛上他！

寶釵初來爲何住在梨香院？

第四回，薛家一家子人浩浩蕩蕩進了賈府，王夫人接待甚周，並殷勤挽留，賈政也使人上來對王夫人說：「姨太太已有了春秋，外甥年輕不知世路，在外住著恐有人生事。咱們東北角上梨香院一所十來間房白空閒著，打掃了，請姨太太和姐兒哥兒住了甚好。」

這是梨香院第一次出名。甲戌本有側批：「好香色。」極贊這名字取得好，但是怎麼個好法呢？卻沒提。書中也只是簡單地介紹：「原來這梨香院即當日榮公暮年養靜之所，小小巧巧，約有十餘間房屋，前廳後舍俱全。」關於種植裝飾，一字不提。

聯想到薛寶釵之「薛」通「雪」，而古人詩中多以梨花代雪，比如溫庭筠的「梨花雪壓枝」，岑參的「忽如一夜春風開，千樹萬樹梨花開」等，我便原以爲這梨香院的名字是爲薛寶釵而取，至於原是用作「榮公暮年養靜之所」，則只是隨手一筆。

然而到了第十八回元妃省親之前，薛家搬了住處，將梨香院騰作他用——

原來賈薔已從姑蘇採買了十二個女孩子，並聘了教習，以及行頭等事來了。那時薛姨媽另遷於東北上一所幽靜房舍居住，將梨香院早已騰挪出來，另行修理了，就令教習在此教演女戲。

到這時，梨香院再次換了主人，而「梨香院」的含義似乎也發生了轉折，即是「梨園」的意思，原來一早就預備著要給戲子搬進來住的。

然而，如果「梨香院」的名目只是爲了「梨園」而起，爲什麼一開始要讓寶釵住進去呢，寶釵與「梨園」何干？榮公又豈能在「梨園」裏養靜？這不是顧此失彼麼？

我們都知道，紅樓中每個庭院房屋的名字都含有深意，比如後來寶釵住的蘅蕪苑就深合她的身分。至於其間曾一度停留的「東北上一所幽靜房舍」，因爲是過渡性質，連冠名都省了。如此可知，曹公讓寶釵住進梨香院，必有深意。更何況，梨香院的名字還在回目中出現兩次，而兩次都與寶釵有關。

第一次是第八回，這個在不同版本是有分歧的，甲戌本作〈薛寶釵小恙梨香院　賈寶玉大醉絳雲軒〉，庚辰本與夢稿本、己卯本則改成〈比通靈金鶯微露意　探寶釵黛玉半含酸〉，甲辰本作〈賈寶玉奇緣識金鎖　薛寶釵巧合認通靈〉，戚序本是〈攔酒興李奶母惹厭擲茶杯賈公子含嗔〉。

此回故事發生時，寶釵還住在梨香院裏。但是既然各本回目不統一，這裏也就不細加評論了。

但到了第三十六回〈繡鴛鴦夢兆絳芸軒　識分定情悟梨香院〉，寶釵已經搬走了，梨香院的名字卻再次出現在回目中，而且，仍然與「絳芸軒」相對。

早有多位紅學家論證過，紅樓八十回中，凡逢「九」便有深意，比如十八回〈大觀園試才題對額〉，二十七回〈埋香塚飛燕泣殘紅〉，四十五回〈金蘭契互剖金蘭語〉，六十三回〈壽怡紅群芳開夜宴〉，都是比較明顯的例子。

那麼，這第三十六回的重要章目說的是什麼故事呢？

其上半回的情節，是說寶釵去怡紅院探訪，恰值寶玉睡午覺，她便坐在一旁接過襲人的針線繡起鴛鴦來，忽然聽見寶玉說夢話：「和尚道士的話如何信得？什麼是金玉姻緣，我偏說是木石姻緣！」

這裏明確地提出了「金玉姻緣」和「木石姻緣」兩個對立的說法，於是，寶釵「不覺怔了」。——寶釵「怔了」，寶玉卻「悟了」。

接下來，寫到寶玉去梨香院請齡官唱曲，被拒絕，並旁觀了齡官與賈薔的一場纏綿，從而意識到「情」之一事，「只是各人各得眼淚罷了」，故曰「情悟」。

寶玉第一次通靈比金鎖是在梨香院，第一次情悟又是在梨香院，可見這地方何等重要。

也正因爲這個「悟」字，讓我想到了「梨」的另一層含義，可能不是「梨園」，而是「者梨」。據佛書《翻譯名義集》講，和尙有五年以上的受戒經歷，即可稱「者梨」。這是個梵文的音譯詞，原意爲教授、軌范正行等，在古書中使用很普遍，比如《兒女英雄傳》中就以「者梨」代替和尙。

梨香院最初既然爲榮公「養靜之處」，那麼很可能取這名字的含意，暗指參禪悟道。而讓寶釵住在梨香院，是因爲寶玉的第一次通禪正是因寶釵而起，事見第二十二回〈聽曲文寶玉悟禪機〉，正是寶釵向寶玉推薦了魯智深剃度的一段唱詞，調寄：

漫搵英雄淚，相離處士家。謝慈悲剃度在蓮台下。沒緣法轉眼分離乍。赤條條來去無牽掛。那裏討煙蓑雨笠卷單行？一任俺芒鞋破缽隨緣化！

書中說：「寶玉聽了，喜的拍膝畫圈，稱賞不已，又贊寶釵無書不知。」之後更觸機感悟，大發禪興，也依調填了一支〈寄生草〉：

無我原非你，從他不解伊。肆行無礙憑來去。茫茫著甚悲愁喜，紛紛說甚親疏密。從前碌碌卻因何，到如今回頭試想真無趣！

這是寶玉的第一次「悟」，寶釵知道後，很是後悔，歎道：「這個人悟了。都是我的不是，都是我昨兒一支曲子惹出來的。這些道書禪機最能移性。明兒認真說起這些瘋話來，存了這個意思，都是從我這一支曲子上來，我成了個罪魁了。」

——真是一語成讖。聯想到寶玉出家，寶釵守寡的大結局，讓我們怎能不扼腕長歎？：原來，將寶玉送入「者梨」的人，正是住在「梨香院」的薛寶釵！

後來，戲班解散，十二官離開梨香院，分配入各門各院中。梨香院在全書中的最後一次出現，是在第六十九回〈弄小巧用借劍殺人　覺大限吞生金自逝〉，說的是尤二姐死後——

賈璉便回了王夫人，討了梨香院停放五日，挪到鐵檻寺去，王夫人依允。賈璉忙命人去開了梨香院的門，收拾出正房來停靈。賈璉嫌後門出靈不像，便對著梨香院的正牆上通街現開了一個大門。兩邊搭棚，安壇場做佛事。

這還不算，後來那賈璉又「自在梨香院伴宿七日夜，天天僧道不斷做佛事。」至此，梨香院終於明明白白與僧道佛事聯繫起來了，在「養靜之所」與「教演之地」外，又有了第三個用場：「停靈之處」。

此後，這地方就像不存在了似的，再也沒出現過。然而梨香院的故人們，故事還在繼續。

第七十七回〈俏丫鬟抱屈夭風流　美優伶斬情歸水月〉中寫到芳官等三個的乾娘向王夫人求情，說「芳官自前日蒙太太的恩典賞了出去，他就瘋了似的，茶也不吃，飯也不用，勾引上藕官蕊官，三個人尋死覓活，只要剪了頭髮做尼姑去。」當下剛好水月庵的智通與地藏庵的圓心正在王夫人處閒話，便花言巧語哄得王夫人答應，「從此芳官跟了水月庵的智通，蕊官藕官二人跟了地藏庵的圓心，各自出家去了。」

——出自梨香院的芳官、藕官、蕊官，最終的結局竟是削髮爲尼。那麼，「情悟梨香院」的寶玉，又怎能不出家爲僧呢？

要特別提醒的是：芳官、藕官、蕊官這三個人，正恰恰分別是寶玉、黛玉、寶釵的丫頭。這種影射，何其明顯？

因此，我認爲「梨香院」命名的含義，不在寶釵之「雪」，不在戲子之「梨園」，而是與佛教的「者梨」有關，又可能，暗指「離鄉」二字。

那曾經住在梨香院的人，寶釵、十二官、死後的尤二姐，可不都是背井離鄉之人麼？

寶釵是幾時落選的？

薛寶釵進賈府，理由是進京待選。

近因今上崇詩尚禮，征采才能，降不世出之隆恩，除聘選妃嬪外，凡仕宦名家之女，皆親名達部，以備選為公主、郡主入學陪侍，充為才人、贊善之職。……薛蟠素聞得都中乃第一繁華之地，正思一遊，便趁此機會，一為送妹待選，二為望親，三因親自入部銷算舊帳，再計新支——實則為遊覽上國風光之意。

——這麼著，薛家一門三口便住進了賈家，說是暫住，可是一待數年，沒有搬遷的意思，連薛蟠娶親，都仍然在賈府之內。並且「金玉良姻」的傳言愈來愈盛，到薛寶釵協理大觀園，小惠全大體的時候，幾乎已經以寶二奶奶自居了。

然而寶釵是從什麼時候知道自己入宮無望，轉而向寶二奶奶的寶座發起進攻的呢？

書中沒有明寫。但我之前有過猜測，認爲是在第二十八、二十九、三十回之間，只不過寫得非常隱晦罷了。

第二十八回末，借著襲人跟寶玉的對話寫出元妃打發夏太監出來，送了一百二十兩銀子，叫在清虛觀初打三天平安醮。又賞了端午的節禮，寶玉和寶釵的禮品份額一樣，林黛玉和三春則遜著一層。甲戌本於此側批：「金姑玉郎是這樣寫法。」這是第一次明確提出「金姑玉郎」的說法，紅線露了頭兒，喜巾揭了蓋兒。

爲什麼是端午的禮呢？我查了一下，原來端午前是選秀的一個重要時節。看來寶釵是落了選，而元春心知肚明，正中下懷：當不成妃子正好，可以給我們家當弟媳婦啊。於是就以賞賜暗示了提親之意。倘若寶釵還是待選秀姑的身分，元春是沒理由這樣做的。

然而當時的寶釵還滿心做著飛黃騰達的宮廷夢。元妃省親時，寶釵曾打趣寶玉：「誰是你姐姐？那上頭穿黃袍的才是你姐姐，你又認我這姐姐來了。」可見對「黃袍」是充滿羨慕的。黃袍夢落了空，她的心理是窩火的，委屈的，惱怒的。落選已經是件沒面子的事，而賈母在緊接著的清虛觀打醮時又故意跟張道士提起寶玉婚事來，顯然並不贊成元妃賜婚的主意。這真是兩頭摣牌不落聽，寶釵性情再沉穩，也終於有些坐不住，發起焦躁來。

這便有了第三十回「寶釵借扇機帶雙敲」的一幕。導火線是在看戲時，寶玉沒話找話地說了句：「怪不得他們拿姐姐比楊妃，原來也體豐怯熱。」這真叫哪壺不開提哪壺。寶釵剛剛落選，分明這輩子都沒有做楊妃的機會了，寶玉這樣打趣，豈不是點眼藥嗎？

寶釵聽說，不由的大怒，待要怎樣，又不好怎樣。回思了一回，臉紅起來，便冷笑了兩聲，說道：「我倒像楊妃，只是沒一個好哥哥好兄弟可以作得楊國忠的！」

「大怒」、「回思」、「臉紅」，這情緒三疊很有層次，是越想越氣又不好說明的憤怒，只得不軟不硬回了個釘子，給寶玉鬧個沒臉。然而寶釵還不解氣，正餘怒未消呢，倒楣的小小丫頭靚兒忒沒眼色沒運氣，好死不死，偏偏趕在這時候跑上來問寶釵見到她的扇子沒有，不過白問了句「必是寶姑娘藏了我的。好姑娘，賞我罷。」寶釵便借題發揮，指著她聲嚴色厲地發作道：「你要仔細！我和你頑過，你再疑我。和你素日嘻皮笑臉的那些姑娘們跟前，你該問他們去。」說的個小丫頭一溜煙兒跑了。

全書八十回，薛寶釵就這麼一次當眾發作，前面明明說她敬上憐下，不拿架子的，如今跟個小丫頭也這麼著，大為反常。為什麼反常呢？就是因為落選了，氣的。

不過後來寶釵慢慢氣平了，順了，認清現實，也就接受了要做寶二奶奶的命運。所以接下來寶玉捱打的時候，她來送丸藥，第一次流露了真情，手撚著衣帶嬌羞脈脈地說：「早聽人一句話，也不至今日。別說老太太、太太心疼，就是我們看著，心裏也……」何等親近柔膩。

這還罷了，大熱天的寶玉睡在炕上，她進來時，丫環們七仰八叉地都睡熟了，連襲人也託辭脖子酸要出去走走。寶釵非但不避嫌疑，還「一蹲身，剛剛的也坐在襲人方才坐的所在」，拿起寶玉的肚兜繡起鴛鴦來。

那可是肚兜呀，寶玉的貼身褻衣，何等隱秘的物事。按說寶釵這樣自重身分的一個大家閨秀，看一眼都應該別過臉兒去才對，怎麼倒親手繡了起來呢？原因很簡單：她心裏已經認定自己是寶玉的未婚妻子，妻子給丈夫繡肚兜，天經地義。

照著上述思路想去，寶釵在端午落選的理由似乎很充足。但是聯想到薛蟠打死馮淵後，居然在路上走了一年多才進京，又讓我懷疑，寶釵落選的時間可能更早。

不妨大膽設想，薛蟠打死人後雖然不在乎，卻也不好扛個人命案子在身去投靠親友，於是進京後先暫且安頓了，一邊打發妹子待選，一邊自己等案子了結。因為不好意思見人，就瞞住了進京的消息，直到賈雨村結案，王子騰又來信「喚取進京」，這才亮了相。

同時，寶釵進京既然是為了「待選」，說明那選秀的日期也不會太久，沒聽說宮裏降了旨，待選才人們要提前三四年就往京裏等著的。所以很可能就在這一年裏，薛寶釵已經得了落選的信兒，但既闔家進京，就這麼空手回去，也太憋屈了。況且寶釵已經十四歲，年紀不小，既然入不了宮，就得早做打算，趕緊尋找下一個戶頭。而賈府無疑是最佳靠山，賈寶玉便是現成的人選。

所以薛家便打定主意，大張旗鼓地到賈府拜會來了，且住下了就不走——因為根本就沒打算走。

之前黛玉進京時，一上岸即有轎子來接，進了府，賈母等已在大廳等候多時。而這薛家進京這麼大事，卻是直接上了門，都在門前下車了，王夫人才得了信兒，忙接了出來，現命人治席接風——這不是太奇怪了嗎？且書中說「那時王夫人已知薛蟠官司一事，虧賈雨村維持了結，才放了心。」這也側面證明了那薛蟠雖然自己不把打死人當回事，卻不得不考慮親戚的感想臉色。

也因此書中第一次正寫寶釵，便寫其正病著，周瑞家的詢病閒話，說起冷香丸的緣故來。薛姨媽拿了十二枝花讓周瑞家的帶回去送給賈府的姑娘們，「這是宮裏頭的新鮮樣法，堆紗的花兒十二枝。昨兒我想起來，白放著可惜了兒的，何不給他們姊妹們戴去。」

這十二枝宮花，很可能是寶釵落選的安慰獎，寶釵看了難過，白放著又可惜，所以不如送別人戴去。

再之後就是寶玉探病，金鶯說起金鎖的典故來，明指金鎖、寶玉「是一對兒」——這樣細推了去，未免薛家的心思太深細了些，倒也教人心驚。

當然，這些也只是我的猜測罷了，閒時拈來，只做一種備選答案而已。

寶黛釵的第一次鬥法

《紅樓夢》第八回的回目有多個版本，我最喜歡的是己卯本的說法：〈比通靈金鶯微露意　探寶釵黛玉半含酸〉，因為只有這個回目把寶、黛、釵三個人都說到了，充分顯示出這是三人間的第一次相聚或者說鬥法。

雖然早自寶釵進府後的第五回開篇，即提到了寶、黛、釵之間的微妙關係，說寶黛兩個「言和意順，略無參商。不想如今忽然來了一個薛寶釵，年歲雖大不多，然品格端方，容貌豐美，人多謂黛玉所不及……因此黛玉心中便有些悒鬱不忿之意，寶釵卻渾然不覺。」但之後並未實寫三人相處情形。卻接入賈寶玉遊太虛，劉姥姥進榮府，周瑞家的挨戶送宮花——這才把寶釵和黛玉遙遙牽到了一處。

周瑞家的來時，黛玉原在寶玉房中，正解九連環頑呢——像不像她與寶玉之間的關係，解不開，扭不斷——聽說送花來，便問：「還是單送我一人的，還是別的姑娘們都有呢？」周瑞家的道：「各位都有了，這兩枝是姑娘的了。」黛玉就不高興了，冷笑說：「我就知道，別人不挑剩下的也不給我。」

這在後來的諸多評論文章裏，一直被當成黛玉小性子的頭條罪證。

但那時寶釵剛來，還沒過十五歲生日，也就是黛玉才十一歲，還是個小孩子；更重要的是，那時候黛玉的父親林如海還健在，仍然是位高權重的巡鹽御史，林黛玉在賈府的身分是客人，心理上有優越感，可能還常常想著要回蘇州找爹呢。所以脾氣大點，心眼小點，很正常。

而且從客禮上來看，周瑞家的共送了十二枝宮花，順序依次是迎、探、惜、鳳姐、黛玉，也的確不合理。因爲黛玉是客，理應第一個挑選；之後是迎春姐妹們，最後是鳳姐這位獨得四枝的嫂子，這樣就合理了。所以就算黛玉小性子挑禮兒，也挑得沒錯。也所以那周瑞家的才「一聲兒不言語」，因爲理虧。

這一段，雖然見出黛玉尖酸伶俐，但也看出她心思細密，態度明朗，有話一定要說出來，不會藏著掖著，是個活得很真的翰林千金。

也正因爲送宮花，寶玉方得知了寶釵臥病的消息，於是打發了丫頭去請安，接著就有了小宴梨香院的趣事。

這也是寶玉和寶釵的第一場對手戲，而且是重頭戲，因爲寶釵見識了通靈玉，寶玉也欣賞了金鎖片。並且寶釵的丫鬟金鶯還明確地點出了「是一對兒」。

回到明朝做皇帝（1～8冊） 淡墨青衫／著

華語世界最熱門超級奇幻小說之一！

以真實歷史為背景，明末台灣發展為主軸，更穿插歷史人物為陪襯，輕鬆詼諧的對白，絕無冷場的劇情，一部讓你熱血沸騰的東方奇幻歷史小說！

一個整天沉迷在電玩遊戲的現代宅男，意外置身於內憂外患的明朝末年，他該如何面對時空錯亂的巨大改變？又是如何走上問鼎天下的道路？！

笑傲至尊（1～8冊） 易刀／著

龍人策劃　易刀嘔心力作

令你捧腹大笑　精彩引以為傲　看了心靈福至　內容唯我獨尊

於異界笑傲，在亂世至尊；無人可與爭瘋！

李無憂，一個窮困潦倒的市井無賴，絕處逢生誤食五彩龍鯉，更得隱世高人大荒四奇傳藝。時逢天下大亂、群雄爭霸，為定社稷安危，他與一眾兄弟轉戰大荒，力挽狂瀾；為救天下蒼生，他征戰朝野，成就大雷神威名，終成一代異界至尊！！

爆笑英雄（1～5冊） 易刀／著

龍人策劃　易刀再度搞笑

內容無敵勁爆　令人崩潰狂笑　無賴變成精英　成就一代英雄

說英雄，道英雄，何人可算英雄？

談寶兒，原是一個混跡酒樓的小混混，卻在機緣巧合中，救下了力抗百萬魔軍的英雄談容，並獲其羿神筆傳承，開始了他詼諧爆笑的精彩人生。其後更憑藉著他一貫的無賴手段，終於大破魔軍，成為一代無可比擬的爆笑英雄！神州大陸亦開始為之變色……

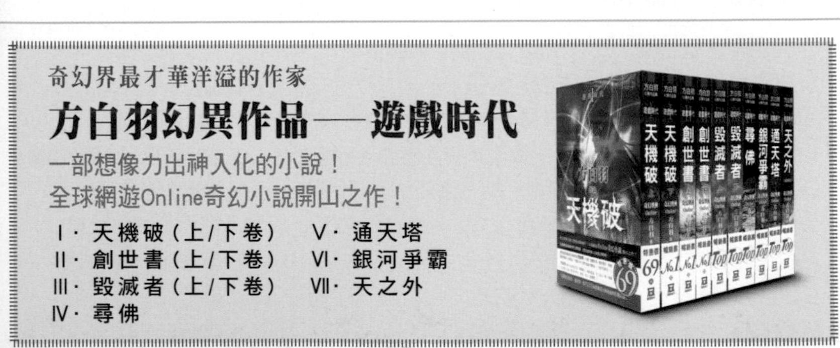

西嶺雪作品　風雲時代獨家引薦

她清麗絕俗的文字，令人眼睛為之一亮

她，是當代張愛玲。愛了張愛玲一輩子，寫出前無古人的張愛玲傳記。
她，也是都會奇女子，身為時尚雜誌主編，卻偏愛古詩與歷史，著作無數。
她的文字，有種神奇的魔力，總會讓人在不知不覺間愛上她……

西望張愛玲系列

張愛玲傳奇

《張愛玲傳奇》讀時覺得與其說是傳記，不如說是一封長信，一封西嶺雪寫給張愛玲的長信，一封西嶺雪替張愛玲寫給我們的信……

張愛玲死了，她的書還在，她的影像還在，她的餘韻和傳奇還在；我活著，然而我的靈魂離開軀體，在迷霧裏追隨著張愛玲的腳步，行走在舊上海的天空，努力撥開那迷霧，希望將她看得清晰……

其他書目：◎尋找張愛玲　◎那時煙花

前世今生系列

三百年前我是你

註定錯過的愛情，是今生最心痛的遺憾！
西嶺雪前世今生系列代表作‧異度空間的絕美愛情

他說，再過十二年，等我滿十八歲的時候，就會回來娶我。雪地裡，兩隻凍得紅紅的稚嫩小指勾在一起。六歲，情竇未開，卻早早許下了今世的白頭之約……

其他書目：

◎來自大唐的情人　◎離魂衣　◎天鵝的眼淚
◎在來世的左岸等你　◎忘情散　◎繡花鞋子梅花咒
◎通靈　◎女人都不是天使　◎如念離魂
◎兩生花　◎今世未了情　※ 陸續出版中

歷史長篇小說

大清後宮

也許歷史的傳奇，政治上的翻雲覆雨，都不過只是為了成全一個女人的妒忌罷了。

歷史上到處都是重複著的故事，手段與答案當也不過如此。
當男人在前線廝殺震天、在前朝爭權奪位時，女人則在後宮翻手為雲、覆手為雨，只用一點點小手段便讓男人們唯命是從。她們才是歷史的真正撰寫者，她們的一顰一笑，操控了政治的旗幟，左右了歷史的車輪。

其他書目：

◎大清公主　◎大清詞人—納蘭容若之殞　※ 陸續出版中

賞玩了金鎖，寶玉又向寶釵打聽她薰的什麼香，聽說是「冷香丸」的香，便要討一丸來吃，被寶釵嗔笑：「又混鬧了，一個藥也是混吃的？」——這番對話，相當親昵，而且肯定是被黛玉聽見了，所以後來她與寶玉獨處時，才會找補前文，開起什麼「冷香」、「暖香」的玩笑來。

且說黛玉進來，說的第一句話原是：「嗳喲，我來的不巧了。」接著又說：「早知他來，我就不來了。」——這兩句話頗可玩味，不禁讓人想起〈枉凝眉〉所唱：若說沒奇緣，今生偏又遇著他；若說有奇緣，如何心事終虛話？真是「既生瑜，何生亮？」相見爭如不見了。

因了這些小心眼兒，黛玉在席間一直鬧彆扭，借著雪雁送手爐來狠狠地調侃了寶玉：「我平日和你說的，全當耳旁風，怎麼他說了你就依，比聖旨還快些！」

但是看到寶玉跟奶母賭氣，她又立刻幫著抬杠，故意說：「往常老太太又給他酒吃，如今在姨媽這裏多吃一口，料也不妨事，必定姨媽這裏是外人，不當在這裏的也未可知。」弄得李奶母又氣又笑，無話可說。

吃過飯，黛玉問寶玉：「你走不走？」寶玉說：「你要走，我和你一同走。」

這句話不能深想，要是看完了全書再想回頭，真教人直欲掩面痛哭。

她那麼在意他，憐他受奶媽的氣不能盡興喝酒，惱他沒打招呼獨自來了梨香院，氣他不聽自己的話卻聽寶釵的，更妒他的玉和寶釵的鎖是一對兒……但是最終他嫌丫鬟不會戴斗笠時，她自己親手給他戴，又邀了他一道走。

雖不能同來，卻可以同歸，這一回合，她貌似贏了。

然而事實上，後來她早早地歸了離恨天。她走了，他卻未能同她一道走；他留了下來，娶了寶釵，金玉良緣，齊眉舉案——她終究還是輸了。

不是輸給感情，甚至不是輸給寶釵，而是，輸給了命。

寶釵是怎樣上位的？

同樣是才貌雙全的奇女子，爲何寶釵卻比黛玉大得人心，以至上上下下有口皆碑呢？因爲，她比黛玉多了一項很重要的優點——會做人。

書中說她「行爲豁達，隨分從時，不比黛玉孤高自許，目無下塵，故比黛玉大得下人之心。便是那些小丫頭子們，亦多喜與寶釵去頑。」

她的生日，賈老太太親爲操辦，問她想吃什麼、玩什麼、看什麼戲，她都掂掇著賈母的心思，投其所好地答了，明明是年輕人，又喜歡清靜的，卻故意點些甜爛食品、熱鬧戲文，哄得賈母十分高興；她家中母親年邁，哥哥混賬，自己每日煩務纏身，卻不忘每日一早一晚往賈母、王夫人處定省兩次，「承色陪坐閒話半時，園中姊妹處也要度時閒話一回」，真正禮數周全，面面俱到。

而林黛玉卻是怎樣的呢？因爲多病，便「總不出門，只在自己房中將養」。如此，在賈母、王夫人面前討好的機會就少了，賈母是她的親祖母，只會憐惜不會介意，但王夫人不過是舅母，卻未免會怪她失禮，跟自己不親近了。至於姐妹處，黛玉就更不留心了，「有時悶了，又盼個姊妹來說些閒話排遣，及至寶釵等來望候她，說不得三五句話又厭煩了。」此消彼長，寶釵怎能不比黛玉得人緣，給權力階層留下深刻印象、並爲自己建立良好的社交關係呢？

其中最明顯的一個例子是金釧兒跳井死了，王夫人想找幾件新衣裳爲她裝裹，偏巧只有林黛玉作生日的兩套。王夫人遂說：「我想你林妹妹那個孩子素日是個有心的，況且他也三災八難的，既說了給他過生日，這會子又給人妝裹去，豈不忌諱。」寶釵聽見了，忙說：「我前兒倒做了兩套，拿來給他豈不省事。況且他活著的時候也穿過我的舊衣服，身量又相對。」王夫人道：「雖然這樣，難道你不忌諱？」寶釵笑道：「姨娘放心，我從來不計較這些。」一面說，一面起身回去，立便拿了兩套衣裳來。

這般坐言起行，王夫人豈有不感念，覺得這孩子貼心懂事的？相比之下，未免愈覺得黛玉小氣——然而事實上，黛玉從頭到尾都不知道發生了什麼事，稀裏糊塗便被人比了下去。

而倘若黛玉當時在場，未必不會說一句：「舅母別多心，只管拿我的衣裳去用就是了。」只可歎她連表現的機會都沒有。

這件事的發生，其實並不偶然。因爲寶釵並非是運氣好恰巧在場，而是在園子裏聽見老婆子說金釧跳井死了，特地趕到王夫人處來道安慰的，根本是製造機會、尋求表現。

這就和現實社會中，有些員工爲上位想方設法要與老闆乘同一部電梯是一樣的想法——只有經常出現在老闆身邊，才有機會被他發現、注意到，才可能抓住一切時機表現自己，得到提拔。

而寶釵的用心還不僅僅在於賈母、王夫人及眾姐妹處，便連基層員工的口碑她也是極爲注意的。

園子裏興起內廚房，她偶爾和探春商議著想吃油鹽炒枸杞芽兒，遂打發丫頭拿了五百錢送與管廚房的柳嫂子。柳家的笑說：「二位姑娘就是大肚子彌勒佛，也吃不了五百錢的去。這三二十個錢的事，還預備的起。」寶釵卻說：「如今廚房在裏頭，保不住屋裏的人不去叨登，一鹽一醬，那不是錢買的。你不給又不好，給了你又沒的賠。你拿著這個錢，全當還了他們素日叨登的東西窩兒。」感動得柳嫂子四處宣揚：「這就是明白體下的姑娘，我們心裏只替他念佛。」

那要是黛玉會怎麼樣呢？書裏從未寫過黛玉去廚房要什麼，估計以林姑娘的爲人，絕不會輕易麻煩了人。爲吃燕窩粥，她尚且擔心：「雖然燕窩易得，但只我因身上不好了，請大夫，熬藥，人參肉桂，已經鬧了個天翻地覆，這會子我又興出新文來熬什麼燕窩粥，那些底下的婆子丫頭們，未免不嫌我太多事了。況我又不是他們這裏正經主子，原是無依無靠投奔了來的，他們已經多嫌著我了。如今我還不知進退，何苦叫他們咒我？」

因爲怕事，只好儘量什麼也不做。但什麼也不做，別人最多不說你壞話，卻絕不會有什麼好話傳出來。反而不如寶釵，偶爾麻煩人一回，只要下了重賞，倒可以邀名買譽，比無所作爲要好得多。

這便如同老闆讓員工加班，然後付給一筆豐厚的加班費，反而比那些體恤下屬，從不讓員工超時工作的老闆，要得人心得多。

事實上，後來寶釵協理大觀園，同探春、李紈共同管家之時，頒佈包乾到戶的新政，便是一樣的道理——給老媽子們找些事做，但隨後可以有豐厚的收益，遠比讓她們閑著強。因此那些得了差使的人都來給寶釵等磕頭，千恩萬謝的，只恨不得替她立一塊碑去。

寶釵做了那麼多事，其最終目的就是要做寶二奶奶。而寶玉身邊，早已有了襲人這個愛妾，於是寶釵一直刻意拉攏，因聽說襲人手上活計多做不來，便主動說：「我替你作些如何？」喜得襲人笑道：「當真這樣，就是我的福了。」

那麼林黛玉有沒有幫襲人做過什麼呢？細看原著，會發現寶玉穿玉的穗子，隨身的荷包、香囊，都是黛玉的手工。而這些活計倘若黛玉不做，就該是襲人份內之事，然而襲人全不感恩，反而私下裏向湘雲抱怨黛玉懶，說：「他可不作呢。饒這麼著，老太太還怕他勞碌著了。大夫又說好生靜養才好，誰還煩他做？舊年好一年的工夫，做了個香袋兒；今年半年，還沒見拿針線呢。」

同樣是替寶玉做手工，爲何黛玉做了那麼多，襲人毫不領情；寶釵方答應幫忙做一件半件，襲人就喜不自勝呢？

原因很簡單，黛玉做得再多，也是她同寶玉的情份，非但不關襲人的事，甚至是將襲人排除在外的；而寶釵做得再少，卻是在幫襲人做，襲人當然要感激涕零了。

寶玉任由小廝將身上的配戴解了個乾淨，黛玉繡的荷包卻在衣領內貼身藏著，正是怕被人拿去之意——不消說，那帶在外面的配飾少不了襲人的手筆，卻是不怕被拿去的了。

相比之下，襲人怎能不吃黛玉的醋？黛玉送給寶玉的東西越是私密，襲人只會越生氣；而寶釵呢，連寶玉的貼身肚兜她也拿起來繡幾針，襲人都不會覺得任何不妥，只當她是在幫自己。

同樣是做手工，而且是替寶玉做手工，但在襲人眼中，黛玉是與自己奪愛，寶釵卻是在給自己幫忙。黛玉是不知不覺地給自己樹了敵人，而寶釵卻是輕而易舉地幫自己找了個線人。在這一種不動聲色的較量中，寶釵所使用的，仍然不過是製造機會、施恩邀名的小伎倆罷了。

除了對襲人的刻意拉攏，她還讓自己的丫鬟鶯兒認了寶玉貼身小廝茗煙的娘做乾媽。如此，不論寶玉是在家還是出門，一舉一動都自有耳報神告知寶釵的了。

愛情如戰爭，知己知彼，方能百戰不殆。試問，這樣四面八方的埋伏之下，寶玉又怎能逃出她的五指山呢？

奪權也罷，奪愛也罷，製造機會、爭取表現，永遠是獲勝的不二法門。很多時候，得到愛情，並不是因爲你是一個合適的愛人，而只是因爲你懂得製造愛情的感覺，就像鶯兒在寶玉面前脫口說出的那句「寶二爺玉上的兩句話，倒和我們姑娘項圈上的是一對兒」，不由得寶玉不爲之一動，心猿意馬。

總之，做任何事，成功的關鍵是做人。薛寶釵在〈詠絮詞〉裏寫道：「好風憑藉力，送我上青雲。」這個「好風」，就是好的人緣和氣場了。難怪她坐得上寶二奶奶的位置。

賈母會不會近釵遠黛？

高鶚的續書中，賈母越來越不喜歡林黛玉的病弱多心，遂主動授意王熙鳳使「調包計」讓寶釵嫁了寶玉。雖然大多數讀者明知道後續做不得準，但是這個賈母「喜釵厭黛」的印象卻是深刻在腦，難以拂去的了。

但是賈母會是這樣的嗎?

首先從主觀情感上說,黛玉是賈母的親外孫女兒,打六歲接了來在自己身邊養大的,感情非比尋常。書中說,「賈母萬般憐愛,寢食起居,一如寶玉,迎春、探春、惜春三個親孫女倒且靠後」——親孫女且靠後,更何況毫無血緣關係的薛寶釵呢?

即使從客觀表現上分析,賈母向來喜愛的都是些什麼人?鳳姐、鴛鴦、晴雯,個個都是牙尖嘴利,鋒芒畢露的。而黛玉顯然正符合賈母的審美標準。正如寶玉說的:「我說大嫂子倒不大說話呢,老太太也是和鳳姐姐的一樣看待。若是單是會說話的可疼,這些姊妹裏頭也只是鳳姐姐和林妹妹可疼了。」

人人都看得出來,賈母對李紈雖然有憐惜顧恤,說到疼愛可遠遠無法與鳳姐相比。從寶玉可見賈母的審美,會說話的才可疼。

固然寶釵端莊守禮,人人誇讚,而賈母對其的欣賞和愛惜也是真誠的,所以第二十三回才有出資二十兩替她做生日之舉,但仍越不過黛玉的次序去。一則黛玉的生日也是年年操辦的,並未待薄,只不過這是寶釵來賈府的第一個生日,又正值十五歲及笄之年,是個不大不小的正經生日,理該好好操辦;二則薛家客居賈府,主人家自當盡東道之誼,況且也要給王夫人面子;三則寶釵進京原爲待選才人,賈府不會不懂得做這種人情投資,尤其坐賈府第一把交椅的老太君,更要主動表態,提前鋪路。不過花費區區二十兩銀子,既拉攏了薛家,又全了禮數,還落得自己一天玩樂——賈母原是愛玩的,如此一舉三得之事,何樂不爲?

群芳遷入大觀園後,寶黛二人的情感日漸明朗,賈母心中有數,但卻以爲良配。這心思，鳳姐自然是最清楚的，故有借茶打趣之語：「你既吃了我們家的茶，怎麼還不給我們家作媳婦？」庚辰本有側批：「二玉之配偶在賈府上下諸人即觀者批者作者皆爲無疑，故常常有此等點題語。我也要笑。」（二十五回）

到這時候，寶黛二人的姻緣是前景大好，無所阻礙。

然而端午節前，寶釵雀屏落選，元春賜了端午節禮出來，分明厚釵薄黛，隱隱有賜婚之意；但賈母顯然不願意，第二十九回〈享福人福深還禱福　癡情女情重愈斟情〉中，清虛觀打醮時，故意跟張道士提起「寶玉命中不該早娶」的話來，其實就是說給薛姨媽聽的；偏偏寶黛兩個不體諒老祖宗一片苦心，打緊地鬧彆扭個完，因此賈母才會急得哭了，脫口而出「不是冤家不聚頭」的話來。

第三十四回裏，寶玉捱打後，寶釵前來送藥，第一次真情流露，可見已經從落選的失意中平復心情，對寶玉漸生情愫；隔天眾人又一同往怡紅院來看視，說話間，寶玉爲引賈母誇黛玉，誰知賈母沒接話兒，話鋒一轉，竟誇起寶釵來：「提起姊妹，不是我當著姨太太的面奉承，千真萬真，從我們家四個女孩兒算起，全不如寶丫頭。」

正因這話，使得很多人誤會賈母不喜歡黛玉，更疼愛寶釵。然而我們細分析一下，「我們家四個女孩兒」是誰？元、迎、探、惜嗎？當然不會，因爲元春爲君，賈母爲臣，斷不可妄加議論，而且是當著眾人面拿來與「民女」相比。所以這四個女孩兒，只能是自小隨賈母長大的迎、探、惜三姐妹加上黛玉。

黛玉既然成了主人家的女孩兒，做主人的斷沒有在客人面前誇獎自家女孩之理，自然是極力稱讚寶釵大方得體。所以這段評語，一則固然是因爲寶釵著實可誇，二則是賈母的世故圓滑，並不存在貶低黛玉之意。正相反，倒是親近黛玉，而對寶釵以客視之。

要證明這一點，第四十回〈史太君兩宴大觀園〉最爲典型。賈母遊秋爽齋時曾向薛姨媽笑道：「咱們走罷。他們姊妹們都不大喜歡人來坐著，怕髒了屋子。咱們別沒眼色，正經坐一回子船喝酒去。」探春笑道：「這是那裏的話，求著老太太、姨太太來坐坐還不能呢。」賈母笑道：「我的這三丫頭卻好，只有兩個玉兒可惡。回來吃醉了，咱們偏往他們屋裏鬧去。」

——先說「他們姊妹們」，後說「兩個玉兒」，這就跟前文「我們家四個女孩兒」一樣，顯然把黛玉也算在「他們姊妹們」之列了，而且還是打頭兒「不大喜歡人來坐」的典型。但這當然不是賈母嫌棄黛玉，因爲之前她們剛剛遊過瀟湘館，而且黛玉招呼得很好，賈母也表現得很滿意。所以這番話，仍是說給薛姨媽聽的，表明「兩個玉兒」刻刻掛於心頭，無時或忘。

而賈母在瀟湘館和蘅蕪苑時各發的一番議論，不僅表現出對於室內裝飾的非凡品味，更表現了對釵黛二人截然不同的態度。

在瀟湘館時，劉姥姥因見筆硯俱全，書籍磊磊，猜道：「這必定是那位哥兒的書房了。」賈母卻笑著指黛玉道：「這是我這外孫女兒的屋子。」——語氣何等得意。接著賈母又看了一眼窗上糊的紗，因見顏色舊了，便和王夫人：「這個紗新糊上好看，過了後來就不翠了。這個院子裏頭又沒有個桃杏樹，這竹子已是綠的，再拿這綠紗糊上反不配。我記得咱們先有四五樣顏色糊窗的紗呢，明兒給他把這窗上的換了。」並且立等鳳姐取了來，何其關愛之至也！這才是姥姥對外孫女兒的態度，是真真把黛玉當成心肝寶貝來疼愛，來寵慣的。

而在蘅蕪苑時，賈母嫌屋子素淨，薛姨媽笑說寶釵在家也是這樣。賈母搖頭道：「使不得。雖然他省事，倘或來一個親戚，看著不像；二則年輕的姑娘們，房裏這樣素淨，也忌諱。我們這老婆子，越發該住馬圈去了。你們聽那些書上戲上說的小姐們的繡房，精緻的還了得呢。他們姊妹們雖不敢比那些小姐們，也不要很離了格兒。有現成的東西，爲什麼不擺？若很愛素淨，少幾樣倒使得。我最會收拾屋子的，如今老了，沒有這些閒心了。他們姊妹們也還學著收拾的好，只怕俗氣，有好東西也擺壞了。我看他們還不俗。如今讓我替你收拾，包管又大方又素淨。」

這番話恩威並施，不滿之情溢於言表，先是說「不像」，說「忌諱」，甚至說自己「該住馬圈了」，這已經是很嚴重的指責；接著說「他們姊妹們也還學著收拾的好」，「還不俗」，這裏自然包括黛玉的瀟湘館了；最後話風一轉，忽然大方地送起禮物來──這就讓薛姨媽母女沒有半點兒不服氣，還只能滿口道謝了。

但是爲什麼賈母接下來又會在第四十九回〈白雪世界琉璃紅梅〉中向寶琴試提親呢？有人說，這不明擺著是要拆散寶黛兩個嗎？

非也，按照賈母的一慣處事手段，我猜這又是以進爲退的一招虛招。首先薛蝌送妹進京待嫁，這件事是明說的，賈母未必不知道，所以這個提親根本就是廢話，旨在向薛姨媽暗示：如果我看中了寶釵，還會提寶琴麼？

此外，也或許有試探之意：倘若將黛玉和寶琴都嫁給寶玉，賈薛兩家一樣聯姻，但是林爲姐琴爲妹，你願意麼？

薛姨媽只怕是不願意的，至少是不表態，不接話。

於是在第五十四回賈府過燈節時，賈母因女先兒說書，趁機引發了一堆批駁陳文舊套的大道理，說「這些書都是一個套子，左不過是些佳人才子，最沒趣兒。」又說那些佳人「只一見了一個清俊的男人，不管是親是友，便想起終身大事來，父母也忘了，書禮也忘了，鬼不成鬼，賊不成賊，那一點兒是佳人？便是滿腹文章，做出這些事來，也算不得是佳人了。」最後說，「編這樣書的，有一等妒人家富貴，或有求不遂心，所以編出來污穢人家。再一等，他自己看了這些書看魔了，他也想一個佳人，所以編了出來取樂。何嘗他知道那世宦讀書家的道理！別說他那書上那些世宦書禮大家，如今眼下真的，拿我們這中等人家說起，也沒有這樣的事，別說是那些大家子。可知是謅掉了下巴的話。」

許多讀者都認爲「才子佳人」必指寶黛，所以賈母說這話是在諷刺教育黛玉。

但我說必然不是。

第一，前面已經論證過，在賈母眼中，黛玉根本就是自己家的女孩兒，不在「是親是友」的行列；且她是自幼跟隨賈母長大，同寶玉耳鬢廝磨青梅竹馬，算不得是「一見了個清俊男人」；況且賈母一口斷定「我們家沒有這樣的事」，那黛玉是自家人，自然第一個先排除了。反而寶釵是客人暫居在此，而且薛姨媽天天在府裏放風，說什麼和尚給了塊金鎖，要撿個有玉的才能配的話，所以這「不管是親是友，便想起終身大事來」的人是誰？不言而喻。

第二，就在剛剛說完這話一轉身，府裏放起炮仗來，賈母立刻便把黛玉摟在了懷裏——當時賈母座上原有寶玉、湘雲、黛玉、寶琴同坐，但是炮仗一響，賈母卻本能地摟住黛玉，既顧不上自己的「新歡」、年齡最小的寶琴，也顧不上心肝兒肉的寶玉，由王夫人去摟著。倘若賈母不喜歡黛玉，會有這番真情流露嗎？

所以賈母的這番宏論，一則是興之所致有感而發，二則也是公然放言表明態度：我對孫子外孫女兒是很信任的，外人不肖饒舌——因為此事發生在襲人加薪之後，王夫人給襲人加月銀的原因，賈母未必不知，當眾說出這番光明磊落的話來，等於是給眾人下了一道明令：我什麼不知道？你們少給我亂說話瞎操心！

可見賈母才真配得上寧府的那幅對聯：「世事洞明皆學問，人情練達即文章」！

然而這篇「文章」王夫人顯見是看不進去的，反又逼緊一步，索性請了寶釵和李紈、探春一起暫代管家，接替鳳姐之位，這顯然是要指定未來兒媳婦、管家接班人的位置了。話說得很是冠冕堂皇：「好孩子，你還是個妥當人，你兄弟妹妹們又小，我又沒工夫，你替我辛苦兩天，照看照看。凡有想不到的事，你來告訴我，別等老太太問出來，我沒話回。那些人不好了，你只管說。他們不聽，你來回我。別弄出大事來才好。」

——雖說鳳姐病了，李紈無能，但如今已指定探春協助理事，如何王夫人就料定她兩個還是不行，非要巴巴兒地找個外人來管家？更何況即便迎春軟弱，畢竟是賈府正主兒，探春都來管家了，做姐姐的趁機鍛鍊一下又如何？即便是爲安邢夫人之心，也大可做個便宜人情。然而王夫人偏偏諸般不顧，硬是找藉口把寶釵推了出來，這豈不是針對賈母成天把「兩個玉兒」掛在嘴邊，視黛玉爲自己人，而特地做出的一番表白嗎？

對於王夫人來說，誰才是自己人？當然是寶釵。所以請了寶釵管家，如果管得好，便可以清楚地讓老太太看看，她認定的這寶二奶奶人選有多麼合適。

王夫人雖不管事，對寶玉的事卻是絕對的上心，無比的積極。這也難怪，畢竟只有這一個寶貝指望，不能不操心。但她的審美眼光和人生選擇與賈母大相徑庭，所以爲了迴避矛盾，就往往先斬後奏。此前提拔襲人，此後驅逐晴雯，都是做完了才回稟賈母的。此次委託寶釵管家，同樣也是如此。但選媳婦畢竟不同於選侍妾，不能直接給寶釵定了婚事，只能先派作管家，讓園內外的人聞弦歌而知雅意。但同時她也怕賈母不高興，所以特別叮囑寶釵好好表現，「別等老太太問出來，我沒話回。」

而寶釵也確實做得漂亮，充分地展示了理家之才，如探春那般得罪人的事一件沒幹，卻提出承包到戶的德政來，且召集了老媽子們訓話，明白地說：「我如今替你們想出這個額外的進益來，也爲大家齊心把這園裏周全得謹謹慎慎，且不用他們操心，他們心裏豈不敬服？也不枉替你們籌畫進益，既能奪他們之權，生你們這利，又可以省無益之費，分他們之憂。

你們去細想想這話！」眾人聽了，無不嘆服，歡聲鼎沸地謝姑娘、姐姐之恩。此後，誰敢不把寶釵當作管家奶奶看待？

這一招的確狠，連紫鵑都急了，遂有第五十七回〈慧紫鵑情辭試忙玉〉之文，這下子可捅了馬蜂窩，將寶玉對黛玉的一番癡心徹底通了天亮了底，鬧得闔府皆知。

賈母乍聽說寶玉發狂，本來急得半死，初見紫鵑時，眼內冒火，拉著紫鵑叫寶玉打；及聽紫鵑解釋了緣故，頓覺正中下懷，非但沒有打罵紫鵑，反愛憐地說：「你這孩子素日最是個伶俐聰敏的，你又知道他有個呆根子，平白的哄他作什麼？」而將紫鵑留下服侍寶玉之舉，更是有默許了寶黛姻緣的意思——非但不反對寶玉的癡情，還暗示把紫鵑也許了給他。因為黛玉將來若是嫁給寶玉的話，紫鵑自然是陪嫁丫頭，也會跟了寶玉的。

這番心思，紫鵑和寶玉也都明白，所以才會留下菱花鏡做紀念——其實就是訂情信物。而紫鵑回到瀟湘館後，又向黛玉說了大套推心置腑的話，勸她趁老太太健在時作速成婚，免得將來有變故。

書中說次日早起，黛玉剛吃過燕窩粥，賈母便「親來看視，又囑咐了許多話」；又一日薛姨媽生日，寶黛兩個因病著未去赴席，賈母散戲回來又順路瞧了他二人，方才回房——可見直到這時候，賈母心頭還是只有「兩個玉兒」為念，沒有半分疏冷黛玉之意。

之後薛姨媽替薛蝌求邢岫煙為配，賈母強做保山，還曾戲笑：「我原要說他的人，誰知他的人沒到手，倒被他說了我們的一個去了。」——到了這一步，賈母仍然毫不打算考慮寶釵。

賈母的態度這樣明瞭，薛姨媽再也不能一味裝糊塗高枕無憂了，於是來至瀟湘館上演了「愛語慰癡顰」的戲目，當著黛玉的面許諾要爲她和寶玉提親，還提出了「四角俱全」的具體方案。

但是當紫鵑認了真，忙跑過來追問：「姨太太既有這主意，爲什麼不和太太說去？」薛姨媽卻又觸動前情，想到自己提出這番建議的不得已來，遂以老賣老噁心了紫鵑一句：「你這孩子，急什麼，想必催著你姑娘出了閣，你也要早些尋一個小女婿去了。」言外之意，就算林姑娘嫁了寶玉，你也別想著雞犬升天，還不定配了誰呢。這番話，其實同李嬤嬤咒襲人時，說她「好不好拉出去配一個小子，看你還妖精似的哄寶玉不哄！」其實是一樣的意思。而李嬤嬤的首次出場正現於梨香院薛姨媽家中，可謂用意深矣。

此後，薛林二人的關係達成了新的共識，取得了新的平衡，關於情感的戲分忽然少起來，也罕見賈母、薛姨媽各出機杼了。倒是王夫人猶自恨恨不平，遂有抄檢大觀園之舉，除晴雯而後快，算作是對嫉恨黛玉的一個小小發洩。到了這時候，王夫人才正式向賈母稟明提拔襲人之事，距離第三十四回同襲人密語足足過了兩年，可見心機之深。此時晴雯已死，賈母也回天無力了。

但是賈母雖然保不住晴雯，卻一定會再想辦法保護黛玉的，只可惜八十回後失傳，我們再看不到人情練達的好文章，卻在高鶚續本裏看到了一個陰險薄情、置黛玉生死於不顧的惡祖母，也真真令人憾恨啊！

寶釵對寶玉的感情怎麼樣?

書中塑造寶釵，全然端莊守禮大家閨秀形象。第八回〈比通靈金鶯微露意　探寶釵黛玉半含酸〉中，是第一次正面描寫寶玉同寶釵的相處情形：

寶玉掀簾一邁步進去，先就看見薛寶釵坐在炕上作針線，頭上挽著漆黑油光的纂兒，蜜合色棉襖，玫瑰紫二色金銀鼠比肩褂，蔥黃綾棉裙，一色半新不舊，看去不覺奢華。唇不點而紅，眉不畫而翠，臉若銀盆，眼如水杏。罕言寡語，人謂藏愚，安分隨時，自云守拙。

這是從寶玉眼中看去的寶釵形象，穿著半舊家常衣裳做針線，素淡安分，標準賢妻良母形象，正照應著太虛境十二釵正冊首段判詞「可歎停機德」，與初見黛玉形成鮮明對比。

這一回也是寶、黛、釵三人在書中的第一次鬥法，寶釵顯然並不與黛玉計較，對她的種種含沙射影，都只一笑置之，到底大了三四歲，頗有大姐姐風範。

但是寶釵卻並非對寶玉完全無心，而且對湘雲的忌憚之情絕不輸於黛玉。早在正寫湘雲第一次來賈府的時候，寶釵就已經防著她與寶玉的關係了。第二十回中寶玉正和寶釵頑笑，聽人說「史大姑娘來了」，抬身就走。寶釵忙笑道：「等著，咱們兩個一齊走，瞧瞧他去。」當晚湘雲與黛玉同住，寶玉次日一大早就去探望，纏著湘雲梳頭。而寶釵則同樣是一大早就來絳芸軒探望，恰聽見襲人抱怨：「姊妹們和氣，也有個分寸禮節，也沒個黑家白日鬧的！」

這時候大觀園還未修建，寶釵還住在梨香院，而寶玉同黛玉則跟著賈母住。所以寶玉一大早去隔壁黛玉房中猶可恕，寶釵大清早地跨過半個榮國府大老遠地跑到寶玉房裏來可幹什麼呢？

這種心理，在第三十二回湘雲拾獲金麒麟後又有一次描寫。

原來林黛玉知道史湘雲在這裏，寶玉又趕來，一定說麒麟的原故。因此心下忖度著，近日寶玉弄來的外傳野史，多半才子佳人都因小巧玩物上撮合，或有鴛鴦，或有鳳凰，或玉環金珮，或鮫帕鸞絛，皆由小物而遂終身。今忽見寶玉亦有麒麟，便恐借此生隙，同史湘雲也做出那些風流佳事來。因而悄悄走來，見機行事，以察二人之意。

作者狡獪，並不說寶釵想法，卻只寫黛玉心理，又讓黛玉聽見寶玉私下一片稱揚自己，遂感觸於心，隨後方有「訴肺腑」一節，兩人感情大躍進。

接著寫寶黛走後，襲人正因寶玉之語發呆，卻見寶釵搖搖地走來，口裏雖說：「寶兄弟這會子穿了衣服，忙忙的那去了？我才看見走過去，倒要叫住問他呢。他如今說話越發沒了經緯，我故此沒叫他了，由他過去罷。」

但是事實上，她分明是往怡紅院來找寶玉，不過是看見寶玉出去了，叫也白叫，才故意放行的，倒說這便宜話撇清白。但是接下來的一句就透露了心思，問道：「雲丫頭在你們家做什麼呢？」——這才是寶釵的真正用意，也是跟黛玉一樣，惟恐寶玉同湘雲借著金麒麟生隙，故而走來「察二人之意」。誰知恰好寶玉走了，襲人又說起托湘雲做針線的事來，寶釵趁機拉攏，主動提出幫忙的話來——這才是真正的「見機行事」啊。

可見作者正寫黛玉，側寫寶釵，其實一石二鳥，正話反說。明說寶釵「因往日母親對王夫人等曾提過『金鎖是個和尚給的，等日後有玉的方可結爲婚姻』等語，所以總遠著寶玉。」然而事實上，一大早來絳芸軒探看的是她，大半夜往怡紅院賴著不走的也是她，落得晴雯抱怨：「有事沒事跑了來坐著，叫我們三更半夜的不得睡覺！」伏天炎日午覺時間守著寶玉繡鴛鴦的，還是她——那可是寶玉的肚兜兒，貼身之物啊，這也是姑娘家可以插手進來的？這舉動哪裏還有藏愚守拙之意呢？

然而寶釵又的確是知書重禮識大體的閨秀，爲何會有這般逾分的舉動呢？只能說，她是真情流露，一時失態了。

這失態不是偶然的，早在寶玉捱打後她來送丸藥時，已經低頭撚帶，說：「早聽人一句話，也不至今日。別說老太太、太太心疼，就是我們看著，心裏也……」

這番腔調太像襲人常說的話了，連蒙府本側批也說：「同襲人語。」然而那襲人是什麼人？是賈母給了寶玉，王夫人又明白撥出二兩銀子一吊錢抬舉她做姨娘的，雖然沒有名份，但是滿園裏上上下下都知道了她是寶玉的人。如今寶釵說著襲人的話，做著襲人的事（繡鴛鴦），卻會是何心理？不言而喻，因了元妃賜端午節禮的暗示，她已把自己當成寶玉的妻子了。

領了賞賜後，一方面寶釵多少有些害羞不好意思，所以面子上故意做些舉動出來遠著寶玉；另一面卻又心下暗喜，所以會毫不介意地把紅麝串戴了出來，寶玉對著她雪白的膀子看直了眼的時候，她固然羞澀，卻並未嗔怒，已可見心思一斑。而這心思一旦萌發，就如雨後春筍，日漸茁壯起來。故而就對寶玉有了勸諫之心，疼惜之意。

襲人說寶釵也曾勸過寶玉仕途經濟的話，寶玉卻拔腳就走，從此倒跟寶姑娘疏遠了；然而寶釵不以爲意，過後仍是一樣相待，只當沒事人的一般。這就是因爲寶釵在心裏已經當寶玉是親人了，所以格外寬容，而當聽說他捱打，便有了第三十四回送藥丸的舉動。

送藥回來，因向薛蟠詢問琪官一事，薛家母女兄妹三人鬧了一場，薛蟠大聲喊出：「好妹妹，你不用和我鬧，我早知道你的心了。從先媽和我說，你這金要揀有玉的才可正配，你留了心，見寶玉有那勞什骨子，你自然如今行動護著他。」

這番話雖然粗魯，然而知妹莫若兄，倒是一番大白話。且側面見出薛姨媽日常在家言語，竟是時時把「金玉姻緣」提在口中的，那寶釵耳濡目染，每天接受著這樣的心理暗示，如今又得了元妃賞賜，等於是「過了明路了」，也就難怪會心意日堅，把自己看成寶玉的未婚妻了。

寶釵的形象是樂羊子妻，原有「停機之德」的，相夫理家是平生第一要事。既然有了這個「準未婚妻」的自我定位，這之後她就越發明公正道地勸起寶玉來了，連香菱學詩，她都要趁機勸誡寶玉：「你能夠像他這苦心就好了，學什麼有個不成的。」

可惜寶玉不聽勸，反而對她漸漸疏遠了，連夢裏也在宣告：「什麼是金玉姻緣，我偏說是木石姻緣。」再加上賈母的頻頻暗示，寶釵深知前途阻礙重重，不得不面對現實，遂終於決定退而求其次，接納黛玉這位副手了。

但她的做人原則是不會改變的，所以她接下來的主要功課，竟是開始訓導黛玉，希望將來能與黛玉一起，齊心協力輔佐寶玉；縱然不能齊心，至少黛玉不要再跟她搗亂，學習做個規言矩步的標準閨秀也好。

於是，這便有了第四十二〈蘅蕪君蘭言解疑癖〉、第四十五〈金蘭契互剖金蘭語〉等回，說《西廂》、送燕窩，終令黛玉不但「心下暗伏」，連連稱是，且從此推寶釵爲知己，直以姐姐呼之。

收服襲人、收服湘雲、收服黛玉，是寶釵在情感路上披荊斬棘的三大成功，到此她幾乎可以說已經坐定了寶二奶奶的位置，在五十六回時甚至協同李紈、探春管家了。只可惜，她揮舞著經濟學問的禪杖一路所向披靡，惟獨在收服寶玉這個終極目標上，卻是功虧一簣。

在第二十一回〈賢襲人嬌嗔箴寶玉 俏玉兒軟語救賈璉〉開篇，蒙府本有一段很長很重要的回前批，暗透後文：

按此回之文固妙，然未見後三十回猶不見此之妙。此回「嬌嗔箴寶玉」、「軟語救賈璉」，後文〈薛寶釵借詞含諷諫 王熙鳳知命強英雄〉。今只從二婢說起，後則直指其主。然今日之襲人、之寶玉，亦他日之襲人、他日之寶玉也。今日之平兒、之賈璉，亦他日之平兒、他日之賈璉也。何今日之玉猶可箴，他日之玉已不可箴耶？今日之璉猶可救，他日之璉已不能救耶？箴與諫無異也，而襲人安在哉？寧不悲乎！救與強無別也，甚矣！但此日阿鳳英氣何如是也，他日之身微運蹇，亦何如是也？人世之變遷，倏忽如此！

這段批語的最重要處，是提供了後三十回裏惟一一條完整的回目，並且透露了那一回的大致內容：

彼時，寶玉同寶釵已然成婚，但襲人不在他們身邊，寶釵曾經苦勸寶玉，卻再也勸不回來了；彼時，鳳姐身微運蹇，卻仍然逞強好勝，想以一己之力幫助丈夫，但卻救不下賈璉了。以此回照彼回，當事之人，寧不悲夫？

這一回，在全書中的地位真可謂重矣，尤其對於探佚紅樓，就更是珍珠至寶。對於本篇論題來說，它則清楚地告訴我們：寶釵最終雖然嫁給了寶玉，卻終究不能得到他的心，在寶玉心中的地位，甚至連襲人也不如。正如同十二釵曲子裏「終身誤」所唱的：

都道是金玉良姻，俺只念木石前盟。空對著，山中高士晶瑩雪；終不忘，世外仙姝寂寞林。歎人間，美中不足今方信。縱然是齊眉舉案，到底意難平！

寶釵與黛玉的金蘭契

寶釵和黛玉是書中最勢均力敵的兩個女主角，一個端莊守禮，一個才情橫溢，正是各擅勝場，難分軒輊，可說是「感性」與「理性」的兩大極端代表。然而脂硯齋卻偏偏說：

釵玉名雖兩個，人卻一身，此幻筆也。今書至三十八回時已過三分之一有餘，故寫是回使二人合而為一。請看黛玉逝後寶釵之文字便知余言不謬矣。

這句話初看極其無理，細想卻並非空穴來風。《金陵十二釵》冊子中，正冊首頁上，便是兩株枯木懸一玉帶，旁邊雪下埋著股金簪，詩云：「可歎停機德，應憐詠絮才。玉帶林中掛，金簪雪裏埋。」

——將寶釵比樂羊子妻，極褒其德，而黛玉比謝道韞，仰重其才，卻將兩人命運繫於一詩，正是「德才兼備」；而寶玉夢中所溫存之可卿，又是「鮮豔嫵媚，有似乎寶釵；風流嫋娜，則又如黛玉」的，果然「兼美」，可見其糾結難分，你中有我。

世上果有如此兼美之人，堪稱典範；而若能娶此二人為妻，更是遂心如願，夢裏才有的好事兒了。然而此書要極力寫明的原是「美中不足，好事多魔」八個字，「瞬息間則又樂極悲生，人非物換，究竟是到頭一夢，萬境歸空」。

整個前八十回，寶釵與黛玉的關係，便正是鋪敘這「好事多魔」的過程，從對立到和諧，直至合二為一。

前文「寶黛的感情基線」和「寶釵對寶玉的感情」中分析過，早在寶玉對釵黛湘以及眾女兒並無分別時，黛玉已經妒意橫生，認定寶釵為第一假想敵了。她一再地試探寶玉，跟他鬧彆扭，哭一陣好一陣的，直到第三十二回「訴肺腑」之時，才終於確定了寶玉的真心，從此再無疑忌之心，卻對寶釵越發含酸，看到寶釵哭紅了眼睛，忍不住出言譏諷：「哭出兩缸眼淚來，也醫不好棒瘡！」

同時，寶玉捱打後，也的確是寶釵對寶玉的第一次真情流露，但她與黛玉的較量卻絕不是旗鼓鮮明分庭抗理的，而是一直暗中較勁兒。在寶釵，本以為德才兼備，萬口褒贊，品貌不輸黛玉，德行更足自誇，而且又有元妃賞賜的暗示，「金玉姻緣」的風聲，上有王夫人疼愛，下有襲人助力，中間還得到史湘雲等的極力支持，遠比黛玉人多勢眾，對於寶二奶奶之位原是穩操勝券的。

種種心理暗示之下，薛寶釵漸漸已把自己看成了寶玉的「準未婚妻」，不但時時提點規勸，還不避嫌疑地替他繡起肚兜兒來，而且繡的是鴛鴦。偏偏寶玉不領情，這時候已經同黛玉互相傾心，誓同生死了，因此在夢中也叫出來：「什麼是金玉姻緣，我偏說是木石姻緣。」

書中說，寶釵聽了這話，登時怔住了。顯然，不論寶釵有多少優勢，寶玉心中卻只認定黛玉一個，這一點，卻令寶釵情何以堪？

現在，擺在寶釵面前的有三條路：

第一是撇開寶玉，斬斷情根，別覓如意郎君。這顯然不太現實，一則有損家族利益，上哪裏再找賈府這樣的大靠山呢？二則寶釵此時已對寶玉情根深種，也實在放不下。

第二條路是與黛玉鬥到底，非爭出個你死我活不可。但是寶釵畢竟是溫厚守禮的閨秀淑媛，而不是潑辣狠毒的王熙鳳；且黛玉上有賈母疼愛，又得寶玉真情，絕非來歷不明出身低微的尤二姐，真個鬥下去，寶釵未必能贏。

第三條路，則是化敵爲友，接受黛玉跟寶玉的感情，二女同事一夫。

顯然寶釵選了第三條路。

這選擇是被迫，但也是主動的，而且不只是對湘雲、對襲人那樣施以小恩小惠的收攬，不是幫忙做個針線活，贊助辦個螃蟹宴這麼簡單，而是曉之以情、動之以理的大手筆，是

「攻心之術」。

第四十二回〈蘅蕪君蘭言解疑癖　瀟湘子雅謔補餘香〉，是寶釵對黛玉的小試牛刀。先是出其不意地笑著來了句：「你跪下，我要審你。」因黛玉不解，便又冷笑道：「好個千金小姐！好個不出閨門的女孩兒！滿嘴說的是什麼？你只實說便罷。」誰知黛玉仍然不解，寶釵遂笑著說明：「你還裝憨兒。昨兒行酒令你說的是什麼？我竟不知那裏來的。」

將「好個不出閨門的女孩兒」與「昨兒行酒令你說的是什麼」聯繫起來，罪名已經很清楚——讀了邪書，移了性情，竟還公諸於眾人之前——這在今天不算什麼，但在傳統禮教下，卻的的確確不是一個閨秀的所言所行。

因此黛玉回想清楚，也自知「昨兒失於檢點，那《牡丹亭》、《西廂記》說了兩句，不覺紅了臉」，主動說：「好姐姐，原是我不知道隨口說的。你教給我，再不說了。」竟然乖乖上鉤，主動受教了。

於是寶釵安穩坐定，深入淺出，由己及人，說出了好長一番大道理來，「一席話，說的黛玉垂頭吃茶，心下暗伏，只有答應『是』的一字。」這是黛玉的第一次服軟兒。

但凡釵黛之情，必由寶玉眼中鑒定，因此後文又有眾人議論惜春畫事，寶釵為黛玉理鬢一節，「寶玉在旁看著，只覺更好，不覺後悔不該令他抿上鬢去，也該留著，此時叫他替他抿去。」

到了第四十五回〈金蘭契互剖金蘭語　風雨夕悶製風雨詞〉，是寶釵進一步出招：上次是以理服人，今次則是以情動心。不但體貼黛玉之病，送她燕窩補養，且說：「你放心，我在這裏一日，我與你消遣一日。你有什麼委屈煩難，只管告訴我，我能解的，自然替你解一日。我雖有個哥哥，你也是知道的，只有個母親比你略強些。咱們也算同病相憐。」如此感人肺腑之語，怎不讓「情情」林黛玉感激涕零，遂說：「你素日待人，固然是極好的，然我最是個多心的人，只當你心裏藏奸。從前日你說看雜書不好，又勸我那些好話，竟大感激你。往日竟是我錯了，實在誤到如今。」徹底承認了自己的錯誤，而推寶釵為生平知己。

此回目既名「金蘭契」，可見寶釵完全收服了黛玉，二人已是情同姐妹，合二為一了。因此四十九回〈琉璃世界白雪紅梅　脂粉香娃割腥啖膻〉中，湘雲暗諷黛玉小心眼，必會妒嫉賈母多疼了寶琴，寶釵便為其辯護說：「我的妹妹和他的妹妹一樣。他喜歡的比我還疼呢，那裏還惱？」

書中借寶玉之觀察，寫黛玉趕著寶琴直呼妹妹，並不提名道姓，而寶琴亦覺得黛玉出類拔萃，故對之親敬異常。寶玉心下十分不解，過後特地往瀟湘館詢問：「是何時孟光接了梁鴻案？」黛玉因把說錯酒令、送燕窩等事細告，並說：「誰知他竟真是個好人，我素日只當他藏奸。」對寶釵心悅誠服，其摯愛之心，較從前之史湘雲猶為篤誠。

到了五十二回，二人感情益發融洽。書中再次借寶玉之眼之口稱讚：「好一副『冬閨集豔圖』！」

正是寒冬臘月，瀟湘館中卻是暖香春色，不但寶釵、寶琴都來看黛玉，且連邢岫煙也在那裏，四人圍坐在熏籠上敘家常，紫鵑倒坐在暖閣裏臨窗作針黹。此時，岫煙尚未提親薛蝌，似乎是「外人」，但我們知道，薛家姐妹和邢岫煙很快就會「姑嫂一家親」了，那麼黛玉夾在其中，又是什麼關係呢？

接著就是五十七回的重頭戲了，〈慧紫鵑情辭試忙玉　慈姨媽愛語慰癡顰〉，紫鵑一句玩笑把寶黛之情通了天，眾人都已心知肚明，薛姨媽還在裝糊塗，直說：「寶玉本來心實，可巧林姑娘又是從小兒來的，他姊妹兩個一處長了這麼大，比別的姊妹更不同。這會子熱剌剌的說一個去，別說他是個實心的傻孩子，便是冷心腸的大人也要傷心。這並不是什麼大病，老太太和姨太太只管萬安，吃一兩劑藥就好了。」

但是寶玉養了許久的病，賈母又一直留下紫鵑伏侍，這件事做得這麼明白，亦如襲人的二兩銀子一樣，薛姨媽再是自欺欺人，也不能夠繼續揣著明白裝糊塗了，於是她也向女兒寶釵學習，改用懷柔之策，對黛玉忽而親熱起來，且給自己找了個台階說：「你見我疼你姐姐你傷心了，你不知我心裏更疼你呢。你姐姐雖沒了父親，到底有我，有親哥哥，這就比你強了。我每每和你姐姐說，心裏很疼你，只是外頭不好帶出來的。你這裏人多口雜，說好話的人少，說歹話的人多，不說你無依無靠，爲人作人配人疼，只說我們看老太太疼你了，我們也洑上水去了。」

可歎黛玉心實，既早已認了寶釵做姐姐，如今聽見薛姨媽一番話，也就心甘情願地說：「姨媽既這麼說，我明日就認姨媽做娘，姨媽若是棄嫌不認，便是假意疼我了。」

而寶釵便同母親半真半假，一唱一和，從月下老人說到岫煙的親事，最終提出了一個「四角俱全」的主意來。按薛姨媽的說法，提到這建議本是因爲賈母有意提親薛寶琴，只是寶琴已經有了人家，故而薛姨媽只好另給一個人，不如就把黛玉說給寶玉。但是此前明明滿園子裏尤其薛姨媽天天念著寶釵的金「要找個有玉的來配」，如今倒怎麼說沒人可給呢？難道寶釵不是人？這顯然是以退爲進、無私顯見私的說法，而黛玉是聰明人，也不會聽不懂——所謂四角俱全，乃是寶釵爲姐，黛玉爲妹，釵黛同嫁寶玉矣。

那麼，這個建議黛玉接不接受呢？

對於黛玉來說，她下世只是爲了「還淚」，一心都在寶玉身上，「你好我自好，你失我自失」，只要寶玉好，她是怎麼樣都可以的。她決不會離了寶玉去跟第二個人，所以之前不是擔心寶釵藏奸，就是害怕湘雲多事，但是對襲人卻毫無醋意，一片赤誠稱之爲「嫂子」的。

可見黛玉之醋，並不是怕寶玉多情花心，因爲她是寶玉知己，深知寶玉之情並非淫邪一路；她所擔心的，只是自己不能跟寶玉在一起。只要不把她和寶玉分開，寶玉另外再娶多少個，她都不會在意的。

今天的戀人們，最在意的就是一心一意，心無旁騖。但是在古時，男人三妻四妾是常情，女人善妒反而是七出之罪。黛玉是知書達理的大家閨秀，她害怕寶玉辜負自己，卻並非沒有容人之量。所以只要不破壞她能跟寶玉長相廝守這個大前提，她是不會計較與別人分享寶玉的。

尤其五十七回認了薛姨媽做乾媽，五十八回時薛姨媽索性搬進瀟湘館來了，「一應藥餌飲食十分經心。黛玉感戴不盡，以後便亦如寶釵之呼，連寶釵前亦直以『姐姐』呼之，寶琴前直以『妹妹』呼之，儼似同胞共出，較諸人更似親切。賈母見如此，也十分喜悅放心。」很明顯，黛玉這自幼父母雙亡，在親情上極度缺失的女孩兒，在薛姨媽母女的雙重攻勢下，徹底繳械，而且是心甘情願地服了輸。

第五十八回寶玉病癒，往瀟湘館來看黛玉，見其病雖好，但亦發瘦得可憐；黛玉見寶玉也比先大瘦了，「想起往日之事，不免流下淚來。些微談了談，便催寶玉去歇息調養。」

雖只寥寥幾句，已寫得柔腸百轉，淒苦纏綿。此時黛玉經過紫鵑試玉之舉，已經深知寶玉對自己的心意，滿心裏再無絲毫疑猜妒忌，卻只是一心為寶玉心疼難過——憶昔流淚是感激相知，催促歇息是憐惜體貼。寶玉這次病得實在嚴重，休養了這許久還要拄拐而行，哪裏還能再禁得再有波瀾蹉跎？

此時的寶黛之間，已經是「情投意和，願同生死」，只要寶玉能好，受什麼委屈黛玉也是不會介意的了。於是，就終於有了寶玉生日宴上的半盞茶。

第六十二回中，寶釵與黛玉正在說話，襲人送了茶來，因只有一盞，遂說：「那位渴了那位先接了，我再倒去。」

這時候寶釵和黛玉兩個人的表現都極為奇怪：那個一向溫柔謙讓的寶釵竟然搶先接了過來，還說：「我卻不渴，只要一口漱一漱就夠了。」說著先拿起來喝了一口，剩下半杯遞在黛玉手內——既然不渴，又何以搶先？而且喝了一口後，把杯子還給襲人就是了，她卻把剩下的半盞茶遞進黛玉手中，這不是逼別人喝她的剩茶嗎？

很明顯這是寶釵開出的一道題目。須知「茶禮」在古時是極爲講究的，而紅樓中關於茶訂和茶道也多有照應，比如鳳姐對黛玉開玩笑時便說過：「你既吃了我家的茶，怎麼還不給我們家作媳婦？」就說的是這種規矩——訂婚前，下聘叫「過茶訂」；新人進門，要給長輩敬茶；男人娶了不只一位妻妾的，小的要給大的敬茶——這些道理，釵黛這樣的大家閨秀不會不懂。所以，寶釵遞給黛玉的這半盞茶，是半真半假地試探，而她所以敢做得如此大膽果斷，是從第四十二回「蘭言解疑癖」到現在這二十回裏層層鋪墊，做足了功課的。如今勝券在握，已經清楚地知道自己收服了黛玉，所以才敢如此「放肆」，檢驗戰鬥成果來了。

此時，那林黛玉該怎麼做呢？接是不接？答是不答？應是不應？

這樣的尷尬怪異舉止，連站在一旁的襲人也覺得不妥，明知黛玉是有潔癖的，因此趕緊說：「我再倒去。」然而黛玉卻只是輕輕笑了一笑，說：「你知道我這病，大夫不許我多吃茶，這半鐘盡夠了，難爲你想的到。」說畢，飲乾，將杯放下。——她到底是接了！

可憐黛玉，癡愛寶玉如此之深，至於委曲求全，自願居次，正如同《兒女英雄傳》中的張金鳳與何玉鳳。

要特別說明的是，即便釵黛同嫁了寶玉，也不代表寶釵爲妻黛玉爲妾。古人有「三妻四妾」，可以最多娶三個女子做「平妻」，雖姐妹相稱，共事一夫，但在地位上是平等的，都是原配正室。

黛玉名為「瀟湘妃子」，這典故正是出於舜帝將自己的兩個女兒瀟妃與湘妃一同嫁給大禹，瀟湘二妃並無正庶之分，這豈非暗示寶黛同嫁之命運呢？

且回目中又有〈滴翠亭楊妃戲彩蝶　埋香塚飛燕泣殘紅〉一名，將寶釵比作楊妃，黛玉形為飛燕。而在歷史上，那楊貴妃深得唐玄宗寵愛，曾將自己的姐姐都引入宮中，俱封了夫人；而趙飛燕更是與妹妹趙合德一起承歡漢帝，廣為流傳。書中說茗煙孝敬寶玉，「把那古今小說並那飛燕、合德、武則天、楊貴妃的外傳與那傳奇角本買了許多來」，亦可謂透漏先機矣。

釵黛二人既然已經達成了這樣的共識，寶、黛、釵之間的糾結紛爭也就迎刃而解了，後文中關於三人的情感戲突然減少，連一次小爭吵都沒有了。

如果事情真能夠照著計畫發展下去，倒也未嘗不是一件「兼美」的好事，可歎的是，八十回後風波又起，終至黛玉薄命，早早地魂歸離恨天了；脂批說「看黛玉逝後寶釵之文字便知余言不謬」，可知寶釵嫁了寶玉後，相待寶玉之情不亞於黛玉，無奈寶玉心中不忘黛玉，「縱然是齊眉舉案，到底意難平」，終究是「懸崖撒手」了。

不論寶釵有多麼完美，她畢竟不是黛玉，畢竟不能取而代之，「人非物換」，「究竟是到頭一夢，萬境歸空」。「釵黛合一」終究只是個理想，這兩人在《金陵十二釵》詩冊中原是一體，到了《紅樓夢仙曲十二支》中卻已分作兩支，各有歸源了。黛與釵，無論怎麼合契也好，到底不是一體。

回首相看已化灰——賈元春。

元春省親時有多大
元春為什麼不喜歡林黛玉
元春的原型猜測
曹家的皇親國戚
省親都做了哪些事

元春省親時有多大？

程高本在續書裏寫元妃之死時，說她死於甲寅年十二月二十九，存年四十三歲。於是內地李少紅導演的二〇一〇版電視連續劇裏，便找了個中年女演員來扮演元妃，導演且堅持說元妃省親時就應該是三四十歲。

但我們都知道後四十回爲高鶚續作，所言根本做不得準，用後四十回的內容反推前八十回的做法，是以錯糾正，完全沒道理的。

雖然說書中寫到元春對寶玉口傳手教，在進宮前是寶玉啓蒙老師，起到了長姐如母的作用，但這不代表元春的年齡真的老到了足可以做寶玉的母親。

書中關於元春的年齡有些含糊，第三回〈冷子興演說榮國府〉時，說到元春與寶玉時，有兩種版本，第一種是：「第二胎生了一位小姐，生在大年初一，這就奇了，不想後來又生一位公子，說來更奇，一落胎胞，嘴裏便銜下一塊五彩晶瑩的玉來，上面還有許多字跡，就取名叫作寶玉。」另一種則把「後來」寫作「次年」，說寶玉只比元春小一歲。但從元春教授寶玉讀書來看，這是不可能的，故而棄之不取。

那麼，元春省親時到底該多少歲呢？

這要先從清朝選秀女的規矩講起，不同的文檔上對於選秀女的年齡限制有不同記錄，有說十二到十六歲的，有說十三到十六歲的。總之最大上下限就是十二到十六歲之間。書中說：

當日這賈妃未入宮時，自幼亦係賈母教養。後來添了寶玉，賈妃乃長姊，寶玉為弱弟，賈妃之心上念母年將邁，始得此弟，是以憐愛寶玉，與諸弟待之不同。且同隨賈母，刻未離。那寶玉未入學堂之先，三四歲時，已得賈妃手引口傳，教授了幾本書、數千字在腹內了。

也就是說，寶玉三四歲時，元春還在賈府中；而寶黛初見時，寶玉是七八歲年紀，冷子興此前已向賈雨說過：「政老爹的長女，名元春，現因賢孝才德，選入宮作女史去了。」所以寶玉八歲時是元妃進宮的最後時限。

由此得出，元春進宮的時間，大約在寶玉四到八歲之間的某一年。

倘若是在寶玉四歲時元春進宮，而元春那年十二歲，就是比寶玉大了八歲；如果元春命運不濟，老到十六歲才進宮，則比寶玉大了十二歲。

倘若是在寶玉七八歲時元春進宮，元春那年十二歲的話，就比寶玉大個四五歲；如果元春十六歲的話，比寶玉大了八九歲。

總之，元春與寶玉的年齡差，兩頭的極限就在四歲到十二歲之間。

元春省親的故事寫在《紅樓夢》第十七、十八兩回，回目為〈大觀園試才題對額　榮國府歸省慶元宵〉，這寫的是正月十五的故事；接著第二十二回〈聽曲文寶玉悟禪機　製燈謎賈政悲讖語〉，則寫的是寶釵於正月二十一慶祝十五歲生日，而寶玉比寶釵小三歲，可知大約是十二歲。

不久，元妃下旨令眾人搬進大觀園去，書中錄了寶玉寫的四首即事詩，且明確點出乃是「榮府十二三歲的公子作的」，一絲不亂，再次確定了寶玉的年齡，正與前面的推論相符合。

也就是說，元妃省親的時候，賈寶玉不會超過十三歲。那麼比寶玉大了四至十二歲的賈元春，這年也就是二十上下，最小不會低於十七歲，最大不會超過二十五歲。正是桃紅李豔的時候。

如此，《金陵十二釵》元春判詞中的「二十年來辨是非，榴花開處照宮闈」就很容易解釋了：就是「賈元春才選鳳藻宮」、晉封為妃的這一年，或者說，是寶玉夢遊太虛、看到薄命司元春判詞的這一年，元春剛好二十歲。

「二十年來」指的是時間，「榴花開處」指的是晉封，「照宮闈」明確了地點；「三春爭及初春景」點明人物；「虎兔相逢大夢歸」則是結局。整首詩的意思用白話來說就是：二十歲時得以飛升為貴妃，卻轉眼就夢醒成空——這和可卿托夢給鳳姐說眼面前就有一件「烈火烹油鮮花著錦」的喜事，卻「不過是瞬息的繁華」正相吻合，都是起到預言的作用；而所謂「辨是非」，不過指的是後宮裏伴君如伴虎，恩寵無常，太刻意的爭名奪利是沒有意義的。所謂「喜榮華正好，恨無常又到。」晉封未必是好事，因爲「登高必跌重」。

可惜的是，賈元春未能及早看明白這一點，所以惟有「向爹娘夢裏相尋告：兒命已入黃泉，天倫呵，須要退步抽身早！」

元春爲什麼不喜歡林黛玉？

元春與黛玉、寶釵只有一次照面，但是後來的態度卻明顯厚釵而薄黛，這是什麼原因呢？是黛玉得罪了元妃，還是王夫人在她面前說了些什麼？

書中沒有明寫的事情，我們只能猜測；但是寫明的故事，卻不妨細推。

元妃與釵黛在全書中惟一的一次照面，也是元春在全書裏惟一的一次出場，即在第十七、十八回〈榮國府歸省慶元宵〉——

賈妃因問：「薛姨媽、寶釵、黛玉因何不見？」王夫人啓曰：「外眷無職，未敢擅入。」賈妃聽了，忙命快請。一時薛姨媽等進來，欲行國禮，亦命免過，上前各敘闊別寒溫。

這是賈妃第一次看見釵黛二人，並沒有做任何表示，而釵黛此前既然從未見過元妃，自然也無「闊別寒溫」可敘，因此可想而知，敘話的大約是薛姨媽與王夫人。

然而接下來的一段話卻峰迴路轉：

賈政又啟：「園中所有亭台軒館，皆係寶玉所題；如果有一二稍可寓目者，請別賜名為幸。」元妃聽了寶玉能題，便含笑說：「果進益了。」賈政退出。賈妃見寶、林二人亦發比別姊妹不同，真是姣花軟玉一般。因問：「寶玉為何不進見？」

此前賈妃看見釵、黛時，並未有所表示。這會兒說了一番家常話，情緒穩定下來，又聽見寶玉能題，原該立刻宣寶玉進見才對。卻不急著下旨，而是突然想起觀察薛、林二人來，看見她們「姣花軟玉一般」，並無誇讚，卻又忽然轉而問起寶玉來。真正一波三折，初看大不合情理，細想卻頗有趣味。

是否可以做這樣的推測呢？——元妃在聽到賈政說起寶玉能題，知道他「果進益了」後，高興之餘，自然便想起弟弟的終身大事來。遂著意觀察兩位表妹，心中未嘗沒有代弟擇媳之意。看了一番，十分滿意，難決高下，這才又想起要詔見弟弟，比量一番。

接下來，元妃令眾姐妹及寶玉做詩。看後稱賞一番，笑道：「終是薛林二妹之作與眾不同，非愚姊妹可同列者。」

這裏可以看出，元春對薛林的才學是認可的，且將兩人相提並論，仍然難分軒輊。

倘若故事就到這裏頓住，那麼元春、寶釵、黛玉、寶玉四個人的故事就不會橫生枝節，餘韻不止。然而元春偏偏命寶玉連做四首五言律，「使我當面試過，方不負我自幼教授之苦心。」

於是，寶釵和黛玉在自己交了卷之後，看到寶玉苦思不已，便都代他著急，都想幫忙，其表現卻是完全不同的，正是「一樣關心，兩種態度」，寫得相當傳神。

先看寶釵的表現：

彼時寶玉尚未作完，只剛做了「瀟湘館」與「蘅蕪苑」二首，正作「怡紅院」一首，起草內有「綠玉春猶卷」一句。寶釵轉眼瞥見，便趁眾人不理論，急忙回身悄推他道：「他因不喜『紅香綠玉』四字，改了『怡紅快綠』；你這會子偏用『綠玉』二字，豈不是有意和他爭馳了？況且蕉葉之說也頗多，再想一個改了罷。」寶玉見寶釵如此說，便拭汗說道：「我這會子總想不起什麼典故出處來。」寶釵笑道：「你只把『綠玉』的『玉』字改作『蠟』字就是了。」寶玉道：「『綠蠟』可有出處？」寶釵見問，悄悄的咂嘴點頭笑道：「虧你今夜不過如此，將來金殿對策，你大約連『趙錢孫李』都忘了呢！唐錢珝詠芭蕉詩頭一句『冷燭無煙綠蠟乾』，你都忘了不成？」寶玉聽了，不覺洞開心臆，笑道：「該死，該死！現成眼前之物偏倒想不起來了，真可謂『一字師』了。從此後我只叫你師父，再不叫姐姐了。」寶釵亦悄悄的笑道：「還不快作上去，只管姐姐妹妹的。誰是你姐姐？那上頭穿黃袍的才是你姐姐，你又認我這姐姐來了。」一面說笑，因說笑又怕他耽延工夫，遂抽身走開了。寶玉只得續成，共有了三首。

再看黛玉的表現：

此時林黛玉未得展其抱負，自是不快。因見寶玉獨作四律，大費神思，何不代他作兩首，也省他些精神不到之處。想著，便也走至寶玉案旁，悄問：「可都有了？」寶玉道：「才有了三首，只少『杏簾在望』一首了。」黛玉道：「既如此，你只抄錄前三首罷。趕你寫完那三首，我也替你作出這首了。」說畢，低頭一想，早已吟成一律，便寫在紙條上，搓成個團子擲在他跟前。寶玉打開一看，只覺此首比自己所作的三首高過十倍，真是喜出望外，遂忙恭楷呈上。

對於黛玉代作的這首詩，元妃是讚譽有嘉的，指其爲四首之冠——自然，那時她並不知道寶玉作弊。

回鑾前，元春命人頒下賞賜，賈母的自然是頭等，邢夫人、王夫人減了一等，「寶釵、黛玉諸姊妹等，每人新書一部，寶硯一方，新樣格式金銀錁二對。寶玉亦同此。」

至此，元春對釵、黛兩個還是一視同仁的，賞賜也視如諸姐妹一般。

然而事隔不久的端午節賞賜，二人就忽然有了高下之分，變成寶釵和寶玉同等，而黛玉則與眾姐妹一樣，降了一等了。對此，寶玉的第一個反應是「傳錯了」，而襲人說，「都是一份一份的寫著籤子」的，不會錯。

然而元春究竟爲何錯點鴛鴦呢？她在省親時明明對寶、黛兩個同等對待的，從什麼時候起突然偏心了呢？

當然有一個可能是在王夫人後來進宮探訪時，不住向元春提起外甥女寶釵，說起寶釵的諸般好處與黛玉的多愁多病，慫恿貴妃女兒爲寶玉賜婚；另一個可能，則是黛玉幫寶玉打小抄的行爲，後來被元春知道了，從而厭黛喜釵，變了方向。

有個輔證，第七十六回〈凸碧堂品笛感淒清　凹晶館聯詩悲寂寞〉中，湘雲誇獎「凸碧」和「凹晶」兩個字用得好，黛玉說：

實和你說罷，這兩個字還是我擬的呢。因那年試寶玉，因他擬了幾處，也有存的，也有刪改的，也有尚未擬的。這是後來我們大家把這沒有名色的也都擬出來了，注了出處，寫了這房屋的坐落，一併帶進去與大姐姐瞧了。他又帶出來，命給舅舅瞧過。誰知舅舅倒喜歡起來，又說：「早知這樣，那日該就叫他姊妹一併擬了，豈不有趣。」所以凡我擬的，一字不改都用了。

同「省親」隔了近六十回，竟忽然補出這麼一段「後傳」來，真正意外之文字。而這段文字，僅僅是爲了再次描寫園中景象佈局嗎？還是借這段話重新點出〈大觀園試才題對額榮國府歸省慶元宵〉一段，提醒讀者留意，黛玉不僅曾替寶玉擬名，還曾替寶玉作詩？

到這時，大觀園已是悲劇揭幕，大勢將去了，黛玉還在得意「大姐姐」對自己眼光的肯定，絲毫沒有排斥之意，可見其天真。然而她沒有想想：爲何凡她擬的，「一字不改都用了」呢？果然只是因爲她的才分高卓麼？或者，正是元春「見外」的表現？

此前在園中時，元春看匾額是有批改習慣的。比如「蓼汀花溆」只留「花溆」二字，「紅香綠玉」改成「怡紅快綠」，「杏簾在望」題名「浣葛山莊」後又改回「稻香村」等。然而賈政將諸姐妹擬的名色送進宮後，元妃問起都係何人所擬，得知某些出自黛玉手筆，出於嫌忌，卻只能有兩種表現：要麼一字不用，要麼一字不改。

元妃的體度和涵養，讓她選擇了後者。

很有可能，彼時元妃已經借由太監、宮女之口瞭解到寶釵、黛玉二人在省親作詩時的不同表現了——那寶釵在幫著寶玉之餘，顧及的乃是皇姐的心思，「他因不喜『紅香綠玉』四字，改了『怡紅快綠』；你這會子偏用『綠玉』二字，豈不是有意和他爭馳了？況且蕉葉之說也頗多，再想一個改了罷。」何等體貼，何等細心，更重要的是，何等敬上！而黛玉，卻是恃才傲物，逞自己之才幹，把別人當傻子，完全越俎代庖，教唆寶玉打小抄蒙混過關，這不是「欺君」麼？

當時元春雖然高高在上，太監、宮女可是黑鴉鴉站了一屋子的，那些人在宮裏每天做的是什麼，不就是「察言觀色，吹毛求疵」麼，寶、黛、釵的這些小把戲小動作，怎麼可能逃得脫他們的「眼觀六路，耳聽八方」呢？

脂批說「黛玉一生是聰明所誤」，這次題詩，可見一斑。

元春的原型猜測

《紅樓夢》是一部小說。雖然向來都有「射史派」與「自傳說」兩種索隱觀點，然而小說就是小說，既不可能完全照搬現實，也不可能一味述史。因爲作者一落筆，筆下的主人公就會擁有自己的人物性格與命運，即使作者的原意真是想用筆下人物來影射某個歷史人物，在寫作過程中，也會格於書中特定環境與故事發展，而使得書中人物距離歷史人物越來越遠。

然而與此同時，曹雪芹的家族經歷過那樣一個翻天覆地、由盛轉衰的命運，他一生人所見、所聞、所歷、所感，無不是皇室秘聞與今昔之比，難免會在書中發出末世之歎來。於是書中人物總會或多或少地帶了真實的影子，這其中有他的身邊的人，也自然會有皇室人物。因此，書中每個人雖然出自虛擬，卻也會自然地有其原型。有時候，幾個人出自同一原型；又有時候，一個人身上集中著幾個原型的遭遇。

至於元春，由於曹家曾經出過一位平郡王妃，於是人們便一直認定那就是元春的原型。然而除了這貴婦的身分之外，兩者之間還有什麼相似，卻再也說不出來。

這都是因爲思路太過局限之故——其實，誰規定女人的原型一定也要是個女人呢？

《紅樓夢》是女兒國，講的卻是朝廷權貴的大事件大糾葛，這就使作者在描寫男性歷史時，有時不得不投影在女兒身上，用一個女人的身分來表現一個重要的男人的故事與遭遇。這是出於寫作手法與結構的需要，同時也是考慮到政治因素，不得不迴避真正的史實。

元春，便是這樣。她是四大家族中身分最高的人，其原型絕不僅僅是個郡王福晉這樣的邊緣人物，而應該在歷史上扮演著更爲尊貴更爲重要的角色，這個人是誰呢？

且看第二十八回〈蔣玉菡情贈茜香羅　薛寶釵羞籠紅麝串〉，寶玉赴宴歸來，襲人交代了小紅被鳳姐選走一事後，似乎很不經意地提及：「昨兒貴妃打發夏太監出來，送了一百二十兩銀子，叫在清虛觀初一到初三打三天平安醮，唱戲獻供，叫珍大爺領著眾位爺們跪香拜佛呢。還有端午兒的節禮也賞了。」

端午是五月初五，故而這裏打平安醮的準確時間是五月初一到初三。無巧不巧，廢太子胤礽的生日正是康熙十三年五月初三——僅僅是個巧合嗎？

讓我們來看看元春的判詞：

二十年來辨是非，榴花開處照宮闈。
三春爭及初春景，虎兔相逢大夢歸。

太子胤礽因生於五月，故偏愛石榴，曾有詠榴花詩曰：「上林開過淺深叢，榴火初明禁院中。」

很明顯，這裏化用的是「五月榴花照眼明」的句子；而元春判詞的第二句，「榴花開處照宮闈」顯然用的同一典故，更點明了胤礽詩中的「禁院」即是「宮闈」。

第三句「三春爭及初春景」，強調的是個「元」字，元春爲長女，而胤礽爲太子。胤礽生於康熙十三年，這年是甲寅年，肖虎；失勢後，皇四子胤禛奪權稱帝，即雍正。而雍正元年爲癸卯年，是兔年；雍正之接班人乾隆又生於辛卯年，屬兔——這可不正是「虎兔相逢大夢歸」麼？

最不好解的是第一句「二十年來辨是非」。這個「二十年」指的是什麼呢？

我第一個猜想是元春的晉升之年，也就是寶玉夢遊太虛境，翻開《金陵十二釵》冊子的這年，元春剛好二十歲。

第二個猜想則與胤礽有關：康熙於四十七年七月往塞外巡幸，諸皇子及王公大臣隨行。九月，皇帝回鑾至布林哈蘇時，忽然召集眾臣，宣佈將皇太子胤礽廢爲庶人，並予以幽禁，且說：「朕包容二十年矣，乃其惡愈張！……天下斷不可以付此人！」——原來這就是「二十年來辨是非」！

那麼胤礽在歷史上的下落是怎麼樣的呢？

胤礽被立爲太子時，只有兩歲。然而他越長大，與康熙的隔閡就越深。康熙生性多疑，常擔心太子受到周圍人的不良影響，一旦發現可疑之人，立即嚴懲。禮部尚書沙穆哈因討好皇子，被處革職；內務府官員們到東宮走動，以悖亂之罪圈禁和處死；丞相索額圖因爲是太子的外公，更被視為重點懷疑對象，最終以「本朝第一罪人」被圈禁至死。

後來，康熙的戒心越來越重，甚至懷疑太子為了繼位而有意刺殺他，並趁外出巡行時，夜間逼近帳篷向內窺視。四十七年七月，康熙宣佈將太子廢為庶人，罪名是「專擅威權，糾聚黨羽，窺測朕躬起居行動」。

此後，圍繞著皇太子之位，眾皇子展開了激烈的競爭，其情形正如《紅樓夢》中所說的「詠謠諑詬，出自屏幃；荊棘蓬榛，蔓延戶牖」，形勢越來越嚴峻。康熙為了避免讓皇子們自相殘殺，遂採納群臣建議，釋放幽禁的胤礽，重新立為皇太子，並解釋先前太子的悖亂行為是因為受到巫蠱詛咒所致，也就是〈魘魔法姊弟逢五鬼〉的情形。

換言之，這時候寶玉又成了胤礽的影子，而〈手足眈眈小動唇舌　不肖種種大承笞撻〉中所描寫的，正是胤礽受到兄弟讒害見忌於康熙的寫照。

皇太子雖然廢而復立，康熙的疑心卻並未解除，並於五十年十月下令追查太子黨，牽連者眾，其中最為效力的齊世武被鐵釘釘其五體於壁，慢慢死去。次年九月，康熙再次下令將皇太子鎖拿，御筆廢除，並命禁錮於紫禁城西部的咸安宮。胤礽在禁宮中度過了半世幽閉生涯，「既恂幽沉於不盡，復含冤屈於無窮」，最終於雍正登基的第二年神秘猝死，完成了一段「虎兔相逢大夢歸」的歷史懸案。

而元春的命運，也同樣是「喜榮華正好，恨無常又到。眼睜睜，把萬事全拋；蕩悠悠，把芳魂消耗。」她曾有過極度輝煌的日子（立為太子），後來卻因為命運無常（兩度被廢），終於落得一無所有，含恨而死。而且，死的地方不在皇宮，而是「望家鄉，路遠山高」之處，這正是因爲胤礽的被廢與塞外行獵有關，並且在廢後被長期圈禁，不能回宮。

元春死了，賈家的靠山也就倒了。「忽喇喇似大廈傾」，這個大廈，是指賈府，指賈家的靠山元春，更是指曹家的靠山胤礽——太子失勢，榮寧府也就「樹倒猢猻散」了。

曹家的皇親國戚

《紅樓夢》中的最高權力中心是元妃。而整個榮寧府也主要是借由元春與皇宮發生關係的。

故而，我在上篇文章中推測元春的原型絕不僅僅是一個郡王妃那麼簡單，而應具有更高的身分，更深的意義，因爲正是她的生死決定了賈府的榮衰。

這樣，就不得不先說說曹雪芹的家族背景，以及曹家與皇室的關係。

我曾寫過三本清史小說，《大清後宮》、《大清公主》、《大清詞人》，合稱「大清三部曲」，分別是講述皇太極、順治、康熙年間的故事，因此對那段歷史比較熟悉，對照起來也格外親切。

曹家隸屬滿洲正白旗，其帶領者正是《大清後宮》的主人公多爾袞。當年多爾袞率領清兵入關，打敗李自成、佔領紫禁城，從某種意義來說，他才應該是入主中原的第一個滿洲皇帝。只是他並沒有居功登基，而是在穩定朝局後接了六歲的幼主順治入京，自己退居攝政王之位。

但是多爾袞究竟對皇權還是不甘心放手的，成年後的順治也越來越不滿足於自己的傀儡帝位，於是「親政」與「攝政」強強對恃，最終由於多爾袞的離奇墮馬，順治不戰而勝——多爾袞原是在馬背上長大的「巴圖魯」，多年來馳騁拚殺，什麼陣仗沒經過，怎麼會從馬背上摔下來，而且一摔致命呢？這個千古懸疑迄今未決，不過，想來在皇公貴族間必然會有許多傳聞吧？

況且，在多爾袞死後，順治先是將其風光大葬，不久卻又派了他許多罪名，將其掘墓鞭屍，連他的兄長阿濟格也被迫害至死。這截然不同的兩種態度，也爲歷史留下了許多懸疑。阿濟格之孫敦誠、敦敏後來和曹雪芹成了莫逆之交，並在其死後寫下多首輓詩，成爲今天「曹學」研究的重要依據。那麼敦誠、敦敏在與曹雪芹的交往中，會不會提起祖上的秘史，抒發一些對當今朝廷的不滿呢？而這些秘史，又會不會自覺不自覺地流露在曹雪芹筆下呢？

前「索隱派」曾有一個觀點，說賈赦娶妻邢夫人，賈政娶妻王夫人，四個人的名姓合起來就是「攝（赦）行（邢）政王」，豈不就是多爾袞麼？並且由此斷定《紅樓夢》是在影射順治王朝。

——這種說法不能成立的地方在於：曹雪芹生於雍正初年，與順治朝隔著三個朝代，即使其祖曹寅也只是康熙朝的重臣，可以說無論順治朝有著什麼樣的秘密，都與曹家毫無關係，他有什麼理由專門撰寫洋洋百萬文字來影射那段並不熟悉的歷史呢？

然而，若說曹雪芹從順治的故事中啓發了某些聯想，借鑒了一些靈感，從而使筆下人物更加充實、完整，或者借文字遊戲隱藏某些秘聞來與好友敦誠、敦敏共賞，卻是完全有可能的。

記得那年去故宮，看到順治書房的御筆題字「絳雪軒」時，我的心忽悠一下，不禁想起了寶玉親題的「絳芸軒」。順治所以將書房命名「絳雪軒」，是因爲門前有幾株古本海棠，每到花期，便如落了一樹紅雪，故而得名；而寶玉愛紅的「毛病兒」固然人人皆知，怡紅院之所以得名，亦是因爲蕉、棠兩植，而他最愛那盆西府海棠。後來賈芸又特地送了他兩盆海棠花，大觀園的海棠詩社也由此而起。——這兩者之間，是偶然的巧合，還是不經意的借用呢？

順治是個短命皇帝，二十五歲時年紀輕輕地便離奇死掉了，一說是出家。總之，是另一個歷史疑案。而這也爲「索隱派」認爲寶玉出家的結局即影射順治出家提供了更爲重要的依據。

順治之後，新任幼主康熙登基爲帝，而曹家的發家史也由此開始。

曹家原本出身「包衣」，也就是鴛鴦所說的「家生子」；然而由於跟隨多爾袞南征北戰，像焦大一樣，立下一點戰功；等到滿人坐了紫禁城，凡「從龍入關」者，身分俱得以提升，得到些體面職使，即如管家林之孝的情形，而其子孫更承受了主子隆恩，得以讀書做官，掙得一官半職，便如同書中賴嬤嬤之孫一般。

——也許曹雪芹未必真是按照這樣的邏輯和思路來塑造人物的，然而這些故事早已爛熟於心，則在下筆撰文時，必會有意無意，將自己家族發展史的不同階段，本能地表現在不同人物身上；或者說，在塑造筆下人物時，不自覺地借鑒到自家發展史的不同片段。

有趣的是，若以整個曹家史來對應書中人物的話，那麼最能反應真實的並不是賈府的故事，而是賈家奴才趙嬤嬤、賴嬤嬤的情形。

趙嬤嬤是賈璉的乳母，故而其子趙天梁、趙天棟得以重用，用鳳姐的話說是：「現放著兩個奶哥哥，比誰不強？」正是朝中有人好做官，反正那麼多銀子，給誰賺不是賺，與其便宜了不相干的人，拿著皮肉往外人身上貼，倒不如照顧自己從小一塊玩到大的奶哥哥呢。

而賴嬤嬤則是賈府的老奴才，三代服侍主子，到孫子這一輩兒，得主子恩典放出來，削了奴籍，可以「公子哥兒似的讀書認字」，甚至做官。

曹家也是差不多情形：雪芹曾祖曹璽，娶妻孫氏，曾做過康熙乳母，死後賜封一品夫人。顯然康熙對這個乳母是很有感情的，他於八歲登基，次年即命自己的「奶哥哥」曹寅出任江南織造，委以重任。曹寅在任時，曾經四次接駕。康熙帝見到年邁的孫夫人，欣然說「此吾家老人也」，並為其住處親筆題名「萱瑞堂」，可見其眷顧之心。

曹寅娶妻李氏，內兄李煦與他既是同旗，也是同事，曾互代兩淮巡鹽御史與蘇州織造之職，並協同曹寅接駕，花費得「銀子成了土泥」，「憑是世上所有的，沒有不是堆山塞海的」，然而也只是「拿著皇帝家的銀子往皇帝身上使罷了」。這就造成了大筆的虧空。這虧空就好比一個巨大的腫瘤，並在康熙駕崩、雍正即位後終於發作出來。

雍正元年「蘇州織造胡鳳翬奏摺」中稱：「臣請將解過蘇州織造銀兩在於審理李煦虧空案內並追；將解過江寧織造銀兩行令曹頫解還戶部。」可見雍正一登基，李、曹兩家的噩運便開始了。而曹雪芹，正是出生在這個「末世」。

曹雪芹其實並不能算曹寅的親孫子。曹寅生平只得一子曹顒，曾繼承父銜，任織造之職。不多年，因病猝逝，康熙深憐曹家孤寡無依，眼看沒有後人繼承大業，遂下旨，命其侄曹頫過繼爲子，成爲曹家第三任織造。這便是曹雪芹的父親。

其時曹頫年紀尚小，經驗不足，其職實由舅舅李煦監管。然而到了雍正繼位後，先是李煦以虧空庫帑之罪被查抄究辦，流放「打牲烏拉」，凍餓而死；接著曹寅的妹夫傅鼐（原是**雍正做皇子時的侍從護衛**），也於雍正四年五月被革職流放；然後是曹寅的長婿、平郡王訥爾蘇，是年七月被革去多羅郡王，在家圈禁；至於曹頫一家，自然亦未能逃脫抄家的命運，於雍正五年被革職枷號，雖不曾傷及性命，卻也「忽喇喇似大廈傾」，「樹倒猢猻散」了。

——上述四家，是否就是小說中的「一榮俱榮，一損俱損」的「賈、王、史、薛」四大家族呢？

四家中，身分最顯貴的就要算訥爾蘇了。他是禮親王代善的五世孫，而代善則是努爾哈赤長子、皇太極之兄，世稱「大阿哥」，乃是歷史上舉足輕重的人物。因此，訥爾蘇可算是真正的天潢貴冑，皇家血脈。

也正因爲此，遂有人推測元妃的故事，即源於這位嫁給訥爾蘇的曹家大姑娘。然而這裏有一個很簡單的推理：倘如平郡王妃即元春原型，那麼訥爾蘇豈不成了皇帝？這不是謀反麼？曹雪芹怎敢如此大膽？況且一個平郡王福晉的歸寧，也遠不如元妃省親那樣大的陣仗。曹雪芹尚不至於這樣誇大其辭，「撿顆芝麻當西瓜」吧？

而曹家歷史上既然沒有出現過一個像元妃這樣的人物，那麼元妃的塑造，便只能是爲小說虛擬了一個背景人物，同時又在她身上不自覺地寄託著某些歷史人物的影子。而這個歷史人物，應該是皇宮裏地位崇高而又沒有實權者，與曹家命運休戚相關，卻並非曹家親眷。

前文說元春的原型爲廢太子胤礽只是揣測，未能做準，然而元春的原型應該身處宮廷而非王爺府則是肯定的。

康熙多次南巡，太子都有隨行。曹、李兩家協同接駕，對太子的逢迎服侍可想而知。如果後來太子能順利繼位，對兩家即使不特別青睞，也至少不會大加笞撻。可惜的是，胤礽不爭氣，兩次弄丟了太子之位，最終被雍正得到了御座。這便是曹家悲劇的開始，至少是家族衰落的重要原因。

不過，「百足之蟲，死而不僵」，四大家族並不是由此一蹶不振，淪爲平民。雍正九年（一七三一），傅鼐由謫地召還復職，訥爾蘇之子福彭也於次年任鑲藍旗都統，又次年，得在「軍機處行走」，參與機要，繼而又做了定邊大將軍，出塞征討，屢立戰功——既然有這麼多富親戚都能夠「死而復生」，想必曹家也必有機會「借屍還魂」吧？

曹雪芹小時候應該是受過良好教育，甚至有過一些好日子的，不然也寫不出這一部《紅樓夢》了。據繼任江寧織造隋赫德說：「曹頫家屬，蒙恩諭少留房屋，以資養贍；今其家屬不久回京，奴才應將在京房屋人口，酌量撥給。」可見曹家維持溫飽還是有餘的。

然而在乾隆帝登基後，再度的改朝換代與王權之爭，又爲曹家帶來了再次的烏雲蓋頂，而這，又與廢太子的「死有餘辜」有關——乾隆四年，胤礽之子弘晳於住處私建小朝廷，「擅敢仿照國制設立會計、掌儀等司」，並與莊親王等人過從甚密，有謀反之嫌；次年秋天，莊親王之子甚至乘雍正狩獵外出時，伺機謀刺。

而這個案子，正是由傅鼐與福彭共同審理的。審著審著，兩個人的名字就從史冊中消失了。雖然沒有明白的文字記載，然而從四大家族後來的命運可以揣知，大約是他們審理得「不合聖意」，獲罪被貶了吧？弘晳雖從寬「免死」，卻被圈禁於東果園（景山）永不獲赦——這時候，弘晳又代替父親胤礽成了元春的原型，再次重演「路遠山高」的故事，幽禁致死的命運。在「那不得見人的去處」了此一生了。

而曹家在這次的「謀反」中不知扮演了什麼角色，或是沾染了什麼瓜葛，總之從此便再也沒有過翻身的機會，這就難怪元妃會在夢裏相尋告：「須要退步抽身早」了。曹雪芹到死，也只是一個隱居著書黃葉村，「舉家食粥酒常賒」的窮文人。

或許應該感謝這樣的命運安排，否則，我們今天也看不到這部偉大的巨著了。

省親都伏了哪些事？

甲戌本第十六回總批中，脂硯齋評說：「借省親事寫南巡，出脫心中多少憶昔感今！」憶昔，乃指曹寅在江寧織造署四次接駕的崇耀往事；感今，是說如今子弟流散，潦倒滄桑之悲慘現狀。

而曹家的潦倒，正是因為接駕落下了巨大虧空、被朝廷追逼欠款所致，真是最輝煌成績，最悵恨罪名。所以，作者在這一回中借趙嬤嬤之口假說甄家事：

「還有如今現在江南的甄家，噯喲喲，好勢派！獨他家接駕四次。若不是我們親眼看見，告訴誰誰也不信的。別講銀子成了土泥，憑是世上所有的，沒有不是堆山塞海的，『罪過可惜』四個字竟顧不得了。」鳳姐道：「常聽見我們太爺們也這樣說，豈有不信的。只納罕他家怎麼就這麼富貴呢？」趙嬤嬤道：「告訴奶奶一句話，也不過拿著皇帝家的銀子往皇帝身上使罷了！誰家有那些錢買這個虛熱鬧去？」

在這段話中，脂硯接連批下數條沉痛之批：「甄家正是大關鍵、大節目，勿作泛泛口頭語看。」「點正題正文。」「極力一寫，非誇也，可想而知。」「真有是事，經過見過。」「最要緊語。人苦不自知。能作是語者吾未嘗見。」再三抒發，生怕讀者不明白，這才是作者要出脫的心中感想。

這感想便是：曹家之虧空，乃是「拿著皇帝家的銀子往皇帝身上使」所造成，如今慘況，實爲冤案！

我們不妨再來看一遍元妃的判曲〈恨無常〉：

喜榮華正好，恨無常又到。眼睜睜，把萬事全拋；蕩悠悠，把芳魂消耗。望家鄉，路遠山高。故向爹娘夢裏相尋告：兒命已入黃泉，天倫呵，須要退步抽身早！

脂硯齋在此有一句夾批：「悲險之至！」

「悲」是很好理解的，但爲何「險」，又何爲「險」呢？

我們從前文可知，元妃的這一聲「退步抽身」的斷喝，決不會是平郡王妃向曹寅喊出的，因爲曹寅並沒有經歷家族敗落的命運；也不可能是胤礽向父皇喊出的，康熙貴爲皇帝，卻往哪裏「退步抽身」呢？但也不會是弘皙向自己的廢太子父親喊的，因爲謀反的正是弘皙本人，他就是不滿於父親的「退步」才要密謀奪嫡的，又怎麼會「向爹娘夢裏相尋告」呢？

也許，這只是化身爲元春的胤礽、弘皙父子悔不當初的自歎自艾，又或是代替四大家族向爭權奪利的皇族提出的乞求——倘或如此，那麼元春便並不單純是某一個曹家親眷或者歷史人物的替身，而代表著某種勢力，某個現象，以及這權力和命運引起的感歎與頓悟。

這就使得這個人物的一言一行、一顰一歎，都具有了相當重要的暗示意義。而元妃省親一段濃墨重彩的大場面描寫，是全書中元妃惟一的一次正面出場，其意義就更加非同尋常。且看下面一段：

茶已三獻，賈妃降座，樂止。退入側殿更衣，方備省親車駕出園。至賈母正室，欲行家禮，賈母等俱跪止不迭。賈妃滿眼垂淚，方彼此上前廝見，一手攙賈母，一手攙王夫人，三個人滿心裏皆有許多話，只是俱說不出，只管嗚咽對淚。邢夫人、李紈、王熙鳳、迎、探、惜三姊妹等，俱在旁圍繞，垂淚無言。半日，賈妃方忍悲強笑，安慰賈母、王夫人道：「當日既送我到那不得見人的去處，好容易今日回家娘兒們一會，不說說笑笑，反倒哭起來。一會子我去了，又不知多早晚才來！」說到這句，不覺又哽咽起來。

「當日既送我到那不得見人的去處」竟是元春天倫相聚後說的第一句話，何其心痛！

曹雪芹幾乎是迫不及待地向我們點出了胤礽、弘晳父子的悲慘處境。一方面，他們本是天潢貴胄，身分高貴之至；另一面，他們又處境淒涼，長期被圈禁，「不得見人」。倘若在《紅樓夢》中描寫一個人物來形容他們的處境，有什麼比塑造一個沒有自由的皇妃更合適的呢？

元妃又說，「田舍之家，雖齏鹽布帛，終能聚天倫之樂；今雖富貴已極，骨肉各方，然終無意趣！」這種種慨歎，都可看作曹雪芹對黃高粱夢中人發出的一種悲憫與勸諫。倘若這些人能夠早早「退步抽身」，不要謀反圖位，又何至於骨肉分散，各自一方呢？

故曰「悲險之至」，故曰「路遠山高」，故曰「二十年來辨是非」，故曰「回首相看已化灰」！

再看元妃點的四齣戲：

第一齣「豪宴」；（庚辰雙行夾批：「一捧雪」中伏賈家之敗。）

第二齣「乞巧」；（庚辰雙行夾批：「長生殿」中伏元妃之死。）

第三齣「仙緣」；（庚辰雙行夾批：「邯鄲夢」中伏甄寶玉送玉。）

第四齣「離魂」。（庚辰雙行夾批：「牡丹亭」中伏黛玉死。所點之戲劇伏四事，乃通部書之大過節、大關鍵。）

因爲這句「所點之戲劇伏四事，乃通部書之大過節、大關鍵」，使得研紅之人一時間都成了戲迷。

然而每部戲都有其繁雜的起承轉合，發生、發展、高潮、結束，不可能把某件事完整地套用在某一個戲劇上。所以元妃點的只是一個曲段，而照應的，也只是某個細節，或者某種暗示。

脂硯齋好心地點明了四場戲的出處及所伏之事，本來可以省了紅學家們許多搜尋資料的功夫，卻偏偏事與願違，變成帶紅學家們走了許多膠柱鼓瑟的彎路——因爲「乞巧」來自「長生殿」，且「伏元妃之死」，於是紅學家們便認定元妃也是像楊貴妃那樣因「三軍停駐馬不前」，而被皇帝下令勒死的——這樣的照本宣科，成了賈寶玉嘲笑的祿蠹，哪有一點靈氣和變通可言？

其實，我認爲脂硯已經說得很清楚，那「通部書之大過節、大關鍵」並不是這四部戲，而是它們所伏的四件事。而這四件事，脂硯也說得很明白了，即「賈家之敗」、「元妃之死」、「甄寶玉送玉」、與「黛玉死」。

這一段話，從故事到批語，本身是謎面，也是謎底，就像「元、迎、探、惜」暗伏「原應歎息」之意一樣，話已說盡，根本無需再做更多的推敲了。更不必把戲曲故事當成紅樓框架，一板一眼地往人物身上硬套，只會鬧笑話。

其實，這種錯誤很容易就發現其謬誤：倘若「乞巧」伏元妃死便指元妃要被皇上賜死的話，那麼「離魂」伏黛玉死豈不是說黛玉會死而復生，並與寶玉幽媾？這可能嗎？

因此，這段情節所需要引起注意和特別探討的，其實並不是四齣戲目包含了哪些情節，或者暗示了什麼內容，因爲這些都已經由脂硯齋明白地揭出了謎底，無需糾纏了；而沒有揭謎的，是這四件事與元妃有什麼關係。

四齣戲由元妃來點，這充分說明了四件事與元妃或者元妃所代表的皇權有關。其中「賈家之敗」與「元妃之死」是容易理解的，然而「甄寶玉送玉」和「黛玉死」與元妃或者朝廷的關係是什麼呢？就大可商榷了。

有人說寶玉和寶釵的「金玉良姻」乃是出自元妃的賜婚，倘如此，她與「黛玉死」也就有了直接的聯繫；而我曾有過黛玉才是奉旨遠嫁第一人選的猜測（詳見探春篇），也同樣證實黛玉之死與皇權迫害的直接關係。

然而「甄寶玉送玉」呢？莫非甄家的故事也與元妃有關？

惟一可以確定的是，「甄」即「賈」，兩者的故事是可以互代的，甚至某些時候，甄家的故事比賈家故事更具有現實意義。比如書中寫甄家是「欽差金陵省體仁院總裁」，「獨他家接駕四次」等，都是「真事」。而元妃省親，暗示的正是江寧接駕事，故而，在省親一回中又怎麼可以不提到甄家、在元妃點戲時又怎能不暗示「真事」呢？

而這件事，便是「甄寶玉送玉」。

可惜的是，「甄寶玉送玉」究竟是怎樣一個故事，又與皇宮有著什麼樣的關係呢？我曾做過多種推測，卻沒有一種能夠真正說服自己，只好暫且擱置了。

最後，我們來說說元妃省親的最後一幕：

眾人謝恩已畢，執事太監啟道：「時已丑正三刻，請駕回鑾。」賈妃聽了，不由的滿眼又滾下淚來。卻又勉強堆笑，拉住賈母、王夫人的手，緊緊的不忍釋放，再四叮嚀：「不須記掛，好生自養。如今天恩浩蕩，一月許進內省視一次，見面是盡有的，何必傷慘。倘明歲

天恩仍許歸省，萬不可如此奢華靡費了。」

庚辰本於此有雙行夾批：「妙極之讖，試看別書中專能故用一不祥之語爲讖？今偏不然，只有如此現成一語，便是不再之讖，只看他用一『倘』字便隱諱，自然之至。」可見自此之後，元妃並未有過第二次省親。這絕無僅有的驚鴻一瞥，就是賈元春在書中惟一的一次正面描寫了。其後即使有照應元春言行的文字，也必然都是虛筆、側筆，諸如宮中傳出端午節賞賜或元宵節燈籠謎之類。

然而這省親的後遺症卻從此種下了，此後她做了兩件大事：一是將大觀園賜與諸姐妹和寶玉居住；二是令眾人往清虛觀打醮三天，並賞了端午節的禮。「金玉姻緣」，由此揭開了序幕。

可歎的是，大觀園是寶玉的青蘋果樂園，「金玉」之說卻是黛玉的催命符，這兩件事竟然都由元春發端，正是另一個版本的「喜榮華正好，恨無常又到」了。

千里東風一夢遙——

賈探春。

探春的庶出心結．探春管家的三把火

趙姨娘的拆台．趙姨娘是怎麼嫁給賈政的

倘使探春不遠嫁．探春在什麼時候遠嫁的

探春、黛玉、王昭君

探春的庶出心結

探春是庶出，雖然才貌雙全，舉止端莊，卻因爲有個德行不堪的母親趙姨娘，而難以拂去心頭那絲壓抑的自卑。這使她時常表現出一種執著到病態的「身分意識」來，時時刻刻提醒衆人以及她自己注意主僕之別，尊卑之分。

趙姨娘同芳官等吵鬧，她歎氣勸：「那些小丫頭子們原是些頑意兒，喜歡呢，和他說說笑笑；不喜歡便可以不理他。便他不好了，也如同貓兒狗兒抓咬了一下子，可恕就恕，不恕時也該叫了管家媳婦們去說給他去責罰，何苦自己不尊重，大吆小喝失了體統。」

鳳姐帶人抄檢大觀園，王善保家的動手動腳揭了她衣角一下，探春劈面就是一個大耳刮子，指著罵：「你是什麼東西，敢來拉扯我的衣裳！我不過看著太太的面上，你又有年紀，叫你一聲媽媽，你就狗仗人勢，天天作耗，專管生事。如今越性了不得了。」

王住兒家的欺負迎春好性兒，發牢騷說：「自從邢姑娘來了，太太吩咐一個月儉省出一兩銀子來與舅太太去，這裏饒添了邢姑娘的使費，反少了一兩銀子。常時短了這個，少了那個，那不是我們供給？誰又要去？不過大家將就些罷了。算到今日，少說些也有三十兩了。我們這一向的錢，豈不白塡了限呢。」這話雖可氣，原話卻只是一句一個「我們」，然而被探春聽見，就變了味，張口便問：「我才聽見什麼『金鳳』，又是什麼『沒有錢只和我們奴才要』，誰和奴才要錢了？難道姐姐和奴才要錢了不成？難道姐姐不是和我們一樣有月錢的，一樣有用度不成？」先強調了主子與「奴才」的定位，然後才是興師問罪。

就連寶玉跟她學說趙姨娘抱怨她送鞋給寶玉卻不給賈環，也會惹得她大發雷霆，沉了臉說：「這話糊塗到什麼田地！怎麼我是該作鞋的人麼？環兒難道沒有分例的，沒有人的？一般的衣裳是衣裳，鞋襪是鞋襪，丫頭老婆一屋子，怎麼抱怨這些話！」寶玉笑著勸了句：「你不知道，他心裏自然又有個想頭了。」探春反而益發動氣，說道：「連你也糊塗了！他那想頭自然是有的，不過是那陰微鄙賤的見識。他只管這麼想，我只管認得老爺、太太兩個人，別人我一概不管。」

——這樣生氣，自然是因為寶玉所說的趙姨娘心裏「有個想頭」，是指探春和賈環才是親兄弟，原該親疏有別才對。這等於是在暗示探春的出身。難怪探春會連寶玉也罵起來，說「連你也糊塗了」呢。

探春有才情，有品味，更有創意，有主見，是首倡創辦海棠社的人，卻因為薛寶釵、林黛玉兩位女詩人當前，而始終不能嶄露頭角。左一個〈林瀟湘魁奪菊花詩〉，右一個〈薛寶釵諷和螃蟹詠〉，無論是〈史湘雲偶填柳絮詞〉，還是〈薛小妹新編懷古詩〉，什麼時候輪得到她出類拔萃？

在大觀園當家，是她為自己爭取到的第一次也是惟一的一次表現機會。時因鳳姐病了，王夫人獨立難支，遂將家務交與李紈、探春、寶釵三人管理。其中「李紈是個尙德不尙才的，未免逞縱了下人」，薛寶釵雖然心思縝密，卻因爲身居客位不好太露鋒芒，這便給了探春充分的發揮餘地。她試圖推廣新政，開源節流，興利除弊，包乾到戶，新官上任三把火，充分顯示了自己的管家才能。

然而接下來，就再沒看到她有什麼新舉措了，似乎小孩子辦家家酒，新鮮勁兒過去，就沒心氣兒了。下人每每有事上報，她也總是推三阻四，不肯輕易拿主意。林之孝家的回她，有個媳婦的嘴很不好，「竟要攆出去才是」，分明代行權力。她也並不惱，只是問：「怎麼不回大奶奶？」待聽說已經回過了，便又問：「怎麼不回二奶奶？」最後才採納了林大娘的意見說：「既這麼著，就攆出他去，等太太來了，再回定奪。」

柳五兒被人冤枉做賊，被林之孝家的帶著來見李紈，李紈聲稱蘭哥兒病了，不理家務，只命去見探春。然而探春卻也是命待書出來踢皮球說：「姑娘知道了，叫你們找平兒回二奶奶去。」

探春爲什麼會這樣？黛玉曾向寶玉評價說：「你家三丫頭倒是個乖人。雖然叫他管些事，倒也一步兒不肯多走。差不多的人就早作起威福來了。」

這是一句「背面傅粉」的點題。此前探春其實已經多走了好幾步，並且專拿鳳姐和寶玉開刀來立威；可是如今輪到處置下人媳婦這樣的小事上，卻不好太過嚴厲，反而叫人看輕，說她「有點權，就作起威福來了」。她處置王住兒媳婦，也並不是自己動手，而是「驅神召將」，叫了平兒來處理。而平兒這個「高級奴才」反而比探春這個「正經主子」更加有魄力有擔當，能夠秉公處理，殺伐決斷，是因為她是鳳姐的下手，等於在替鳳姐代執賞罰，理直氣壯，沒有探春那樣的「身分危機」。

這樣曲折複雜的心理，單純的黛玉怎麼能夠理解呢？

賈環無理取鬧時，便哭訴「欺負我不是太太養的」，探春的心理其實也是一樣。無論她怎麼威風、爭氣，只要趙姨娘隔三岔五地出來鬧一場，提醒眾人注意誰才是探春的娘，她就永遠洗不掉庶出的卑微。

「趙國基發喪銀子之爭」，是母女矛盾最集中的一次表現。也怨不得探春生氣，她是正兒八經的三小姐，難得剛剛管家，正得寵趁勢。然而趙姨娘進來，左一句「連襲人也不如了」，右一句「你舅舅死了」，分明把探春拉到襲人與趙國基一流身分。氣得探春一再強調：「將來環兒收了外頭的，自然也是同襲人一樣。」「他是太太的奴才，我是按著舊規矩辦。」劃清界限，把主僕身分定得死死的。

偏偏李紈又不會說話，火上澆油地勸了句：「姨娘別生氣。也怨不得姑娘，他滿心裏要拉扯，口裏怎麼說的出來。」等於承認了探春與趙國基的親戚關係，這正同此前寶玉說的「他心裏自然又有個想頭了」是一樣的態度，因此探春也如當初罵寶玉「你也糊塗了」一樣，如今又說：「這大嫂子也糊塗了。我拉扯誰？誰家姑娘們拉扯奴才了？他們的好歹，你們該知道，與我什麼相干？」

——先劃定了「姑娘」與「奴才」的界線，更強調了「他們」與「我」不相干！

實在這不是勸架的時候。探春與趙姨娘的矛盾，在於她們在血緣上是母女，在身分上是主僕，探春所言所行都是做給別人看的，你看著就好了，硬要插進去扮演角色，卻是說什麼做什麼都是錯的，只會把事情越弄越僵。

那探春恨透了自己的出身，從未喊過趙姨娘一聲娘，又怎麼肯認趙國基做舅舅，「滿心想拉扯」呢？她心目中的舅舅，是王夫人的親兄弟、新升了九省檢點的王子騰，因此說：「誰是我舅舅？我舅舅年下才升了九省檢點，那裏又跑出一個舅舅來？」又說：「我但凡是個男人，可以出得去，我必早走了，立一番事業，那時自有我一番道理。」

——這是探春的真心話，大志向，也是她最大的心病。她太想離開這個家，擺脫自己的庶出身分了。

倘若探春是男人，即使不能世襲得官，也可以憑藉賈、王兩家的勢力，得到一些差使，做一些成績出來；然而生爲女子，除了嫁人，別無出路。囿於庶出的「污點」，這婚姻又很難如意，正像鳳姐所說：「雖然庶出一樣，女兒卻比不得男人，將來攀親時，如今有一種輕狂人，先要打聽姑娘是正出是庶出，多有爲庶出不要的。」這話正與探春自己說的「但凡是個男人」對了榫，遙遙呼應，向讀者揭示了探春微妙曲折的心理。

第六十一回平兒判冤決獄時，曾說「怕打老鼠傷了玉瓶兒」；第六十五回興兒向尤家姐妹說榮府故事：「三姑娘的渾名是『玫瑰花』……玫瑰花又紅又香，無人不愛的，只是刺戳手。也是一位神道，可惜不是太太養的，『老鴰窩裏出鳳凰』。」

可見，連下人也都深知探春委曲，雖然是鳳凰，是玉瓶兒，只「可惜不是太太養的」。

這樣的評價若落在探春耳中，是欣慰，還是更加悲哀氣憤？

從書中各種伏線以及脂批的透露看出，探春將來的出路是遠嫁做了海外王妃，雖然背井離鄉仍然屬於悲劇範疇，故而將她派在「薄命司」，然而比起迎春、惜春等，已經算是求仁得仁，終於超越自己的出身，飛上枝頭變鳳凰了。

難怪，她放飛的風箏是隻鳳凰。

探春管家的三把火

第五十五回〈辱親女愚妾爭閒氣　欺幼主刁奴蓄險心〉，是探春在書中的第一場重頭戲，因鳳姐病了，她得到王夫人提拔，與李紈、寶釵共同管理家務。新官上任三把火，先就要做幾件事來揚刀立威，明示權責。

律人先須律己，所以探春的第一道板斧竟是沖著生身母親趙姨娘開的刃。

所謂無巧不成書，也實在是形勢所逼——恰逢那趙姨娘的兄弟趙國基死了，執事媳婦吳新登家的來領賞錢，卻不像以往侍候鳳姐那般數出諸多舊例來供參詳，只是垂手回過事便侍立不言，冷眼旁觀探春行事——「若辦得妥當，大家則安個畏懼之心；若少有嫌隙不當之處，不但不畏伏，出二門還要編出許多笑話來取笑。」

探春本不欲擅作主張，故而先問李紈主意。李紈道：「前兒襲人的媽死了，聽見說賞銀四十兩。這也賞他四十兩罷了。」探春還未答應，那吳新登家的已經忙忙答應了個「是」，接了對牌就走——這樣行徑，自然引起探春警覺，立刻喚回她細問：「那幾年老太太屋裏的幾位老姨奶奶，也有家裏的也有外頭的這兩個分別。家裏的若死了人是賞多少，外頭的死了人是賞多少，你且說兩個我們聽聽。」

查問酌量之下，探春決定從自己做起，從減少母親利益做起，只賞二十四兩（**亦有版本作二十兩**），以示做事之公正嚴明。

——以區區十六兩來買得廉正清名，且又在眾人面前立了威風，原本極是划算。無奈趙姨娘不合作，竟率先發難起來，鼻涕眼淚地埋汰自己女兒說：「我這屋裏熬油似的熬了這麼大年紀，又有你和你兄弟，這會子連襲人都不如了，我還有什麼臉？連你也沒臉面，別說我了！」又說，「太太疼你，你越發拉扯拉扯我們。你只顧討太太的疼，就把我們忘了。」偏偏李紈沒眼色兒不會勸架，越勸越火上澆油，直到平兒進來，這僵局才扭轉了。

最先表演的又是最不著調兒的趙姨娘，她剛剛與襲人爭長短，這會兒見了平兒又自動矮半截，忙忙陪笑讓坐問好：「你奶奶好些？我正要瞧去，就只沒得空兒。」——此種奴才嘴臉，怎不讓探春越發心酸！

平兒實實是可人兒，察顏觀色已知底裏，爲平探春之怒，便不似以往那般言笑，而故意做小伏低，親自服侍她洗臉勻妝，又向眾媳婦發話說：「姑娘雖然恩寬，我去回了二奶奶，只說你們眼裏都沒姑娘，你們都吃了虧，可別怨我。」更是向探春陪笑道：「姑娘知道二奶奶本來事多，那裏照看的這些，保不住不忽略。俗語說『旁觀者清』，這幾年姑娘冷眼看著，或有該添該減的去處二奶奶沒行到，姑娘竟一添減，頭一件於太太的事有益，第二件也不枉姑娘待我們奶奶的情義了。」

這番話說得可圈可點，連寶釵也不由贊道：「好丫頭，真怨不得鳳丫頭偏疼他！本來無可添減的事，如今聽你一說，倒要找出兩件來斟酌斟酌，不辜負你這話。」

而探春更是立竿見影，當即便又減了一筆銀兩：因有媳婦來領賈環和賈蘭學裏吃點心、買紙筆的費用，每位有八兩銀子。探春道：「凡爺們的使用，都是各屋領了月錢的。環哥的是姨娘領二兩，寶玉的是老太太屋裏襲人領二兩，蘭哥兒的是大奶奶屋裏領。怎麼學裏每人又多這八兩？原來上學去的是為這八兩銀子！從今兒起，把這一項蠲了。平兒，回去告訴你奶奶，我的話，把這一條務必免了。」

這是探春的第二道板斧，劈向的是幾位小爺，仍然是挑戰權威來公示律政嚴明——但是她忘了一件事，這把火殃及池魚，也燒著了李紈！

那李紈最是一毛不拔儉苛斂財的（後文李紈篇會詳細分析），如今探春減了賈蘭的點心銀子，李紈豈會不心疼？不知探春是一時疏忽還是故意報剛才李紈勸架之仇，但可以肯定的是，探春此舉，絕對會把李紈得罪了。

探春的第三道財政命令，是蠲了每月姑娘房中的頭油脂粉錢二兩，這次傷的乃是買辦與各層管事媳婦的得益，奪了他們從中漁利盤剝的花頭。

這第五十五回的回目說〈欺幼主刁奴蓄險心〉，這裏的「刁奴」可不單指吳新登媳婦一人，想來探春革新不知得罪了多少小人，此後免不了蜚短流長，暗地中傷。邢王夫人本是耳軟之人，過後眾刁奴倘或砌詞狡辯，搬弄是非，探春未必不吃虧。

三板斧後，方是第五十六回的〈敏探春興利除宿弊　識寶釵小惠全大體〉，探春憶起去賴家花園的感觸：「我因和他家女兒說閒話兒，誰知那麼個園子，除他們帶的花、吃的筍菜魚蝦之外，一年還有人包了去，年終足有二百兩銀子剩。從那日我才知道，一個破荷葉，一根枯草根子，都是值錢的。」接著提出包乾到戶的具體方案與遠景來：「一則園子有專定之人修理，花木自有一年好似一年的，也不用臨時忙亂；二則也不至作踐，白辜負了東西；三則老媽媽們也可借此小補，不枉年日在園中辛苦；四則亦可以省了這些花兒匠山子匠打掃人等的工費。將此有餘，以補不足。」

這確實是個大舉措，既明智周到又實惠可行，因此連寶釵也笑贊道：「善哉，三年之內無饑饉矣！」

主意是探春出的，然召集了眾婆子來分派「責任田」時訓話的，卻是薛寶釵，且高瞻遠矚深入淺出地說了一套大道理，喜得眾婆子稱誦不迭。想想有點令人感慨，兩個人一起管家，探春「興利除宿弊」，得罪了趙姨娘、刁奴、買辦一干人，甚至暗傷了李紈；而寶釵卻「小惠全大體」，包乾到戶，大獲民心。這次改革讓寶釵進一步贏得了好名聲，得罪人的事卻全讓探春做了。

而通過這次改革，榮府各層主子的質素眼光也得到了一次大考驗。探春立威，如鳳姐之明曉事理、顧全大局者，便叮囑平兒：「俗語說『擒賊先擒王』，他如今要作法開法，一定是先拿我開端。倘或他要駁我的回，你可別分辨，你只越恭敬，越說駁的是才好。」而平兒更是豁達明理，事事早行在先了。

但如趙姨娘之拙智短見，則只惦記著沾光蹭勢，得著一點是一點，不顧女兒體面，反來生事責問：「你不當家我也不來問你。你如今現說一是一，說二是二，如今你舅舅死了，你多給二三十兩銀子，難道就不依你？」

人之愚智立分，高下立辨。

可歎趙姨娘固然愚昧，王夫人又豈爲賢明？書中雖未寫刁奴們進讒言等事，然而王夫人守靈回來就仍把家務管理權交還鳳姐，抄檢大觀園之舉更是未跟李紈、探春、寶釵商量半句，擺明了對兒女們的不信任，摧花折柳之行爲。所以氣得探春打了王善保家的一耳光，說出一番極爲嚴重傷痛的預言來：「你們別忙，自然連你們抄的日子有呢！你們今日早起不曾議論甄家，自己家裏好好的抄家，果然今日真抄了。咱們也漸漸的來了。可知這樣大族人家，若從外頭殺來，一時是殺不死的，這是古人曾說的『百足之蟲，死而不僵』，必須先從家裏自殺自滅起來，才能一敗塗地！」即便寶釵也覺得心寒，有兔死狐悲之感，遂主動請辭，搬出大觀園以避嫌疑。

哀哉！當家人一愚若此，大觀園末日近矣！

趙姨娘的拆台

趙姨娘的人生哲學，是先立定了「這屋裏的人都踩下我的頭去了」的前提論調，然而再尋找論據沒完沒了地惹是生非，並且越惹事就越生氣，同時也越坐實了全世界都在欺負她的形象的。

但是實際上，全文八十回，除了鳳姐對她要麼視而不見要麼威言厲色之外，真是沒什麼人敢明著欺負她，即連寶黛釵等人見了她也都是客客氣氣，趕緊起身問禮的。她是賈政之妾，又生了探春、賈環這一雙兒女，輩份原高，功勞又大，且似乎很得賈政之寵，地位更在平兒、襲人、香菱一干人之上，只是沒有管事權而已。但能安分守己，自己尊重，斷不至落得跟小丫頭一般狼狽。

趙姨娘母子在書中第一次正面出場乃在第二十回〈王熙鳳正言彈妒意〉，賈環因與鶯兒賭骰子輸了，就哭起來，發出人物的第一句台詞：「我拿什麼比寶玉呢？你們怕他，都和他好，都欺負我不是太太養的。」——真是不通之至委瑣之至。人家到底是怕寶玉呢還是喜歡寶玉？這個他不想考慮，他只是先認定了人人都在欺負他輕視他，因爲他不是正出。先抱定這個「受迫害」的立場，再擺出一副自暴自棄的無賴相，無理對抗——這種人在今天也很多，是典型的被害妄想症。

這般口角觀念自是深得乃母真傳，耳濡目染學來的。所以賈環回房後，仍是一臉受氣相，趙姨娘未免問起緣故。這問也問得奇怪，不是說「你怎麼了？」而是張嘴就問：「又是那裏墊了踹窩來了？」這便是趙姨娘在書中的第一句開場白了。

——這好算「知子莫若母」呢，還是「醜人多作怪」？怎知道兒子不高興就一定是「墊了踹窩」？

真是一句話說明兩件事：一是賈環向來多事，自取其辱，所以其母見怪不怪；二是趙姨娘更是多事之人，非但不知教導，還喜歡挾私使氣，慣以擠兌兒子來挑是生非，且張嘴便罵：「誰叫你上高台盤去了？下流沒臉的東西！那裏頑不得？誰叫你跑了去討沒意思！」

把自己兒子定位成了「下流沒臉的東西」，那還爭什麼臉面志氣呢？恰好鳳姐從窗外經過聽見，遂給了她好大一番教訓：「環兄弟小孩子家，一半點兒錯了，你只教導他，說這些淡話作什麼！憑他怎麼去，還有太太老爺管他呢，就大口啐他！他現是主子，不好了，橫豎有教導他的人，與你什麼相干！」

這番話擱在現在聽來很刺耳：人家是親母子，罵兒子兩句又怎麼了，就是打也打得，輪不到外人插嘴，怎麼是不相干呢？明明跟你不相干才是。

——然而彼時有彼時的規矩門風，階級禮數：母親是妾侍，雖然輩份高，身分上仍然是奴才；但是她生的兒女因爲是同老爺生的，所以是主子，吃奶媽的奶，聽師長的教，由丫鬟婆子服侍長大，除了血緣關係外，同生母已是主僕有別。所以回目裏才會說鳳姐是「正言彈妒意」，可見這一番大道理才是正經禮數。

但這也正是趙姨娘最恨的道理，所以她同探春嘔氣時的主題永遠糾纏在「血緣」和「禮數」的分歧上。

第五十五回〈辱親女愚妾爭閒氣〉，清楚地給趙姨娘定位成「愚妾」，而注明了她所爭的乃是「閒氣」。且看二人的言行：

趙姨娘氣的問道：「誰叫你拉扯別人去了？你不當家我也不來問你。你如今現說一是一，說二是二。如今你舅舅死了，你多給了二三十兩銀子，難道太太就不依你？分明太太是好太太，都是你們尖酸刻薄，可惜太太有恩無處使。姑娘放心，這也使不著你的銀子。明兒等出了閣，我還想你額外照看趙家呢。如今沒有長羽毛，就忘了根本，只揀高枝兒飛去了！」探春沒聽完，已氣的臉白氣噎，抽抽咽咽的一面哭，一面問道：「誰是我舅舅？我舅舅年下才升了九省檢點，那裏又跑出一個舅舅來？我倒素習按理尊敬，越發敬出這些親戚來了。既這麼說，環兒出去為什麼趙國基又站起來，又跟他上學？為什麼不拿出舅舅的款來？何苦來，誰不知道我是姨娘養的，必要過兩三個月尋出由頭來，徹底來翻騰一陣，生怕人不知道，故意的表白表白。也不知誰給誰沒臉？幸虧我還明白，但凡糊塗不知理的，早急了。」李紈急的只管勸，趙姨娘只管還嘮叨。

很多讀者因爲這一段，都對探春不滿，認爲她勢利薄情，不認親舅舅趙國基，卻硬要攀附九省提督王子騰爲舅，這是擺明不認親娘、不記根本了。

但是從那個年代的觀念看來，探春說的是不錯的，王子騰從輩份上是舅舅，所以生日時探春和寶玉都是要過府磕頭的；而趙國基只是趙姨娘的親戚，跟探春、賈環雖然有血緣關係，卻名爲主僕，算不得親戚。趙國基是陪賈環讀書的人，也就是跟服侍寶玉的李貴一樣身分，趙姨娘非按著三小姐的頭讓她去認趙國基做舅舅，的確是奇恥大辱，存心給女兒沒臉，所以回目叫「辱親女」，這是趙姨娘拆探春的台，可不是探春對姨娘不孝。

探春是庶出，這是無法選擇的「污點」，但是憑藉她的學識爲人，本可以贏得足夠的尊重，爲自己揚眉吐氣；卻只因爲有個處處拆台的母親趙姨娘，讓她越要爭臉越是丟臉，這份委屈，確實難咽。

世上最痛之事莫過於此，憑你多麼爭強好勝，血緣出身乃是斬不斷的聯繫，所以探春才有冤無處訴。而這也正是趙姨娘惟一的把柄和最好的武器，開口「我腸子爬出來的，我怕他不成」，閉口「沒有長羽毛，就忘了根本」，惟恐眾人忘了探春的身分，這可不是眾人踩下她的頭，倒是她時時刻刻不忘了要踩下親閨女的頭才是。

趙姨娘給探春拆台可不只有四十兩埋葬銀這一次，而是時時事事都不放過，再不讓女兒省一點心的。書中正面大寫特寫雖此一回，側筆提及卻時而有之，就連探春給寶玉做雙鞋子，趙姨娘都要四處抱怨：「正經兄弟，鞋搭拉襪搭拉的，沒人看的見，且作這些東西！」

吵得連襲人也聽說了。

探春攢了一點錢托寶玉出去逛時幫她帶些頑意兒，被趙姨娘聽見，又有了故事，見面便抱怨艱難，責怪探春給寶玉錢，倒不給賈環使。一則賈環也是有月例銀子的，一樣有丫鬟婆子服侍，憑什麼倒跟探春要錢使呢？二則探春也不可能給寶玉錢使，這趙姨娘也實在寒酸小家子氣得可笑，也不想想以寶玉之尊貴榮寵，怎麼可能反向妹妹要錢，這抱怨若不是糊塗透頂，就是欲加之罪了。

再如探春和寶釵拿了五百錢去廚房點油鹽炒枸杞芽兒，柳嫂子不敢要，特地送了回來，兩人不收，說：「如今廚房在裏頭，保不住屋裏的人不去叨登，一鹽一醬，那不是錢買的。你不給又不好，給了你又沒的賠。你拿著這個錢，全當還了他們素日叨登的東西窩兒。」

這本來是施恩之舉，深見探春的大方體面，然而趙姨娘聽見了，偏又來拆台，不甘心便宜了柳家的，也打發個小丫頭子來尋這樣尋那樣，就連管廚房的也瞧不上，覺得又可氣又可笑。探春的臉，也就再一次被趙姨娘丟光了。

探春管家期間，趙姨娘趁著王夫人不在家，先是爲了一包茉莉粉跟芳官等小丫頭大打出手，鬧得天翻地覆；接著又讓彩雲偷玫瑰露給賈環，被玉釧兒嚷了出來。王熙鳳催促林之孝家的查考竊賊，卻錯拿了無辜的柳五兒。

這些事的底裏，平兒、晴雯等人各個都清楚真相，背後議論：「這也倒是小事。如今便從趙姨娘屋裏起了贓來也容易，我只怕又傷著一個好人的體面。別人都別管，這一個人豈不又生氣。我可憐的是他，不肯爲了打老鼠傷了玉瓶。」遂讓寶玉應承起來，免得探春難堪。

既連平兒等人都知道底細，探春自然更知道她生母德性。書中說林之孝家的帶了五兒去見探春，侍書回進去，半天才出來說：「姑娘知道了，叫你們找平兒回二奶奶去。」一味白描，省略多少文章。

但是我們可以想到，探春之所以不肯出聲，是因爲明知五兒是清白的，乃替趙姨娘頂包而已。但是卻叫她如何大義滅親，開脫五兒，再次把趙姨娘揪出來示眾？卻也不便將錯就錯，明知五兒冤枉還下令懲處，那也太昧良心了。所以惟一的辦法就是推脫，交給鳳姐處理，聽天由命，與己無干。

幸而平兒行權，寶玉瞞贓，既還了五兒清白，又全了探春臉面。然而探春那樣要強好勝的一位主子姑娘，竟要一幫奴才私下裏悉心周旋，謀劃著怎樣幫她維全臉面，也的確可悲可憐，而趙姨娘如此這般處處給女兒拆台扯後腿，也實在可恨可恥。

讀者只看到寫在面上的一些言行，便批評探春虛榮、勢利、不孝順，真是委屈了她；若是肯平心從當時的風俗禮節出發，從諸多側面一一推敲，便會體諒探春有多麼爲難，而她說「但凡是個男人，早走了」的話，有多麼發自肺腑了。

且說趙姨娘大鬧怡紅院時，探春驚動了來，見狀又是辛酸無奈，又是生氣羞憤，哀其不幸，怒其不爭，既不能一味護短不問青紅皂白將芳官等教訓一通，亦不能當著丫鬟的面讓趙姨娘更失了身分，只得使緩兵之計說：「這是什麼大事，姨娘也太肯動氣了！我正有一句話要請姨娘商議，怪道丫頭說不知在那裏，原來在這裏生氣呢，快同我來。」

這句「姨娘太肯動氣了」，讓素有「師太」之稱的香港作家亦舒特別感慨，曾在專欄裏寫道：

> 許多許多次，讀到有人因購物而受到售貨員不禮貌待遇而惱怒，也覺得是實在太肯生氣了。何必聲討陌生人：『你以為你是誰！』管他是誰呢，統統不放在心中，一無殺父之仇，二無奪夫之恨，理他作甚……這裏不好玩，自有好玩處，一點點不如意，當它水過鴨背，不留痕跡。

說得真好！果然能以這樣的心胸來處事，又怎會如趙姨娘那般，沒事找事地自尋煩惱呢？

世上本無事，庸人自擾之。很多解不開的愁怨百結，自取其辱，說穿了，其實都不過是「太肯生氣」罷了。

趙姨娘是怎麼嫁給賈政的？

趙姨娘這個人橫看豎看都是不受人待見的，縱使有讀者覺得她可憐，大概也沒什麼人覺得她可愛吧？但是這麼一個人，居然卻可以做了堂堂榮國府二老爺賈政的愛妾，還爲他生下一兒一女。

賈政怎麼就會娶了這麼一個妾呢？

這先要考慮一下賈府妾侍的來源，通常不外乎「內外」兩種途徑。

先說外因。第一是外面買來的，比如香菱之於薛蟠，嫣紅之於賈赦；第二是官宦人家的互相贈送，古時奴隸也可以當作財物來送禮，亦爲常事。

但是從趙姨娘的兄弟趙國基跟賈環上學，她的侄子錢槐一家也都是賈府奴才來看，她應是賈府的家生奴才。而且趙國基死後，探春賞銀時曾問吳新登家的：「那幾年老太太屋裏的幾位老姨奶奶，也有家裏的也有外頭的這兩個分別。家裏的若死了人是賞多少，外頭的死了人是賞多少？」後因趙姨娘是「家裏的」，遂決定降一格。

這些都可以確定，趙姨娘並非買來之妾，而是家生奴才跟了賈政的。

然而家裏的丫頭收房，也有三種可能：

第一是興兒說的：「我們家的規矩，凡爺們大了，未娶親之先都先放兩個人伏侍的。」如襲人之於寶玉，又或是趙姨娘曾想過向賈政求娶彩霞等，都在此列。

不過替爺們性啓蒙的丫鬟通常都比爺的年齡要大，比如襲人就比寶玉大了兩三歲，比黛玉更大。而探春的年齡比寶玉還小，比賈珠、元春自然更小得多，可見趙姨娘的年齡不可能比王夫人大，所以不會是王夫人進門前就在賈政房中的。

第二種是夫人的陪房丫頭。比如平兒之於賈璉，寶蟾之於薛蟠，中山狼孫紹祖將迎春丫鬟盡行淫遍，連寶玉都對紫鵑說「若共你多情小姐同鴛帳，怎捨得叫你疊被鋪床？」

但是通常陪送的丫頭都是小姐心腹，從王趙的言行看來，實在不像有深厚情誼的樣子。雖然探春提到趙國基時，曾說過「他是太太的奴才」，但那只是泛泛而言，因爲探春是女兒，奉王夫人的命來管家，總不能說「他是老爺的奴才，我辦得好，他領老爺的恩去」吧。

第三種可能是父母賞賜，比如秋桐之於賈璉。那趙姨娘從哪方面看都不可能是賈母挑中的，所以要賞給賈政，也只能是死去的老太爺賈代善的主意。不過代善要賞人給兒子，未必不過問夫人的意見，賈母會同意嗎？

寶玉魘魔法之際，賈母罵趙姨娘說：「爛了舌頭的混帳老婆，誰叫你來多嘴多舌的！你怎麼知道他在那世裏受罪不安生？怎麼見得不中用了？你願他死了，有什麼好處？你別做夢！他死了，我只和你們要命。素日都不是你們調唆著逼他寫字念書，把膽子唬破了，見了他老子不像個避貓鼠兒？都不是你們這起淫婦調唆的！這會子逼死了，你們遂了心，我饒那一個！」左一個「混帳老婆」，右一個「淫婦」，賈母對趙姨娘如此不待見，是怎麼都不可能主動賞給兒子這麼一個妾侍的。

第四種可能則簡單了，是賈政自己挑中的。古時候三妻四妾是常理，王夫人賢也好妒也好，都不能禁止丈夫娶妾，連王熙鳳出了名的醋缸，也不得不把平兒許了賈璉來充臉面，何況王夫人？

王夫人先後生下三個兒女，當她懷孕不能服侍丈夫時，又或是死了長子後多年不育、不得不爲子嗣著想時，都會主動或被動爲賈政選妾。而賈政可能自己提出要娶趙姨娘爲妾，王夫人爲著賢良名聲，即使不願意也只得應承。邢夫人待賈赦固然百依百順，肯舍了老臉來賈母面前求鴛鴦；王夫人又怎能拒絕丈夫的要求，忤逆夫意呢？

綜上所述，我猜測趙姨娘會成爲賈政之妾最可能的原因就是：趁著王夫人顧不到的時候，比如賈珠過世之後，王夫人可能大病一場，而趙姨娘就趁這時候私情勾引，妝狐媚子，引誘了賈政；待賈母、王夫人收拾了痛失珠兒的心情之後，考慮賈政竟然無子，必定首先要考慮的就是爲其納妾，而賈政主動提出要娶趙姨娘；當此時，或許賈母王夫人尚未深知趙姨娘爲人，又或是明明知道也不好駁回賈政的面子，只得同意，但是之後卻怎麼也不會喜歡了。

賈母給賈璉、鳳姐勸架時曾說：「什麼要緊的事！小孩子們年輕，饞嘴貓兒似的，那裏保得住不這麼著。從小兒世人都打這麼過的。」賈母這話裏的人又說的是誰呢？她統共兩個兒子，賈赦和賈政，賈赦不用說了是個老風流，那賈政呢，如今倒是正經嚴肅的，年輕時焉知不也是這麼「饞嘴貓兒似的」呢？

所以會有這種猜測，除了通過選妾來源排除法得出結論之外，書中的許多細節亦可旁證。

比如趙姨娘第一次出場就是在第二十回〈王熙鳳正言彈妒意〉，那鳳姐教訓趙姨娘母子時，左一句「狐媚子霸道的」，後一句「下流狐媚子」，這都說得是誰呢？焉知不是王夫人素日口角，那鳳姐原是王夫人侄女，既被姑母提拔了來管家，自然要替姑媽出氣的。

第二十五回賈環推燈油燙了寶玉，王夫人特地叫了趙姨娘來罵：「養出這樣黑心不知道理下流種子來，也不管管！幾番幾次我都不理論，你們得了意了，越發上來了！」可見對趙姨娘的厭恨已經不是一日兩日。

八十回中，似乎從未明寫過王夫人對趙姨娘出手，但是可留意到彩雲、彩霞這兩個丫鬟呢？

之前大觀園眾人品評各房丫鬟時，寶玉曾道：「太太屋裏的彩霞，是個老實人。」探春道：「可不是，外頭老實，心裏有數兒。太太是那麼佛爺似的，事情上不留心，他都知道。凡百一應事都是他提著太太行。連老爺在家出外去的一應大小事，他都知道。太太忘了，他背地裏告訴太太。」

由此可見彩霞實是王夫人心腹。然而同時，彩霞又與賈環有私情，趙姨娘一心要了來給自己做膀臂的，偏偏的王夫人又將彩霞早早打發出去了。這心思王夫人知不知道呢？

書裏彩雲彩霞兩個人有點鬧不清，不知是一個人還是兩個人，但不論是哪一個，都是曾在王夫人面前露了影兒的——那金釧兒被打巴掌時，正說了句「你往東小院子裏拿環哥兒同彩雲去。」而寶玉被燈油燙傷，正是因爲賈環深妒他與彩霞玩笑。兩次大事，王夫人都在現場，不聾不瞎，又對寶玉的事如此上心，怎會不知道？

且重新細看王夫人掌摑金釧兒的一場戲：

王夫人在裏間涼榻上睡著，金釧兒坐在旁邊搥腿，也乜斜著眼亂恍。寶玉輕輕的走到跟前，把他耳上帶的墜子一摘，金釧兒睜開眼，見是寶玉。寶玉悄悄的笑道：「就困的這麼著？」金釧抿嘴一笑，擺手令他出去，仍合上眼。寶玉見了他，就有些戀戀不捨的，悄悄的探頭瞧瞧王夫人合著眼，便自己向身邊荷包裏帶的香雪潤津丹掏了出來，便向金釧兒口裏一送。金釧兒並不睜眼，只管噙了。寶玉上來便拉著手，悄悄的笑道：「我明日和太太討你，咱們在一處罷。」金釧兒不答。寶玉又道：「不然，等太太醒了我就討。」金釧兒睜開眼，將寶玉一推，笑道：「你忙什麼！『金簪子掉在井裏頭，有你的只是有你的』，連這句話語難道也不明白？我倒告訴你個巧宗兒，你往東小院子裏拿環哥兒同彩雲去。」寶玉笑道：「憑他怎麼去罷，我只守著你。」只見王夫人翻身起來，照金釧兒臉上就打了個嘴巴子，指著罵道：「下作小娼婦，好好的爺們，都叫你教壞了。」寶玉見王夫人起來，早一溜煙去了。

之前寶玉動手動腳，又說「咱們在一處罷」，都足以構成「調戲」罪名，王夫人卻一直裝睡不理。可見她真正生氣的並不是寶玉和金釧調情——根本那在寶玉就是常態，同丫鬟調笑、吃人嘴上胭脂都是打小兒的毛病兒，當媽的早已見怪不怪。

可是當金釧兒說了句「你往東小院裏拿環哥兒同彩雲去」的時候，王夫人才忽然大怒起來。為什麼？

就因為提了賈環。王夫人想到彩雲和賈環，也就本能地想到了趙姨娘，甚或當年趙姨娘和賈政鬼鬼祟祟的往事。這才暴怒起來。金釧兒在這裏，無意中竟成了趙姨娘的替身兒，王夫人的出火筒。

但書中對王夫人一直是用正面文字來描寫的，於是故作解釋說：「王夫人固然是個寬仁慈厚的人，從來不曾打過丫頭們一下，今忽見金釧兒行此無恥之事，此乃平生最恨者，故氣忿不過，打了一下，罵了幾句。雖金釧兒苦求，亦不肯收留，到底喚了金釧兒之母白老媳婦來領了下去。」

為何是「此乃平生最恨者」？自然是因被趙姨娘乘隙爭寵，至於銜恨含辱，視為平生至大心病，至於連丫鬟們也「皆知王夫人最嫌趫妝豔飾語薄言輕者」。

可見早在抄檢大觀園前，她已經先開發了彩霞，極可能就是為了斷趙姨娘之膀臂而為之。倘若後文不失，想來王夫人與趙姨娘之間的矛盾會更加深烈，必然還有幾場重頭戲，可惜不得見了。

倘使探春不遠嫁

第二十二回〈聽曲文寶玉悟禪機　製燈謎賈政悲讖語〉，在探春關於風箏的謎語後，脂硯齋有一句頗可玩味的批語：「此探春遠適之讖也。使此人不遠去，將來事敗，諸子孫不致流散也。」

這向我們透露了兩條資訊：一、探春的結局是「遠去」；二、賈府的結局是「事敗」、「諸子孫流散」；而「子孫流散」又發生在「事敗」之後，而非同時。

這就使我們開始猜疑：如果不是「事敗」直接導致「諸子孫流散」，那麼兩者之間又發生了哪些事呢？而倘使探春不遠嫁，賈府的結局會有什麼改變嗎？

抄家的理由我們後文再議，有一點是肯定的，就是不論探春在不在，都沒有能力阻止這種大事件的發生，她還沒有那麼大的本事。那她能改變的是什麼呢？

從脂批透露，在後四十回中，鳳姐有在賈母穿堂前「掃雪拾玉」的經歷，寶玉也有「對境悼顰兒」的舉動，並且看到怡紅院「綠暗紅稀」，瀟湘館「落葉蕭蕭，寒煙漠漠」——可見抄家後，鳳姐、寶玉等又回過大觀園。也就是說，賈家並不是一下子就倒了，徹底敗了，「抄家」雖動了根本，然而「百足之蟲，死而不僵」，「一下子是殺不死的」是「一點點地盡上來了」，喘了一口氣後才又散的。

那是什麼原因使賈家有了喘這一口氣的機會的呢？我猜想，正是因爲探春。

在元春死後，賈家大難來臨，遭遇抄家橫禍，所有的賈氏爺們兒都被拘押，束手無策。「這時候正是用著女孩兒的時候」，作爲「才自精明志自高」的探春，最可能的就是挺身而出，不卑不亢，請旨求情。至於她爲什麼被皇上點中，也許是由於南安太妃或北靜王妃的推薦，也許是朝廷之前已有圖冊備選，也許是因緣際會勉力而爲，總之，探春抓住了這個機會，演了一齣「緹縈救父」，真正成就了她「立一番事業」的心願。

正是她的遠嫁，才使得全家人得以暫時的釋放減刑，甚至發還部分家產。也才有鳳姐、寶玉等重回大觀園的可能。但是架子已經徹底倒下來，裏子也空了。而子弟們卻仍不思悔改。外祟盤剝，邊境戰亂，田莊抗租，仇家告狀，不肖子弟繼續闖禍，賈環賈芹等自相殘殺，此時鳳姐已經離去，探春又已遠嫁，大觀園再無能人管束，諸多因由遂終於使得這個家再一次空了下來，倒了下來，徹底地散了。

而其中頗爲重要的一個原因，就是像第五十五回的回目所寫的：〈辱親女愚妾爭閒氣欺幼主刁奴蓄險心〉。

「蓄險心」，何其毒也！然而就文中吳新登媳婦一問三不知、背後又向趙姨娘饒舌的做法看來，似乎還遠遠達不到「險」的高度。顯然這條回目的作用就同〈因麒麟伏白首雙星〉一樣，是有著預言意義的，揭示的乃是後四十回的內容。

非常巧合的是，就在五十四回末，探春管家的好戲開鑼前，書中剛剛把吳新登等人提了一筆，且看原文：

十七日一早，又過寧府行禮，伺候掩了宗祠，收過影像，方回來。此日便是薛姨媽家請吃年酒。十八日便是賴大家，十九日便是寧府賴升家，二十日便是林之孝家，二十一日便是單大良家，二十二日便是吳新登家。這幾家，賈母也有去的，也有不去的，也有高興直待眾人散了方回的，也有興盡半日一時就來的。

從設宴名單可見賈府老奴才的地位，榮府以賴大居首，寧府以賴升居首，接下來便是林之孝、單大良、吳新登。這些人的地位之尊，已經到了可以有獨立的身分與名頭來設宴請客，並且能請到賈母這樣尊貴的客人，難怪說賈府有年紀的老奴才，比一般主子還有體面呢。

〈欺幼主刁奴蓄險心〉，那「刁奴」，豈止是吳新登媳婦一個呢？這裏將賴大、賴升、林之孝、單大良、吳新登並提，接著就是第五十五回的主奴鬥智好戲上場，明言吳新登家的是「刁奴」，那是否意味著，前面那幾個人也都是刁奴呢？倘如是，以他們在賈府的地位和影響力，可以起到的翻雲覆雨的作用可就大了。第五十五回的小動作，只是牛刀小試耳。雖然此時難爲不了探春，但是將來，探春遠嫁之後，又不知管家者誰，而此人，又做不做得了這些刁奴的對手？

這便又想起吳新登名字的第一次出場了，乃在第八回：

可巧銀庫房的總領名喚吳新登與倉上的頭目名戴良，還有幾個管事的頭目，共有七個人，從帳房裏出來，一見了寶玉，趕來都一齊垂手站住。獨有一個買辦名喚錢華，因他多日未見寶玉，忙上來打千兒請安，寶玉忙含笑攜他起來。

甲戌本在吳新登名字旁邊有側批：「妙！蓋云無星戥也。」在戴良旁側批：「妙！蓋云大量也。」在錢華名字旁夾批：「亦錢開花之意。隨事生情，因情得文。」可見這三個名字都是有寓意的。

管銀庫的竟然是「無星戥」，管倉庫的只知「大量」，管買辦的又會「錢開花」，賈府後院不被掏空了才怪呢。而將戴良、錢華與吳新登同時出場，可想而知這兩位實權派也都是「刁奴」。他們幾個聯手造起反來，原本就已經風雨飄搖的賈府能不倒嗎？

而說起「刁奴」錢華，有一個人不得不提，就是第六十回〈玫瑰露引來茯苓霜〉裏露了一脖子的錢槐。這回中，柳家的因得了芳官分的玫瑰露，遂拿去贈與侄兒：

可巧又有家中幾個小廝同他侄兒素日相好的，走來問候他的病。內中有一小夥叫喚錢槐者，乃係趙姨娘之內侄。他父母現在庫上管賬，他本身又派跟賈環上學。因他有些錢勢，尚未娶親，素日看上了柳家的五兒標緻，和父母說了，欲娶他為妻。也曾央中保媒人再四求

告。柳家父母卻也情願，爭奈五兒執意不從，雖未明言，卻行止中已帶出，父母未敢應允。近日又想往園內去，越發將此事丟開，只等三五年後放出來，自向外邊擇婿了。錢家見他如此，也就罷了。怎奈錢槐不得五兒，心中又氣又愧，發恨定要弄取成配，方了此願。今日也同人來瞧望柳侄，不期柳家的在內。柳家的忽見一群人來了，內中有錢槐，便推說不得閑，起身便走了。

這段文章，因為後來五兒夭逝，未見有下文。然而作者既然已經讓錢槐露了一個頭兒，想來不會毫無作為，且這錢槐又是趙姨娘的親戚，更加意味深長。

但是這裏又有一個死結：趙姨娘姓趙，她的內侄卻姓錢，怎麼算？

所謂侄子，應是趙姨娘兄弟的兒子，而趙姨娘的兄弟在文中只提到一個趙國基，職務是跟賈環上學的，並非「在庫上管賬」，可見另有其人。

然而趙姨娘會有個姓「錢」的兄弟嗎？或是趙姨娘的姐妹嫁了姓錢的，生了兒子叫錢槐？

可是那樣，錢槐應該是趙姨娘的「外甥」而非「侄子」。真不知這「內侄」是怎麼一個稱呼？

古時男人管自己的老婆叫「內子」，老婆的兄弟叫「內兄」或者「內弟」，而老婆的侄子或外甥就叫作「內侄」或「內甥」。然而趙姨娘的「內侄」，卻是從何算起呢？難道從賈政這頭算？

這當然不可能，因爲賈政的子侄只能跟王夫人攀親戚，怎麼也算不到趙姨娘頭上來。這就只剩下最後一個可能性，就是趙姨娘在趙國基之外另有個兄弟，入贅到錢家，生了兒子叫錢槐。這樣，「侄子」的關係就成立了。

至於爲什麼會「入贅」呢？自然是因爲錢家比趙家體面些。雖然都是奴才，然而「錢」家卻是在庫上管賬的，相當於賴大、林之孝的身分；而趙家卻只是低等奴才，趙國基仗著姐姐趙姨娘做了妾侍，也只升到跟賈環上學的職級上，跟侄子錢槐同行，可見出身之低。

這就又想到第八回裏出現名字的買辦錢華了，買辦是高級奴才，可能比賴大、林之孝一股股更有實權。倘若趙姨娘兄弟娶的就是錢華的姐妹，那麼顯然是高攀了，入贅也就變得順理成章，而生下的兒子，自然也就姓錢了。同時，也正因爲錢槐的父親入贅到買辦錢華之家，才會有機會升職，去庫上管賬。

第八回中錢華的名字是跟吳新登等人同時出現的，而他們一行人又正「從帳房裏出來」，而錢槐的父母又正是管賬的，可見彼此都熟悉。吳新登如果與錢槐父母相熟，自然也和趙姨娘是一派，也就不難理解吳新登媳婦爲什麼會「欺幼主」，調唆趙姨娘去索討那四十兩銀子了。

一個銀庫房總領、一個買辦、一個管賬，彼此身分都相當，且也是一條線上的螞蚱。可想而知，將來賈府事敗，吳新登、錢華、錢槐、趙姨娘甚至戴良這些人，只怕都要趁機作亂，虧空公款的。

倘使探春不遠嫁，可以想像，她是有一定管家能力的，自然會想方設法節源開流，約束子弟僕從，不至被這些「刁奴」坑騙，那麼，即使賈家被抄，但得以喘息後也還有中興的希望。

但是，就因爲探春走了，即使寶玉等人回到了大觀園，但鳳姐早夭，李紈、寶釵等獨善其身，賈府再沒有一個真正管事的人，以至於爲「刁奴」所欺，再加上其他的外憂內患，終至最後解體，落得了個「家亡人散各奔騰」的全面敗局。

賈家之敗，非敗於朝廷，乃在自戕矣！

探春是什麼時候遠嫁的？

探春遠嫁的暗示，早在第五回〈賈寶玉夢遊太虛境〉所見所聞十二釵判詞、判曲，第二十二回〈製燈謎賈政悲讖語〉中探春所作的風箏燈謎中，已經可以看得很清楚。

冊子中說：「清明涕送江邊望，千里東風一夢遙。」燈謎裏又說：「階下兒童仰面時，清明妝點最堪宜。」兩首詩都點出「清明」這個時間，謎語旁還有一句夾批：「此探春遠適之讖也。」可見探春嫁信有期，當在清明無誤。

但關於她嫁給了什麼人，卻一直遠至第六十三回〈壽怡紅群芳開夜宴〉才有所暗示。此回中，探春占花名掣了一枝杏花，寫著「瑤池仙品」四字，詩云「日邊紅杏倚雲栽。」注云「得此籤者，必得貴婿，大家恭賀一杯，共同飲一杯。」

眾人看了，都笑道：「我們家已有了個王妃，難道你也是王妃不成。大喜，大喜。」於是一齊來賀。——言明探春嫁的乃是「貴婿」，將來可能要做「王妃」的。

那會是個什麼樣的王妃呢？會是「南安王妃」、「北靜王妃」這樣的妃子嗎？可以肯定的是，即使探春有機會被王爺看中，也不會是正妃，因為她是庶出。而且對於探春來說，如果嫁了王爺為妃，即使是庶妃，也算不得薄命，除非她跟元春一樣早夭了。但那樣的話，兩個人的故事就太重複了，不是曹雪芹的筆法了。

曹氏擅於「特犯不犯」，此處既然明說「我們家已有了個王妃，難道你也是王妃不成」，等於說明了兩件事：第一，探春有可能做王妃；第二，探春不會像元春一樣，成為順理成章的皇妃或王妃。

這兩句話是不是太矛盾了些？又是王妃又不可能做王妃的。

不矛盾。因為，如果探春不是成為本朝王爺的妃子，那就不是順理成章的王妃，不是富貴命了。除非，她像王昭君一樣遠嫁海外僻鄉，做和親之王妃，才算得上薄命。

這在現在人的眼中有些難於理解，嫁到外國做王妃，巴不得的事兒呢，怎麼能算薄命呢？然而在當時人的心目中，背井離鄉，遠離爹娘，一輩子再難回故土，就是女兒家最大的悲哀。雖然可以如探春所願，成就一番事業，然而「一番風雨路三千，把骨肉家園齊來拋閃」，畢竟是傷懷的。

問題是，探春是在哪一年清明出嫁的呢？更重要的，是在抄家前亦或後？

此前我看到的各種版本的續書以及電視連續劇中，都將探春的遠嫁安排在抄家之前。原因是可卿向鳳姐報夢時，留下一句讖語：「三春去後諸芳盡，各自須尋各自門。」

很多紅學家將「三春」解釋作「元、迎、探」三春，說是元春和迎春死後，探春遠嫁，不久賈府被抄，然後才是惜春的出家。至於爲什麼惜春不算春，而要歸在「諸芳」裏，則全無解釋。

然而，元春判詞中也有「三春爭及初春景」的句子，這裏的「三春」又該做何解釋呢？難道是「迎、探、惜」三春？

惜春的判曲中又有「將那三春看破，桃紅柳綠待如何？」這「三春」，又指的哪三位呢？自然不能是自己，莫非又重新變成了「元、迎、探」？難道可以這樣隨心所欲地解釋與應用嗎？

由此可見，將「三春」解釋作「四春」中的任何三位都是行不通的，因而，探春嫁在「諸芳盡」也就是抄家前，就失去了理論支撐。這時間其實做不得準。

所以我對於「三春」的解釋是「三年」，從元春省親、群芳遷入大觀園起，計時三年後，賈府被抄，群芳謝盡。而探春的出嫁，也就在這一年的清明。

現存第八十回故事，說的正是大觀園第三個秋天，也就是三年之期將滿了。那麼若是還有下文的話，轉過年就是第四個年頭，也就是探春要遠嫁的那年清明了。

那麼又一個問題來了，探春的遠嫁是被動的承旨，還是主動的請願呢？與家族的關係是什麼？

如果遠嫁在抄家前，那麼這「嫁」就成了一個獨立的行爲，超脫於家族命運之外了。因爲她嫁了，家還是抄了，說明她的嫁對於家族命運毫無意義；而抄不抄家，對於她也是毫無意義，因爲她遠在海外，可能連聽都沒聽說過。那麼探春這個人，豈不真成了斷線風箏，與賈府沒了關係？

乍聽上去，似乎這很符合「遊絲一斷渾無力」的暗示。然而如何顯示她的「才自清明志自高」呢？探春說過：「我但是個男兒，必有一番大作爲的。」如果她的嫁既未能防患難於未然，也未能救親人於水火，這「嫁」便顯得游離，虛飄，落不到實處去，算不上什麼「大作爲」。而且平平寫來，毫無波瀾，悲劇意義也不強，似乎完全是個巧合，是命中註定，皇上欽旨，與人無尤。

因此我想，以探春的才情品性，從前文的諸多鋪墊看來，她的嫁應該是有其主動意識的。更重要的是，四春的命運應與家族緊密相關，元春不消說了，她不死，家不會抄；而家不抄，惜春不至淪落到「緇衣乞食」；探春也是一樣，不是爲了保護家人，她不會嫁。

脂批表明，抄家後並非賈家所有人都一去不回，鳳姐、寶玉等後來還有過一段短暫的大觀園生活。為什麼會這樣？是什麼力量使得皇恩浩蕩，在抄家後又對他們網開一面呢？

我猜測正是探春的請旨遠嫁使得家人得到釋放減刑，甚至發還部分家產。鳳姐、寶玉等因此才能重回大觀園，但最終因為種種外因內因，子孫不肖，到底還是不能把秋捱過。換言之，從清明前抄家到全家最終離散，最多只有從春到秋這麼半年時間，而在這短短的半年中，賈府並非一下子徹底傾倒，將有更多的世情薄人情惡的層層體現，所謂「百足之蟲，死而不僵」，「一下子是殺不死的」，必得一點點地盡上來了，才最終「家亡人散各奔騰」。

這樣，悲劇的意味才會更加深厚，不至於全賴在「抄家」和「失皇恩」這樣相對偶然的理由上，也才不枉了曹雪芹前八十回的種種鋪墊。

探春、黛玉和王昭君

前文說過，黛玉作〈五美吟〉詠明妃，後人多以為指探春，而我認為是黛玉自比。但是明妃、黛玉、探春之間，到底有沒有聯繫呢？

很可能有。天機仍然藏在占花名中，怡紅夜宴上，黛玉抽的是芙蓉花，詩句來自〈明妃曲〉；而探春抽到的是杏花，得詩「日邊紅杏倚雲栽」，乃出自唐代高蟾的〈下第後上永崇高侍郎〉，全詩如下：

天上碧桃和露種，日邊紅杏倚雲栽。
芙蓉生在秋江上，不向東風怨未開。

這首詩裏出現了三種花：桃花、杏花和芙蓉。林黛玉重建桃花社，「和露種」更是直接影射其前生曾受甘露之恩。但在這次占花名中，抽到桃花的卻是與黛玉同辰的襲人；而黛玉則抽到了芙蓉，後文寶玉做〈芙蓉女兒誄〉，脂批說誄晴雯實爲誄黛玉，更可見黛玉就是芙蓉花。

桃花、杏花、芙蓉，三種花居然都不落空，可見作者選這首詩的用心良苦。詩裏說芙蓉沒有開，杏花已經紅了，這是否埋藏著一種可能：本來要遠嫁的人應該是林黛玉，卻讓探春做了替身；也可能是黛玉不從，而探春志向高遠，情願冒名代嫁。

黛玉的詩籤說「紅顏勝人多薄命，莫怨東風當自嗟。」這句詩來自〈明妃曲〉，結合後文黛玉詠明妃之詩可見，其與昭君的命運不可分；而結合探春詩籤「芙蓉生在秋江上，不向東風怨未開」來看，則發現兩人的詩籤都有一個關鍵字，直指「東風」。

六十三回到六十九回中間插入了「紅樓二尤」的故事，把時間拉得很遠；但是筆觸一回到榮府事後，就立刻以黛玉的〈桃花行〉開篇，起題便道「桃花簾外東風軟，桃花簾內晨妝懶。」詩中又有「東風有意揭簾櫳，花欲窺人簾不卷。」「憑欄人向東風泣，茜裙偷傍桃花立。」接著的詠柳絮詞中更有「嫁與東風春不管，憑爾去，忍淹留。」──竟是滿紙「東風」，朔氣凜然。

自古以來，「東風」在詩詞中多指君王或強權。而除了占花名之外，最能寓示十二釵命運的薄命司冊中，探春判詞裏竟然也有東風：

才自精明志自高，生於末世運偏消。
清明涕送江邊望，千里東風一夢遙。

正是「東風」送走了探春，還有什麼可懷疑的嗎？如果這還不能讓讀者釋疑的話，且再看探春在元宵節所作的風箏燈謎：

階下兒童仰面時，清明妝點最堪宜。
遊絲一斷渾無力，莫向東風怨別離。

再次點明是「東風」使得探春骨肉別離，如此證而又證，可以無疑矣。

探春的判詞冊子中畫著兩個人放風箏，探春的詩謎也是風箏，而書中，惟一一次放風箏的描寫在第七十回〈林黛玉重建桃花社　史湘雲偶填柳絮詞〉回末：

> 探春正要剪自己的鳳凰，見天上也有一個鳳凰，因道：「這也不知是誰家的。」眾人皆笑說：「且別剪你的，看他倒像要來絞的樣兒。」說著，只見那鳳凰漸逼近來，遂與這鳳凰絞在一處。眾人方要往下收線，那一家也要收線，正不開交，又見一個門扇大的玲瓏喜字帶響鞭，在半天如鐘鳴一般，也逼近來。眾人笑道：「這一個也來絞了。且別收，讓他三個絞在一處倒有趣呢。」說著，那喜字果然與這兩個鳳凰絞在一處。三下齊收亂頓，誰知線都斷了，那三個風箏飄飄搖搖都去了。眾人拍手哄然一笑，說：「倒有趣，可不知那喜字是誰家的，忒促狹了些。」

兩隻「鳳凰」被個「喜」字攪在一起，顯然是結親。而那「門扇大的玲瓏喜字帶響鞭，在半天如鐘鳴一般」的風箏氣勢偌般張揚，又是「逼近來」，又是「忒促狹了些」，竟是來者不善。可見是由戰事而結的婚事。探春和親的命運就這樣一點點地顯示出來了。

探春的風箏「遊絲一斷渾無力，莫向東風怨別離」了，黛玉的呢？之前興兒說過探春是「老鴰窩飛出鳳凰來」，所以「鳳凰」和「風箏」一直都是探春的象徵，而第七十回裏鳳凰風箏的出現，將這兩個象徵合二爲一，可見她的命運之盅很快就快揭曉了。

黛玉住在「瀟湘館」，元春親自題曰「有鳳來儀」，她又號稱「瀟湘妃子」，可見也是一隻鳳凰，有妃子命的。探春在書中所做的第一件大事乃是創建海棠社，而所有海棠詩中，寶玉心中的狀元本是黛玉，且曾將詩作出示相公，抄刻傳閱，又曾題於扇上，招搖賞玩；而探春放風箏，又緣於黛玉重開桃花社，可見，即使探春最終的結局是做了「明妃」，也是緣由黛玉。

因此，我有了一個大膽的猜想：很可能，是黛玉的詩才與美貌傳揚在外，其間又或者有小人撥弄，以致上達朝廷，竟使黛玉成了和番人選；黛玉驚痛之下，淚盡而亡，賈府得罪不起，只得以探春代嫁，到底完成了「我若是個男人，早走了」的志願。

黛玉和探春的命運，就這樣被「東風」吹到一起了。

花因喜潔難尋偶——史湘雲。

史湘雲的戀兄情結．史湘雲會嫁給寶玉嗎

什麼是「湘雲為自愛所誤」．不喜歡湘雲的幾個理由

湘雲今晚睡哪裏．脂硯齋不可能是女人

史湘雲的戀兄情結

史湘雲愛過賈寶玉嗎?

早在黛玉投奔賈府前，她已與寶哥哥耳鬢廝磨，兩小無猜了。她幫他梳頭，叫他「愛哥哥」，多年後還記得他髮辮珍珠墜角的顆數與樣式，這在古代有個專門的詞形容叫作「總角之交」，套一句晴雯的話說就是「交杯盞還沒吃，倒先上頭了。」

後來她被接去了叔叔家，林黛玉來了。那是個天仙般的妹妹，又遇著寶玉情竇初開的時候，於是，他對她一見鍾情，他爲她做小伏低，他因她顛倒癡狂，以爲「遠親近友之家所見的那些閨英闈秀，皆未有稍及林黛玉者」——這其中，當然也包括了史湘雲。

於是，湘雲吃醋了。朦朧的愛和突來的妒會合成莫名的委屈與憤怒，她與寶黛兩個的第一次激烈衝突是因爲將黛玉比戲子引起的。寶玉向她使眼色，本來是維護之舉，她反而發作起來，收拾包裹要走，「明兒一早就走。在這裏作什麼?看人家的鼻子眼睛，什麼意思!」她這樣說，分明在無理取鬧，也並非認真惱他，後來並沒有真走便是明證。這樣的借題發揮，無非是爲了要他哄，要他勸，要他分辯說他心裏最重視的妹妹其實是她。

他哄了，也勸了，可是話卻沒有說到她心裏去。他說:「林妹妹是個多心的人。別人分明知道，不肯說出來，也皆因怕她惱。誰知你不防頭就說了出來，她豈不惱你。我是怕你得罪了她，所以才使眼色。」──這個「她」，是林妹妹，他最擔心，最不願意傷害的，也是林妹妹。

湘雲的假惱變成了真怒，出語愈發刻薄：「我原不如你林妹妹。他是小姐主子，我是奴才丫頭，得罪了他，使不得！」又說：「你這些沒要緊的惡誓，散話，歪話，說給那些小性兒，行動愛惱人，會轄治你的人聽去！」這樣的人身攻擊，全書八十回，史湘雲只用在林黛玉身上。

除了這一次，後來湘雲背地裏同襲人議論黛玉的小性兒，也曾擠兌寶玉說：「你不必說話教我噁心。只會在我們跟前說話，見了你林妹妹，又不知怎麼了。」醋味濃得化都化不開。

那是在她拾了寶玉丟失的金麒麟後的一場對話，爲了回目中有〈因麒麟伏白首雙星〉一句，索隱派們一廂情願地認定湘雲後來嫁了寶玉，而以周汝昌惟首是瞻的很多紅學家甚至認爲寶玉一生中最愛的人是史湘雲，他對黛玉的感情只是少年時懵懂的情動，而對寶釵更止於肉體之欲，只有湘雲才是寶玉的靈魂伴侶。

但是寶玉是怎麼說怎麼做的呢？

──他對黛玉說：「我爲你也弄了一身的病在這裏，又不敢告訴人，只好掩著。只等你的病好了，只怕我的病才得好呢。睡裏夢裏也忘不了你！」

──他看著寶釵肌膚晶瑩的裸臂發呆，暗想「這個膀子要長在林妹妹身上，或者還得摸一摸。」

然而他見到湘雲的睡相，「一把青絲拖於枕畔，被只齊胸，一彎雪白的膀子撂於被外」，如此香豔旖旎的美人春睡圖，他卻只是歎了一聲：「回來風吹了，又嚷肩窩疼了。」還順手替她蓋了蓋被子——這裏面可有一星半點兒的男女之情？

其實湘雲也是一樣，她對黛玉的「鳩占鵲巢」雖然嗔怨不已，然而隔窗看見寶釵坐在寶玉身邊繡肚兜時卻全無妒意，反而藉故走開；襲人當著寶玉的面向她道喜，提起她有了夫家的事，她也只是害羞，並不著惱——她對寶玉沒有婚姻之念，男女之情；有的，僅僅是小妹妹對大哥哥的依戀與愛嬌，一點點不自覺的獨佔欲。而黛玉挑戰的，恰恰是她在這一領域裏的霸主地位——這可以解釋爲什麼她單惱黛玉，卻不恨寶釵。對於這個背負著「金玉之說」真有可能成爲她嫂子的人，她反而是真心敬重的，還說：「我天天在家裏想著，這些姐姐們再沒一個比寶姐姐好的。我但凡有這麼個親姐姐，就是沒了父母，也是沒妨礙的。」——她心甘情願要做他們兩個人的小妹妹。她不在乎他愛誰，娶誰，只是不願意有另一個「好妹妹」搶了她的位置。

一個女孩子一生中能夠遇到這樣一個「愛哥哥」是幸福的，他可以爲自己淘製胭脂，陪自己燒烤鹿肉，有了好吃好玩的，也第一時間想著自己，打發婆子小廝用食盒盛著大老遠地送上門去——只有擁有過這樣一份哥哥的疼愛，才不枉了生作女孩兒，否則，成長將變成多麼枯乏貧瘠的過程。

然而，總有一天會失去哥哥的，就像寶玉丟失的金麒麟。並不是不寶貝它，但畢竟是身外物，如果寶玉對待打算送給湘雲的金麒麟就像對待黛玉送給他的繡香囊一樣，珍藏密斂地貼身收著，便絕不會弄丟了。哥哥對妹妹也是一樣，不管她對他有多麼親切，多麼重要，終究不是他的心上人。最終，他們還是會分開的。

這在今天也是非常正常的情愫，正常到已經有一個專有名詞來形容，就是「戀兄情結」。是小女孩成長過程中的必經階段，彷彿女孩走向女人的分水嶺——走過去，便長大了。

史湘雲會嫁給寶玉嗎？

近年來，越來越多的人贊成寶湘聯姻說。綜合其觀點，其推理大致是這樣的：

在八十回後，林黛玉含恨而死，於是賈寶玉娶了薛寶釵，後來看破紅塵，懸崖撒手——這本是脂批透露的情節，但紅學家們在此基礎上自行發揮，再出續集：寶玉出家後，雲遊四方，半路遇上死了丈夫的史湘雲，兩人同病相憐，舊夢重溫，於是寶玉還俗，與湘雲結為夫妻；但後來還是覺得塵世難耐，遂決定出爾反爾，再次出家。

且不論這論調有多麼惡俗委瑣，只看他們的理由是否站得住腳呢？據紅學家們論證：

一、史湘雲判詞裏有「博得個才貌仙郎」的句子，而全書中除寶玉外絕無第二個男子配得上稱「仙郎」。

二、黛玉說過寶玉「做了兩回和尚了」，所以寶玉一定要出家兩次。

三、湘雲有金麒麟，所以真正的「金玉良緣」是指湘雲與寶玉。

這些說法站得住腳嗎？且讓我們一一從頭細看：

一、原著第三十一回〈撕扇子作千金一笑　因麒麟伏白首雙星〉一回開篇即有脂批云：

金玉姻緣已定，又寫一金麒麟，是間色法也。何顰兒為其所惑？故顰兒謂「情情」。

這裏明明白白說了「金玉姻緣已定」，可見「金」指的並不是史湘雲。所謂「湘雲揣著個金麒麟就是金玉良緣的正主兒」之說實在牽強。

更何況「金玉姻緣」並非像神瑛與絳珠的「木石前盟」那樣前世注的，而是和尚給了寶釵兩句話讓鏨在金器上，並叮囑其將來找個有玉的爲配，也就是說，所謂「金玉」之言特爲寶釵而設定。那個「玉」到底是不是賈寶玉還兩說著呢，又怎麼會再爲寶玉另找一個金來配呢？豈非本末倒置？

而且寶玉平生最恨的就是金玉之說，連做夢都要喊出來：「和尚道士的話如何信得？什麼是金玉姻緣，我偏說是木石姻緣！」他努力地打破金鎖配通靈的「金玉姻緣」，遁世出家，到頭來又怎麼會媚俗地遷就金麒麟，來尋找第二段「金玉緣」呢？究竟是寶玉執迷不悟，還是紅學家們一葉障目，「爲其所惑」？

二、脂批說寫「金麒麟是「間色法」」。所謂「間色」是畫中術語，且不論它的真實含義該如何理解，只看脂硯如何去用這個詞，便可知其所指。全書除了這一處之外，「間色」兩字還出現過兩次。

一次是第二十六回〈蜂腰橋設言傳心事　瀟湘館春困發幽情〉中：

原來上月賈芸進來種樹之時，便揀了一塊羅帕，便知是所在園內的人失落的，但不知是那一個人的，故不敢造次。今聽見紅玉問墜兒，便知是紅玉的，心內不勝喜幸。又見墜兒追索，心中早得了主意，便向袖內將自己的一塊取了出來，向墜兒笑道：「我給是給你，你若得了他的謝禮，不許瞞著我。」墜兒滿口裏答應了，接了手帕子，送出賈芸，回來找紅玉，不在話下。

甲戌本在此雙行夾批：「至此一頓，狡猾之甚！原非書中正文之人，寫來間色耳。」意思是小紅和賈芸不是書裏的重要人物，寫來渲染調濟一下而已。

又一次是寫在馮紫英邀請寶玉赴宴，脂批「紫英豪俠小文三段，是爲金閨間色之文。」

是說男人話題不是書中正文，所以寫馮紫英，是爲了給閨閣文字作個調節：

正說著，小廝來回：「馮大爺來了。」寶玉便知是神武將軍馮唐之子馮紫英來了。薛蟠等一齊都叫：「快請。」說猶未了，只見馮紫英一路說笑，眾人忙起席讓坐。馮紫英笑道：「好呀！也不出門了，在家裏高樂罷。」寶玉薛蟠都笑道：「一向少會，老世伯身上康健？」紫英答道：「家父倒也托庇康健。近來家母偶著了些風寒，不好了兩天。」

這裏，先是在「馮紫英一路說笑」後有一句側批：「一派英氣如在紙上，特爲金閨潤色也。」接著又在紫英一番話後，有三段眉批：「紫英豪俠小文三段，是爲金閨間色之文，壬午雨窗。」「寫倪二、紫英、湘蓮、玉菡俠文，皆各得傳真寫照之筆。丁亥夏。畸笏叟。」「惜『衛若蘭射圃』文字無稿。歎歎！丁亥夏。畸笏叟。」

可見「潤色」也罷，「間色」也罷，都是指此段文字非同正文，乃是寫來調濟節奏氣氛的。全書中三次「間色」都作一樣使用，不可謂「孤證」。可見史湘雲之金麒麟，亦是「間色法」，橫插枝節添點花絮罷了，而非什麼預示寶湘聯姻的大關鍵。脂硯說黛玉偏偏還要起疑心，所以是「情情」，然而我們置身事外，就不必亂起猜疑，枉沽「情情」之名了吧？

倒是那句脂批的「惜『衛若蘭射圃』文字無稿」更應引起我們注意。這段故事中原無衛若蘭其人，然而脂硯偏偏在此處提及，其原因可能有兩種：一是「衛若蘭射圃」一段文字的描寫也是英氣十足，堪與馮紫英豪飲相對應；二是若蘭射圃之時，寶玉、紫英等也都在場。

三、開篇甄士隱所作「好了歌」注釋中，有一句「說什麼脂正濃，粉正香，如何兩鬢又成霜」，這句後面脂批註云「寶釵、湘雲一干人」，可見寶釵、湘雲是一直活到了「兩鬢成霜」的年紀。紅樓女兒雖薄命，並非都短命，這兩個人的丈夫一個出家，一個早亡，當年他們在蘅蕪院夜擬菊花題的時候，大概不會想到有一天老了，還是這樣兩個女子作伴吧？

脂硯對寶釵和湘雲的分別批評還有一句「寶釵為博知所誤，湘雲為自愛所誤」。湘雲如此自愛的一個人，倘若死了丈夫，大概是不會另抱琵琶的。要注意在那個年代裏，在湘雲這樣的出身中，改嫁是件很敗行的事。湘雲未必肯吃寶釵的剩飯，撿了人家的丈夫來嫁。

其實單是想像一下寶玉與湘雲重逢的場景，一個鰥夫，一個寡婦，歡天喜地地慶祝第二春，想想都夠發冷的。怎麼看都不是我們心目中的寶哥哥雲妹妹。這只能是現世俗男人的杜撰罷了，再不可能出現在曹雪芹筆下。

況且，這裏有個很關鍵的問題，就是湘雲嫁寶玉時，寶釵是活著還是死了？

——如果寶釵還活著，寶玉出家又還俗，卻停妻另娶，成何體統？而湘雲明知使君有婦，還要鳩占鵲巢，且還是她最敬愛的寶姐姐的巢，又情何以堪？

而倘若寶釵已經死了（書中並無寶釵早夭的暗示），那也應該是在「兩鬢成霜」之後了。寶釵和湘雲都活得挺長，而湘雲活得比寶釵更長，一直熬到寶釵老了，死了，她還沒死，還有機會在滿頭白髮的時候與寶玉重逢，再婚，玩一把「激情燃燒夕陽紅」。可是寶玉是「沒有腳的小鳥」，都白髮蒼蒼了，再來個二度春風，未免心有餘力不足，所以又跑去出家了。

——我們可以想像《紅樓夢》的佚稿，竟是如此不堪的一段老來風月嗎？

紅樓夢裏改嫁的女人只有一個，就是尤老娘；尤二姐是不等嫁就毀婚跟了賈璉的，所以才會被人說三道四；而尤三姐更是因爲柳湘蓮毀婚受辱而刎頸自盡——雖然作者對尤家一門的悲劇是持同情態度的，卻並不等於同意她們這樣做，並且每有諷刺之語，比如令三姐在報夢時說出「喪倫敗行」的懺悔之言來，可見還是深受當時禮教之束縛。如何倒會讓「自愛」的史湘雲青出於藍，擇夫另嫁呢？

紅學家肯，曹雪芹未必肯；即使曹雪芹肯，恐怕湘雲也不肯吧？

什麼是「湘雲爲自愛所誤」？

第三十一回〈撕扇子作千金一笑　因麒麟伏白首雙星〉結尾，有脂批點明：「後數十回若蘭在射圃所佩之麒麟正此麒麟也。提綱伏於此回中，所謂『草蛇灰線，在千里之外』。」

明明白白寫了金麒麟後來歸了衛若蘭公子，這種寫法，便是作者慣用的「草蛇灰線，伏脈千里」，而衛若蘭與史湘雲結合的故事，提綱已經伏在回目裏了，把回目和脂批一結合，便不難看出，衛若蘭，才是史湘雲的真正佳偶。

前文我曾猜測「衛若蘭射圃」時寶玉也在場，至於具體情節，可以參照寧國府賈珍射鵠一段，說那賈珍因居喪而生了個「破悶之法」：「日間以習射爲由，請了各世家弟兄及諸富貴親友來較射……這些來的皆係世襲公子，人人家道豐富，且都在少年，正是鬥雞走狗，問柳評花的一干遊蕩紈褲。」

大富武蔭之家在後院設鵠練藝，原是當朝常情，而衛若蘭在全書正文中的惟一一次出名，即在秦可卿出殯時的拜祭名單裏，在列完諸公侯之後，附了一句「餘者錦鄉侯公子韓奇，神威將軍公子馮紫英，衛若蘭等諸王孫公子，不可枚數。」衛若蘭的身分語焉不詳，只有「王孫公子」四個字可形容。然而，這已經足夠參與寧府射鵠的「世襲公子、家道豐富、都在少年」之列了。

不妨做這樣一種猜測，某次射技比賽中，眾人相約「賭個利物」，寶玉一時未有準備，便隨手以金麒麟爲彩頭，輸給了衛若蘭；又或是此前寶玉已將金麒麟給了湘雲，卻又被史家當作文訂送給衛家，繫在衛若蘭腰上，於射圃時被寶玉看見，遂知此即湘雲未婚夫婿也——倘如此，那衛若蘭便也不愧於被稱作「才貌仙郎」了。

〈紅樓十二支曲〉中，關於湘雲的一首叫作〈樂中悲〉：

襁褓中，父母歎雙亡。縱居那綺羅叢，誰知嬌養？幸生來，英豪闊大寬宏量，從未將兒女私情，略縈心上。好一似，霽月光風耀玉堂。廝配得才貌仙郎，博得個地久天長，準折得幼年時坎坷形狀。終久是雲散高唐，水涸湘江——這是塵寰中消長數應當，何必枉悲傷！

前幾句說的是湘雲的身世，自幼父母雙亡，叔嬸不知嬌養，都很好理解。但接著說她「廝配得才貌仙郎，博得個地久天長」，就開始有歧義了。

大多數人的分析是，湘雲後來嫁了個「才貌仙郎」，但因夫君早亡，未能長久。而周汝昌先生更是以「惟有寶玉配得上才貌仙郎」爲由，就此肯定湘雲是嫁了寶玉，但寶玉出家了，所以才是「雲散高唐，水涸湘江」。

但是，既然所有人都不否認「地久天長」是奢望，那麼又憑什麼斷定「嫁得個才貌仙郎」就是事實呢？爲什麼不能這完整的一句話都是假設，就是說如果湘雲能嫁個好丈夫白頭偕老就好了，可惜終究鏡花水月一場空。就是說，一切都只是美好的願望，湘雲壓根兒也沒嫁成什麼才貌仙郎，整個兒就是一個孤單到老，這樣豈不更說得通嗎？

十二釵裏已經有了一明一暗兩個寡婦，明的是李紈，暗的是寶釵。湘雲很可能是第三個，但是她的命運會重複前兩人嗎？

如果說她嫁了才貌仙郎，卻因爲對方早夭而守寡，那麼她的命運就與李紈重合了，曹雪芹會這麼做嗎？

又如果說她改嫁了寶玉，但寶玉卻再次拋棄了她，使得她最終跟寶釵兩個同病相憐、抱頭痛哭去了，那就更加無稽了。稍加猜想也知道作者不可能這樣處理一個含蓄典雅的史詩性小說結局的。

那麼，便還有第三種可能，就是湘雲雖跟衛若蘭訂了婚，但還沒來得及舉行婚禮，至少是沒來得及洞房，那衛若蘭便夭亡或失蹤了。於是，湘雲守了「望門寡」。

這樣，她的命運就與李紈、寶釵兩人「特犯不犯」了，正是曹氏一慣筆法。那時正是戰亂時機，衛若蘭想來同寶玉等一樣，都在「武蔭之屬」，或者會奉命入伍，失蹤或戰死的可能性都很大。因此這種猜測是可以成立的。

比如寶琴明明是進京成婚的，誰知梅翰林接了個調令便闔家上任去了，把寶琴孤零零扔在賈府裏傻等，可見「君命難違」。倘如衛若蘭也是這樣，在定了迎娶之期，甚至已經過了文訂之後，大喜日子前忽然接到軍令立刻開拔，誰知這一走竟是音訊全無，也是可能的。

這時候，湘雲是有選擇權的，就是她可以像尤二姐那樣毀婚另嫁。但這不符合湘雲剛烈的個性，也不符合那個時代的最高道德標準，因此，她寧可終身不嫁，永遠等候衛若蘭或者一直守節，也不願改弦易章。

只有這樣，才合得上湘雲自題「花因喜潔難尋偶，人爲悲秋易斷魂」的素志，也才會有脂硯齋對她的命運的定評：「湘雲爲自愛所誤」。

而如果是這樣，那麼「白首雙星」一詞也有了更合理的解釋，就是並非所有紅學家所認作的「牛郎織女」，而可能是「參商二星」。想證明這一點，只要看看原著裏用過多少個「參商」，就知道曹雪芹對此二星的偏愛了。

況且，若說不是如此，而一定要成親才稱得上是「雙星」的話，那麼不論湘雲嫁了誰，也都沒機會白頭偕老，「白首雙星」豈非怎麼算都是一個謬論了？

因此我斷定，「雙星」非牛女，而指的是湘雲與衛若蘭未等成婚或者新婚燕爾之時便分開，直到白首不能團聚，正如參商二星，永不相見。這樣的結局，雖然殘酷，卻符合湘雲自愛而豪壯的個性，總比她窩窩囊囊地死了丈夫又嫁給寶玉，嫁了寶玉後又再度守寡來得乾脆俐落吧？

至少，稱得上是「光風霽月照玉堂」了。

不喜歡湘雲的幾個理由

看紅樓的讀者往往會投身其中，把書中人照著自己歸類，愛恨分明地分成敵我兩派。雖然我也會把群釵分爲「金派」和「玉派」，但這只是探佚思路，無關情感疏近。

對我來說，因爲把紅樓從小看到大，裏面的每個人物都變得極其熟悉親切，宛如膩友，所以就連趙姨娘也是活色生香，賈璉也是情意款款的。但不知是不是因爲近年來紅學新說紛紜，都是各自舉出一個新的女主爲旗幟的緣故，使我多少有點逆反心理，對於紅學家們推崇備至的人物如秦可卿、史湘雲，便有點喜歡不起來。

而且因爲紅學家把秦可卿說得越高貴，我就越注意到她出身寒微的局縮；把史湘雲塑造得越完美，我就越看出她性格中的不健全與行爲中的不檢點。

所以，這篇文章裏，我們就來討論一下史湘雲的幾大缺點，雖然瑕不掩瑜，她仍然不失爲一個可愛的女孩子，甚至有人會說正是我所列舉的缺點才見出她最美的一面，但也不能否認，我下面所列舉的所有表現，的確是書中的史湘雲，而非我橫空杜撰刻意扭曲。

不喜歡湘雲，首先是因爲她不只一次地說黛玉壞話。第三十二回〈訴肺腑心迷活寶玉〉是集中表現，湘雲和襲人兩個，講相聲般一遞一句，先抱怨了黛玉小性子，又說黛玉懶，不做手工。

林黛玉是主子姑娘，襲人是奴才丫頭。而湘雲聯手一個丫鬟去說別的主子的壞話，這在整部《紅樓夢》裏還真別無第二人選。

湘雲曾說黛玉：「我也和你一樣，我就不似你這樣心窄。」這句話誤導了很多讀者，都認定黛玉心窄而湘雲心寬。但是看這段描寫，湘雲因提起寶釵來，便紅了眼圈說：「我天天在家裏想著，這些姐姐們再沒一個比寶姐姐好的。可惜我們不是一個娘養的。我但凡有這麼個親姐姐，就是沒了父母，也是沒妨礙的。」——可見也一樣地感懷身世，這本是正常心理，無可厚非，但是爲什麼她做得，黛玉便做不得呢？

寶玉勸了句：「罷，罷，罷！不用提這個話。」這話原無惡意，誰知湘雲立便惱了：「提這個便怎麼？我知道你的心病，恐怕你的林妹妹聽見，又怪嗔我贊了寶姐姐。可是爲這個不是？」——這真是欲加之罪了。這裏面又關著黛玉什麼事？你提你的父母，你讚你的寶姐姐，可也犯不著怨恨明明是同病相憐的林黛玉啊。

無他，只爲林妹妹時常自傷身世，寶玉每每心疼勸慰；湘雲東施效顰時，寶玉卻道「罷罷罷！」這才會使湘雲大怒，由此及彼，無故提起黛玉來。這裏，究竟是誰更「心窄」不容人呢？

那襲人聽見湘雲貶低黛玉，遂心如意，正中下懷，笑道：「雲姑娘，你如今大了，越發心直口快了。」

從前襲人爲了湘雲給寶玉梳頭的事，也狠狠鬧過一場；但如今見湘雲厭煩黛玉，立刻便眉開眼笑了。人們常說兩個女人最親密的時候，就是團結在一起去對付第三個女人的時候。這句話恰可形容此處情形。

背後說人壞話已經不是好習慣了，況且還是聯手丫鬟說別的姑娘的是非。這裏有個微妙的心理，因爲襲人是寶玉的妾，湘雲親襲人而遠黛玉，且是當著寶玉的面，是一種自欺欺人的心理：咱們三個才是一夥的，才真正親近，那林黛玉算老幾呀！

湘雲小時候跟寶玉很親近，黛玉是後來的，因此湘雲總覺得被黛玉奪了位，有種莫名的敵意。

這心理倒也可以理解，因爲黛玉對寶釵也如是。但是當寶玉向黛玉表白「親不僭疏」時，黛玉啐道：「我難道爲叫你疏他？我成了個什麼人了呢！我爲的是我的心。」

湘雲卻不是這樣，她著惱寶玉和黛玉的親近，卻並不爲的是「心」，因爲明知寶玉心裏最重要的人不是她，所以單純是「氣」。

爲給自己的氣找個理由，她獨挑了做手工這件事，向寶玉道：「前兒我聽見把我做的扇套子拿著和人家比，賭氣又鉸了。我早就聽見了，你還瞞我。這會子又叫我做，我成了你們的奴才了。」

一方面她自己沒上沒下地跟奴才說小姐的壞話，另一面又張口閉口說自己倒成奴才了，這心理也很特別，是失敗者的自卑加自衛。

若只此一處也不足爲證，但湘雲此等言行其實常見，早在第二十二回拿黛玉比戲子時，已經是鬧過一回了。

這就說到史湘雲的第二個特性了：出言無忌還強辭奪理。

鳳姐說那做小旦的扮上，絕像一個人，眾人看了也都心裏有數，一笑作罷，偏偏湘雲叫出來：「倒像林妹妹的模樣兒。」

用今天的眼光看來她只是心直口快，但是擱在一個舊時代的侯門千金的規格上去看，她把大家閨秀與下九流的戲子相提並論，確實是件非常失禮的事情，是對黛玉的不尊重。所以黛玉會惱，而寶玉會給她使眼色阻止。

她這時候也悟過來了，知道自己犯了沒上沒下的錯，卻並不自愧，反而惱羞成怒，沖寶玉摔摔打打說：「我也原不如你林妹妹，別人說他，拿他取笑都使得，只我說了就有不是。我原不配說他。他是小姐主子，我是奴才丫頭，得罪了他，使不得！」

什麼叫「別人說他拿他取笑都使得」？分明也沒有人敢拿黛玉取笑過，分明是湘雲一而再再而三地挑釁黛玉，如今黛玉還沒惱，她倒先惱了，反連寶玉一塊罵上了。知道不能拿小姐比戲子，就索性自貶是奴才丫頭——一半是撒嬌，自輕自賤；一半是撒賴，倒打一耙。

寶玉無法，只好賭誓說自己絕無此心，湘雲得了意，卻並不就此收斂，反而更加撒潑吃醋地道：「這些沒要緊的惡誓，散話，歪話，說給那些小性兒，行動愛惱的人，會轄治你的人聽去！別叫我啐你。」字字句句，仍然刮帶著黛玉。拒不承認自己的錯，倒又給黛玉羅織了一堆新罪名。

這讓人不由想起晴雯爲扇子事與寶玉、襲人拌嘴的情形來，也是誰勸沖誰上，惱得襲人問：「姑娘倒是和我拌嘴呢，是和二爺拌嘴呢？要是心裏惱我，你只和我說，不犯著當著二爺吵；要是惱二爺，不該這麼吵的萬人知道。我才也不過爲了事，進來勸開了，大家保重。姑娘倒尋上我的晦氣。又不像是惱我，又不像是惱二爺，夾槍帶棒，終久是個什麼主意？」——這真是問得好。史大姑娘，你自己口裏沒上沒下沒輕沒重，偏又時時刻刻提著小姐丫鬟的話題，栽贓別人把你當奴才看，這可終久是個什麼主意呢？

仍舊拿黛玉做比較，第四十二回〈蘅蕪君蘭言解疑癖　瀟湘子雅謔補餘香〉裏，因黛玉在行令時錯說了兩句「西廂記」、「牡丹亭」裏的戲詞兒，別人都不理論，獨寶釵聽見了，事後拉了她去教訓，黛玉羞得滿面通紅，滿口告饒，說：「到底是姐姐，要是我，再不饒人的。」

後來寶玉打聽了始末，笑評道：「我說呢，正納悶『是幾時孟光接了梁鴻案』，原來是從『小孩兒口沒遮攔』就接了案了。」

同樣是口無遮攔，一個是拿戲子比小姐得罪了人，別人給她遞個眼色兒阻止，反招她勃然大怒，連勸的人一塊罵上了；另一個不過是錯令說了句戲詞，被人指出來後一邊自愧，一邊感激，事後還一直念念不忘——如此自知自律又懂得感恩，兩人的胸懷氣度判若雲壤，何以眾人以黛玉爲小性子，卻贊湘雲大度呢？

其實湘雲表現出來的三姑六婆氣質，才是真正的小家子氣呢。

湘雲的小家子氣還體現在第三十一回〈因麒麟伏白首雙星〉一節，湘雲和翠縷一邊走一邊聊陰陽的理論，忽然看見花下有個金光閃爍的麒麟。

想像一下，倘若這是黛玉看見了會怎樣？大抵是會說一句「什麼臭男人帶過的，我不要它！」而湘雲卻沒在意這個原是「臭道士」帶過的，不但托在手上細看，豔羨其比自己的這個「又大又有文采」，而且見寶玉來了，還趕緊藏了起來。

照常規，她既是在這個園子裏拾的，自然會猜想不知是哪位奶奶姑娘遺下的，左不過鳳、釵等人，見寶玉來，正該大大方方地問：你看這麒麟丟在花下，可認得是哪個姐妹的？

她不說報案，卻反而加緊藏起來，這是什麼用意？

若非貪財，則惟一解釋是因爲剛才翠縷跟她談論陰陽，且說見了這個麒麟才分辨出雌雄來，因此湘雲托了麒麟出神，情不自禁也想到陰陽上去。見寶玉來了，自覺被窺破心思，所以趕忙藏起。

——這從一個少女的心思行爲上猜忖，倒也說得過去。可是後來她聽寶玉說起丟了麒麟的事，方知道這麒麟是寶玉的，那麼此前她要真是想到「陰陽配」的路子上去，這時候就更不好意思拿出來才是，怎麼倒大方自首了呢？

這心理聯繫下文她跟襲人可勁兒排揎黛玉的對白一起看去，湘雲的心思實在有欠磊落，辜負了她「霽月光風耀玉堂」的美名兒。

第五十七回裏，寶釵知道了岫煙的窘況，囑她把當票悄悄送來蘅蕪苑中。誰知岫煙的丫頭篆兒去時，偏偏湘雲也在，竟將當票翻了出來，還拿著去瀟湘館裏張揚，不以爲意地說：「我見你令弟媳的丫頭篆兒悄悄的遞與鶯兒。鶯兒便隨手夾在書裏，只當我沒看見。我等他們出去了，我偷著看，竟不認得。知道你們都在這裏，所以拿來大家認認。」

寶釵急得「忙一把接了」，「忙折了起來」，薛姨媽問何處拾的，又忙遮掩回答：「是一張死了沒用的，不知那年勾了帳的，香菱拿著哄他們頑的。」直待眾人走開，方悄悄地問湘雲何處拾的。

接連幾個「忙」字，可見寶釵有多煩惱。那篆兒明明是「悄悄的遞與鶯兒」，鶯兒明明又「隨手夾在書裏」，兩人當湘雲沒看見，明明是想瞞她，畢竟當衣裳不是什麼光彩的事兒。而湘雲住在寶釵處是客，見丫鬟悄悄行事，不說趕緊迴避了免去瓜田李下之嫌，倒趁丫鬟們不在亂翻東西，「偷著看」——這種作派，如何恭維？

金麒麟該拿出來的，反要藏起來；當票子該藏起來的，她偏偏翻出來。這史大姑娘行事如此顛倒，真也讓人懊惱啊。

話說亂翻亂拿別人東西，在湘雲也不是第一次了。

寶釵曾回憶說：「他穿衣裳還更愛穿別人的衣裳。可記得舊年三四月裏，他在這裏住著，把寶兄弟的袍子穿上，靴子也穿上，額子也勒上，猛一瞧倒像是寶兄弟，就是多兩個墜子。他站在那椅子後邊，哄的老太太只是叫『寶玉，你過來，仔細那上頭掛的燈穗子招下灰來迷了眼』。」

這也還罷了，她和寶玉兩小無猜，穿寶玉的衣裳可以說只是爲好玩。但是她連榮國府最高領袖賈母的出門衣裳也敢拿來穿。正如黛玉說的：「惟有前年正月裏接了他來，住了沒兩日就下起雪來，老太太和舅母那日想是才拜了影回來，老太太的一個新新的大紅猩猩氈斗篷放在那裏，誰知眼錯不見他就披了，又大又長，他就拿了個汗巾子攔腰繫上，和丫頭們在後院子撲雪人兒去，一跤栽到溝跟前，弄了一身泥水。」

即使擱在今天，倘若孩子把父母長輩出門見客的好衣裳自己穿了去滾雪玩兒，弄得一身泥水，也是免不了要捱一頓狠揍，被罵沒家教不懂禮的吧？更何況湘雲還是客，而老太太穿了去拜影的斗篷必然是極名貴的，且是「新新的大紅猩猩氈斗篷」，竟然就被湘雲這樣隨隨便便地糟蹋了。

這比起後文老太太賞給寶玉的雀金裘破了一個洞，寶玉還急得不得了，讓晴雯掙了命地連夜織補，湘雲的行徑真可謂大逆不道了。

賈府雖富，也不能這樣糟踐東西，香菱弄髒了石榴裙，急得快哭了，寶玉也替她發愁說：「姨媽老人家嘴碎，饒這麼樣，我還聽見常說你們不知過日子，只會遭踏東西，不知惜福呢。這叫姨媽看見了，又說一個不清。」

與〈呆香菱情解石榴裙〉寫在一回的，正是〈憨湘雲醉眠芍藥裀〉。

這一直被公認為全書裏關於湘雲最美的寫照。的確，美人醉臥，花飛滿頰，文筆是極美的。但細想卻真不是那麼回事兒。一個姑娘家，大白天的喝醉了酒，園子裏石凳上就仰八叉地睡著了，這成何體統？

比起〈劉姥姥大醉絳芸軒〉來，湘雲的行徑其實更為失禮——村姥姥好歹還知道找間屋子找張床去睡，大小姐倒在公眾場合就躺倒了。園子裏雖沒男人，卻是丫鬟婆子一大堆，來來往往的看到了作何感想？

雖然姑娘的醉態比起姥姥來那是觀賞性強多了，但是從行為品格上來說，卻真真令人搖頭。

而且就在湘雲醉臥之前，書中特地寫到林之孝家的同著幾個婆子進園來查看，為的就是怕丫鬟年輕，乘王夫人不在家不服約束，恣意痛飲，失了體統——這還只是防著丫鬟，斷沒想到那「恣意痛飲」的會是位姑娘。

探春見她們來了，便知其意，忙笑道保證：「我們沒有多吃酒，不過是大家頑笑，將酒作個引子，媽媽們別耽心。」李紈、尤氏都也笑說：「你們歇著去罷，我們也不敢叫他們多吃了。」

林之孝家的等人去後，平兒先就羞起來，摸著臉笑道：「我的臉都熱了，也不好意思見他們。依我說竟收了罷，別惹他們再來，倒沒意思了。」探春笑道：「不相干，橫豎咱們不認真喝酒就罷了。」

——然而探春、李紈、尤氏等實實沒有想到，真就有人喝醉了，而且還是剛剛說完這話，就有丫鬟笑嘻嘻地來報信兒：「姑娘們快瞧雲姑娘去，吃醉了圖涼快，在山子後頭一塊青板石凳上睡著了。」

真是這邊說嘴那邊打臉，過後傳出去，讓林之孝家的等人如何看待議論，又讓王夫人情何以堪？果然林之孝家的出去打個轉兒又回來了，且帶了個媳婦進來請探春責罰，原因是「嘴很不好，才是我聽見了問著他，他說的話也不敢回姑娘」。究竟說了什麼，書中沒有交代，但會不會就是剛才平兒擔心的「惹他們再來，倒沒意思」的話呢？

迎春曾說湘雲：「淘氣也罷了，我就嫌他愛說話。也沒見睡在那裏還是咭咭呱呱，笑一陣，說一陣，也不知那裏來的那些話。」

這次她醉酒倒臥，果然猶自夢話不斷，雖然說的是酒令，聽上去很雅，看上去很美，但醉態就是醉態，再美的醉態也是失態。

從前人們批評一個沒教養的人，會說他「站無站姿，坐無坐態」，如今湘雲還加上一條「睡無睡態」。

關於睡態，書中對於黛玉和湘雲也特意有過鮮明對比。

出於第二十一回，那還是第一次正面描寫湘雲來賈府，住在黛玉房中。寶玉大清早來探望，只見黛玉「嚴嚴密密裹著一幅杏子紅綾被，安穩合目而睡」。而史湘雲卻是「一把青絲拖於枕畔，被只齊胸，一彎雪白的膀子撂於被外，又帶著兩個金鐲子。」

還是那句話，美則美矣，端莊盡失。人們喜歡湘雲，因爲憐之故愛之，憐她父母雙亡失於管教，愛她心直口快率性爽朗，但幸好她是位美女，而且到八十回結束時，也還只是個十二三歲的少女，倘若她生得不美，又該如何呢？若只論嬌憨女兒，不無可愛；但若論閨秀風範，則湘雲的所爲實在是有失體統，真如她自己所說，人人是千金小姐，她只如奴才丫頭罷了。

鳳姐初見黛玉時誇讚：「這通身的氣派，竟不像老祖宗的外孫女兒，竟是個嫡親的孫女。」

而史湘雲這位史老太君的娘家人，缺的就正是這種氣派！

湘雲今晚睡哪裏？

在書中，湘雲忽隱忽現，她的住處，是個頗爲含糊而有趣的問題。她遲至二十回方出場，一句「史大姑娘來了」破空而來，對人物全無交代，好像這個人本來就在那裏一樣。所有的往事，都是從後文的追敘及對話中得知：原來湘雲是史家的孫女兒，自幼跟著賈母，曾得襲人服侍了幾年，後來回了史府跟著叔父過活。再來時，黛玉已經占了她的位子，這使她對黛玉有一種先天的妒嫉。但那時大觀園還沒建成，湘雲來賈府時仍是跟著賈母住。彼時賈母身邊只留下寶玉、黛玉二人，所以湘雲來時，便住在黛玉房中。

這才會有了寶玉一大早往黛玉房裏來探望，惹得襲人大發牢騷的小變故，還因此提拔了一個四兒上來，致有後文被逐之禍。

前文談到「寶釵對寶玉的感情」時說過，寶釵這時候對湘雲的態度其實是提防的，寶玉一大早往黛玉房裏探望固然不妥，而寶釵大老遠地從梨香院來看寶玉又何嘗不蹊蹺？卻因爲襲人的一番抱怨打了退堂鼓，並就此立定了要拉攏襲人的戰略。

襲人只是寶玉身邊的得力丫鬟，寶釵尚要出動心思，「慢慢套問他年紀家鄉，留神窺察其言語志量」；而湘雲是寶玉幼時玩伴，寶釵又怎會不留心籠絡呢？

恰好湘雲心直口快，又父母雙亡，最吃寶釵這一套，所以很快就被收服了，不僅把自己家裏的私事難處盡情向寶釵傾訴，背裏也多次感歎：「我天天在家裏想著，這些姐姐們再沒一個比寶姐姐好的。可惜我們不是一個娘養的。我但凡有這麼個親姐姐，就是沒了父母，也是沒妨礙的。」（第三十二回）

於是再來時，湘雲便往蘅蕪苑借宿了。第三十七回〈秋爽齋偶結海棠社　蘅蕪苑夜擬菊花題〉，是寶釵對湘雲最慷慨的一次贊助，不但一片真心體諒她拿不出錢做東的難處，且代為謀慮妥當，出錢出力籌辦螃蟹宴助其過關：「這個我已經有個主意。我們當鋪裏有個夥計，他家田上出的很好的肥螃蟹，前兒送了幾斤來。現在這裏的人，從老太太起連上園裏的人，有多一半都是愛吃螃蟹的。前日姨娘還說要請老太太在園裏賞桂花吃螃蟹，因為有事還沒有請呢。你如今且把詩社別提起，只管普通一請。等他們散了，咱們有多少詩作不得的。我和我哥哥說，要幾簍極肥極大的螃蟹來，再往鋪子裏取上幾罈好酒，再備上四五桌果碟，豈不又省事又大家熱鬧了。」

寶釵此舉實在大方周到，一舉三得：一則替薛家請賈母一聚，反正螃蟹是現成之物，幾桌席面兒對薛家來說只是區區小菜，而請賈母卻是一件大事，難得有面子的；二則幫了湘雲，深得其感激，又開了詩社，大家高興；三則雖是由湘雲出面做東，然而園中上上下下自然都知道其實是寶釵幫襯，這人情全做在了表面上，一點不浪費。

要注意的是，這次湘雲來蘅蕪苑，原是寶釵主動邀請，且對湘雲說話極為客氣，出了主意還要特地說明：「我是一片真心爲你的話。你千萬別多心，想著我小看了你，咱們兩個就白好了。你若不多心，我就好叫他們辦去的。」

正所謂「親戚遠來香」。偶而一聚，大家做伴是不錯的，不難做到熱情接待，但若天天打擾，可就難了。

後來史鼐外遷，賈母因不捨得湘雲，便留下她來，命鳳姐另設一處給她住，這安排本來極好，偏偏湘雲「執意不肯，只要與寶釵一處住。」——這湘雲太也心實，人家不過是偶爾一次邀她往蘅蕪苑小住，她竟然就當家了，自說自話要長住下來，卻有沒有問過寶釵願不願意呢？

書中說黛玉喜散不喜聚，「有時悶了，又盼個姊妹來說些閒話排遣；及至寶釵等來望候他，說不得三五句話又厭煩了。」這是黛玉的性情如此，而且毫不掩飾，眾人也不計較；但寶釵又何嘗不如此呢？招呼客人一兩天是樂事，時間久了卻難免厭煩，這原是人之常情。只是寶釵爲人含蓄端莊，喜怒不形於色，不會表現出來罷了。

書中說她每晚燈下女工做到三更方寢，日間還不忘了「到賈母、王夫人處省候兩次，承色陪坐半時，園中姊妹處也要度時閒話一回」，真是面面俱到，事事顧慮。即便如此，還要對黛玉說：「只愁我人人跟前失於應候罷了。」

這樣在乎好人緣的一個淑女，當湘雲自己執意要住到蘅蕪苑時，她心裏再不願意，面子上卻也是不好拒絕的。但是言行之間，再隱忍也會情不自禁地表現出不耐煩來，只是多以玩笑的方式說出，憨直的湘雲聽不出來罷了。

第四十九回〈琉璃世界白雪紅梅　脂粉香娃割腥啖膻〉中，寶釵說：「我實在聒噪的受不得了。一個女孩兒家，只管拿著詩作正經事講起來，叫有學問的人聽了，反笑話說不守本分的。一個香菱沒鬧清，偏又添了你這麼個話口袋子，滿嘴裏說的是什麼：怎麼是杜工部之沈郁，韋蘇州之淡雅，又怎麼是溫八叉之綺靡，李義山之隱僻。放著兩個現成的詩家不知道，提那些死人做什麼！」湘雲忙問是哪兩個，寶釵笑道：「呆香菱之心苦，瘋湘雲之話多。」

——雖是說笑，然而左一句「話口袋子」，右一句「瘋湘雲之話多」，也實實看出她對於湘雲之聒噪，的確有點受不了。

正說笑間，恰好寶琴披著鳧靨裘走來，說是賈母給的，琥珀又來傳話說讓寶釵別拘管了寶琴。寶釵笑道：「你也不知是那裏來的福氣！你倒去罷，仔細我們委曲著你。我就不信我那些兒不如你。」湘雲立刻又撿著話把兒多事起來，挑唆道：「寶姐姐，你這話雖是頑話，恰有人真心是這樣想呢。」——搬弄是非，以此為極。

琥珀便指著寶玉說：「真心惱的再沒別人，就只是他。」湘雲忙說不是。琥珀便又指黛玉：「不是他，就是他。」湘雲便不則聲了。

夥同丫鬟編排小姐的不是，這在湘雲已經不是第一次；可惜寶釵不領情，還生怕她替自己樹敵，連忙解釋說：「我的妹妹和他的妹妹一樣。他喜歡的比我還疼呢，那裏還惱？你信口兒混說。他的那嘴有什麼實據。」不但撇清了黛玉，還責怪了湘雲胡說，而且說「他的那嘴有什麼實據」，語氣極爲輕視。這些批評，擱在今天的閨密中也是很不耐煩的指責了，何況於侯門千金？顯然寶釵對湘雲已經越來越不客氣，同夜擬菊花題時遠不可同日而語了。

湘雲住在寶釵家裏，除了多話之外，還多手，喜歡亂翻東西。邢岫煙的丫頭篆兒悄悄遞與鶯兒的當票子，鶯兒隨手夾在書裏，湘雲卻特地翻出來，又拿著到處問人——可以想像，大大咧咧到喝醉了能夠躺在石凳上睡覺的湘雲住在寶釵家裏，給她惹的煩心事大概還不只這一件。這就難怪寶釵因抄檢避嫌離開蘅蕪苑時，趁機把湘雲也打發了，讓她搬去同朽木死灰的李紈一同住。

那李紈不苟言笑，第七十回裏碧月一大早來怡紅院尋手帕時，見寶玉、晴雯、芳官等正在頑笑，非常羡慕他們的熱鬧。寶玉說：「你們那裏人也不少，怎麼不頑？」碧月歎道：「我們奶奶不頑，把兩個姨娘和琴姑娘也賓住了。如今琴姑娘又跟了老太太前頭去了，更寂寞了。兩個姨娘今年過了，到明年冬天都去了，又更寂寞呢。你瞧寶姑娘那裏，出去了一個香菱，就冷清了多少，把個雲姑娘落了單。」

李紈之嚴肅，連李綺、李紋兩位親妹子也被拘管，話簍子史湘雲搬去稻香村，可該有多麼委屈懋悶？周到體貼的寶姐姐不會想不到這一點，卻偏偏做此安排，簡直有報復之意。

湘雲雖然直爽，卻並不遲鈍，多少也有些感覺到了，遂在仲秋夜與黛玉聯詩時，忍不住抱怨：「可恨寶姐姐，姊妹天天說親道熱，早已說今年中秋要大家一處賞月，必要起社，大家聯句，到今日便棄了咱們，自己賞月去了。社也散了，詩也不作了。倒是他們父子叔侄縱橫起來。你可知宋太祖說的好：『臥榻之側，豈許他人酣睡。』他們不作，咱們兩個竟聯起句來，明日羞他們一羞。」

此前湘雲處處維護寶釵，形容得天上有地下無的第一大好人，如今縱被冷落，也不好多說什麼，然而這句典故用在這裏似乎頗為無理，卻多少透露出她的真心來了——首先寶釵只有母親和哥哥兩個親人，縱然如今添了堂弟妹薛蝌與寶琴，也遠遠談不上什麼「父子叔侄縱橫起來」；再則宋太祖所言臥榻之側，更與今夜是否一同賞月無關，而分明是爭地盤兒。

寶釵不肯把蘅蕪苑與湘雲共用，自己不住，寧可關了也不讓湘雲獨享，硬是做主把湘雲送去了稻香村，這才是真正的「臥榻之側，豈許他人酣睡。」

是以當夜聯詩之後，翠縷問湘雲道：「大奶奶那裏還有人等著咱們睡去呢。如今還是那裏去好？」湘雲笑道：「你順路告訴他們，叫他們睡罷。我這一去未免驚動病人，不如鬧林姑娘半夜去罷。」——竟又回到第一次出場時，仍住瀟湘館了。

宛如兜了一個圈兒，湘雲到底又遠離寶釵，與黛玉同席了。這是一個非常明顯的信號：釵湘之誼，至此已經徹底破裂，雖然湘雲表面上不便明說不滿，心裏卻已經怨恨上她的寶姐姐了。當晚她失眠了，黛玉問她怎麼不睡，湘雲答：「我有擇席的病，況且走了困，只好躺躺罷。」

湘雲有擇席的毛病？此前她曾住在黛玉處，也曾住寶釵處，如今又住稻香村，更是史府住兩日，賈府又住兩日，醉了酒連石凳子上也睡得著，她怎麼會擇席？

可見擇席是假，擇友是真。翠縷問湘雲：「如今還是那裏去好？」這話真問得好。今晚睡哪裏，對湘雲來說，實在是對於友情抉擇的一個原則性大問題啊！

脂硯齋不可能是女人

關於脂硯齋的身分，向來眾說紛紜，至今未有定斷。以前的版本中多說他是雪芹的長輩，叔叔之類；近來則忽然興起「說脂硯是女人」的論調來，以爲是曹雪芹的紅顏知己，周汝昌更加斷定脂硯就是史湘雲。

或許是曹雪芹的身世生平太可憐了，因此讀者們都希望給他的生命添一抹亮色，比如「紅袖添香夜讀書」什麼的，於是很願意相信脂硯齋是女人，而且是個才貌雙全的美女，不然就不配稱「紅顏知己」了。

這猜想雖然看上去挺美，然而我認爲卻是絕不可能的。

且看第二回在封肅領了賈雨村二兩銀子的公案後，脂硯齋批了一小段話：

余閱此書，偶有所得，即筆錄之。非從首至尾閱過復從首加批者，故偶有複處。且諸公之批，自是諸公眼界；脂齋之批，亦有脂齋取樂處。後每一閱，亦必有一語半言，重加批評於側，故又有於前後照應之說等批。

這是脂硯齋在解釋自己邊看邊批，後來二次看的時候又加了一些批，所以常常前矛後盾，比如第一回在賈雨村出場時寫了滿紙「寫雨村豁達氣象不俗」「寫雨村真是個英雄」等溢美之詞；但同時又有「今古窮酸，色心最重」、「是莽操遺容」等貶語；明顯是在初看稿時，並不瞭解曹雪芹塑造賈雨村這個人物的本意，當成一般的狀元落魄後花園的才子佳人書了，後來看畢全書才發現自己謬誤大矣，於是重加批註。

由此可見，這脂硯齋與諸公一樣，也只是讀者之一，只是與曹雪芹接觸較多、且對《石頭記》的整理工作貢獻最大的讀者，但其境界與雪芹相距甚遠，更談不上有多麼知己，更更不可能是《紅樓夢》的共同創作者，因爲他在讀書時，甚至連人物小傳都不清楚。

雪芹描寫人物慣用白描，常常明褒實貶，而脂硯對雪芹的用意常常弄不清楚。甚至在看到賈雨村拿了錢就跑，都不與甄士隱道別這樣的行徑之後，也昧著良心沒話找話地讚美：「寫雨村真令人爽快！」後來看了〈葫蘆僧判斷葫蘆案〉，這才知道雪芹「指東說西」，那賈雨村其實是天字第一號大壞蛋。於是脂硯齋倒過筆來誅之伐之，寫了不下十來個「奸雄」咒罵他。

且不說脂硯齋是不是有點沒腦筋，重點是他在前面那段話裏說諸公之批是諸公的理解，我的批語是我的樂子，顯然批這書的不只有脂硯齋一人，而是許多人在傳閱過程中各加批語，脂硯只是批書人中的一個，也是最囉嗦、最多情、最娘娘腔的那個。但這並不等於說，脂硯就是女人。

我們得把視角立足於清朝那個特有的時間環境中去，那時候可不講究女權主義、個性解放這些，一個女人在男人的書裏隨意加批，並且跟別的男人鬥嘴饒舌，擱在現在那是嬌俏，可在那個林黛玉因爲閨閣筆墨外傳而大發嬌嗔、每逢「敏」字便要減一筆並且念作「密」的時代，則未免有失端莊了。

又說脂硯齋就是湘雲，又將他形容得如此不自愛，豈非自相矛盾？

第三回中，林黛玉進賈府，拜見賈赦，賈赦避而不見，卻說：「連日身上不好，見了姑娘倒彼此傷心，暫且不忍相見。」甲戌本於此朱筆眉批：「余久不作此語矣，見此語未免一醒。」意思是說我以前也常這樣打官腔說套話，現在看到這一句，不覺一震。這明明白白是個半老頭子的口吻。

又如第十七回賈政帶領眾清客遊園，至稻香村時，清客打諢湊趣，墨筆夾批一句：「客不可不養。」這樣的話，也不像是一個女人說的——難道女子也講究養清客的不成？那成了什麼了？

第四十八回，薛蟠起意遠行，寶釵勸母親應從他，說：「他既說的名正言順，媽就打發他去試一試，只打量丟了八百、一千銀子，橫豎有夥計們幫鬨呢，也未必好意思哄騙他的。

二則他出去了，左右沒了助興的人，又沒了倚仗的人，到了外頭，誰還怕誰，有了的吃，沒了的餓著，舉眼無靠，他見了這樣，只怕比在家裏省了事也未可知。」

庚辰本於這段話後批：

作者曾吃此虧，批書者亦曾吃此虧，故特於此注明，使後人深思默戒。脂硯齋。

這裏說的吃虧，乃是指男人遠行在外，無依無恃，溫飽無常。曹雪芹吃此虧可以理解，脂硯倘是女人，何以會如此？古時不比今天，一個女子在何種情形下會落到如此境地？更何況，這段話原說的是薛蟠的前景，難道曹雪芹的「紅顏」會自比薛蟠嗎？豈不太過自玷？惟其是個大男人，方不愧道出此節，不傷大雅。

第四十九回「琉璃世界」中，寫到湘雲渾身裝束，形容其「越顯的蜂腰猿背、鶴勢螂形」，其後有雙行夾批：

近之拳譜中有「坐馬式」，便似螂之蹲立。昔人愛輕捷便俏，閑取一螂觀其仰頸疊胸之勢。今四字無出處卻寫盡矣。脂硯齋評。

倘若脂硯是湘雲，倒這樣自讚自嘲的不成？豈非厚顏？

雪芹生平至友明義有外甥愛新覺羅裕瑞，曾在《棗窗閒筆》中說「前輩姻戚中有與之（指雪芹）交好者」（指明義），又說「曾見抄本（指《石頭記》）卷額，本本有其叔脂硯齋之批語。」這裏寫明脂硯齋乃是曹雪芹之叔，縱然傳言有誤，把兩個人的親戚關係弄錯，但也不至於離譜到男女都顛倒吧？倘如雪芹有個紅顏知己名脂硯，還每天在書上批語同諸公饒舌，明義等必引爲佳話，再不至於跟外甥把其人是男是女也說錯吧？

雖然有這樣明確的證據，然而認定脂硯是女子的紅學家們認爲明義出生時雪芹已死了七八年，所言不足信——他們更相信比雪芹之死晚了三四百年的自己的臆斷。而臆斷的一大力證是抓住了「老貨」二字不放。源於二十六回的一句脂批：

玉兄若見此批，必云：老貨，他處處不放鬆我，可恨可恨！回思將余比作釵、顰等，乃一知己，余何幸也！一笑。

紅學家們的理由是「老貨」專指年老婦人，可見脂硯是女子。然而不必遠征博引，就是《紅樓夢》原書第五十三回，賈珍就曾指著老莊頭烏進孝道：「我才看那單子上，今年你這老貨又來打擂台來了。」難道烏進孝這老頭子也變了女人不成？至於「將余比作釵、顰等，乃一知己」，則更不足爲證了。那賈寶玉還把晴雯比孔子、岳飛呢，林黛玉更是把湘雲比荊軻、聶政，難道湘雲、晴雯也都變了男人？書中的賈寶玉重女輕男，脂硯齋投其所好，自比

「釵顰」，不過是打個比方，自稱是雪芹知己罷了。難道他能說「將余比作秦鐘、琪官等」不成？

不過，我猜這脂硯齋最可能的身分，恰恰是秦鐘、琪官之輩。這也不足爲奇，甚至不足爲羞。在明清時候，斷袖之風盛行，幾乎凡公子必有膩友，《品花寶鑒》中，整本書講的都是龍陽之愛；《紅閨春夢》裏，也有極詳細的描寫。而上述兩本書，正是典型的「紅樓遺風」，「石頭再記」。

《紅樓夢》裏對同性之愛的描寫雖然含蓄，但賈璉於姐兒出花時，只得找個清俊些的小廝「出火」；寶玉閑極無聊，便到外書房「鬼混」；香憐、玉愛之輩充斥塾中，連學長賈瑞都曾是薛大爺的相好。可見在作者眼中，斷袖故事實在算不了什麼。

如此，倘若脂硯爲雪芹藍顏知己，斷袖添香，又有何不可？

紅學家們還有一個論點，就是脂批有「鳳姐點戲，脂硯執筆」和「矮𩠌舫前以合歡花釀酒」兩段，並論證說：脂硯不是女人，又怎麼會混在女眷裏替人寫字點戲？而關於合歡花釀酒的典故，多麼親近，可見是雪芹青梅竹馬的小夥伴。

前一句批見第二十二回〈聽曲文寶玉悟禪機　製燈謎賈政悲讖語〉：

吃了飯點戲時，賈母一定先叫寶釵點。寶釵推讓一遍，無法，只得點了一折「西遊記」。賈母自是歡喜，然後便命鳳姐點。鳳姐亦知賈母喜熱鬧，更喜謔笑科諢，便點了一齣

「劉二當衣」。

庚辰本於此有兩段眉批：「鳳姐點戲，脂硯執筆事，今知者寥寥矣，不怨夫？」「前批『知者寥寥』，今丁亥夏只剩朽物一枚，寧不悲乎！」

倘若「脂硯」是女人，那麼「朽物」是誰呢？而「知者廖廖」是既包括脂硯和朽物，還是兩個人根本就是一個人，而知者還包括其餘的批書者，如畸笏叟、立松軒等人呢？就算脂硯是女人，那畸笏叟等總是男人吧，為何脂硯為鳳姐點戲，他們也會知道呢？既然紅學家們因為脂硯能為鳳姐點戲就認定她是女眷，那麼畸笏叟們也都與聞其事，是否也因此都變成了女人呢？

再說「釀酒」一批，原文見第三十八回〈林瀟湘魁奪菊花詩　薛蘅蕪諷和螃蟹詠〉：

黛玉放下釣竿，走至座間，拿起那烏銀梅花自斟壺來，揀了一個小小的海棠凍石蕉葉杯。丫鬟看見，知他要飲酒，忙著走上來斟。黛玉道：「你們只管吃去，讓我自斟，這才有趣兒。」說著便斟了半盞，看時卻是黃酒，因說道：「我吃了一點子螃蟹，覺得心口微微的疼，須得熱熱的喝口燒酒。」寶玉忙道：「有燒酒。」便令將那合歡花浸的酒燙一壺來。

庚辰本在這裏雙行夾批：「傷哉！作者猶記矮顱舫前以合歡花釀酒乎？屈指二十年矣。」

紅學家們認爲這個「家家酒」的遊戲十分甜蜜浪漫，所以認定是雪芹與脂硯「青梅竹馬」的童年往事。

然而這未免自相矛盾：如果因爲脂硯是男人，就不可能跟女眷鳳姐在一處看戲；那麼他如果是女人，又怎能跟男親戚曹雪芹一塊喝酒呢？

至於青梅竹馬之說，更係揣測。雪芹死後，友人張宜泉有〈傷芹溪居士〉詩，自注云：「其人素性放達，好飲，又善詩畫，年未五旬而卒。」友人敦誠〈輓曹雪芹〉詩亦有「四十蕭然太瘦生」、「四十年華付杳冥」的句子，可見雪芹死的時候約四十多歲，脂硯說「屈指二十年矣」，那麼他們二十年前已經有二十多歲，算不得「兩小無猜」，二十多歲的兩個男女採花釀酒玩，可成何體統呢？倘係私會密約，脂硯竟將此昭然於世，更成了什麼人呢？

就算本書增刪十年，這是雪芹三十歲的時候寫成的，二十年前只有十幾歲，那也不算很小了，已經過了垂髫之年，同樣不能再跟女孩子同桌喝酒了；或許有人會說，十歲的孩子還沒那麼講究，玩家家酒也不算什麼吧？那同樣的，十歲的孩子已經讀書識字，至親家屬，跟鳳姐一處看戲、點戲更不算什麼了。

因此這些紅學家舉出的兩處自認爲最有力的例證，恰恰是推論出脂硯齋是大男人的反證。

乾隆第一次看到《紅樓夢》時，曾一語定論：「此明珠家事也。」說賈府其實寫的是前朝宰相明珠家的故事，而寶玉的原型就是清朝第一才子納蘭容若。

容若死前，曾邀集詩壇好友在自家花園淥水亭前縱酒吟詩，題目是〈詠合歡花〉。那是容若生平最後一次聚會，最後一次寫詩。雖然目前找到的資料中未能證明曹寅是否參與其會，然而曹寅生前經常出入納蘭花園，與明珠、容若父子相交往卻是有跡可尋的。

納蘭容若病得突然，康熙飛馬賜藥，聖藥未至而容若已死；曹寅患病時，康熙亦曾親開藥方，派驛馬星夜趕送，仍然是聖藥未至而曹寅已病死揚州——歷史上的重合總是很多。曹寅生前想來會經常跟家人講起容若的絕世才華與英年早逝，而在他死後，家人也想必會常常將他與容若做比較，合歡花的典故也會一再提起。

而曹雪芹生活在這樣的家庭裏，在容若故事與祖父遺風的薰陶下，難保不會效顰淥水亭故事，也來個縱酒吟詩的雅聚——事實上，敦誠、敦敏的詩中就常常透露出這種類似的集會，《四松堂集》中收了許多宗室弟子聚集唱酬的聯句，也提過自己當劍換酒請雪芹的雅事；已有紅學家考證出，書中詠菊十二首，乃脫胎自曹雪芹同時代文人永恩《誠正堂稿》和嵩山的《神清室詩稿》中唱和之〈菊花八詠〉，詩題有〈訪菊〉、〈對菊〉、〈種菊〉、〈簪菊〉、〈問菊〉、〈夢菊〉、〈供菊〉、〈殘菊〉等，和小說中非常雷同——這都足以證明，曹雪芹所寫之閨中結詩社，其實是他自己參與的旗人子弟詩會的折射，「以合歡花釀酒」的，很可能並不是什麼小朋友的家家酒，而是一些大男人的會中雅事。

況且，這個脂硯在文中一再表示自己是知情人的批語猶不止於百合花浸酒一處，賈母初見秦鐘時，賞了一個荷包並一個金魁星，脂硯又在下面以熟賣熟地批道：「作者今尚記金魁星之事乎？撫今思昔，腸斷心摧！」更足可證脂硯或為秦鐘一流人物，乃是寶玉膩友。

說脂硯齋是膩友，還因為他喜歡發嗲，比如沒事兒便稱襲人為「我襲卿」，這是女人的口吻麼？分明一個娘娘腔的大男人。更有甚者，第三回脂批裏還有一句「未二句最要緊，只是紈褲膏梁亦未必不見笑我玉卿。」對賈寶玉也是這樣膩膩歪歪的。

這個不論男的女的都喊人家「卿」的，如果是個女人，那也未免太輕浮了一些吧？一個男人到處留情，任人為「卿」還可以說是風流，倘若脂硯是女人，竟將對寶玉的「卿卿我我」宣諸紙上，豈非發花癡？

況且，脂硯在紅樓女子中他最喜歡的女人是誰？寶釵、襲人，說到黛玉時，則時有批評之語，甚至說「此黛玉不及寶釵處」——黛玉乃寶玉之生死戀人，也是雪芹筆下第一深愛之人，還特地給她安排了個離恨天靈河岸絳珠仙草的仙子身分，可見她在雪芹心目中位置之重。然而脂硯與雪芹同是男人，審美眼光卻不同，因此並不能體會作者深意，只是著眼於字面描寫，追求三從四德的所謂賢妻，這是他境界胸襟不及雪芹處。

退一萬步說，倘若脂硯便是湘雲，那麼她在看著自身經歷的故事時，似乎也怎麼都不可能同時稱寶玉和襲人為「我襲卿」、「我玉卿」的，那襲人原與寶玉有雲雨之情、肌膚之親，後來又改嫁了琪官的。倘脂硯是男人，這種朋友家的僕婢佚事原算不得什麼，但若脂硯是湘雲，那她就是在說自己老公的前任女人，非但一不吃醋、二不鄙視、三不慨歎，倒親親熱熱稱起「我襲卿」來了？除非她與琪官也有一腿，才咽得下這口氣。

最後說一件趣事，前些日子在電話裏與蔡義江老師討論到這一觀點時，老師又補充了一點：黛玉在怡紅院吃了閉門羹後，高聲叫道：「是我，還不開麼？」偏偏晴雯還是沒有聽出來黛玉的聲音。甲戌本在此側批：

想黛玉高聲亦不過你我平常說話一樣耳，況晴雯素昔浮躁多氣之人，如何辨得出？此刻須得批書人唱「大江東去」的喉嚨，嚷著「是我林黛玉叫門」方可。

這裏寫明批書人與黛玉絕非同性，就算平常說話的聲音，也好比林黛玉高聲喊叫一般，這能是湘雲的口吻麼？

除非，湘雲是個大男人，不然，是怎麼也扯不到脂硯齋身上的。不過那樣，就又不符合紅學家們「紅顏知己」的理想了。總之，無論從哪種理論推算下來，都算不出「湘雲＝脂硯齋＝女人」這條處處矛盾的三段論來。

入世冷挑紅雪去——妙玉。

妙玉的世外情緣

空門內外的妙玉與黛玉

妙玉和惜春是朋友嗎

妙玉的世外情緣

青燈，蓮台，她坐在暗沉沉佛龕有流蘇的黃條案下，用白麻布靜靜地擦著一隻碧玉杯子。

電視電影裏每每把妙玉塑造成一個道姑的形象，手裏拿著柄拂塵，身上穿件水田衫，高高地梳著道髻，有點像李莫愁的樣子。

——這是我心目中的妙玉。

這大概是因爲「帶髮修行」四個字。

林之孝家的向王夫人稟報妙玉來歷時說過：「外有一個帶髮修行的……法名妙玉……因聽見長安都中有觀音遺跡並貝葉遺文，去歲隨了師父上來，現在西門外牟尼院住著。」既是參習觀音遺跡並貝葉遺文來的，可見是佛門弟子，是尼非道。

況且後文中邢岫煙又說：「他在蟠香寺修煉，我家原寒素，賃的是他廟裏的房子，住了十年，無事到他廟裏去作伴。」住在廟裏，自然是尼姑不是道姑；而妙玉在大觀園裏的住處名爲「攏翠庵」，也不是道觀；老太太來喝茶的時候說：「我們才都吃了酒肉，你這裏頭有菩薩，沖了罪過。」供奉菩薩而非太上老君，益發可見是尼姑。

——有這許多線索，人們提起妙玉來卻仍是一個道姑的形象，這是電影戲曲的誤導。也是因爲全書八十回中，我們沒見妙玉念過一回經，敲過一聲木魚，甚至連句佛號都沒宣過。正如邢岫煙所評：「他竟是生成這等放誕詭僻。從來沒見拜帖上下別號的，這可是俗語說的『僧不僧，俗不俗，女不女，男不男』，成個什麼道理。」

庚辰本在妙玉之名出現後，曾批「妙玉世外人也」；而妙玉在給寶玉祝壽的帖子上，又爲自己下款「檻外人」——她非但僧不僧，俗不俗，尼不尼，道不道。甚至是人不人，仙不仙，男不男，女不女的，根本就不能拿世俗化的標準來衡量，來要求。

高鶚在後四十回續書中，將惜春寫成是妙玉的知己，是徒見其形不解其神的。只爲惜春的性格也有一種孤僻，後來又出了家，就想當然地認爲她和妙玉是同路人，其實大錯特錯。前八十回中，妙玉教過岫煙識字，請過寶釵、黛玉喝茶，又爲黛玉和湘雲改詩，在寶玉生日時送過賀壽貼子，甚至還借寶玉之手送了劉姥姥一隻成窯杯，但何嘗與惜春有過一言半語呢？

惜春的出家是自願，妙玉的出家卻是被迫，她的知己，就只有兩個：一個是黛玉，一個是寶玉。

寶玉悟禪機，續了一段《莊子》，黛玉看了，批詩道：「無端弄筆是何人？作踐南華《莊子因》。」而妙玉則「常贊文是莊子的好，故又或稱爲『畸人』。」

——這三個人從不曾就《莊子》討論過一句，卻遙遙相知，趣味相投。所謂知音者，莫過於此。

大觀園女兒中，妙玉最親近的就是黛玉，不僅特地請她入內室喝體己茶，還在仲秋之夜邀請她到庵中談詩。後人解讀妙玉時，往往拿她用自己的杯子給寶玉喝茶這件事津津樂道，認爲是暗戀的確證。然而我以爲那恰恰證明了妙玉對寶玉的感情是坦蕩純粹，毫無曖昧的。她與黛玉都是冰雪聰明的人，她不會看不出黛玉與寶玉之間的情愫，決不會當了寶釵、黛玉的面洩露春心；同樣的，黛玉不僅敏感，而且好妒，曾爲了寶釵、湘雲不止一次地同寶玉鬧彆扭，如果妙玉別有私心，她又豈會無知無聞？以她的性子，早就出言諷刺了，難道還會反過來被妙玉排揎了一句「大俗人」都要啞忍嗎？

脂批曾有「釵黛一體」之說，我難以贊同，倒是在這回中，實可謂「三玉一體」。

寶玉往攏翠庵乞紅梅，李紈命人好好跟著，黛玉攔住說：「不必，有了人反不得了。」一是大度，二是信任，三是體貼——不僅體貼寶玉，也體貼妙玉，存心讓他二人單獨相處；而寶玉明明知道黛玉素向敏感多疑，卻在接到妙玉拜帖的第一時間，只想到要拿去與黛玉商量如何回覆，豈非也是知道妙玉的心無邪、黛玉的不設防麼？

偏偏局外人喜歡無事自擾，將一段人世間最純潔的知己之情庸俗地理解作曖昧、暗戀、尼姑思凡，真真褻瀆了妙玉。在她的心裏，不但沒有僧俗之別，甚至沒有男女之分，你可以說她放誕詭僻，亦可以說她特立獨行，卻不能說她口是心非，她是檻外人，不受任何戒條限制，也不被任何情感羈絆的。

世人不能理解妙玉，只是因爲從沒有試過毫無所求、甚至毫無所思地去愛一個人，甚至不問那個人是男，是女。古人有詩說：愛到深處無怨尤。然而妙玉，卻是愛到至高至純之處，連該不該有怨尤也沒想過的。

妙玉，不僅是「檻外人」，她更擁有一份「世外情」，只是有心人才能解得罷了。

空門內外的妙玉與黛玉

全書八十回，妙玉只有五次出場，三次暗出，兩次正出。

第一次出場是暗出，見於第十八回〈林黛玉誤剪繡香囊　賈元春歸省慶元宵〉。其時寶玉剛自大觀園題額回來，因將隨身佩件賞了小廝們，引起黛玉誤會，以爲他將自己送的荷包也送人了，便賭氣鉸了正替寶玉做著的一隻香袋。兩人口角一回，到底還是由寶玉百般賠情哄轉回來，然後一同往王夫人房中來了——

此時王夫人那邊熱鬧非常……又有林之孝家的來回：「採訪聘買的十個小尼姑、小道姑都有了，連新作的二十分道袍也有了。外有一個帶髮修行的，本是蘇州人氏，祖上也是讀書仕宦之家。因生了這位姑娘自小多病，買了許多替身兒皆不中用，到底這位姑娘親自入了空門，方才好了，所以帶髮修行，今年才十八歲，法名妙玉。如今父母俱已亡故，身邊只有兩個老嬤嬤，一個小丫頭伏侍。文墨也極通，經文也不用學了，模樣兒又極好。因聽見長安都中有觀音遺跡並貝葉遺文，去歲隨了師父上來，現在西門外牟尼院住著。他師父極精演先天神數，於去冬圓寂了。妙玉本欲扶靈回鄉的，他師父臨寂遺言，說他『衣食起居不宜回鄉，在此靜居，後來自有你的結果』。所以他竟未回鄉。」王夫人不等回完，便說：「既這樣，我們何不接了他來。」林之孝家的回道：「請他，他說：『侯門公府，必以貴勢壓人，我再不去的。』」王夫人道：「他既是官宦小姐，自然驕傲些，就下個帖子請他何妨。」林之孝家的答應了出去，命書啟相公寫請帖去請妙玉。次日遣人備車轎去接等後話，暫且擱過，此時不能表白。

本是蘇州人氏，讀書仕宦之家，自小多病，父母雙亡，孤身投在賈府，心性高潔驕傲，模樣也極好，文墨又極通——凡此種種，像不像佛門裏的林黛玉？黛玉三歲時，有個癩頭和尚要化她出家，倘若當時林如海允了，黛玉也就成了第二個妙玉。

由此可見，妙玉與黛玉實爲一個人，這也就是妙玉之所以名「玉」的真實用意。

庚辰本在妙玉之名出現後，有朱筆眉批：「妙玉世外人也，故筆筆帶寫，妙極妥極！畸笏。」

「世外人」三字，爲妙玉一言定評。

妙玉第二次出場是明出，第四十一回〈攏翠庵茶品梅花雪〉，是惟一一次以「攏翠庵」代替妙玉之名入回目，可見此回乃是「妙玉正傳」。

故而書中特地提到「寶玉留神看他是怎麼行事。」因爲十二釵必得親經石兄證緣，以寶玉心眼評之。

妙的是，雖借寶玉觀察，卻並未提及妙玉穿戴樣貌一字一句，只說她如何奉茶，如何與賈母對答，又拉了寶釵和黛玉去喝體己茶，寶釵坐在榻上，而黛玉便坐在妙玉的蒲團上，寶玉隨後趕來，遂有了一番「一杯爲品二杯爲飲三杯爲飲驢」的品茶妙談。

佛家云「茶禪一味」，這一段對妙玉的塑造，便是特地以茶爲題，形象地寫出了這樣一個超逸高貴的空門女兒。她既講究茶器，又區分煎茶之水，且因真正好茶須講究火候水溫，遂連煽火亦不用侍兒動手，而是親自「向風爐上扇滾了水，另泡一壺茶。」可見這體己茶之尊貴。

故而寶玉自稱吃得下那「九曲十環一百二十節蟠虬整雕竹根的一個大海」時，妙玉笑道：「你雖吃的了，也沒這些茶糟蹋。」庚辰於此有雙行夾批：「茶下『糟蹋』二字，成窯杯已不屑再要，妙玉真清潔高雅，然亦怪譎孤僻甚矣。實有此等人物，但罕耳。」

劉姥姥用過的成窯杯固然是不會再要的了，便是尊貴如寶玉，如將此茶做牛飲，那也是糟蹋。幸而寶玉知己，「細細吃了，果覺輕浮無比，賞贊不絕。」

——這就是寶劍酬知己，香茶待高人了。

無數人盯緊了妙玉用自己杯子給寶玉喝茶這件事，卻往往忽略了黛玉坐在妙玉的蒲團上——如果寶玉用了妙玉的杯子，就代表間接接吻；那黛玉坐了妙玉的蒲團，豈非成了直接上床？

退一萬步說，既便妙玉真是暗戀著寶玉，作爲一個清高的女尼，也決不會借著茶杯向寶玉當眾調情這樣低級；這裏，不過是爲了進一步印證「三玉一體」，所以妙玉才會嘲笑黛玉是「大俗人」。

——這個「俗」，乃是對應「世外人」而言。

妙玉乃是「世外之黛玉」，黛玉則是那個「俗世的妙玉」罷了。

妙玉第三次出場仍是暗出，乃見於第四十九、五十回的「踏雪尋梅」。

這兩回中從頭到尾妙玉並沒有現身，但是後人關於《金陵十二釵》各種肖像畫中，妙玉圖中卻往往少不了一樹紅梅，凌霜欺雪，含苞怒放，花樹下一個帶髮修行的女尼，青衣素面，煢煢獨立。

無他，實在是茫茫大雪中，寶玉「披了玉針蓑，戴上金藤笠，登上沙棠屐」，踏著亂瓊碎玉去攏翠庵拍門，向妙玉求乞一枝梅花的場景太冷豔，太震撼了。簡直色香俱全，才情備佳，讓人很難忘懷。

作者的手法很巧妙，先是在四十九回中，讓寶玉去往蘆雪廣途中聞得一股寒香，回頭看時，卻是攏翠庵中十數株紅梅如胭脂一般，映著雪色，分外精神。這一回裏群芳鬥豔，並未提到乞梅之事，回目卻偏偏叫作〈琉璃世界白雪紅梅〉，已經鋪下了伏筆。

接著第五十回〈蘆雪廣爭聯即景詩〉，寶玉落第，遂借李紈之口點出：「我才看見櫳翠庵的紅梅有趣，我要折一枝來插瓶。可厭妙玉為人，我不理他。如今罰你去取一枝來。」遙遞一招，明白提起櫳翠庵的妙玉與紅梅來。

寶玉吃了杯酒，冒雪而去，李紈命人好好跟著，黛玉忙攔住說：「不必，有了人反不得了。」

——不使人跟著，這似乎從側面補充了李紈所說「可厭妙玉為人」，另一面卻也寫出了黛玉對寶玉和妙玉的信任與相知。

三個人都是玉，原不分彼此，相知相契。因此那麼愛吃醋的黛玉卻偏偏對妙玉最大方，最體貼；而那麼孤傲冷僻的妙玉也獨獨對寶玉另眼相看，當即送了他一枝極美的梅花，二尺來高，旁枝斜逸，約有五六尺長，其間小枝分歧，或如蟠螭，或如僵蚓，或孤削如筆，或密聚如林，花吐胭脂，香欺蘭蕙。

難怪寶玉說：「你們如今賞罷，也不知費了我多少精神呢。」

可想而知，這「費精神」裏，不但是要向妙玉討梅花，還要同她一起選梅花。

白雪，紅梅，女尼，公子，閉目想像，這一幕該有多麼好看。雖然自始至終，妙玉並沒有正面出場，卻偏偏給了我們極深印象，處處都是她的身影，暗香浮動，仙姿綽約，如聞如見，呼之欲出。

而故事到這裏還沒有完，還有下文——後來寶玉再去了一次櫳翠庵，打動妙玉，送了每人一枝梅花——這「每人」裏，當然也包括了「相知」的黛玉和「可厭」的李紈了。而站在山坡上捧著花瓶遙等的，又偏偏是許配給了梅翰林之子的薛寶琴。賈母稱讚，「比畫兒上還好」。

這一刻的妙玉是大度的，疏爽的，可親的。「不求大士瓶中露，爲乞嫦娥檻外梅」，無論在寶玉還是在讀者心目中，妙玉都是如同月裏嫦娥一樣的人物，超凡脫俗，遺世獨立，豔若桃李，冷若冰霜。而白雪紅梅，正是她極端性格的寫照——雪的冷，梅的豔，合起來就是活脫脫外冷內熱的妙玉了。

因了這一回，梅花從此成了妙玉的象徵，然而眾姐妹爲寶玉開夜宴占花名時，抽到梅花籤的人卻偏偏是「最厭妙玉爲人」的稻香老農李紈。

在書中，幾乎每個人都有自己的精神象徵，最常用的象徵手段就是花。但是俗語說，「花開兩朵，各表一枝」。細心的人會發現，《紅樓夢》裏的花，常常不止象徵一個人；而同一個人，也常常擁有不止一種花象徵。但是共用一花的兩個人，卻往往擁有完全相反的兩種性格，分屬於金玉兩派。

比如黛玉作〈桃花行〉，建「桃花社」，理應是桃花的代言人。但在占花名時，偏偏是性格與她截然不同的襲人抽到了桃花籤，批曰「桃紅又見一年春」，寓改嫁之意。

再如寶玉說海棠枯了半邊，兆晴雯之死，可見海棠便是晴雯的化身，而晴雯是黛玉的替身兒；但占花名拈到海棠花的，卻是金派的湘雲。

再如「日邊紅杏倚雲栽」這句詩在書中出現過兩次，一是〈金鴛鴦三宣牙牌令〉時，湘雲行令念出來的；二是占花名時，探春拈到的。可見這兩人同時擁有「杏花」這個象徵，而兩人也是一金一玉。

那麼梅花的出現，又代表了誰呢？

除了梅花的主人妙玉，和占花名時抽了梅花籤的稻香老農李紈（**也是金派**）之外，那個捧著梅瓶、許給梅翰林之子的寶琴，顯然也是與梅花有著不解之緣的。奇的是，寶琴也出席了寶玉的生日宴，且與寶玉同天生日，卻沒有寫到她抽了什麼籤，只在〈詠紅梅花〉詩中寫道：「前身定是瑤台種，無復相疑色相差。」

然而一梅關三人，李紈的梅花是「竹籬茅舍自甘心」；而妙玉卻是「不受塵埃半點侵」的。攏翠庵門裏門外，終究是兩個世界，又豈能無差？

妙玉的第四次出場在第六十三回〈壽怡紅群芳開夜宴〉，妙玉給寶玉送帖子，「檻外人妙玉恭肅遙叩芳辰」。

在「世外人」的脂評之外，妙玉又爲自己定了個「檻外人」的自評。寶玉拿到後，因不知回什麼字樣好，想去問黛玉，卻半路遇見邢岫煙，被打斷了。這次妙玉和黛玉兩個都是暗出。

寶玉的生日，妙玉這個出家人居然記在心裏且遞了拜壽帖子，這就又給了「暗戀」猜想的人以實證。但若聯繫全書來看，這一回〈壽怡紅群芳開夜宴　死金丹獨豔理親喪〉是典型的分水嶺，非但一生辰一死期，而且占花名全是讖語。當此之際，「檻外人」妙玉冷眼旁觀，這句「遙叩芳辰」豈無暗示呢？

這就像黛玉吟詩「冷月葬花魂」，妙玉現身打斷一樣，等於明明白白地點出：「壽怡紅」之夜，乃是怡紅院最後的歡會，從此良辰不再了。

這就要提到妙玉的第五次也是最後一次出場，也是終於再一次正面現身，見於第七十六回〈凸碧堂品笛感淒清　凹晶館聯詩悲寂寞〉。

中秋本是團圓佳節，然而大觀園的這次中秋家宴卻寫得不勝淒清。而黛玉和湘雲兩個人更是走開去獨自聯詩，在黛玉剛說出「冷月葬花魂」這句讖語時，妙玉忽然現身出來，說：「好詩，好詩，果然太悲涼了。不必再往下聯，若底下只這樣去，反不顯這兩句了，倒覺得堆砌牽強。」

——偏偏在如此關鍵的時候打斷，更加重了讖語的力量。這讓我懷疑，黛玉「冷月葬花魂」之際，妙玉極可能會在場見證，並且，那就是黛玉與妙玉的下一次也是最後一次交集了。

接著，妙玉再一次請黛玉去攏翠庵喝茶，這次的陪客，從寶釵變了湘雲，而寶玉則缺席了。

三人遂一同來至櫳翠庵中……（妙玉）自取了筆硯紙墨出來，將方才的詩命他二人念

著，遂從頭寫出來。黛玉見他今日十分高興，便笑道：「從來沒見你這樣高興。我也不敢唐突請教，這還可以見教否？若不堪時，便就燒了；若或可政，即請改正改正。」妙玉笑道：「也不敢妄加評贊。只是這才有了二十二韻。我意思想著你二位警句已出，再若續時，恐後力不加。我竟要續貂，又恐有玷。」

黛玉從沒見妙玉作過詩，今見他高興如此，忙說：「果然如此，我們的雖不好，亦可以帶好了。」妙玉道：「如今收結，到底還該歸到本來面目上去。若只管丟了真情真事且去搜奇撿怪，一則失了咱們的閨閣面目，二則也與題目無涉了。」二人皆道極是。妙玉遂提筆一揮而就，遞與他二人道：「休要見笑。依我必須如此，方翻轉過來，雖前頭有悽楚之句，亦無甚礙了。」

黛玉向來是自恃詩才的，元春省親宴上，因未能展才還十分鬱悶，然而見了妙玉，卻恭敬謙遜異常，竟說起客氣話來了，又是「我也不敢唐突請教，這還可以見教否？若不堪時，便就燒了。」又是「果然如此，我們的雖不好，亦可以帶好了。」見了詩，又與湘雲兩個連連稱賞，說：「可見我們天天是舍近而求遠。現有這樣詩仙在此，卻天天去紙上談兵。」

——兩玉竟相知相敬如此！

世人每因妙玉奉茶一回，認為她嫌貧愛富，對賈母百般恭敬，卻瞧不上勞動人民劉姥姥。然而妙玉住在攏翠庵是客，主人上門，自當奉迎，原是禮數。她雖對賈母客氣尊敬，但一轉身卻拉了釵黛二人飲體己茶去，待遇比賈母還高，可見並不爲的什麼貧富高低，而只是脾性如此；出來時，「賈母已經出來要回去。妙玉亦不甚留，送出山門，回身便將門閉了。」態度不過如此，只是不失禮罷了，若說巴結，卻實實算不上。

但在這回中，她請了黛玉、湘雲兩個人來寺中喝茶、續詩，走時，親自送到門外，「看他們去遠，方掩門進來。」這是什麼待遇?!

可見，從頭至尾，妙玉敬的只是黛玉罷了。

妙玉五次出場，有意無意，都和黛玉有所牽扯。這讓我更加相信兩人實爲一人，只是一個在檻外，一個在門裏，如花照水，如月投波。因此妙玉會笑黛玉是個「大俗人」，而黛玉反贊妙玉是位「詩仙」。

但是，入了空門的，是否就真的能空不見世，潔不染塵了呢？

妙玉的判詞中說她「欲潔何曾潔，云空未必空。」可見枉自清高，卻終是塵網難逃，「可憐金玉質，終陷淖泥中。」而她最喜歡的一句話原是：「縱有千年鐵門檻，終須一個土饅頭」。這是否意味著，將來有一天，她會與鐵檻寺或饅頭庵發生交集呢？

第十五回〈王熙鳳弄權鐵檻寺〉，但是熙鳳弄權的所在，明明是水月庵，這一回故事讓我們知道了，佛門絕非淨地，一樣佈滿了陰謀鑽營，貪利忘義，枉斷人命。書中又說「原來這饅頭庵就是水月庵，因他廟裏做的饅頭好，就起了這個渾號，離鐵檻寺不遠。」脂批特地注明：「不遠二字有文章」。可見有意混淆兩者關係。

將來賈家事敗，攏翠庵自然不能獨存，妙玉只是外請的尼姑，又是出家人，並非賈家親友，或許可以不入官非，但也要被迫離開攏翠庵，那麼最可能投身的地方是哪裏呢？也許就是鐵檻寺或水月庵了。

然而鐵檻寺裏曾有賈芹這樣的敗家子兒管月錢，饅頭庵又有淨虛師太這樣的黑心住持，後來智通還拐了芳官兒去做活，都不是什麼良善之地。

倘若妙玉淪落至此，那孤潔高傲的性情必定「世難容」，再若被淨虛這個廣結權貴惟利是圖的老尼陷害，可就難逃汙淖了。

可歎書中說林黛玉一向「清高自許，目無下塵」，而她最終的命運雖未見到，卻可知是求仁得仁，淚盡而死，「質本潔來還潔去，不教汙淖陷渠溝」；而那妙玉卻「好高人愈妒，過潔世同嫌」，難逃災劫，「風塵骯髒違心願，好一似無瑕白玉遭泥陷」。

兩個人的命運，再次顛倒了個過兒，互為投影了。

妙玉和惜春是朋友嗎？

前八十回中，妙玉同惜春從未有過一言半語，但到了後四十回續書中，卻突然親近起來，有事沒事地跑來下棋，還要見了寶玉便「不由得臉上一紅」，這是續作者對妙玉的誤解，更是對她的世俗化，表面化。

要知道，惜春的出家是自願，妙玉的出家卻是被迫，因爲身體不好，百般醫治無效，只得入了空門，所以才會「帶髮修行」。爲何要「帶髮」呢？就是因爲「六根不淨」，隨時可以「還俗」。所以在妙玉心裏，從來沒有把自己當出家人看待，爲黛玉和湘雲改詩時，曾說：「若只管丟了真情真事且去搜奇撿怪，一則失了咱們的閨閣面目，二則也與題目無涉了。」一句「咱們」，又一句「閨閣面目」，可見她在內心仍是把自己當成身在閨閣的小姐來看待的。

她的遺世獨立，是因爲性格，而非身分。

雖然惜春也「天生成一種百折不回的廉介孤獨僻性」（第七十四回〈矢孤介杜絕寧國府〉），與妙玉「天生成孤僻人皆罕」（第五回〈賈寶玉夢遊太虛境〉）遙遙相對，但兩人卻不是同類，而是「特犯不犯」，一個是在家的姑子，一個是出家的姑娘。她們的生活軌跡是錯位的，也是不交行的。

但是到了後四十回，她們的軌跡有沒有交錯呢？更大膽地想一想，會不會互換呢？也就是說，惜春出了家，妙玉卻還了俗，她們的身位掉了個過兒，可不可能呢？

可以確定的是，惜春的確是出家了；有爭議的是，妙玉有沒有還俗？

《金陵十二釵》冊子中關於妙玉的判詞說：「欲潔何曾潔，云空未必空。可憐金玉質，終陷淖泥中。」《紅樓十二曲》中則說：「可歎這，青燈古殿人將老，辜負了，紅粉朱樓春色闌。到頭來，依舊是風塵骯髒違心願。好一似，無瑕白玉遭泥陷，又何須，王孫公子歎無緣。」

既然說「潔」與「空」的素願都破滅了，自然是反出空門，陷入紅塵了。況且左一句「終陷淖泥中」，右一句「風塵骯髒違心願」，可見妙玉不但是還了俗，而且還極可能是進了風塵場所，勾欄行當。

這在喜愛妙玉的讀者心中是很難被接受的，於是有紅學家對「骯髒」一詞做出百般考據，證明有時不作「污穢不潔」解釋，而是「剛直不阿」的意思——就算是這樣吧，那後面還有三個字「違心願」呢，還有「遭泥陷」呢，可見「潔」是怎麼都保不住的了。

第二回〈冷子興演說榮國府〉時，賈雨村曾言：

「使男女偶秉此氣而生者，在上則不能成仁人君子，下亦不能為大凶大惡。置之於萬萬人中，其聰俊靈秀之氣，則在萬萬人之上；其乖僻邪謬不近人情之態，又在萬萬人之下。若

生於公侯富貴之家，則為情癡情種，若生於詩書清貧之族，則為逸士高人，縱再偶生於薄祚寒門，斷不能為走卒健僕，甘遭庸人驅制駕馭，必為奇優名娼。」

書中奇優不少，蔣玉函與十二官盡在此列，但名娼呢？倘若全書中竟無一才貌雙全之名娼出現，《金陵十二釵》豈不缺典？

同薛蟠打情罵俏的雲兒固然不夠數，曾經「淪落在煙花巷」的巧姐兒時爲雛妓，且很快就被劉姥姥贖身了，也還當不起「名娼」二字，於是，這個重要角色也就只能由妙玉來擔任，只有她當得起，也只有讓她落到這樣的命運，才更能惹人痛惜，稱得上是「無瑕白玉遭泥陷」。

那麼，妙玉和惜春的生活軌跡是不是就這樣永遠都沒有交叉了呢？這兩個「特犯不犯」的出家人，是僅僅彼此做了一個身分對掉、形成一種鮮明對比，還是有著什麼更爲巧妙而必要的聯繫呢？

除了上文分析的妙玉結局可能是陷在鐵檻寺或水月庵，被賈芹、靜虛、智空等人陷害之外，我還有另一個猜測：就是在賈府被抄時，惜春可能因爲害怕而躲進了攏翠庵，妙玉爲了掩護她，就讓她扮作尼姑，把自己的度牒也就是身分證書給了惜春，讓她以尼姑的身分隨眾僧尼離去，以此逃脫了牢獄之獄，但自己卻因而被拖累入罪，當街變賣，淪爲娼伎。

這其中的細節，將在探討惜春命運時再做詳述。但這至少解決了另一個疑問：就是妙玉雖然身在榮國府，但她是王夫人下帖子請來的，並不是賈府的什麼親戚內眷，就算賈府被抄，她的處境也最多是逐出府去，仍然回牟尼院掛單好了，卻因何會受到株連呢？

而倘若妙玉不是受到賈府之累，那她作爲佛門子弟，又有些家私傍身，甚至還有兩個貼身服侍的婆子，大不了帶著銀錢傭人回金陵去，又怎麼會「可憐金玉質，終陷淖泥中」？

除非，她失去了自己的尼姑身分，也就是失去了護身符。這樣，她的命運才會與賈府息息相關，也才會有資格列入《金陵十二釵》正冊中，且位置頗爲靠前。

同時，妙玉與惜春這兩個人的關係，也就更可令人玩味，並頓足再歎了。

幽窗棋罷指猶涼——賈迎春。

一子錯，滿盤皆落索

迎春為何會嫁給孫紹祖

迎春歸寧是曹雪芹原筆嗎

一子錯，滿盤皆落索

「寶鼎茶閑煙尙綠，幽窗棋罷指猶涼。」

這兩句原是寶玉爲瀟湘館所擬之聯，然而大觀園諸芳中，最喜「手談」之道的，卻是迎春。

賈府四豔，「元、迎、探、惜」四春中，最可憐的大概就要數迎春了。元春貴爲皇妃，探春才幹出群，惜春雖小，卻性情狷介，自有主張，雖然落得出家爲尼，「緇衣乞食」，畢竟也是得償所願。而二小姐賈迎春呢，卻性情懦弱，言語遲慢，似乎才情也遠不如眾姐妹，且是四春中最短命也是最苦命的。

迎春在書中出場不少，鏡頭不多，永遠只是做配角。起詩社，她「本性懶於詩詞」，只好管出題限韻，卻又沒什麼主意，於是讓丫環隨口說個字，選了「門」字韻，又在架上抽本書隨手一翻，是首七律，便讓大家做七律——只是一件極小的事，也是聽天由命的做派；猜燈謎，只有她和賈環答錯，賈環頗覺無趣，她卻只當作「玩笑小事，並不介意」；行酒令，一開口就錯了韻；螃蟹宴，大家賞花釣魚，她只拿根針在花陰下穿茉莉花兒；園中查賭，別人都無事，惟有她的乳母被查出是首家；抄檢大觀園，繡春囊的罪魁又是她的丫環司棋——

真是好事沒她的份兒，倒楣事兒卻一件不落。難怪連下人也輕視她，欺負她，背後叫她「二木頭」，說她「戳一針也不知噯喲一聲」，賭牌輸了錢，敢拿她的頭釵去當，出了事，倒敢勒逼著她去向老太太求情。而她應付爭吵的辦法，就只是拿本《太上感應篇》充耳不聞。

且看第七十三回〈懦小姐不問累金鳳〉中的這一段「贖鳳案」：

平兒道：「若論此事，還不是大事，極好處置。但他現是姑娘的奶嫂，據姑娘怎麼樣為是？」當下迎春只和寶釵閱《感應篇》故事，究竟連探春之語亦不曾聞得，忽見平兒如此說，乃笑道：「問我，我也沒什麼法子。他們的不是，自作自受，我也不能討情，我也不去苛責就是了。至於私自拿去的東西，送來我收下，不送來我也不要了。太太們要問，我可以隱瞞遮飾過去，是他的造化，若瞞不住，我也沒法，沒有個為他們反欺枉太太們的理，少不得直說。你們若說我好性兒，沒個決斷，竟有好主意可以八面周全，不使太太們生氣，任憑你們處治，我總不知道。」眾人聽了，都好笑起來。黛玉笑道：「真是『虎狼屯於階陛尚談因果』。若使二姐姐是個男人，這一家上下若許人，又如何裁治他們。」迎春笑道：「正是。多少男人尚如此，何況我哉？」

庚辰本有夾批：「看他寫迎春雖稍劣，然亦大家千金之格也。」——這評得不錯。迎春雖無能，卻不失大體，爲人溫柔謙讓，與世無爭。她回應平兒的這番話，可謂是她人生原則的最集中體現——她做人處世的理想，就只是「八面周全，不使太太們生氣」。若說她不聞不問，其實不公平，她想得其實很多，既考慮到奴才們的利益，「我可以隱瞞遮飾過去，是他的造化」；也考慮到太太的反應，「沒有個為他們反欺枉太太們的理」；這其中，惟獨沒有考慮她自己的得失，「私自拿去的東西，送來我收下，不送來我也不要了」，寧可自己吃虧，但求息事寧人——不可謂不善良，不可謂不周全，不可謂不用心良苦。

這樣的一個人，做什麼事都不顯山露水，有特長也不會張揚，以至於讀者們都知道黛玉擅詩，惜春擅畫，卻從不覺得迎春擅長什麼。

其實，是有一項的，就是下棋。

琴棋書畫四丫鬟的名字，原是對應了主人的癖好的。最明顯的就是惜春的丫頭名「入畫」，其原因一目了然；探春的丫鬟名「侍書」（又作「待書」），雖然探春喜好書法的描寫也很含蓄，但是從寶玉贈送她的顏真卿墨蹟及她房中佈置可以看出來；元春帶進宮的丫鬟叫「抱琴」，雖然關於彈琴之事沒有正面描寫，但那賈元春乃是「才選鳳藻宮」的人物，琴棋書畫必然都是有所涉獵的，文中看出詩技平平，大約琴藝是很高明的了。

剩下一個迎春，丫鬟叫「司棋」，而周瑞家的送宮花時，文中借周氏眼光一一寫出諸女兒情態，寫到迎春時，正遇上她與探春姐妹兩個在下棋，可見迎春是頗好此道的。

迎春的屋中擺設雖然沒有正面描寫，但寶玉在第七十九回徘徊紫菱洲時寫的那首傷懷詩中倒是提過兩句：「不聞永晝敲棋聲，燕泥點點汙棋枰。」可以想見迎春的屋子裏必是設著一副棋枰，而且從早到晚地可以聽到下棋聲。

元宵夜迎春的詩謎中說：

天運人功理不窮，有功無運也難逢。
因何鎮日紛紛亂，只為陰陽數不同。

賈政猜是算盤，迎春也應了。但這很可能是她懦弱性格的又一表現，就是明明賈政猜錯了，她也礙於禮貌不好駁回，只得胡亂應了個「是」。然而真正的答案很可能是「圍棋」。因爲只有圍棋的黑白子，才可以合得上「陰陽數不同」之語，算盤雖然也可謂之「鎮日紛紛亂」，但又哪裏扯得到什麼陰陽呢？

這越發讓人想到一句老話：一步錯，步步錯。

迎春的第一步錯在哪裏呢？出身。

關於迎春的出身，各本分歧不一：

甲戌本道：「二小姐乃赦老爹前妻所出。」

列藏本道：「二小姐乃赦老爹之妻所生。」

己卯本道：「二小姐乃赦老爹之女，政老爺養爲己女。」

戚序本道：「二小姐乃赦老爹之妾所出。」

庚辰本作：「二小姐乃政老爹前妻所出，名迎春。」

曹雪芹對這個賈府二小姐真是不公平，連她的出身問題都弄得這樣馬馬虎虎，莫衷一是。

可以肯定的是，庚辰本絕對是錯的，怎麼看，王夫人也是賈政的原配，不可能再另有一個「前妻」。迎春應該是大老爺賈赦的女兒無疑，要分辨的，只是正出還是庶出的問題。

在〈懦小姐不問累金鳳〉一節，邢夫人教訓迎春時，有一段話，是全書惟一一次涉及到迎春的出身：

邢夫人見他這般，因冷笑道：「總是你那好哥哥好嫂子，一對兒赫赫揚揚，璉二爺、鳳奶奶，兩口子遮天蓋日，百事周到，竟通共這一個妹子，全不在意。但凡是我身上吊下來的，又有一話說——只好憑他們罷了。況且你又不是我養的。你雖然不是同他一娘所生，到底是同出一父，也該彼此瞻顧些，也免別人笑話。我想天下的事也難較定，你是大老爺跟前人養的，這裏探丫頭也是二老爺跟前人養的，出身一樣。如今你娘死了，從前看來你兩個的娘，只有你娘比如今趙姨娘強十倍的，你該比探丫頭強才是。怎麼反不及他一半！誰知竟不然，這可不是異事。倒是我一生無兒無女的，一生乾淨，也不能惹人笑話議論為高。」

這裏明明白白寫出迎春乃是「大老爺跟前人養的」，也就是戚序本所言「二小姐乃赦老爹之妾所出」。同探春「出身一樣」。

然而探春之母趙姨娘雖不堪，王夫人卻肯疼惜她，同父異母的哥哥寶玉更對她視若親妹，她又擅機變、肯巴結，因而在賈府裏很吃得開，還一度坐上管家之位；迎春卻錯在出生於不得賈母歡心的長子賈赦房中，自小死了親娘，嫡母邢夫人又是這麼一個貪財薄情之人，同父異母的哥哥賈璉又全無體恤顧惜之心，嫂子王熙鳳更是不關痛癢，也就難怪她的生命中那般缺乏溫情、沒有安全感了。

值得注意的是，邢夫人自稱一生無兒無女，可見非但迎春不是她的女兒，就連賈璉也非她親生之子。那麼賈璉又是何人所生呢？難道是賈赦的另一個妾所出？

第五十五回裏〈辱親女愚妾爭閒氣〉一節，王熙鳳同平兒議論探春時曾說：「將來不知哪個沒造化的，挑庶正誤了事呢；也不知哪個有造化的，不挑庶正的得了去。」分明對正庶很是在意。倘若賈璉庶出，王熙鳳必定心中有鬼，決不會這麼理直氣壯大大方方地同平兒討論正庶問題。

可見賈璉當爲賈赦正室所生，而這正妻已經死了，遂娶邢夫人爲續弦。而在賈赦原配夭亡、邢夫人娶爲塡房之前，大房虛其正室，所以管家大權便落到了二房裏賈政之妻王夫人手上，等到後來邢夫人進門時，一則大局已定，二則又是續弦，出身低微，便不能得賈母之心，奪王夫人之位。況且元春又做了皇妃，賈政成了國丈，地位就更加高了。當然這些曲折，都是隱在正面描寫後面的家事情由，卻可以由蛛絲馬跡合理推出。

不過最有可能的，還是作者最初寫迎春這個人時，不及用心，只爲了「原應歎息」四字而順手起名，後來隨著情節發展，或者是忘了，或者是改了主意，又借邢夫人之口說她是「大老爺跟前的人養的」，把她派成妾侍之女了。而各本歧誤也由此而生，不及統一。這當是創作過程中的一點筆誤，在增刪修補中未及統一。

真是不能不爲迎春難過——連她在書中第一次露名的身世都出錯，她這個人的一生，又怎能不滿盤皆輸呢？

迎春爲何會嫁給孫紹祖？

都說「男怕入錯行，女怕嫁錯郎」，遇人不淑，大概是一個女子人生中最大的悲哀了。故而，文中對迎春的婚事下了一字定評：誤。

《紅樓夢》現存八十回回目中，只有兩條與迎春有關，一個是七十三回〈懦小姐不問累金鳳〉，再一個就是第七十九回〈賈迎春誤嫁中山狼〉。「懦」是她的性格，「誤」是她的命運。二小姐賈迎春這一生，實在是太窩囊，太懦弱，太倒楣了，故而一子錯，滿盤皆落索，又怎能不爲命運所誤呢？

「累金鳳」一回有回末總評：

探春處處出頭，人謂其能，吾謂其苦；迎春處處藏舌，人謂其怯，吾謂其超。探春運符咒，固足役鬼驅神；迎春說因果，更可降龍伏虎。

這段話從道家主張「無爲」、佛家主張「因果」來看，都不能算錯。然而放在本書中，迎春身上，卻偏偏大錯特錯，當「太上感應」遇到「中山狼」的時候，迎春的「因果」終究不能「降龍伏虎」，縱然委曲亦不能求全，到底還是擺脫不了「金閨花柳質，一載赴黃粱」的悲慘命運。

迎春的判曲名曰〈喜冤家〉，是說婚姻本是喜事，卻偏偏「冤家路窄」，同老太太說的「不是冤家不聚頭」是一個道理。且看原文：

中山狼，無情獸，全不念當日根由。一味的驕奢淫蕩貪還構。覷著那，侯門豔質同蒲柳；作踐的，公府千金似下流。歎芳魂豔魄，一載蕩悠悠。

但是，迎春再懦弱，畢竟也是「侯門豔質」，「公府千金」，爲什麼會嫁給如此不堪的一個丈夫呢？難道僅僅一個「誤」字就可以解釋了嗎？

且看第七十九回〈賈迎春誤嫁中山狼〉中對這門婚事的寫法：

原來賈赦已將迎春許與孫家了。這孫家乃是大同府人氏，祖上係軍官出身，乃當日寧榮府中之門生，算來亦係世交。如今孫家只有一人在京，現襲指揮之職，此人名喚孫紹祖，生得相貌魁梧，體格健壯，弓馬嫺熟，應酬權變，年紀未滿三十，且又家資饒富，現在兵部候缺題升。因未有室，賈赦見是世交之孫，且人品家當都相稱合，遂青目擇為東床嬌婿。亦曾回明賈母。賈母心中卻不十分稱意，想來攔阻亦恐不聽，兒女之事自有天意前因，況且他是親父主張，何必出頭多事，為此只說「知道了」三字，餘不多及。賈政又深惡孫家，雖是世交，當年不過是彼祖希慕榮寧之勢，有不能了結之事才拜在門下的，並非詩禮名族之裔，因此倒勸諫過兩次，無奈賈赦不聽，也只得罷了。

從這裏看，賈赦發嫁迎春的理由並沒有什麼大錯，那孫家出身軍門，有財有勢，孫紹祖相貌、體格、功夫、交際手段，樣樣都好，既在兵部候缺，想必前程遠大，作爲庶出的迎春嫁得這樣一個夫婿，「硬體」上並無不妥。

奇怪的是，孫紹祖已經快三十歲了，在那個年代算得上很「老」了，至少比賈璉大得多，又「家資饒富」，爲何卻沒有老婆呢？書中說他「未有室」，這可能有兩種解釋，一是不曾娶親，二是原配死了。其中又數後一種可能性更大，那麼，迎春嫁過去等於是做「塡房」，同邢夫人、尤氏的身分相似，顯然是有「低就」、「下嫁」的意味，賈母和賈政的不滿意也就很容易理解了。

真正有疑點的，是賈政所指的「不能了結之事」。其深層含義就是，當年孫家有事求賈家幫忙，遂拜在門下以求庇護。換言之，賈家曾對其有恩。

然而孫紹祖卻不這麼認爲，他非但不報恩，還反咬一口。據迎春歸寧時回來轉述說：

「**孫紹祖……說老爺曾收著他五千銀子，不該使了他的。如今他來要了兩三次不得，他便指著我的臉說道：『你別和我充夫人娘子，你老子使了我五千銀子，把你準折買給我的。好不好，打一頓攆在下房裏睡去。當日有你爺爺在時，希圖上我們的富貴，趕著相與的。論理我和你父親是一輩，如今強壓我的頭，賣了一輩。又不該作了這門親，倒沒的叫人看著趕勢利似的。』**」

如何來理解這番話呢？孫紹祖的話中有幾成可信？所透露出來的真正訊息又是什麼呢？故然賈家如今已非當年之勢，五千兩銀子也並非小數目。然而賈赦買個嫣紅作妾，還出手八百兩銀子，何至於爲五千兩銀子就賣女兒；那周太監來打秋風，張口就一千兩銀子，賈璉雖艱難，也還搗騰得出，可見「瘦死的駱駝比馬大」，也決不至於爲了五千兩銀子葬送親妹子前程。

因此，孫紹祖的話絕對是欺心昧世之言。至於那五千兩銀子，大抵也並非完全是空穴來風，最大的可能，就是因那「不能了結之事」求賈家幫忙拆理時，拿來送禮的。如今事情了結，他又翻臉不認賬，得了人不算，還想把錢也要回去。

這樣的人，民間俗稱為「白眼狼」，文人稱之為「中山狼」。典出明朝馬中錫《東田集．中山狼傳》，也就是我們熟知的「東郭先生」的故事：趙簡子在中山打狼，狼中箭而逃，遇到東郭先生，向其求救。東郭先生動了惻隱之心，將狼藏在書囊中，騙過了趙簡子。狼活命後，卻反而要將救命恩人東郭先生吃掉。

因此迎春的判詞中說「子係中山狼，得志便猖狂」。「子、系」合起來就是一個「孫」字，這姓孫的狼心狗肺，恩將仇報，將來必定還會做出許多對不起賈家的事，只怕除了虐待迎春之外，還有別的反噬行為，說不定賈赦後來獲罪，就與孫紹祖有關。

倘或如此，他必定不會讓迎春回家通風報信的，這就又牽涉到一個新的問題：迎春歸寧，是曹雪芹寫的嗎？

讓我們在下一篇文章中再來討論。

迎春歸寧是曹雪芹的原筆嗎？

張愛玲說小時候讀紅樓，看到八十回後，忽然覺得一個個人物都語言無味，面目可憎起來；而我卻是每每讀到第七十九回迎春出家一段時，就已經渾身不得勁了。

書中第七十九回〈賈迎春誤嫁中山狼〉一段寫得相當匆促，幾乎是波瀾突起，強扭成親的。起筆一句「原來賈赦已將迎春許與孫家了」劈空而來，硬生生插入孫紹祖其人其事，前文毫無照應，十分突然。這與雪芹一向「草蛇灰線，伏脈千里」的筆法極不諧調，倒更像是一個劇本大綱，有骨無肉，更無精氣神兒。

事實上，整個第七十九、八十兩回，都寫得非常潦草倉促，先是迎春出嫁，薛蟠娶親，接著金桂撒潑，香菱病危，迎春歸寧，哭訴孫紹祖欺凌之事，彷彿急急忙忙地把人物故事收結，明明都是大事，卻沒有一個場面描寫，只是平鋪直敘，借著寶玉病了百日這個理由，一筆帶過。

這裏只說迎春這個人物，在她出嫁後，寶玉曾往蓼風軒感傷了半日，還寫了一首並不工整的七律：

池塘一夜秋風冷，吹散芰荷紅玉影。
蓼花菱葉不勝愁，重露繁霜壓纖梗。
不聞永晝敲棋聲，燕泥點點汙棋枰。
古人惜別憐朋友，況我今當手足情！

此詩意境雖可取，然而非但對仗不工，連平仄也欠妥，最後兩句更是大白話，完全不像寶玉的「香奩體」筆風。且不說〈四季即景〉、〈訪菊〉這些標準七律，即使是並不很講究格律的古風〈姽嫿詞〉，也遠比這個來得工整香豔。

詩詞是《紅樓夢》的一大特色，雖不是篇篇精品，卻首首有味，最難得的就是每首詩都要合乎作者的身分，按頭製帽，各如其人，既不能把黛玉的詩派給寶釵，更不能把賈環的詩塞給寶玉。前文黛玉做〈桃花行〉，寶琴騙寶玉說是自己寫的，寶玉道：「這聲調口氣迥乎不像蘅蕪之體」，便是一個強證。

然而這首〈蓼風軒即景〉，卻淺疏直白，粗枝大葉，「迥乎不像怡紅之體」。而且，倘若此詩真是曹雪芹所寫，那麼寶玉可謂是提前爲迎春之死做誄了，脂硯在此有一句「爲對境悼顰兒做引」的批語，可見此詩原有悼念的意味。果真如此，那麼後來的迎春歸寧就是多餘的了，更不可能再回蓼風軒住上幾晚。

吟詩之後，又突然現出香菱來，借香菱一段話交代薛蟠親事，寶玉說爲香菱擔心，香菱紅了臉正色道：「這是什麼話！素日咱們都是廝抬廝敬的，今日忽然提起這些事來，是什麼意思！怪不得人人都說你是個親近不得的人。」說著轉身走了。這舉止言談，竟是寶釵調教出來的一般，哪裏還像從前情換石榴裙、與寶玉相知相惜的香菱？

且又說寶玉被搶白後因種種胡思亂恨，大病一場，因此賈母囑他百日不出門，以此避開了薛蟠娶親、迎春出嫁等重頭描寫。然而此前王夫人抄檢時那般雷霆萬鈞，眾丫鬟早已噤若寒蟬，此處倒又說寶玉幾不曾拆了怡紅院，與眾丫頭無法無天，「凡世上所無之事，都頑耍出來」，豈不矛盾？那些丫鬟竟是不要命了？

如果說曹雪芹是故意要寫迎春歸寧，來與元春省親做對應的話，那麼必然會有更大篇幅的從容描寫，以細節來體現生活。然而文中卻粗疏簡省，在匆匆交代寶玉百日病癒往廟裏上香回來後，只用一句「那時迎春已來家好半日」平空插入，簡直是一種筆力不濟的表現，完全是技窮之筆，接著便是「迎春方哭哭啼啼的在王夫人房中訴委曲」，寫出孫紹祖種種不端來。

至於那一段孫紹祖行兇文字，本應該在丫環僕婦的話中補出才對，讓本性隱忍懦弱的迎春長篇大論地訴委屈，且語涉閨房之私，連「家中所有的媳婦丫頭將及淫遍」這種話也端到台面上來說，對二小姐來說更幾乎是種荼毒，且是蛇足之筆。

接著又寫了句「迎春是夕仍在舊館安歇。眾姊妹等更加親熱異常。一連住了三日，才往邢夫人那邊去。」草草一小段話，就算把迎春的故事收結了，完成了一段本應相當重要的迎春歸寧，這哪裏像曹雪芹一慣的文風？倒更像是近年來許多紅迷嘗試重續後四十回時常用的筆法，最省力的就是這兩道板斧：一是用對話把所有的故事一口氣講完，不用處理過渡的問題，也不必理會情節是否連貫；二是站在旁觀立場上簡單介紹，三言兩語交代過眾人表現，幾句評述就當過場了。而最欠缺的是，就是場面描寫，和細節刻劃。

整個七十九、八十兩回，除了夏金桂計賺苦香菱的幾段戲外，就毫無精彩可言。而列藏本上，第七十九、八十回根本就沒有分開，只是一回，可見還在草稿階段，這就更加坐實了我的猜測：這最後兩回，並非雪芹親筆。而是他設想好了故事，或者寫了部分手稿，後由脂硯齋等綴補代筆而成。

倘或如此，在曹雪芹原意中，可憐的迎春，從「誤嫁中山狼」到「一載赴黃粱」間，只怕是沒什麼機會再回蓼風軒重溫舊夢的。出嫁前的最後一瞥，就是她與大觀園的永訣了。

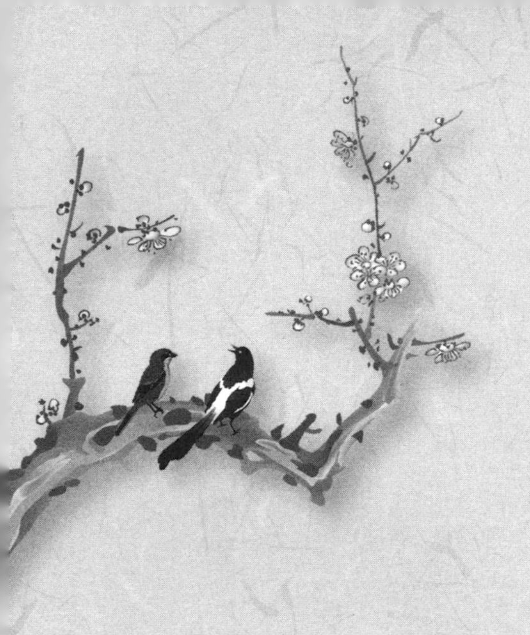

緇衣頓改昔年妝——賈惜春。

惜春為何會「緇衣乞食」
惜春是怎樣出家的
惜春為什麼一定要攆入畫

惜春爲何會「緇衣乞食」？

賈府四豔中，惜春的結局通常是最無爭議的，即出家爲尼。第五回〈賈寶玉夢遊太虛境〉看到的冊子中，關於惜春的那一頁，畫著「一所古廟，裏面有一美人在內看經獨坐」。其判云：

堪破三春景不長，緇衣頓改昔年妝。
可憐繡戶侯門女，獨臥青燈古佛旁。

而惜春在全書中第一次開口說話是在第七回〈送宮花賈璉戲熙鳳〉中：

見惜春正同水月庵的小姑子智能兒一處頑笑，見周瑞家的進來，惜春便問他何事。周瑞家的便將花匣打開，說明原故。惜春笑道：「我這裏正和智能兒說，我明兒也剃了頭同他作姑子去呢，可巧又送了花兒來，若剃了頭，可把這花兒戴在那裏呢？」說著，大家取笑一回，惜春命丫鬟入畫來收了。

這是全書中惜春的第一句台詞，竟然就是「明兒也剃了頭作姑子去」。

接著，第二十二回「製燈謎」一段，寫明惜春的謎語：

前身色相總無成，不聽菱歌聽佛經。
莫道此生沉黑海，性中自有大光明。

庚辰本在此有雙行夾批：「此惜春爲尼之讖也。公府千金至緇衣乞食，寧不悲夫！」可見，惜春出家爲尼的結局無可質疑。但是，她是在什麼情況下出家的，又爲什麼會落得個「緇衣乞食」的慘狀呢？

在高鶚的續書中，惜春的出家相當從容，不但仍住在大觀園攏翠庵中，而且還有紫鵑做伏侍丫環，這顯然與脂硯「緇衣乞食」的批語相悖，故不足取。

然而這也讓我們知道了，倘若家境尚好時，即使惜春心冷意冷，一味倔強地要出家，就像探春說的：「這是他的僻性，孤介太過，我們再傲不過他的。」賈府那麼多家廟庵堂，總會爲她安排個不錯的去處，就如妙玉的家人一樣，雖然舍了她，卻仍讓她帶走大量古董寶貝，隨身還有兩個老嬤嬤，一個小丫頭伏侍，絕不至於看她托缽行乞去。

由此可知，惜春的出家，應是在事敗之後。

我的朋友佛學專家陳琛曾經寫過一本《和尚——出家人的日常生活》，其中有整整一章討論出家的程序，這裏，只引用一小部分：

首先，出家人必須是一個能夠自主的自由人，比如為人子女的，出家前要得到父母的同意；身有官職的要辭去官職；身為奴僕的要解除主僕契約；已結婚的，要解除婚姻關係；如果信奉過其他宗教，要堅決破除，斷絕一切來往等。總之，在出家前要擺脫塵世生活的一切拖累，所謂的『跳出紅塵』。

要出家的也得接受『健康檢查』。患有惡疾的人被認為沒有出家的資格。而佛教更加忌諱的是『黃門』（閹人）。男性（女性）性徵不全的人被視為身體不淨，是不允許出家的。犯過重罪的人同樣不被佛門接納。

要受戒的人還得向寺廟交納一定的戒金，以充戒堂的燈燭香花、戒牒、戒錄等費用……

——可見，俗家人並不是想出家就能出家的，要經過相當縝密繁瑣的手續。當然，託人情、有關係的除外，比如魯智深殺了人，但通過走後門，還是蒙混過關了，也因此有了寶玉爲之讚歎不已的那段「山門」唱腔。

其實，這些關於出家的規矩和程序，在《紅樓夢》中也有相當完整的體現，比如第七十七回〈俏丫鬟抱屈夭風流　美優伶斬情歸水月〉中寫到芳官、藕官、蕊官三人一段，就有很詳細的描寫：

（王夫人）方欲過賈母這邊來時，就有芳官等三個的乾娘走來，回說：「芳官自前日蒙太太的恩典賞了出去，他就瘋了似的，茶也不吃，飯也不用，勾引上藕官蕊官，三個人尋死覓活，只要剪了頭髮做尼姑去。我只當是小孩子家一時出去不慣也是有的，不過隔兩日就好了。誰知越鬧越凶，打罵著也不怕。實在沒法，所以來求太太，或者就依他們做尼姑去，或教導他們一頓，賞給別人作女兒去罷，我們也沒這福。」王夫人聽了道：「胡說！那裏由得他們起來，佛門也是輕易人進去的！每人打一頓給他們，看還鬧不鬧了！」

當下因八月十五日各廟內上供去，皆有各廟內的尼姑來送供尖之例，王夫人曾於十五日就留下水月庵的智通與地藏庵的圓心住兩日，至今日未回，聽得此信，巴不得又拐兩個女孩子去作活使喚，因都向王夫人道：「咱們府上到底是善人家。因太太好善，所以感應得這些小姑娘們皆如此。雖說佛門輕易難入，也要知道佛法平等。我佛立願，原是一切眾生無論雞犬皆要度他，無奈迷人不醒。若果有善根能醒悟，即可以超脫輪迴。所以經上現有虎狼蛇蟲得道者就不少。如今這兩三個姑娘既然無父無母，家鄉又遠，他們既經了這富貴，又想從小兒命苦入了這風流行次，將來知道終身怎麼樣，所以苦海回頭，出家修修來世，也是他們的高意。太太倒不要限了善念。」

王夫人原是個好善的，先聽彼等之語不肯聽其自由者，因思芳官等不過皆係小兒女，一時不遂心，故有此意，但恐將來熬不得清淨，反致獲罪。今聽這兩個拐子的話大近情理；且近日家中多故，又有邢夫人遣人來知會，明日接迎春家去住兩日，以備人家相看；且又有官媒婆來求說探春等事，心緒正煩，那裏著意在這些小事上。既聽此言，便笑答道：「你兩個既這等說，你們就帶了作徒弟去如何？」

兩個姑子聽了，念一聲佛道：「善哉！善哉！若如此，可是你老人家陰德不小。」說畢，便稽首拜謝。王夫人道：「既這樣，你們問他們去。若果真心，即上來當著我拜了師父去罷。」這三個女人聽了出去，果然將他三人帶來。王夫人問之再三，他三人已是立定主意，遂與兩個姑子叩了頭，又拜辭了王夫人。王夫人見他們意皆決斷，知不可強了，反倒傷心可憐，忙命人取了些東西來齎賞了他們，又送了兩個姑子些禮物。從此芳官跟了水月庵的智通，蕊官藕官二人跟了地藏庵的圓心，各自出家去了。

這裏一步步寫得相當清楚：首先芳官等想出家，並不是可以抬腳就走的，須得徵求乾娘同意，乾娘也不敢做主，便又來求王夫人，這就是前邊說的第一條：「必須是一個能夠自主的自由人」，「出家前要得到父母的同意；身為奴僕的要解除主僕契約」；而後面說王夫人「取了些東西來齎賞了他們，又送了兩個姑子些禮物」，便是替她三人交納戒金了。

然而到了惜春出家時，賈府還有能力替她交戒金嗎？她出家後竟要乞食為生，可見混得比芳官等被姑子「拐了去做活使喚」更加不如，這也足可再次佐證她的出家是在事敗之後。

正如脂硯所說：「公府千金至緇衣乞食，寧不悲夫！」

惜春是怎樣出家的？

前文已經說過，惜春出家的時間應該是在抄家之後。然而，她是怎麼出家的呢？出家既然有那麼多的限制與程序，惜春作爲犯官之女，遁入空門只怕沒那麼容易。不但沒人替她交得起戒金，而且全家入獄，只怕她也沒了自由身，不是想出家就可以出家的。

或者說，賈府雖然被抄，但後來還是有翻身的機會的，歷史上的曹家就是有過一小段中興時期，且發還了部分財產，這樣，賈府就有可能爲惜春交納戒金，並有資格准許她正式出家了。

又或者說，賈府雖敗，然「百足之蟲，死而不僵」，曾經有過那麼多家廟，認識那麼多高僧名尼，這裏有一兩個念舊情的，幫助惜春出家原是輕而易舉的事。

但如果是那樣，惜春的身分就該跟她小時候的玩伴智能兒一樣，還是可以活得挺從容的，至糟糕也不過落得個像芳官、藕官、蕊官的境遇，給師父做活使喚，如何竟至於「緇衣乞食」呢？

陳琛《和尚》一書中關於「乞食」有一段術語解釋：

佛教對僧人吃的飯分為三種，一是「受請食」，即僧人受施主邀請，到施主家就食；二稱「眾僧食」，即僧人在僧眾中共同進食；三稱「常乞食」，即穿戴僧服，帶著乞食的缽盂，到村落挨門挨戶乞討食物。在印度，在佛教創始初特別推崇乞食……但是，在中國，僧人只有在外出遊方時才「化齋」（相當於乞食），而寺廟一般都自己有專門的廚房。

由此可見，惜春既然是托缽沿乞，可以猜想她不是在「有專門廚房」的寺廟長住，只能做遊方僧，四處流浪。

爲什麼會這樣呢？

很有可能，惜春的出家另有隱情，是不合法的。最大的可能就是她是在抄家時逃出來的，沒有跟家人一起關進獄神廟或別的地方，而是獨自出走，做了尼姑。

這樣，她就必須隱瞞身分，不能大大方方正正式式地出家；即使某廟住持或是出於報恩念舊，或是出於貪圖小利，冒險幫她出了家，也不敢讓她長期居留。因此她只能外出遊方，四處「掛單」。

然而「掛單」，也不是那麼容易的。《和尚》中關於「僧人的戶口檔案」也有諸多規定：

自唐朝以後，建寺、度僧及度僧人數都要得到政府的批准……

政府批准的「官度」有兩種情況。一是每家寺院每年有一定的度僧名額，在這一限額內度僧算是合法的；二是皇帝在重大慶典及其他特殊情況下，恩賜某地區或某寺院可以度一定數量的人為僧，這稱為「恩度」或「賜度」。恩賜度僧的記載在唐宋時代極為普遍。凡是官度的僧尼都要有政府發放的證明文件，這就是度牒。

度牒的發放從唐宋開始，一直延續到清朝初年……除了度牒，政府還有對僧人進行管理的僧籍制度。僧籍由祠部管理，每隔幾年就要清查重造一次。僧籍的內容包括僧人的法名、俗姓、籍貫、所習經業、所在寺名、寺中定額的僧人人數等項。如果僧人身死或還俗，當天就要報送祠部，註銷僧籍。

後來，明代對僧籍的管理更加嚴格。不但天下寺院要上報僧籍，而且在全國範圍內編造「周知錄」。也就是由京師的僧錄司將天下僧寺尼庵及所有的僧人一一輯錄。在每位僧人的僧名之下，記錄著他的年齡、姓名、出家的時間及度牒的字號。這本「周知錄」編成之後，頒發給所有的寺院。這樣，凡有遊方僧人前來寺院「掛單」，寺院就要查問這位僧人來自哪座寺廟，叫什麼，多齡多大等，然後根據「周知錄」核實。如果冊子裏沒有這位僧人的名字，或者其他方面不符合，就認為是欺詐行為，可以把他緝拿，送到官府去。

上述可見，出家的名額相當嚴格，縱使惜春到處遊方掛單，也必須有「度牒」，但是她的「度牒」從何而來呢?可以肯定不是正常頒發的，只能是僞造，或者冒認。比如《水滸傳》裏，武松就冒認了一個僧人的度牒做護身符。

可能某廟中有個尼姑死了，或是還俗了，住持沒有及時向官府報告，「註銷僧籍」，而是將度牒給了惜春，但又不敢長期收留她，只是讓她有了一個遊方的身分，得以苟活逃生。

這個幫助她的人，可能是隨意的一個僧尼，也可能是前八十回中出現過的人。我有過兩個猜想：

一是妙玉來京時最初投宿的「西門外牟尼院」，另一個，可能乾脆就是妙玉本人。

當初妙玉來京，原是沖著「因聽見長安都中有觀音遺跡並貝葉遺文」的，這讓我不禁想起惜春判曲中的「聞說道，西方寶樹喚婆娑，上結著長生果。」何其相像。會不會，是妙玉將自己的身分、度牒給了惜春，讓她趁亂遠走高飛，逃脫了抄家之獄，自己卻因而被拖累入罪，變賣爲娼，以至於落得個「無瑕白玉遭泥陷」呢？

當然，這只是我的猜想，尚無更多的證據來支持。但是，這至少解決了一個疑問：就是賈府縱然被抄，那妙玉原是請來修行之人，並非賈府親眷，卻因何會受到株連呢？而倘若不是受賈府之累，她作爲佛門子弟，又有些家私傍身，又怎麼會「可憐金玉質，終陷淖泥中」？但惜春也因名不正言不順，雖然出了家，卻沒有安身廟宇，只能四處掛單，托鉢乞食。

可歎世上到底沒有淨土，無論妙玉也好，惜春也好，終究都是「欲潔何曾潔，云空未必空」啊！

惜春爲什麼一定要攆入畫？

探春評價惜春：「這是他的僻性，孤介太過，我們再傲不過他的。」一點不錯。

看到惜春攆入畫一段，很多人都爲入畫歎息，覺得惜春「孤介太過」，冷漠無情。且讓我們重看第七十四回〈惑奸讒抄檢大觀園　矢孤介杜絕寧國府〉關於惜春和入畫的兩段：

遂到惜春房中來。因惜春年少，尚未識事，嚇的不知當有什麼事，故鳳姐也少不得安慰他。誰知竟在入畫箱中尋出一大包金銀錁子來，約共三四十個，又有一副玉帶板子並一包男人的靴襪等物。入畫也黃了臉。因問是那裏來的，入畫只得跪下哭訴真情，說：「這是珍大爺賞我哥哥的。因我們老子娘都在南方，如今只跟著叔叔過日子。我叔叔嬸子只要吃酒賭錢，我哥哥怕交給他們又花了，所以每常得了，悄悄的煩了老媽媽帶進來叫我收著的。」惜春膽小，見了這個也害怕，說：「我竟不知道。這還了得！二嫂子，你要打他，好歹帶他出去打罷，我聽不慣的。」鳳姐笑道：「這話若果真呢，也倒可恕，只是不該私自傳送進來。

這個可以傳遞，什麼不可以傳遞。這倒是傳遞人的不是了。若這話不真，倘是偷來的，你可就別想活了。」入畫跪著哭道：「我不敢扯謊。奶奶只管明日問我們奶奶和大爺去，若說不是賞的，就拿我和我哥哥一同打死無怨。」鳳姐道：「這個自然要問的，只是真賞的也有不是。誰許你私自傳送東西的！你且說是誰作接應，我便饒你。下次萬萬不可。」惜春道：「嫂子別饒他這次方可。這裏人多，若不拿一個人作法，那些大的聽見了，又不知怎樣呢。嫂子若饒他，我也不依。」鳳姐道：「素日我看他還好。誰沒一個錯，只這一次。二次犯下，二罪俱罰。但不知傳遞是誰。」惜春道：「若說傳遞，再無別個，必是後門上的張媽。他常肯和這些丫頭們鬼鬼祟祟的，這些丫頭們也都肯照顧他。」鳳姐聽說，便命人記下，將東西且交給周瑞家的暫拿著，等明日對明再議。於是別了惜春，方往迎春房內來。

這是抄檢時的情形，鳳姐從入畫箱中搜出許多「賊贓」來時，惜春並未說話，及入畫解釋過「這是珍大爺賞我哥哥的」之後，惜春反而發話了，立逼著鳳姐帶走。連鳳姐也不住求情：「素日我看他還好，誰沒一個錯，只這一次。」然而惜春卻不為所動，隔日又令尤氏帶走入畫，任憑入畫哭求，鳳姐、尤氏、奶娘等又百般勸解，然而惜春是和入畫從小一處長大的，竟然絲毫不為所動，「天生成一種百折不回的廉介孤獨僻性，任人怎說，他只以為丟了他的體面，咬定牙斷乎不肯。」不但咬定要攆出入畫去，且說：「不但不要入畫，如今我也大了，連我也不便往你們那邊去了。況且近日我每每風聞得有人背地裏議論什麼多少不堪的閒話，我若再去，連我也編派上了。」又說：「我清清白白的一個人，為什麼教你們帶累壞了我！」

這話說得好不奇怪。然而更奇怪的，是書中說「尤氏心內原有病，怕說這些話。聽說有人議論，已是心中羞惱激射」——惜春聽到的「不堪的閒話」是什麼？而尤氏心裏的病又是什麼呢？

想來不過是柳湘蓮說的「你們東府裏除了那兩個石頭獅子乾淨，只怕連貓兒狗兒都不乾淨。」以及焦大醉罵的「爬灰的爬灰，養小叔子的養小叔子」吧。

然而這些，又與惜春攆入畫何干？

細想下來，只怕事情就出在入畫箱中那一大包三四十個金銀錁子上。

錁子，是從前富貴人家將金銀灌鑄在模型中，打造成各種吉利圖案的擺飾，相當於小元寶之類，用於年節間贈賞之用。

比如鳳姐初會秦鐘，「平兒知道鳳姐與秦氏厚密，雖是小後生家，亦不可太儉，遂自作主意，拿了一匹尺頭，兩個『狀元及第』的小金錁子，交付與來人送過去。」

再如元春聽了齡官的戲，十分喜歡，「命『不可難爲了這女孩子，好生教習』，額外賞了兩匹宮緞、兩個荷包並金銀錁子、食物之類。」

而鴛鴦替劉姥姥檢點賈母贈送之物，也是「掏出兩個筆錠如意的錁子來給他瞧，又笑道：『荷包拿去，這個留下給我罷。』劉姥姥已喜出望外，早又念了幾千聲佛，聽鴛鴦如此說，便說道：『姑娘只管留下罷。』鴛鴦兒他信以爲真，仍與他裝上，笑道：『哄你頑呢，我有好些呢。留著年下給小孩子們罷。』」

以上三例，都可見賈府中人有贈賞金銀錁子做禮物的習俗。然而平兒以為對秦鐘「不可太儉」，才不過送了兩個金錁子，而賈珍賞入畫哥哥竟然一出手就是三四十個，何以如此厚待？這手筆可比元妃、老太太大方多了。

弄清了錁子的用途，再來理理錁子的價值吧。

第五十三回〈寧國府除夕祭宗祠　榮國府元宵開夜宴〉中有一段重要描寫：

且說賈珍那邊，開了宗祠，著人打掃，收拾供器，請神主，又打掃上房，以備懸供遺真影像。此時榮寧二府內外上下，皆是忙忙碌碌。這日寧府中尤氏正起來同賈蓉之妻打點送賈母這邊針線禮物，正值丫頭捧了一茶盤押歲錁子進來，回說：「興兒回奶奶，前兒那一包碎金子共是一百五十三兩六錢七分，裏頭成色不等，共總傾了二百二十個錁子。」說著遞上去。尤氏看了看，只見也有梅花式的，也有海棠式的，也有筆錠如意的，也有八寶聯春的。尤氏命：「收起這個來，叫他把銀錁子快快交了進來。」丫鬟答應去了。

一百五十三兩六錢七分金子，總共傾了二百二十個錁子，這道題不難算，約莫每個錁子七錢重。入畫哥哥的一大包金銀錁子，約共三四十個，哪怕全是銀的，也值二三十兩，何況還有金的。

賈蓉說過：「縱賞銀子，不過一百兩金子，才值了一千兩銀子。」可見當時的比價是一比十。如果入畫哥哥的錁子裏有十個金錁子，就值七十多兩銀子。

換言之，入畫哥哥那包錁子，價值百兩。而入畫這些大丫環的月錢，也不過是每月一吊錢，還不到一兩銀子。一百兩銀子，豈不要她們做足十年？

襲人做了寶玉的姨娘，王夫人加恩提拔，也不過是二兩銀子一吊錢。這賈珍待入畫哥哥竟如此豪奢，是因爲他有特別貢獻，還是二人有特殊關係？

書中寫賈璉在大姐兒「出花」的時候，「獨寢了兩夜，便十分難熬，便暫將小廝們內有清俊的選來出火。」

而從第七十五回尤氏偷窺寧國府夜賭的一場戲中可以看出，寧府裏一直蓄有變童，可見賈珍有「龍陽之癖」，是男女通吃的。且對情人出手大方，從其對秦可卿喪禮上的表現便盡可知。

而這些，都是尤氏深知也深忌的，故而說「心裏有病」。惜春聽到的閒言閒語雖能不確知是什麼話，然而寧府夜夜聚賭，斷袖成風，怕是多少也會聽到一星半點。見到入畫箱中的大包金銀錁子並玉帶板子這些貴重物品，明知不是普通小廝能夠擁有，再聽說是賈珍賞她哥哥的，立時心知肚明：入畫那哥哥，與賈珍絕非尋常主僕關係。

而這件事，不能問，不能說，只能痛快俐落地處理乾淨。

故而，惜春立即翻臉，憑人怎麼勸，入畫怎麼求，只堅持著非要攆了入畫出去，且說：

「我一個姑娘家，只有躲是非的，我反去尋是非，成個什麼人了！」

惜春此舉，無非是爲了躲是非，以示「清者自清，濁者自濁」罷了。

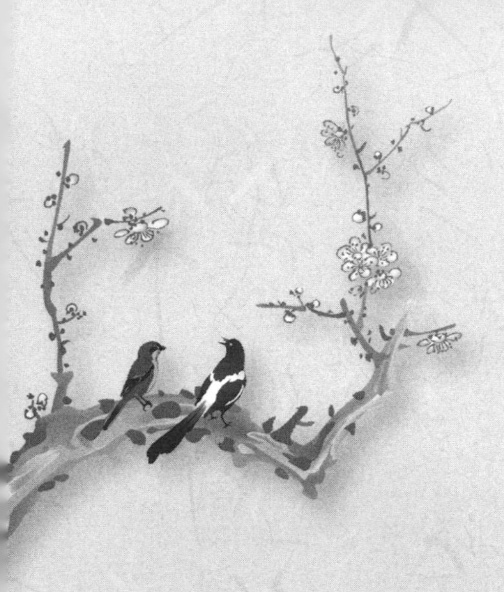

凡鳥偏從末世來——王熙鳳。

大觀園第一風流人物・王熙鳳的功高蓋主
王熙鳳死於非命・鳳姐生日的暗示
王熙鳳的斂財術・賈璉的兄弟是誰

大觀園第一風流人物

誰是《紅樓夢》中第一風流人物？

寶釵？黛玉？晴雯？尤三姐？還是秦可卿？

我說都不是。寶釵端莊得太過冷淡，黛玉清高自許，目無下塵，都遠遠稱不上「風流」二字。

——儘管，這兩個人是《金陵十二釵》的領軍人物，而文中又給了明確的定評：

黛玉一出場，眾人就看到她「舉止言談不俗，身體面龐雖怯弱不勝，卻有一段自然的風流態度。」

而寶玉看見薛寶釵羞籠麝香串時，覺得她「臉若銀盆，眼似水杏，唇不點而紅，眉不畫而翠，比林黛玉另具一種嫵媚風流。」

到了太虛幻境，再見了秦可卿時，則又把兩個人一起比下去：「其鮮豔嫵媚，有似乎寶釵；風流嫋娜，則又如黛玉。」

而在賈珍、賈璉兩兄弟眼中，則覺得尤三姐才是風流教主，「本是一雙秋水眼，再吃了酒，又添了餳澀淫浪，不獨將他二姐壓倒，據珍、璉評去，所見過的上下貴賤若干女子，皆未有此綽約風流者。」

——這「上下貴賤若干女子」，自然也包括了黛、釵、可卿諸人。那尤三姐自己也「仗著自己風流標緻，偏要打扮的出色，另式做出許多萬人不及的淫情浪態來，哄的男子們垂涎落魄，欲近不能，欲遠不舍。」

這樣子一路PK下來，似乎「屬風流人物，要算尤三」了，況且她又姓尤，真真一個尤物。

然而她的親姐姐尤二卻曾說過：「我雖標緻，卻無品行。」尤二姐臨死之前，夢見尤三姐手捧鴛鴦劍前來，說：「你我生前淫奔不才，使人家喪倫敗行，故有此報。」尤二姐亦泣道：「我一生品行既虧，今日之報既係當然。」

可見風流雖無過錯，「淫奔」卻是至不可恕之罪孽，所以秦可卿淫喪天香樓，尤二姐吞金自盡，尤三姐也用鴛鴦劍自刎，三個風流尤物都落得個自我了斷的殊途同歸。

「俏丫鬟抱屈夭風流」的晴雯雖然也占了風流之號，卻無淫行，因此在十二釵裏列於又副冊榜首，冊子裏給她的評語是「風流靈巧招人怨」，但是接著一句「壽夭多因毀謗生」，說明是枉耽了虛名兒，「風流」乃是天性，並無過失，所有的傳言皆是「毀謗」，所以她雖然也非善終，卻只是病死，不至於自盡，是清清白白地來，清清白白地去。

那麼，十二釵裏既風流又不至落於淫奔之徒的真正花魁該是誰呢？只有王熙鳳！

書裏對鳳姐沒有用到「風流」這個詞，卻換了一個「風騷」：「身量苗條，體格風騷，粉面含春威不露，丹唇未啓笑先聞。」——寥寥數語，一個活色生香的俏麗佳人已經躍然紙上，比風流更見揮霍灑脫，卻不失矜貴。

當然，鳳姐也犯過一個「淫」字，卻與本身無干——〈見熙鳳賈瑞起淫心〉，那個想吃天鵝肉的可憐蛤蟆賈天祥一見鳳姐誤終身，竟至丟了性命。有人說「王熙鳳毒設相思局」，是太心狠手辣了一些，我卻以爲不然：賈瑞爲了等熙鳳而在穿堂裏凍了一夜是自找，又不知改悔，復被蓉、薔兩兄弟訛詐，更是活該；已經病入膏肓，還要做白日夢，不肯聽道士的話，非要正照風月鑒，到底被收了魂魄——從始至終，鳳姐並不曾動過他一指頭，她整治賈瑞的一套手段，比之尤三姐用酒色「哄的男子們垂涎落魄」不知高明出多少倍。這才叫求仁得仁，「牡丹花下死，做鬼也風流」呢。

賈瑞的出場，完全是爲鳳姐的濃墨重彩做了一個陪襯，如果沒有這樣一個人，讀者如何見得出鳳姐美貌的殺傷力？又如何得知她的豔若桃李，冷若冰霜？

然而曹雪芹卻又偏偏寫鳳姐「一團火似地」趕著人說話，連見了劉姥姥都是「滿面春風地問好」，並非一個冷美人兒。關於她的房事，書中僅有一處描寫，在第七回〈送宮花賈璉戲熙鳳〉，周瑞家的隔窗聽見賈璉笑聲，又看見平兒拿著大銅盆出來，叫豐兒舀水——脂硯齋點評這寫法乃是「柳藏鸚鵡語方知」。作者顧忌鳳姐身分，故而不能直筆明寫她的房中之事，然而這樣一個春閨佳人，又如何可以沒有風月文字，於是只是這樣「隔牆花影動，似是玉人來」地含蓄一筆，已經令人無限遐思。

《紅樓夢》的前身有相當重要的一部分內容來自《風月寶鑒》，而王熙鳳顯然就是「風月」女主角，作者用心刻劃的第一風流人物。在原文中，可以想像關於熙鳳的風月描寫有很多，但是移至《紅樓夢》後，經過幾度增刪，則只保留了她的心機手段，給讀者留下一個「身量苗條，體格風騷」的倩影，卻削去所有細節描寫。

這就好比真正的好畫不是滿紙金粉，而要適當留白；真正的性感不是春光盡泄，而要半抱琵琶；真正的美色並非萬紫千紅，而是一枝紅杏；真正的風流，則既不是嬌羞扭捏，更不是淫聲浪語，而是揉風情與機智於一身，熔冶豔與剛烈於一爐，除了「擅風情，稟月貌」之外，更要知分寸，有進退，守德行，點到即止。

如此方知，王熙鳳，才是真正的十二釵第一風流人物！

王熙鳳的功高蓋主

榮國府內當家王熙鳳，婆家是「賈不假，白玉為堂金作馬」的賈家，娘家是「東海缺少白玉床，龍王請來金陵王」的王家，四大家族，她一個人占了倆，可謂出身高貴，錦上添花。

而兩句俚語，為形容賈王兩家之富，都用到了一個詞：「白玉」。賈、王兩家的華貴富足，正如香菱引用的那句詩：「此鄉多寶玉。」王熙鳳分明深爲自得，故而聽見小紅原名紅玉時，「將眉一皺，把頭一回，說道：『討人嫌的很！得了玉的益似的，你也玉，我也玉。』」很瞧不上別人也把玉掛在嘴邊。因爲「得了玉的益」的，只有賈、王兩家，別人，怎麼配？

按理說榮國府家務應當由長房媳婦掌管。然而一則賈母偏心，不喜歡大兒子；二則賈赦原配死得早，邢夫人是塡房，出身卑微，不堪重任。於是，這掌門人大權就落到了二兒媳王夫人的頭上。王夫人能力平庸，雖有兩個兒子，無奈長子早逝，未亡人李紈性情木訥，比王夫人更加無能；而且一個寡婦處理內務，就難免要與管外的爺們打交道，深爲不便；二子寶玉還小，尚未娶妻；探春更小，且在閨中，諸事不便。

這樣子，王夫人只有借助自己的外甥女王熙鳳來幫忙料理家務，鳳姐與賈璉夫妻兩個男主外，女主內，裏應外合，有商有量，非常省心便利。

按說王熙鳳既是長房兒媳，又是二房外甥女兒，由她來管家，本來是平衡長房與二房關係的一個絕好策略。倘能處理得當，自可翻雲覆雨，進退自如；然而一個不小心，就會兩頭不討好，裏外不是人。

而王熙鳳，偏偏是最不懂得低調做人的一隻「凡鳥」。即使擱在今天，她也絕不會是個好領導。這並不是因爲她待下嚴苛，重利盤剝，而是她不懂得交際之道。——或許你會覺得這是故作驚人語，明明王熙鳳是最擅長應酬的，八面玲瓏，長袖善舞，說的就是她這種人。她對頂頭上司史太君承色說笑，對風頭人物賈寶玉體貼備至，對各中層領導大嫂子小姑子謙和有禮，還能說人緣不好嗎？

表面上，王熙鳳的確很能幹，冷子興形容她：「模樣又極標緻，言談又爽利，心機又極深細，竟是個男人萬不及一的。」周瑞家的則說：「這位鳳姑娘年紀雖小，行事卻比世人都大呢。如今出挑的美人一樣的模樣兒，少說些有一萬個心眼子。再要賭口齒，十個會說話的男人也說他不過。」

兩相比較，會發現周瑞家的說話與冷子興十分相似，這很正常，因為冷子興正是周瑞的女婿，他所瞭解到的王熙鳳人物性情，正是從岳父母口中得知。

但事實上，王熙鳳太賣乖能幹了，也就遠遠失於周到，她機關算盡，卻忽略了管理結構中相當重要的一環——董事會名譽成員：邢夫人、王夫人、尤氏等人。儘管邢夫人無權，王夫人無能，但她們畢竟是賈府長輩，其身分在賈母之下，鳳姐乃至眾姑娘之上，如果鳳姐是中層領導，首席執行官；那麼邢、王二夫人便是公司高層，縱使不參與具體管理，卻也擁有議事權與投票權的。

那邢夫人稟性愚強，貪得無饜，「兒女奴僕，一人不靠，一言不聽的。」並不以兒媳婦能代任榮府管家為傲，反而妒恨不平，「嫌隙人有心生嫌隙」，時不時就要給鳳姐找點兒麻煩。書中邢夫人對王熙鳳的嫌忌是明寫的，曾親口當著迎春的面說過：「總是你那好哥哥好嫂子，一對兒赫赫揚揚，璉二爺、鳳奶奶，兩口子遮天蓋日，百事周到，通共這一個妹子，全不在意。」一言未了，人回：「璉二奶奶來了。」邢夫人冷笑兩聲，命人出去說：「請他自去養病，我這裏不用他伺候。」嫌惡妒恨之情溢於言表。

聽說賈璉當賣老太太古董，邢夫人立刻找上門來敲詐：「你沒有錢就有地方遷挪，我白和你商量，你就搪塞我，你就說沒地方。前兒一千銀子的當是那裏的？連老太太的東西你都有神通弄出來，這會子二百銀子，你就這樣。幸虧我沒和別人說去。」逼得鳳姐只得拿自己的金項圈當了二百兩來交「封口費」。

小廝興兒曾對尤氏姐妹說過：「提起我們奶奶來，心裏歹毒，口裏尖快……闔家大小除了老太太、太太兩個人，沒有不恨他的，只不過面子情兒怕他……連他正經婆婆大太太都嫌了他，說他『雀兒揀著旺處飛』，黑母雞一窩兒，自家的事不管，倒替人家去瞎張羅。若不是老太太在頭裏，早叫過他去了。」

旁觀者清，興兒雖是最基層員工，卻看得很明白，邢夫人疏離鳳姐，因爲兩點：一是妒，二是恨。妒，是因爲鳳姐這個做媳婦的權勢比自己這個做婆婆的長房長媳還大；恨，則是因爲鳳姐不肯向著自己這一房，只知道討老太太的好，順承王夫人。

然而王夫人是不是就對鳳姐十分滿意呢？未必。正如平兒勸鳳姐的話：「縱在這屋裏操上一百分的心，終久咱們是那邊屋裏去的。」——平兒想得到，王夫人又怎會想不到？防不到？

王夫人雖然是熙鳳的親姑媽，而且把管家大權交給了鳳姐代理，但這並不代表她就完全信任王熙鳳。她一邊用著她，另一邊也防著她，其心理同樣是出於妒恨。妒嫉鳳姐本領比自己高，比自己更得賈母的寵，也更得眾人的捧；恨她越俎代庖，恃寵生驕，並且隨著她羽翼漸豐，鋒芒畢露，氣焰越來越囂張，連自己也不放在眼裏。

周瑞家的小子在鳳姐生日裏發酒瘋，撒了一院子饅頭，鳳姐發火要攆他，且命賴大家的：「回去說給你老頭子，兩府裏不許收留他小子，叫他各人去罷。」賴嬤嬤忙勸道：「奶奶聽我說：他有不是，打他罵他，使他改過，攆了去斷乎使不得。他又比不得是咱們家的家生子兒，他現是太太的陪房。奶奶只顧攆了他，太太臉上不好看。依我說，奶奶教導他幾板子，以戒下次，仍舊留著才是。不看他娘，也看太太。」

賴嬤嬤是府裏老人，精於世故，一眼便看到了這件事的實質：「打狗也要看主人」——連無知識的老嬤嬤都知道的避諱，鳳姐居然不在意，獨斷專行，豈非僭越？

此前林之孝家的曾勸誡寶玉說：「別說是三五代的陳人，現從老太太、太太屋裏撥過來的，便是老太太、太太屋裏的貓兒狗兒，輕易也傷他不的。這才是受過調教的公子行事。」——這樣簡單的道理，鳳姐偏偏不懂得，不看見，一而再地挑戰權威。又怎麼能讓王夫人心裏不懷恨呢？

王夫人屋裏失竊丟了玫瑰露，丫鬟們互不認賬，混咬一番。鳳姐便做主意：「依我的主意，把太太屋裏的丫頭都拿來，雖不便擅加拷打，只叫他們墊著磁瓦子跪在太陽地下，茶飯也別給吃。一日不說跪一日，便是鐵打的，一日也管招了。」

——明知道太太的丫頭不便擅加拷打，卻還要自作主張嚴刑逼問，豈非明知故犯？

幸虧平兒看得清楚，忙勸阻說：「何苦來操這心！『得放手時須放手』，什麼大不了的事，樂得不施恩呢。」

這兩次拿太太的人開刀雖然都未實施，然而一次又一次，總有眾人不提防、阻止不及的事，被王熙鳳無心做了出來，卻被王夫人看在眼裏，記在心裏。而這些事，倘若王夫人知道，又會怎麼想、怎麼做呢？她是個愛聽小話的，趙姨娘抱怨說短了一吊錢，王夫人就會冷不丁地查帳；襲人背地裏說寶玉大了要避嫌，她高興得趕著喊「我的兒」，這樣一個人，會樂意聽到別人告訴她鳳姐背地裏策劃整治她的陪房和丫鬟嗎？

書中說邢夫人所以厭惡鳳姐，皆因爲受到下人婆子們調撥：

「這一干小人在側，他們心內嫉妒挾怨之事不敢施展，便背地裏造言生事，調撥主人。先不過是告那邊的奴才，後來漸次告到鳳姐：『只哄著老太太喜歡了他好就中作威作福，轄治著璉二爺，調唆二太太，把這邊的正經太太倒不放在心上。』後來又告到王夫人，說：『老太太不喜歡太太，都是二太太和璉二奶奶調唆的。』邢夫人縱是鐵心銅膽的人，婦女家終不免生些嫌隙之心，近日因此著實惡絕鳳姐。」（七十一回）

這段白描，形象地畫出了「刁奴蓄險心」的嘴臉，也是大家常情。

然而邢夫人身邊人如此，焉知王夫人身邊人不也是這樣呢？那周瑞家的身爲太太陪房，兒子差點被鳳姐攆出府，難道不會向主子報告？彩雲、彩霞皆是王夫人貼身丫環，既與趙姨娘相契，自然同鳳姐不睦，難道不會尋機離間？

第三十九回中，寶玉說彩霞是個老實人，探春道：「可不是，外頭老實，心裏有數兒。

太太是那麼佛爺似的，事情上不留心，他都知道。凡百一應事都是他提著太太行。連老爺在家出外去的一應大小事，他都知道。太太忘了，他背地裏告訴太太。」語中大有諷刺彩霞心機深沉，多事饒舌之意。

王夫人身邊既有這許多「耳報神」，也就難保對鳳姐滿意。況且她委託鳳姐替自己管家，本來就是權宜之計，原沒打算讓她長久大權獨攬的，如今見她越來越猖狂，就更加抓緊準備，培養扶持新生力量來取代她。這從鳳姐病的時候，王夫人新委任的三位「鎮山太歲」就知道了。

三位是誰？李紈、探春、薛寶釵。

這三個人，一個是王夫人的長兒媳婦，一個是王夫人心目中的小兒子媳婦，還有一個是掛名女兒——雖不是自己親生的，卻一心一意長年巴結著自己的，而且終究要出嫁，不會奪權，因而王夫人暫時把家交給她管是放心的。

這三個人裏，任何一個能夠趁機成長起來，真正地取代鳳姐，都遠比鳳姐容易控制得多。至少，這三個人和自己的關係都比王熙鳳更加親近。尤其寶釵，她和鳳姐一樣，也是王夫人娘家的親戚，一個是兄弟的女兒，一個是姐妹的女兒，都叫外甥女兒，身分地位完全相同；不一樣的地方在於，寶釵同時還是王夫人心目中的最佳兒媳人選，也就是榮國府未來的掌門人，這就比熙鳳又進了一層。

——換言之，此時王夫人已經有讓寶釵取代鳳姐做管家的念頭了。不然，便無法解釋怎麼會讓一個未出閣的親戚來插手賈家的事務了。

此後，王夫人對鳳姐的態度每況愈下。第七十一回〈嫌隙人有心生嫌隙〉裏，賈母生日，鳳姐因看門的婆子得罪了寧府當家尤氏，便命人將婆子捆了等尤氏處分。邢夫人聽見了，故意當著眾人的面給鳳姐沒臉，陰陽怪氣地說：「我聽見昨兒晚上二奶奶生氣，打發周管家的娘子捆了兩個老婆子，可也不知犯了什麼罪。論理我不該討情，我想老太太好日子，發狠的還舍錢舍米，周貧濟老，咱們家先倒折磨起人家來了。不看我的臉，權且看老太太，竟放了他們罷。」說完轉身就走，甚至不給鳳姐一個解釋的機會。

王熙鳳正在又羞又氣，因王夫人在一旁問起，只得將緣故說了，又道：「昨兒因爲這裏的人得罪了那府裏的大嫂子，我怕大嫂子多心，所以盡讓他發放，並不爲得罪了我。」

誰知尤氏並不領情，只笑道：「連我並不知道。你原也太多事了。」——這一「笑」，真是意味深長。前文裏她因婆子說「各家門另家戶」的話，分明氣得又是冷笑又是查問這兩個是什麼人，還立時三刻就找鳳姐理論，是寶琴、湘雲、襲人並兩個姑子硬勸住了。如今鳳姐真的替她料理了，她反而笑人家「多事」，簡直近乎陷害。

其實這也很好理解：尤氏身爲寧國府當家，無論在職稱還是輩份上，都與鳳姐平級。本來和鳳姐的關係也頗好，可是因爲妹子尤二姐勾搭了賈璉，被鳳姐打到寧府來，揉搓折磨，臉對臉罵了半日，半點情面不留。兩人後來表面上雖然還算和睦，心裏卻結了樑子，如今有了這個機會，尤氏還不趁機討個大度名聲，把嚼子給鳳姐帶上嗎？

但表現最特別的還是王夫人，此時她本應對尤氏說：雖然節下，禮不可廢，婆子先放了也可，但過後還是要重辦的。這樣既可以兩不得罪，又可以替鳳姐周旋了面子。然而她分明也想趁機殺一殺鳳姐的威風，不願意看她活得太得意，巴不得找個什麼由頭涮涮她的面子，而最好這個由頭又不是自己找來的。如今借了邢夫人和尤氏的口給鳳姐定個罪名，還不趕緊推波助瀾嗎？因此打蛇隨棍上，道：「你太太說的是。就是珍哥兒媳婦也不是外人，也不用這些虛禮。老太太的千秋要緊，放了他們為是。」說著，也不再聽鳳姐囉嗦，自己親自下令，回頭命人去放了那兩個婆子。這分明是告訴鳳姐：你連這點事都處理不好，讓你太太當眾說了那麼難聽的話。那好，我不用你處理了！

在這次事件中，邢夫人不用說了，擺明是要給鳳姐難堪；尤氏更是趁機報復；但最悲哀的還是王夫人，明知鳳姐受了委屈，非但不維護，還借力打力，落井下石地又給鳳姐加添了一筆沒趣——即使要放兩個婆子，也該交由鳳姐去放。她卻自說自話地教訓了鳳姐幾句，然後「回頭便命人去放了那兩個婆子」，簡直當鳳姐是透明。

這一段描寫，怕是前八十回裏鳳姐最可憐的時候，比跟賈璉大鬧一場，哭得「黃黃的臉兒」更可憐。因為彼時大發雌威，還可以撒嬌哭鬧，此回卻惟有忍氣吞聲，暗自飲泣。老太太命人叫她來問話，她「忙擦乾了淚，洗面另施了脂粉」才過來，鴛鴦看見她眼睛腫了，問是受了誰的氣，她還要佯笑掩飾：「誰敢給我氣受，便受了氣，老太太好日子，我也不敢哭的。」——連哭也不敢，還不可憐嗎？

——人人只道鳳姐抓尖好強，豈知她身處中層夾心，受的氣比誰都多。十個人裏，縱然周旋了九個，一個照顧不到，閒話也會說到十分，終究是功不抵過。

這回明明是兩位夫人使心眼，拿鳳姐當了磨心，而她有冤無處訴，白受一場夾板氣，還不能說一個「不」字，因爲兩邊都是太太，是長輩。給她什麼，都得忍著。

這次「放人」事件，可謂是邢王二夫人加上尤氏的一次完美聯手，給了鳳姐沉重一擊。而接下來的「搜人」事件，則是兩位董事的再次合作，更是將鳳姐踩沉一層。這便是「抄檢大觀園」的真實起因。邢王二夫人的嘴臉也更加難看了。

第七十四回〈惑奸讒抄檢大觀園　矢孤介杜絕寧國府〉，傻丫頭在園裏撿到一個錦囊，圖案是一男一女赤條條摟抱在一起，一看就知是男女私贈之物。邢夫人發現了，居爲奇貨——可算是捉了二房裏的短兒，於是立刻封起來打發人送給王夫人，大有幸災樂禍之意。而王夫人見了，又氣又羞，立刻到鳳姐這兒興師問罪來了，分明有遷怒之意——爲何遷怒？因爲邢夫人是王熙鳳的婆婆，如今她給王夫人沒臉，王夫人可不要把罪過推在鳳姐身上嗎？且連賈璉也拉扯上，「自然是那璉兒不長進下流種子那裏弄來。你們又和氣。當作一件頑意兒，年輕人兒女閨房私意是有的，你還和我賴！」

賈璉是誰？長房嫡子呀。王夫人的心理活動是：你把東西給我看做什麼？是你兒子媳婦做的好事，你還問我？

鳳姐滿心委屈，然而罪名太大也太難看，只得先跪下來含淚哭訴，情理分明地表白一番，說明春袋並不是自己的。王夫人無言可對，卻又遮掩說：「我也知道你是大家小姐出身，焉得輕薄至此，不過我氣急了，拿這話激你。」——誰說王夫人愚鈍沒心機呢？狡辯的功夫比誰都強。且不管這春袋是不是鳳姐的，也不論鳳姐的表白有無道理，總之先發制人，先將鳳姐的威風殺了下來再說話，然後又問：「但如今卻怎麼處？」一點主意沒有。

恰值邢夫人陪房王善寶家的走來，便出了個餿主意：「如今要查這個主兒也極容易，等到晚上園門關了的時節，內外不通風，我們竟給他們個猛不防，帶著人到各處丫頭們房裏搜尋。想來誰有這個，斷不單只有這個，自然還有別的東西。那時翻出別的來，自然這個也是他的。」

——這分明就是「抄家」，然而王夫人非但不以為忤，反而點頭稱讚：「這主意很是，不然一年也查不出來。」真正愚不可及！

鳳姐明知不妥，但因已經輸了先機，無法再心平氣和地出主意，只得順從了。一場摧花折柳的「抄檢大觀園」就此展開。

在整個抄檢過程中，鳳姐是不情願的：她攔著眾人不讓搜檢蘅蕪院，說：「要抄檢只抄檢咱們家的人，薛大姑娘屋裏，斷乎檢抄不得的。」王善保家的從紫鵑房中抄出許多寶玉舊用的東西，「自為得了意，遂忙請鳳姐過來驗視」，鳳姐卻笑道：「寶玉和他們從小兒在一處混了幾年，這自然是寶玉的舊東西。這也不算什麼罕事，撂下再往別處去是正經。」探春的丫頭待書嘲罵王善保家的，鳳姐不怒反讚：「好丫頭，真是有其主必有其僕。」

——如此種種，都可以看出鳳姐對「抄檢」的不以為然。倘若此時鳳姐還做得了主，事情斷不至於演變到這般醜陋殘酷的地步，然而王夫人幾年不理事，如今忽然「雷嗔電怒」的起來，要做場好戲給眾人看，展示自己的果決手段。結果，無辜的丫環們做了邢、王二夫人勾心鬥角的犧牲品，王善保家的「搬起石頭砸自己的腳」，害了自己的外孫女兒司棋，入畫、四兒等被驅逐，十二官風流雲散，晴雯更是含恨慘死。

而王熙鳳，也益發心灰意冷，事情沒完就再一次病倒下來，連中秋家宴也未能出席。大觀園的最後一次盛會，冷冷清清，賈母歎息：「偏又把鳳丫頭病了，有他一人來說說笑笑，還抵得十個人的空兒。可見天下事總難十全。」

自此，王熙鳳的心是徹底灰了，榮國府的聚宴中，她不再唱主角，而要漸次缺席了。

後來賈府被抄，寧國府的罪行明明比榮國府重，然而慘死在獄神廟的人卻只是鳳姐，爲何？後四十回遺失，但原因可想而知，自然是船沉眾人踩，登高必跌重。

鳳姐的判詞裏說她「機關算盡太聰明，反算了卿卿性命。」然而細想起來，鳳姐其實並不是很懂得算計，非但算不出天威難犯，命運多舛，且也沒算到人心叵測，功高蓋主。也就難怪她會死於非命了。

王熙鳳死於非命

《金陵十二釵》的冊子中，關於王熙鳳的那一頁，畫著一片冰山，上面有一隻雌鳳。其判曰：

凡鳥偏從末世來，都知愛慕此生才。
一從二令三人木，哭向金陵事更哀。

「凡鳥」合起來即是一個「鳳」字，立在冰山之上，是冰雪將融，大廈將傾的意思，也就是詩中說的「末世」；鳳姐之才幹超群是無庸置疑的，所以第二句也很好解釋；然而第三句「一從二令三人木」，卻是紅學課題上的一道不解之謎。

有人說，這是指王熙鳳婚姻生活中的三個階段：初而賈璉對她言聽計從，後來反向她發號施令，最終把她休了。「人木」兩個字，合起來是個「休」字，也就是脂批所說的「拆字法」。

也有人說，二令合成一個「冷」字，指柳湘蓮，因爲回目裏有〈冷二郎一冷入空門〉的說法;王熙鳳是被柳湘蓮殺死的,爲的是替秦可卿報仇,至於怎麼繞到這個題目上的,說起來太過複雜,不做引論。

還有人說,「三人木」,是指三個木頭人,即王夫人、李紈、迎春,還有說板兒的,因爲「板」是木頭做的……

總之,眾說紛紜,迄今無定論。

在這篇文章中,我也來參與一下這個猜謎遊戲——我同意「二令」合爲一個「冷」字,但我卻認爲此「冷」非柳湘蓮,而是「冷子興」。

王熙鳳這個人物的第一次出場,是在全書第二回〈冷子興演說榮國府〉,正由冷子興向賈雨村做出一番言簡意駭的介紹:

「若問那赦公,也有二子。長名賈璉,今已二十來往了。親上作親,娶的就是政老爹夫人王氏之內侄女,今已娶了二年。這位璉爺身上現捐的是個同知,也是不肯讀書,於世路上好機變,言談去的,所以如今只在乃叔政老爺家住著,幫著料理些家務。誰知自娶了他令夫人之後,倒上下無一人不稱頌他夫人的,璉爺倒退了一射之地。說模樣又極標緻,言談又爽利,心機又極深細,竟是個男人萬不及一的。」

這是王熙鳳的第一次暗出,卻是冷子興這個人物在全書八十回中的惟一一次正面出場。此次之後,他只有一次側出,又同王熙鳳有關,事見第七回〈送宮花賈璉戲熙鳳〉。周瑞家的替薛姨媽給各房送宮花，她女兒忽然找了來，說女婿惹了官司，被人告到衙門裏，要遞解還鄉——

原來這周瑞的女婿，便是雨村的好友冷子興，近因賣古董和人打官司，故教女人來討情分。周瑞家的仗著主子的勢利，把這些事也不放在心上，晚間只求求鳳姐兒便完了。

寥寥數語，收拾了一小段插曲。此後再未見冷子興其人，因此紅學家們也都把他忘記了，忘了他比柳湘蓮更有資格來擔當這個「冷」字的代言人。如果說柳湘蓮有冷二郎之稱就是冷，那麼尤氏也說過惜春「可知你是個心冷口冷心狠意狠的人」，豈不也是冷字了？妙玉自然更冷，而寶釵亦有冷美人之稱，豈不都比柳湘蓮更有說服力？

然而冷子興，卻是明明白白，全書獨一無二有姓「冷」的人。而第二回的回前詩中也有明白的暗示：

一局輸贏料不真，香銷茶盡尚逡巡。
欲知目下興衰兆，須問旁觀冷眼人。

脂硯在此有一行眉批：「故用冷子興演說。」再次提醒看官：冷子興即是「冷眼人」，而這「冷眼人」乃是預知賈府興衰的關鍵人物。

試問，還有誰比冷子興更配得上做這「二令」之「冷」的代表人物呢？

要注意的是，冷子興輾轉向王熙鳳求助，是因他被判「遞解還鄉」，還的是哪個鄉？自然是金陵，因爲開篇已經交代了這冷子興亦是金陵人氏，在都中開古董行。

他是仗著王熙鳳的出手相助而倖免於難，得以留在都中的。

而王熙鳳的最終結局是什麼呢？

判詞最後一句寫：「哭向金陵事更哀」。她最後竟離開都中，回到了金陵，同冷子興掉了個過兒。

這兩個人的命運之線，真是遙遙呼應，互爲首尾。

很有可能，王熙鳳「哭向金陵」的原因與冷子興有關。會是什麼關係呢？

尤氏打趣王熙鳳時說過：「我看著你……弄這些錢那裏使去！使不了，明兒帶了棺材裏使去。」脂批說：「此言不假，伏下後文短命。」可見鳳姐之死與錢財有關。

錢財招禍的原因，可能有三點：一是貪污受賄，害死人命；二是設貸獲利。這兩點都是前文明寫的，而第三點，則是我的推測，更是惹禍的關鍵，即當賣犯官財物。

元春省親時，點的第一齣戲就是「豪宴」，庚辰本有雙行夾批：「『一捧雪』中伏賈家之敗。」說明賈家的敗落與一件古董有關。

而冷子興，正是開古董行的。

第七十二回中，鳳姐說賈母生日，王夫人無錢送禮，還是鳳姐提議，把後樓上現有些沒要緊的大銅錫傢伙當了四五箱子，弄了三百銀子搪羞。賈璉也攛掇鴛鴦拿賈母眼面前用不著的東西去當，還曾惹得邢夫人大說閒話，顯然以後再要騰挪銀兩時，賈母這條路已經走不通了。那麼，再有了大事用錢，最現成也最可能的捷徑就是將甄家藏在賈家的財物也偷偷拿去當了。

事實上，曹家事敗的原因之一，就是曾替雍正的政敵塞思黑收藏了一對金獅子，這是「真事」，註定要在書中的「甄家」身上發作出來。甄家藏匿財物之事露白，很可能便是賈府被抄的導火線，而這個導火線，又由賈府掌門人王熙鳳親手點燃，是非常合理的。

第二十二回〈聽曲文寶玉悟禪機　製燈謎賈政悲讖語〉中，所有人都只注意到寶釵點了一支「寄生草」解與寶玉聽，卻忽略了鳳姐點的是「劉二當衣」，焉知不寓含深意呢？

倘若果然鳳姐偷當甄家的財物，那甄家已經獲罪，財物屬違禁品，不可能在京中出手，這時候冷子興這個人物就派上用場了。他是專門從京中販了古董往金陵去賣的，正可替王熙鳳跑腿。古董案便在他身上發作出來，王熙鳳罪名難逃。

那麼，這「一從二令三人木」的「從冷休」意思就很容易理解了，是說王熙鳳乃至整個賈府的命運，是從冷子興這個小人物身上開始敗落的，這個「休」字，可以有兩個解釋，一是「休妻」的休，二是「萬事皆休」的休。

很可能賈璉最終休了王熙鳳，因爲尤二姐死後，他曾指著牆頭發誓要查出真凶來替她報仇；張華並沒有死，胡太醫也只是暫時避風頭去了，這兩個人很有可能將來會把鳳姐害死尤二姐的真相托出，並向官府翻案，加上邢夫人一直不喜歡鳳姐，很有可能攛掇賈璉休妻。

脂批告訴我們，王熙鳳曾淹蹇於獄神廟中，原因可能是被囚，也可能是被休後無家可歸，只得寄宿廟中。而無論是被囚後「遞解還鄉」，還是被休後獨自回娘家，都堪稱「哭向金陵事更哀」了。

但她是不是安全地回到了金陵呢？

第十六回中，王熙鳳在鐵檻寺收了淨虛老禿尼的銀子，枉送了張金哥與守備兒子一雙情人的小命後，甲戌本有雙行夾批：

一段收拾過阿鳳心機膽量，真與雨村是一對亂世之奸雄。後文不必細寫其事，則知其乎生之作為。回首時，無怪乎其慘痛之態，使天下癡心人同來一警，或可期共入於恬然自得之鄉矣。脂硯。

「回首」這個詞，正文中出現過兩次這個詞，一次是在元春詩謎中提到「一聲震得人方恐，回首相看已化灰。」另一次是在第五十四回，寶玉回房時，正遇見襲人同鴛鴦聊天——

……忽聽鴛鴦歎了一聲，說道：「可知天下事難定。論理你單身在這裏，父母在外頭，每年他們東去西來，沒個定準，想來你是不能送終的了，偏生今年就死在這裏，你倒出去送了終。」襲人道：「正是。我也想不到能夠看父母回首。太太又賞了四十兩銀子，這倒也算

養我一場，我也不敢妄想了。」

由此可見，「回首」在這裏特指「死」。脂批中說熙鳳「回首時無怪乎慘痛之態」，可見結局是難逃夭亡。

因此，我猜測鳳姐是病死在押解途中，未等還鄉即已身亡的，故而才有「哭向金陵事更哀」的「慘痛之態」。

鳳姐生日的暗示

《紅樓夢》前八十回中共正面詳細描寫了四次大生日：寶釵、熙鳳、寶玉、賈母。而每次生日，都有許多讖言預兆式的情節發生：

在寶釵的十五歲生日宴上，寶玉第一次聽曲文而悟禪機，暗示了他出家的宿命。怡紅院群芳開夜宴爲寶玉祝壽，眾人占花名遊戲，更是典型的讖語。

賈母的八十壽宴是書中最後一次生日，在熱鬧繁華的表面下，「悲涼之霧，遍佈華林」，連精明能幹的鳳姐也力絀圖窮，顯露出江淹才盡之象。

那麼，作者花費了大量筆墨，寫了第四十三回〈閑取樂偶攢金慶壽　不了情暫撮土為香〉和第四十四回〈變生不測鳳姐潑醋　喜出望外平兒理妝〉整整兩回的鳳姐生日宴，又向我們透露出了一些什麼樣的訊息與暗示呢？

首先，是鳳姐和尤氏兩人對話中的玄機。

賈母做主，讓眾人學小家子湊分子，為鳳姐辦生日，又將這事交給尤氏辦，「越性叫鳳丫頭別操一點心，受用一日才算。」尤氏往鳳姐房中商議，打趣說：「你瞧他興的這樣兒！我勸你收著些兒好。太滿了就潑出來了。」

這句「太滿了就潑出來了」，正與此前秦可卿向鳳姐報夢時所說的「月滿則虧，水滿則溢」同一意思，而可卿，又正是尤氏的兒媳婦。焉知這不是作者借尤氏之口第二次洩露天機呢？

次日尤氏與鳳姐算賬時，見短了鳳姐答應替出的李紈一份，嘲罵道：「我看著你主子這麼細緻，弄這些錢那裏使去！使不了，明兒帶了棺材裏使去。」庚辰本在此雙行夾批：「此言不假，伏下後文短命。尤氏亦能幹事矣，惜不能勸夫治家，惜哉痛哉！」明言這一句是讖語。

待到席上，尤氏與鳳姐敬酒時，又調笑說：「我告訴你說，好容易今兒這一遭，過了後兒，知道還得像今兒這樣不得了？趁著盡力灌喪兩鐘罷。」脂硯又有夾批說：「閑閑一語伏下後文，令人可傷，所謂『盛筵難再』。」

——又是「太滿了就潑出來了」，又是「明兒帶了棺材裏使去」，又是「盛筵難再」，真是一而再再而三地提醒我們：賈府的好日子就要過去了，而這悲風，將從尤氏和鳳姐這兩個寧榮府的內當家開始吹起。

可卿判詞中原有「漫言不肖皆榮出，造釁開端實在寧」的句子，而寧府長孫媳秦可卿之死，乃是由鳳姐操辦；尤氏之妹尤二姐之死，又由鳳姐一手造成；這兩件寧國府的「造釁」一旦鬧騰出來，鳳姐都絕對難辭干係——是因爲這樣，書中才要借尤氏之口一再向鳳姐提出警告嗎？

鳳姐生日宴上還有一個不和諧音來自寶玉。

此日賈府華筵，寶玉卻往水仙庵祭金釧，回來又遇見玉釧「獨坐在廊簷下垂淚」，偏於繁花鬧管中寫出一片淒涼來。

之後一路寫到平兒理妝，作者方揭出謎底：「寶玉因自來從未在平兒前盡過心——且平兒又是個極聰明極清俊的上等女孩兒，比不得那起俗蠢拙物——深爲恨怨。今日是金釧兒的生日，故一日不樂。不想落後鬧出這件事來，竟得在平兒前稍盡片心，亦今生意中不想之樂也。」

原來鳳姐竟同跳井的金釧兒同一天生日，這意味著什麼呢？除去兩人都是「金派」人物外，她們的共同點是什麼呢？

難道，只是通過「男祭」這齣戲，來影射後來的賈璉祭尤二？

但最「變生不測」的還是賈璉與鮑二家的偷情，被鳳姐撞破，大鬧一場後，次日賈母出面調停，命賈璉與鳳姐賠罪。「賈璉聽如此說，又見鳳姐兒站在那邊，也不盛妝，哭的眼睛腫著，也不施脂粉，黃黃臉兒，比往常更覺可憐可愛。」

脂硯特地在「黃黃臉兒」後面批了一句：「大妙大奇之文，此一句便伏下病根了，草草看去便可惜了作者行文苦心。」

張愛玲的生前好友宋淇非但沒有「草草看去」，還寫過一篇題爲〈王熙鳳的不治之症〉的文章，一一結算出書中描寫熙鳳之病共有「伏線四次，正面詳細描寫兩次，正面交代兩次，因病不克參加賈敬喪事、中秋賞月各一次；借賈蓉之口、平兒和鴛鴦之口、寶玉和鳳姐之口共三次。各種寫法間隔使用，不露痕跡，使人讀來不嫌其煩，可見作者用心之深，功力之厚。」

文章中伏線如此之多，鋪墊如此之隆，看來鳳姐是難逃「夭逝」的宿命了。

然而事情到這裏還沒有完，第四十五回〈金蘭契互剖金蘭語　風雨夕悶製風雨詞〉中，又借賴嬤嬤之口補出一件小事：

賴嬤嬤忙道：「什麼事，說給我評評。」鳳姐兒道：「前日我生日，裏頭還沒吃酒，他小子先醉了。老娘那邊送了禮來，他不說在外頭張羅，他倒坐著罵人，禮也不送進來。兩個女人進來了，他才帶著小么們往裏抬。小么們倒好，他拿的一盒子倒失了手，撒了一院子饅頭。人去了，打發彩明去說他，他倒罵了彩明一頓。這樣無法無天的忘八羔子，不攆了作什麼！」賴嬤嬤笑道：「我當什麼事情，原來為這個。奶奶聽我說：他有不是，打他罵他，使他改過，攆了去斷乎使不得。他又比不得是咱們家的家生子兒，他現是太太的陪房。奶奶只顧攆了他，太太臉上不好看。依我說，奶奶教導他幾板子，以戒下次，仍舊留著才是。不看他娘，也看太太。」鳳姐兒聽說，便向賴大家的說道：「既這樣，打他四十棍，以後不許他吃酒。」賴大家的答應了。周瑞家的磕頭起來，又要與賴嬤嬤磕頭，賴大家的拉著方罷。

自有了「縱有千年鐵門檻，終須一個土饅頭」這句話，我們都知道，「饅頭」在書中的意味非同尋常。寶玉說過：「怪道我們家廟說是『鐵檻寺』呢。」只怕還要再補一句：「怪道『水月庵』又被叫作『饅頭庵』呢。」固然，書中對「饅頭庵」的解釋是「因他廟裏做的饅頭好，就起了這個渾號」，然而這只是在瞞人，其真實含義無非是再次提醒關於「鐵門檻」與「土饅頭」的佛偈。

那麼，周瑞家的兒子在鳳姐生日裏「撒了一院子饅頭」，意味著什麼呢？

前文已經討論過周瑞家的女婿冷子興與鳳姐千絲萬縷的關係，此處又出來一個周瑞家的兒子，看來，在賈府之敗、鳳姐之死這件事上，周瑞一家子可真是沒做過什麼好事啊！

而王熙鳳慘死之兆，早已盡行預演在她的生日之宴上了，這樣的巧妙安排，也的確令人讚而復歎！

王熙鳳的斂財術

王熙鳳無疑是榮寧二府裏最擅於斂財的女子，她的賺錢之道有兩大法門，一是受賄，二是放貸。

翻開書來，她的受賄記錄比比皆是：

第十五回〈王熙鳳弄權鐵檻寺〉是熙鳳弄權斂財、枉顧人命的一次集中表現，爲三千兩銀子就草率從事，害死張金哥與守備兒子兩條人命。書中且說：「自此鳳姐膽識愈壯，以後有了這樣的事，便恣意的作爲起來，也不消多記。」可見這樣的贓銀還收了不知多少。

第二十四回收了賈芸麝香、冰片等賄賂，就立刻心花怒放，答應把園子裏種樹的活兒撥給他，也足見其貪。之前答應給賈芹安排管理和尚道士的業務，自然也是拿過好處的，且像這類的分派都是尋常見的，王熙鳳長此以往，累積私蓄不知多少。趙姨娘背後說：「這一分家私要不都叫他搬送到娘家去，我也不是個人。」雖然誇張了些，但也可見一斑。

但之前種種納賄行權還都可說她是重在臉面，並不爲錢，然而第三十六回時，可就態度明朗了：

如今且說王鳳姐自見金釧死後，忽見幾家僕人常來孝敬他些東西，又不時的來請安奉承，自己倒生了疑惑，不知何意。這日又見人來孝敬他東西，因晚間無人時笑問平兒道：「這幾家人不大管我的事，為什麼忽然這麼和我貼近？」平兒冷笑道：「如奶奶連這個都想不起來了？我猜他們的女兒都必是太太房裏的丫頭，如今太太房裏有四個大的，一個月一兩銀子的分例，下剩的都是一個月幾百錢。如今金釧兒死了，必定他們要弄這兩銀子的巧宗兒呢。」

鳳姐聽了，笑道：「是了，是了，倒是你提醒了。我看這些人也太不知足，錢也賺夠了，苦事情又侵不著，弄個丫頭搪塞著身子也就罷了，又還想這個。也罷了，他們幾家的錢容易也不能花到我跟前，這是他們自尋的，送什麼來，我就收什麼，橫豎我有主意。」鳳姐兒安下這個心，所以自管遷延著，等那些人把東西送足了，然後乘空方回王夫人。

之前不論好事壞事，她收人家錢總要給人家辦事；這次可好，壓根兒就沒打算出力幫忙，是揣著明白裝糊塗，一心一意等著白吃白拿，把所有能收的賄賂都收完了，這才施施然白說句閒話兒——這胸襟之寬，臉皮之厚，真是不服不行。

該她有錢，該她放貸，沒有這種心機手段，她也做不成榮國府的內管家。

第十六回賈璉從蘇州回來，恰值旺兒媳婦送利銀來，平兒連忙代鳳姐打發了。回來向鳳姐說：「奶奶的那利錢銀子，遲不送來，早不送來，這會子二爺在家，他且送這個來了。幸虧我在堂屋裏撞見，不然時走了來回奶奶，二爺倘或問奶奶是什麼利錢，奶奶自然不肯瞞二爺的，少不得照實告訴二爺。我們二爺那脾氣，油鍋裏的錢還要找出來花呢，聽見奶奶有了這個梯己，他還不放心的花了呢。」

——這裏只提了一筆「利錢銀子」，並未細說來龍去脈。

到第三十六回時，又雲裏霧裏提了一筆，王夫人說有人抱怨短了一吊錢，鳳姐自然知道這告密的人準是趙姨娘無疑，立刻回答：「姨娘們的丫頭，月例原是人各一吊。從舊年他們外頭商議的，姨娘們每位的丫頭分例減半，人各五百錢，每位兩個丫頭，所以短了一吊錢。這也抱怨不著我，我倒樂得給他們呢，他們外頭又扣著，難道我添上不成。這個事我不過是接手兒，怎麼來，怎麼去，由不得我作主。我倒說了兩三回，仍舊添上這兩分的。他們說只有這個項數，叫我也難再說了。如今我手裏每月連日子都不錯給他們呢。先時在外頭關，那個月不打饑荒，何曾順順溜溜的得過一遭兒。」

到這時，因爲鳳姐分辯得清楚，看官也就如王夫人一樣被輕輕蒙過，仍然不解其意。直到第三十九回，襲人找平兒問月錢爲何遲放，平兒方細說緣由：「這個月的月錢，我們奶奶早已支了，放給人使呢。等別處利錢收了來，湊齊了才放呢。」明明白白交代王熙鳳是放高利貸去了。

我們這才知道，趙姨娘並未冤枉鳳姐，果然是她扣著月錢不肯發放，爲的是湊足銀子放利。平兒同襲人說話回來，即命小廝去通知旺兒：「就說奶奶的話，問著他那剩的利錢，明兒若不交上來，奶奶也不要了，就索性送他使罷。」可見鳳姐一直是卡著時間來放貸的，利錢確實收得遲了，於是月銀便也放得遲了。

平兒且說：「他這幾年，只拿著這一項銀子翻出有幾百來了。他的公費月例又使不著，十兩八兩零碎攢了，又放出去，單他體己利錢，一年不到，上千的銀子呢！」

一年有上千的利息，這是什麼概念呢？

我們看賈府裏花消無度，會有種錯覺：一千兩銀子似乎不值什麼。但是看到第五十三回〈寧國府除夕祭宗祠　榮國府元宵開夜宴〉烏進孝送年禮一段，我們才會真正瞭解到兩三千銀子對賈府意味著什麼。

賈珍嫌烏進孝租子交少了，說：「我算定了你至少也有五千兩銀子來，這夠作什麼的！如今你們一共只剩了八九個莊子，今年倒有兩處報了旱澇，你們又打擂台，真真是又教別過年了。」烏進孝道：「爺的這地方還算好呢！我兄弟離我那裏只一百多里，誰知竟大差了。他現管著那府裏八處莊地，比爺這邊多著幾倍，今年也只這些東西，不過多二三千銀子，也是有饑荒打呢。」

原來榮國府裏一年的田莊進項也不過兩三千兩銀子。不但要應付上下老小的日常開銷，還要籌備逢年過節的慶典盛筵，外有打點親朋貴戚的禮品應酬，這就難怪鳳姐一直歎息入不敷出了。

賈珍又說：「（皇上）豈有不賞之理，按時到節不過是些彩緞古董頑意兒。縱賞銀子，不過一百兩金子，才值一千兩銀子，夠一年的什麼？」

宮廷賞賜，田莊進奉，這兩項便是賈府最主要的收入來源了。最多再加上賈政等人的俸祿，畢竟有限。可是看榮寧二府大手大腳的花費陣仗，倒像隨手就能拿出幾萬兩銀子的架勢。

如此外強中乾，就難怪王熙鳳要廣開財路，在意那年息一千兩銀子的放貸生意了。

這有點像今天的公務員們，收入未必高，卻那麼多人削尖了腦袋去投考，就因爲灰色收入的機會大啊。

府裏眾人只知按時領取月銀，對進項既不清楚，對開銷亦無概念，所以只管清高度日；但是王熙鳳不一樣，她是內管家，對於賈府的賬目清清楚楚，排場比別人大，憂患意識也比別人強。

從理念上說，王熙鳳要比眾人眼光遠，起步早，可謂生財有道；只是從做法上講，卻太重利薄情，比起草根階層「輕財尙義俠」的醉金剛倪二，可就差得遠了。

值得注意的是，起先鳳姐放貸一直是瞞著賈璉的，生怕他把「油鍋裏的錢撈出來花」。但到了七十二回〈王熙鳳恃強羞說病〉的時候，已經當著賈璉的面公開談論了——

鳳姐忙道：「……旺兒家你聽見，說了這事，你也忙忙的給我完了事來。說給你男人，外頭所有的帳，一概趕今年年底下收了進來，少一個錢我也不依的。我的名聲不好，再放一年，都要生吃了我呢。」旺兒媳婦笑道：「奶奶也太膽小了。誰敢議論奶奶，若收了時，公

道說，我們倒還省些事，不大得罪人。」鳳姐冷笑道：「我也是一場癡心白使了。我真個的還等錢作什麼，不過為的是日用出的多，進的少。這屋裏有的沒的，我和你姑爺一月的月錢，再連上四個丫頭的月錢，通共一二十兩銀子，還不夠三五天的使用呢。若不是我千湊萬挪的，早不知道到什麼破窯裏去了。如今倒落了一個放帳破落戶的名兒。既這樣，我就收了回來。我比誰不會花錢，咱們以後就坐著花，到多早晚是多早晚。」

如此明白地說出「放賬」之事，可見已經力絀途窮，捉襟見肘，犯不著再瞞賈璉了。脂批在鳳姐說她做了一個被人「奪錦」的夢後批示：「實家常觸景閑夢必有之理，卻是江淹才盡之兆也，可傷。」

鳳姐才窮，賈府運盡矣，的確可傷！

賈璉的兄弟是誰？

《紅樓夢》第二回中，冷子興演說寧榮家譜，曾提到：「若問那赦公，也有二子。長名賈璉，今已二十來往了。」

明明說了有兩個兒子，卻偏偏只提了長子叫作賈璉之外，便不及其他了。那麼，次子叫什麼名字呢？還有，既是「長名賈璉」，緣何內文中又稱之爲「璉二爺」？

答案直到二十四回方得揭曉。此一回中，因賈赦不適，寶玉等前去問安——

邢夫人拉他上炕坐了，方問別人好，又命人倒茶來。一鐘茶未吃完，只見那賈琮來問寶玉好。邢夫人道：「那裏找活猴兒去！你那奶媽子死絕了，也不收拾收拾你，弄的黑眉烏嘴的，那裏像大家子念書的孩子！」

這賈琮是走來問寶玉好，並不是問邢夫人好的，可見與寶玉、賈環、賈蘭等人不同，不是從府外面過來，而是本來就是府中之人；且從邢夫人說話的口氣看來，也是長期住在府內的。他的身分，只能是賈赦的兒子，也就是賈璉的兄弟，那個「二子」了。

這個身分，在第五十三回〈寧國府除夕祭宗祠　榮國府元宵開夜宴〉的大戲中，得到了再一次的證實：

只見賈府人分昭穆排班立定：賈敬主祭，賈赦陪祭，賈珍獻爵，賈璉賈琮獻帛，寶玉捧香，賈菖賈菱展拜墊，守焚池……

這種大祭祖中，列得出名字、並且擔當職務的，必定是正根嫡系，比如第一個出名的是賈敬，乃寧國府長子，負責主祭；而陪祭的賈赦，是榮國府的長子；賈珍為賈敬之子，任獻爵之務；賈璉為賈赦之子，負責獻帛——正是寧榮二府，旗鼓相當。

而那個陪賈璉獻帛的賈琮，其身分只能與賈璉一樣，同是賈赦的兒子，榮國府長房的次子。

另外，在第五十八回中也曾提到：

可巧這日乃是清明之日，賈璉已備下年例祭祀，帶領賈環、賈琮、賈蘭三人去往鐵檻寺祭柩燒紙。寧府賈蓉也同族中幾人各辦祭祀前往。因寶玉未大愈，故不曾去得。

除夕也好，清明也好，都是重要的祭祀日子，榮國府玉字輩最年長的是賈璉，同時也是當家人，故由他帶領兄弟子侄前往鐵檻寺祭柩，他所帶領的，是「賈環、賈琮、賈蘭」，俱為府中嫡系。這裏少了個寶玉，但後面補明「未大愈」，可謂滴水不漏。

在第七十五回中，賈珍以練習箭藝為名，在天香樓下立鵠設賭——

不到半月工夫，賈赦賈政聽見這般，不知就裏，反說這才是正理，文既誤矣，武事當亦該習，況在武蔭之屬。兩處遂也命賈環、賈琮、寶玉、賈蘭等四人於飯後過來，跟著賈珍習

射一回，方許回去。

這裏先提到賈赦、賈政之名，寫明是此「兩處」命了晚輩來習射，又點了「賈環、賈琮、寶玉、賈蘭」四人之名。其中賈環、寶玉爲賈政之子，賈蘭爲其孫，都不關賈赦什麼事；那與賈赦有關的，只能是賈琮，而其身分，正與寶玉、賈環等相類，也是榮國府的正主兒，也就是賈赦的兒子了。

除此之外，賈琮的名字在文中還出現過不少次，但彷彿只起到點名的作用，沒什麼戲目，更是一句對白也無。可是該他在場的地方，一處也不曾錯過，想來，倘若八十回後完整，或者另有安排吧。

那麼，既然這賈璉是賈赦長子，爲何文中又稱其爲「璉二爺」呢？

這個沒有確定的答案，只能猜測大概是因爲有個「珍大爺」在前吧。賈璉與賈珍過從甚密，開口閉口「你我兄弟」，比如第六十五回〈賈二舍偷娶尤二姨　尤三姐思嫁柳二郎〉一回中，賈珍正與尤三姐鬼混，賈璉推了門進來，張口便說：「大爺在這裏，兄弟來請安。」命人：「看酒來，我和大哥吃兩杯。」又拉尤三姐說：「你過來，陪小叔子一杯。」賈珍也笑著說：「老二，到底是你，哥哥必要吃乾這鐘。」

一個口稱「大哥」，那個便回應「老二」，這「璉二爺」的出處大抵在此。這裏，是將寧榮二府混起來排行的。

不過，若按照這樣的規矩，賈珠、寶玉、賈環、賈琮等似乎也該照論才對。然而寶玉卻偏偏也是「寶二爺」，因爲上面有個「珠大爺」的緣故，而賈環則是「環三爺」，這裏，又是賈政一家子不理旁人，自家排行起來了。

對於此，我的朋友、紅學研究者于鵬曾有個獨家的理論，認爲這是曹雪芹在開皇室的玩笑：乾隆的兩個兒子——永璉、永琮曾先後爲太子，永璉生於一七三〇年，九歲病死，永琮生於一七四五年，兩歲病死。永璉雖爲嫡長子，卻是皇二子；而賈璉雖爲長子，卻被稱爲二爺。小說與史實竟然如此相近，似乎不能僅僅用巧合來解釋。

而且《紅樓夢》大約創作於一七五四年之前的十年間，在時間上也是完全有可能的。不過曹雪芹爲什麼要用賈璉、賈琮來影射永璉、永琮，其諷刺意義是什麼呢？我們就不得而知了。

千里姻緣一線牽——賈巧姐。

誰承望流落在煙花巷
「恩人」與「奸兄」
獄神廟在哪裏

誰承望流落在煙花巷

《紅樓夢》開卷第一回，甄士隱爲跛足道人的「好了歌」寫了篇注解：

陋室空堂，當年笏滿床，衰草枯楊，曾為歌舞場。蛛絲兒結滿雕樑，綠紗今又糊在蓬窗上。說什麼脂正濃，粉正香，如何兩鬢又成霜？昨日黃土隴頭送白骨，今宵紅燈帳底臥鴛鴦。金滿箱，銀滿箱，展眼乞丐人皆謗。正歎他人命不長，那知自己歸來喪！訓有方，保不定日後作強梁；擇膏粱，誰承望流落在煙花巷！因嫌紗帽小，致使鎖枷杠；昨憐破襖寒，今嫌紫蟒長。亂烘烘你方唱罷我登場，反認他鄉是故鄉。甚荒唐，到頭來都是為他人作嫁衣裳！

這首歌可以算作整部書的一個提綱契領，是對中心內容的高度概括。更令人注意的是，脂批在字裏行間有很多重要的批語，可以爲我們探佚後四十回主要內容提供線索，比如「陋室空堂，當年笏滿床」後批著「寧、榮未有之先」，「衰草枯楊，曾爲歌舞場」後批著「寧、榮既敗之後」，這就清楚地寫明了後部的故事乃是寧榮府由盛轉衰的過程，而不是程高本的什麼家道復興，「蘭桂齊芳」。

再比如，脂批在「說什麼脂正濃，粉正香，如何兩鬢又成霜？」後批著「寶釵、湘雲一干人」；在「昨日黃土隴頭送白骨」後批著「黛玉、晴雯一干人」。讓我們知道寶釵和湘雲雖然也屬於「薄命司」，卻並沒有像黛玉和晴雯那樣青春早逝，而是一直活到了兩鬢成霜。

另外，在「金滿箱，銀滿箱」後面批著「熙鳳一干人」，「展眼乞丐人皆謗」後面批著「甄玉、賈玉一干人」，「訓有方，保不定日後作強梁」後面批著「柳湘蓮一干人」，「因嫌紗帽小，致使鎖枷杠」後面批著「賈赦、雨村一干人」，「昨憐破襖寒，今嫌紫蟒長」後面批著「賈蘭、賈菌一干人」，這些批語都向我們透露出某些訊息和人物命運。

然而，「擇膏粱，誰承望流落在煙花巷」這明顯有所指的一句話後面，卻並沒有注明某某人，而是寫著「一段兒女死後無憑，生前空爲籌畫計算，癡心不了。」

這不由讓我們猜測莫明：那流落煙花巷的人，到底是誰呢？

內地八七版電視連續劇裏把這個命運派給了湘雲和巧姐兒，一個做了船妓，一個做了雛妓。而周汝昌則引經據典，考證說應該是那個只出過名字而未有過正傳的傅秋芳，理由自然是因爲三十五回那一段傅秋芳小傳：

「傳試有個妹子，名喚傳秋芳，也是個瓊閨秀玉……那傳試原是暴發的，因傳秋芳有幾分姿色，聰明過人，那傳試安心仗著妹妹要與豪門貴族結姻，不肯輕意許人，所以耽誤到如

今。目今傅秋芳年已二十三歲，尚未許人。爭奈那些豪門貴族又嫌他窮酸，根基淺薄，不肯求配。」

——這一段，的的確確算得上是「擇膏粱」三個字的注解了。然而若據此就說她的下落是淪入風塵，則未免牽強。而且這樣一個蜻蜓點水的小小配角的命運，也未必有資格進得了甄士隱的「好了歌」。

因此，相比於傅秋芳，我倒情願更偏向電視劇的結局，但只取巧姐兒一段，絕不能苟同史湘雲淪為娼妓，那樣一個「光風霽月照玉堂」的人物，做俠女還差不多，如何能忍辱偷生做了船妓呢？這還是一聽岫煙受氣便摩拳擦掌要去打抱不平的史湘雲嗎？

倒是巧姐兒，在八十回正文裏年紀幼小，身不由己，在家族變故中淪入風塵的確是很可能的。脂批說「一段兒女死後無憑，生前空為籌畫計算，癡心不了。」

開卷時湘雲父母已逝，還來不及為女兒「籌畫計算」，故而不可能是指她；那最擅「籌畫計算」之人，舍鳳姐其誰？鳳姐的下落不消說，自然是「欠命的，命已還」，「機關算盡太聰明，反算了卿卿性命。」不得好死的了。十二支曲的「聰明累」中，更是明明白白寫著她「生前心已碎，死後性空靈。」「枉費了意懸懸半世心，好一似蕩悠悠三更夢。」一頁生前死後，她最懸心不下的，能是誰呢？

第二十九回〈享福人福深還禱福　癡情女情重愈斟情〉寫清虛觀打醮一段，由於人們往往為張道士給寶玉提親之事所吸引，往往都忽略了鳳姐兒在這裏的重要言行：

「……鳳姐兒笑道：『張爺爺，我們丫頭的寄名符兒你也不換去。前兒虧你還有那麼大臉，打發人和我要鵝黃緞子去！要不給你，又恐怕你那老臉上過不去。』張道士呵呵大笑道：『你瞧，我眼花了，也沒看見奶奶在這裏，也沒道多謝。符早已有了，前日原要送去的，不指望娘娘來作好事，就混忘了，還在佛前鎮著。待我取來。』說著跑到大殿上去，一時拿了一個茶盤，搭著大紅蟒緞經袱子，托出符來。大姐兒的奶子接了符。張道士方欲抱過大姐兒來，只見鳳姐笑道：『你就手裏拿出來罷了，又用個盤子托著。』張道士道：『手裏不乾不淨的，怎麼拿？用盤子潔淨些。』鳳姐兒笑道：『你只顧拿出盤子來，倒唬我一跳。我不說你是為送符，倒像是和我們化佈施來了。』眾人聽說，哄然一笑，連賈珍也掌不住笑了。賈母回頭道：『猴兒猴兒，你不怕下割舌頭地獄？』鳳姐兒笑道：『我們爺兒們不相干。他怎麼常常的說我該積陰騭，遲了就短命呢！』」

這一段話，通常讀者只作插科打諢忽略了去，即使注意到的，也只是說鳳姐性格剛硬，沒有忌諱，就如對淨虛老尼說自己「從來不信什麼是陰司地獄報應」是一樣的意思。

然而如果我們把這段話和十二支曲中巧姐的那支「留餘慶」結合起來看，就會發現大有玄機：

留餘慶，留餘慶，忽遇恩人；幸娘親，幸娘親，積得陰功。勸人生，濟困扶窮，休似俺

那愛銀錢忘骨肉的狠舅奸兄！正是乘除加減，上有蒼穹。

鳳姐口中的「陰騭」，與巧姐曲中的「陰功」，都是一個意思，即死後留德。所以曲牌名曰「留餘慶」，可見巧姐兒獲救，已經是鳳姐死後的事情。

那鳳姐生前空自爲巧姐兒操碎了心，又是爲她出花兒供奉痘疹娘娘，又是將她的寄名符兒送到廟裏求蔭庇，又是請劉姥姥爲女兒取名鎮邪，又是命彩明去大觀園化紙送花神，千嬌貴萬珍惜，然而兩眼一閉時，又怎能料到女兒竟然飄零淪落，舉目無親呢？

這可不正是「死後無憑，空爲籌畫，癡心不了」、「生前心已碎，死後性空靈」麼？可見，那流落煙花巷的不幸女兒，正是巧姐兒。

「恩人」與「奸兄」

金陵十二釵正冊中，巧姐大概要算是最尷尬的一個了。前八十回中，她雖然出場的次數不算少，卻幾乎沒開口說過話，不是睡覺就是生病，「戲碼」最重的一處，就是與板兒爭柚子。

然而，在太虛幻境薄命司裏，卻珍存著關於她一生命運的冊子，畫著「一座荒村野店，有一美人在那裏紡績」，其判云：

勢敗休云貴，家亡莫論親。
偶因濟劉氏，巧得遇恩人。

「劉氏」，也有版本作「村婦」，但不論哪種的意思都很明顯，乃指劉姥姥。「巧得」，亦有別本作「幸得」。兩相比較我更贊成「巧得遇恩人」，因為「巧」在這裏意思雙關，既指她的名字「巧姐兒」，又有僥倖的意思。

正如劉姥姥替她取名時所說：「或一時有不遂心的事，必然是遇難成祥，逢凶化吉，卻從這『巧』字上來。」蒙府本在這句話後面原有一句側批：「作讖語以影射後文。」可見後來那幫助巧姐兒「遇難成祥，逢凶化吉」的恩人，正是劉姥姥。

早在第六回〈賈寶玉初試雲雨情　劉姥姥一進榮國府〉的開篇，脂硯已經有一段回前批：

此回借劉嫗，卻是寫阿鳳正傳，並非泛文，且伏「二進」、「三進」及巧姐之歸著。

這裏點明劉姥姥曾先後三進榮國府，然而前八十回中只寫了「初進」與「二進」，這「第三進」，應該是後四十回的一個重要情節，並且關乎巧姐歸宿。那麼巧姐的歸宿是什麼呢？

我們仍然沿著劉姥姥這條線索一路尋來——在書中起筆開寫劉姥姥，「小小一個人家，向與榮府略有些瓜葛」後面，又有一句脂批：

略有些瓜葛，是數十回後之正脈也。真千里伏線。

點明劉姥姥家後來竟成了榮府的正脈，也就是正經親戚。那只有一個途徑，就是結親。既然是「巧」遇恩人，那麼只能是與巧姐兒結親了。而與巧姐兒結親的人更是呼之欲出，只能是板兒了。

劉姥姥的第一次進府，並沒有見到巧姐兒本人，卻見了她的屋子。且看這段描寫：

劉姥姥此時惟點頭咂嘴念佛而已。於是來至東邊這間屋內，乃是賈璉的女兒大姐兒睡覺之所。平兒站在炕沿邊，打量了劉姥姥兩眼，只得問個好讓坐……於是讓劉姥姥和板兒上了炕，平兒和周瑞家的對面坐在炕沿上，小丫頭子斟了茶來吃茶。

炕上？

在「大姐兒睡覺之所」一句後，甲戌雙行夾批云：「記清。」是讓我們記清巧姐兒住在哪間屋嗎？還是要提醒我們，那劉姥姥第一次進府，就和板兒兩個一起坐在了大姐兒睡覺的炕上？

其後，在劉姥姥向鳳姐告貸的描寫中，說她「未語先飛紅的臉，欲待不說，今日又所爲何來？只得忍恥說道」，甲戌本在此又有重要眉批：「老嫗有忍恥之心，故後有招大姐之事。」明言劉姥姥後文會娶巧姐爲孫媳。然而姥姥一介村婦，招大姐爲孫媳，哪怕是家敗後的巧姐兒，也仍然是高攀，又怎能說得上是「忍恥」呢？

原因只有一個：就是巧姐兒曾經淪落風塵，是被姥姥自勾欄裏打撈了來，招入家中的。

如果說上述幾條還只是捕風捉影的話，那麼下面這一回則是兩個男女主角正式出場，並且有了第一次的交集。事見第四十一回〈櫳翠庵茶品梅花雪　怡紅院劫遇母蝗蟲〉：

> **忽見奶子抱了大姐兒來，大家哄他頑了一會。那大姐兒因抱著一個大柚子玩的，忽見板兒抱著一個佛手，便也要佛手。丫鬟哄他取去，大姐兒等不得，便哭了。眾人忙把柚子與了板兒，將板兒的佛手哄過來與他才罷。那板兒因頑了半日佛手，此刻又兩手抓著些果子吃，又忽見這柚子又香又圓，更覺好頑，且當球踢著玩去，也就不要佛手了。**

庚辰本在這一段中有兩段雙行夾批：

「庚辰雙行夾批：小兒常情遂成千里伏線。」

「柚子即今香團之屬也，應與緣通。佛手者，正指迷津者也。以小兒之戲暗透前回通部脈絡，隱隱約約，毫無一絲漏泄，豈獨為劉姥姥之俚言博笑而有此一大回文字哉？」

巧姐兒的未來，是嫁與板兒爲媳，於荒村野店中紡績爲生，這一點已經可以說是塵埃落定。

問題是，是誰將她送進火坑，使之「流落在煙花巷」的呢？

昭示巧姐命運的「留餘慶」曲中說：「勸人生濟困扶窮。休似俺那愛銀錢忘骨肉的狠舅奸兄。」

「濟困扶窮」，指的是鳳姐接濟劉姥姥，然而「那愛銀錢忘骨肉的狠舅奸兄」是誰呢？所謂「舅」，自然是鳳姐的兄弟，續書裏派給了王仁，諸紅學大家均無異意，這是因爲書裏面提到王家親戚時，只有一個王仁可以算是鳳姐的兄弟；然而我卻認爲還有一個可能，就是薛蟠，他是鳳姐的姑舅兄弟，也可稱爲巧姐的舅舅。作者怕人忘記，還曾在薛蟠偶遇賈璉時特意點了一筆：

賈璉聽了道：「原來如此，倒教我們懸了幾日心。」因又聽道尋親，又忙說道：「我正

有一門好親事堪配二弟。」說著，便將自己娶尤氏，如今又要發嫁小姨一節說了出來，只不說尤三姐自擇之語。又囑薛蟠且不可告訴家裏，等生了兒子，自然是知道的。薛蟠聽了大喜，說：「早該如此，這都是舍表妹之過。」湘蓮忙笑說：「你又忘情了，還不住口。」薛蟠忙止住不語。（六十七回）

薛蟠雖「狠」，似乎不至於壞到要賣巧姐兒來換錢，然而他生性混沌，不知進退，在濛濛噩噩中做出失德敗行之事也是有可能的；前文讓他買香菱，後文讓他賣巧姐兒，亦有對照之韻；況且，讓薛蟠做「狠舅」，總比前八十回中從未出場之王仁的可能性更大些。

而「奸兄」呢，高鶚的續書裏派給了賈環和賈芸，則純屬胡說八道。那賈環和賈璉是同屬「玉」字輩的，是叔不是舅，更不是兄；而賈芸，脂批裏曾讚他「有志氣，有果斷」，又說他將來「有大作爲」，自然不會是奸兄。

可以稱得上兄的，屬草字輩，除賈芸外，還有眾多嫌疑，拋開只出過名字沒有正傳的人物不算，至少還有賈蘭、賈菌、賈蓉、賈薔、賈芹等人。

然而書中說賈菌「年紀雖小，志氣最大」，應該不會是奸人；賈蘭是要「胸懸金印」重振家風的，最多見死不救，還不至下賤到賣巧姐兒的地步；那便只剩下蓉、薔、芹三個了。其中賈芹肯定是個壞人，又是賭錢，又是養老婆小子的，如果他來賣巧姐，是有犯罪動機的；賈薔是往蘇州買十二戲子的人，路頭熟，既能買人，自然也能賣人；然而這兩個，又不如賈蓉的嫌疑更大。

可記得賈蓉的第一次出場？

無巧不巧，正是在劉姥姥前來借貸之時，「只聽一路靴子腳響，進來了一個十七八歲的少年，面目清秀，身材俊俏，輕裘寶帶，美服華冠。」與寒酸羞窘的劉姥姥恰成鮮明對比。他兩個，一個來借屏風，一個來打秋風，無疑有雲壤之別；然而到了鳳姐死後，卻一個是賣巧姐的，一個是救巧姐的，前呼後應，恰成反比。這才正合了巧姐那句判詞：「勢敗休云貴，家亡莫論親。」

而在第五回開篇，有首五言詩云：

朝扣富兒門，富兒猶未足。
雖無千金酬，嗟彼勝骨肉。

來扣富兒門的人是劉姥姥，雖然鳳姐不過是給了二十兩銀子，算不上「千金酬」，將來她卻是以命相報，遠勝至親骨肉。而這個「骨肉」，便是指與劉姥姥同時出場的賈蓉了。

由此種種，可以肯定賈蓉就是那個「愛銀錢忘骨肉」的「奸兄」。

巧姐在八十回裏描寫雖少，但決定其命運轉捩的兩個重要人物——「恩人」與「奸兄」，卻早在第六回裏已經同時出場，且兩人的作為於回前詩裏已經欲先揭盅，也真是令人驚訝了。

獄神廟在哪裏？

《紅樓夢》第二十二回，劉姥姥爲巧姐兒取名時說：「就叫他是巧哥兒。這叫作『以毒攻毒，以火攻火』的法子。姑奶奶定要依我這名字，他必長命百歲。日後大了，各人成家立業，或一時有不遂心的事，必然是遇難成祥，逢凶化吉，卻從這『巧』字上來。」鳳姐兒聽了，自是歡喜，忙道謝，又笑道：「只保佑他應了你的話就好了。」

甲戌本在此有側批：

「應了這話就好」，批書人焉能不心傷？獄廟相逢之日，始知「遇難成祥，逢凶化吉」實伏線於千里，哀哉傷哉！此後文字不忍卒讀。辛卯冬日。

此「獄廟」，在書中又作「獄神廟」，雖然在正文中不曾出現，脂批裏卻多次提及：

「茜雪至『獄神廟』方呈正文。襲人正文標目曰『花襲人有始有終』，余只見有一次謄清時，與『獄神廟慰寶玉』等五六稿，被借閱者迷失，歎歎！丁亥夏。畸笏叟。」（庚辰本

第二十二回側批）

「『獄神廟』有茜雪、紅玉一大回文字，惜迷失無稿。」（甲戌本第二十六回眉批）

「且係本心本意，『獄神廟』回內方見。」（甲戌本第二十七回眉批）

「此係未見『抄沒』、『獄神廟』諸事，故有是批。丁亥夏。畸笏。」（庚辰本第二十七回眉批）

以上諸批，俱顯示在遺失的《紅樓夢》佚稿中，有關於獄神廟的重頭戲目，而在這回中出現過的人物應該有寶玉、紅玉、茜雪和劉姥姥、鳳姐、巧姐兒兩組人。那茜雪和紅玉曾經「獄神廟慰寶玉」，而劉姥姥則幫助巧姐兒在獄神廟演出了一幕「遇難成祥，逢凶化吉」。那麼，這「獄神廟」到底是個什麼所在呢？

紅學家們議論紛紜，大致給出幾個答案：

一是就字面解釋，說是座破廟，名字叫「獄神廟」。

二是說供奉著獄神的廟，或曰臨時關押犯人的地方。

三是說可能是通假字，通「嶽神廟」……

是否還有別的說法，我就不得而知了。但是舊年往平遙古城遊玩時，在縣衙後院參觀十王廟和監獄，卻忽有所感，對獄神廟有了我自己的一點猜測。

衙門是縣官審案的地方，獲罪之人當堂定案，直接就送到後院獄中關押了。衙中後院有十王廟，亦向普通縣民開放，距離關押犯人的監獄很近。可以想像，倘若有犯人家屬前來拜廟求神，若能疏通監管，或許可以准許犯人到廟中來與家屬見上一面。

不過更為可信的還是直接探監。

平遙縣衙大獄的建築格局完全維持前清舊貌，也就是說與《紅樓夢》成書是同一朝代的體制。獄中格局，乃是一面高牆，中有過道，另一邊則是縱向排列的許多大小房間。進門第一間供奉著神像，挨次過去是幾個單間，也就是「優等犯人」的住處，再往後才是通炕大房，群犯集聚之地。

很明顯，進門單間供著的神就是獄神了，而家屬探監時，大概不會走過長長過道去監房見面，而是將犯人帶到進門處供奉獄神的單間會談，也就相當於今天監獄的接待室了。而如果作者要為這個場所起個特定的名字，那麼最恰當的稱呼莫過於「獄神廟」了。

賈家「抄沒」之後，眾人關押入獄，劉姥姥、小紅、茜雪等先後來探監，那紅玉、茜雪想著的是「慰寶玉」，而劉姥姥探望的大概就是鳳姐了。而鳳姐或許就於此時托孤，請姥姥幫忙照顧自己的女兒巧姐。

或許，此時巧姐兒也與鳳姐一同關在獄中，而由劉姥姥求情帶出甚至用青兒換出來，演了一齣「趙氏孤兒」；又或許這時候巧姐兒已經賣入青樓，而鳳姐求劉姥姥代為尋訪；又或許僅僅就是幾句話，是鳳姐在臨終前自歎薄命，將女兒終身許給劉姥姥，訂下了口頭姻緣，而劉姥姥一言九鼎，後來就為了這承諾不辭勞苦，走遍大江南北尋找巧姐兒下落，終將她搭救出火坑。

無論上述哪一種，都可以稱得上是「遇難成祥，逢凶化吉」，完成了一段取名之識。

觀音未有世家傳——李紈。

給李紈算筆賬

沒木智有心計

賈蘭會中舉入嗎

為什麼說李紈不積陰騭

湘雲和李紈是兩位一體

給李紈算筆賬

說到斂財，人們總是立刻想到賈璉夫妻和邢夫人，那王熙鳳弄權鐵檻寺，爲了三千兩銀子害了張金哥一條性命；扣著丫環的月錢不按時發放，自已拿去放高利貸，簡直可以用「無惡不作」來形容了；賈璉更不消說，「油鍋裏的錢還要找出來花呢」，連老太太的東西都敢搗騰出來去當；「螳螂捕蟬，黃雀在後」，邢夫人又更棋高一招，捏了兒子的短兒，竟向媳婦敲詐。

——這是個什麼家庭啊，母子，夫妻，婆媳，都是這樣烏眼雞似的，「恨不得你吃了我，我吃了你」。

而李紈青年守寡，既然生活在這樣的大環境中，難免不會暗自留心，未雨綢繆。只不過，她斂財的方法與鳳姐不同，鳳姐是八爪魚式的東征西斂，四處出擊；而李紈卻是螞蟻搬家式的聚沙爲塔，只進不出。

第四十三回〈閑取樂偶攢金慶壽　不了情暫撮土爲香〉中，因鳳姐過生日，賈母一時興起，要學小家子湊份子操辦。李紈和尤氏都說要出十二兩，賈母說：「你寡婦失業的，那裏還拉你出這個錢，我替你出了罷。」鳳姐爲討賈母的好，忙說這錢由自己代出——當然，這只是面子功夫，真到尤氏來拿錢時，鳳姐卻用一頓軟硬兼施的說笑給混過去了。然而錢是沒出，賬卻已經給李紈記下了，並在第四十五回中，李紈帶姑娘們來與她要錢辦詩社時，好好地跟李紈算了一筆賬——

鳳姐兒笑道：「虧你是個大嫂子呢！把姑娘們原交給你帶著念書學規矩針線的，他們不好，你要勸。這會子他們起詩社，能用幾個錢，你就不管了？老太太、太太罷了，原是老封君。你一個月十兩銀子的月錢，比我們多兩倍銀子。老太太、太太還說你寡婦失業的，可憐，不夠用，又有個小子，足的又添了十兩，和老太太、太太平等。又給你園子地，各人取租子。年終分年例，你又是上上分兒。你娘兒們，主子奴才共總沒十個人，吃的穿的仍舊是官中的。一年通共算起來，也有四五百銀子。這會子你就每年拿出一二百兩銀子來陪他們頑頑，能幾年的限？他們各人出了閣，難道還要你賠不成？這會子你怕花錢，調唆他們來鬧我，我樂得去吃一個河涸海乾，我還通不知道呢！」

李紈笑道：「你們聽聽，我說了一句，他就瘋了，說了兩車的無賴泥腿市俗專會打細算盤分斤撥兩的話出來。這東西虧他托生在詩書大宦名門之家做小姐，出了嫁又是這樣，他還是這麼著；若是生在貧寒小戶人家，作個小子，還不知怎麼下作貧嘴惡舌的呢！天下人都被你算計了去！昨兒還打平兒呢，虧你伸的出手來！那黃湯難道灌喪了狗肚子裏去了？氣的我只要給平兒打報不平兒。忖奪了半日，好容易『狗長尾巴尖兒』的好日子，又怕老太太心裏不受用，因此沒來，究竟氣還未平。你今兒又招我來了。給平兒拾鞋也不要，你們兩個只該換一個過子才是。」說的眾人都笑了。鳳姐兒忙笑道：「竟不是為詩為畫來找我，這臉

子竟是為平兒來報仇的。竟不承望平兒有你這一位仗腰子的人。早知道，便有鬼拉著我的手打他，我也不打了。平姑娘，過來！我當著大奶奶姑娘們替你賠個不是，擔待我酒後無德罷。」說著，眾人又都笑起來了。

鳳姐心思縝密，出語尖酸，原不足奇；然而向來笨口拙腮、罕言寡語的李紈竟然這般伶牙俐齒起來，真是破天荒頭一回。原因無他，只為鳳姐揭出了她的心病，於是老實人也發起火來，啞巴也會唱歌了，不但回敬了鳳姐一連串諸如「無賴泥腿」、「貧嘴惡舌」等咒罵之語，且還會指東打西，轉移目標，並不反駁鳳姐關於自己怕花錢、調唆姑娘們來鬧事的話，卻說起鳳姐生日那天潑醋打平兒的事來。

設想一下，那鳳姐原是最擅言辭、精明不過的一個人，倘若也和李紈一般見識，零打碎敲地回幾句嘴，局勢會是何等不堪？

好在鳳姐識大體，不計較，息事寧人地當眾給平兒賠了個不是，又滿口答應：「明兒一早就到任，下馬拜了印，先放下五十兩銀子給你們慢慢作會社東道。」將一場潛在的口角風波消彌於無形。

鳳姐這樣做，固然是因爲身爲當家人，輕易不願意引起爭端，二則也是真個爭執起來，自己可占不了上風——整個榮府裏，無論誰聽說鳳姐和李紈吵架，都必定會認爲是鳳姐欺負了老實人。

然而鳳姐不計較，局外人的我們卻不妨多管閒事，也來給李紈算筆賬——李紈帶姑娘們找鳳姐，是爲了給詩社找個「出錢的銅商」，然而詩社究竟需要多大花費呢？

在第三十七回〈秋爽齋偶結海棠社　蘅蕪苑夜擬菊花題〉中，探春起意建詩社，李紈熱情非凡，進門第一句話便是：「雅的緊！要起詩社，我自薦我掌壇。前兒春天我原有這個意思的。我想了一想，我又不會作詩，瞎亂些什麼，因而也忘了，就沒有說得。既是三妹妹高興，我就幫你作興起來。」接著又主動請纓，大大咧咧地自薦爲社長，且說：「我那裏地方大，竟在我那裏作社。我雖不能作詩，這些詩人竟不厭俗客，我作個東道主人，我自然也清雅起來了。」

然而探春說：「原係我起的意，我須得先作個東道主人，方不負我這興。」李紈立刻順水推舟：「既這樣說，明日你就先開一社如何？」

很明顯，這第一社是探春的東道，李紈自認社長，還邀請眾人往稻香村起社，卻只是口頭建議，並未出錢。

次日史湘雲來了，聽說眾人起社的事，急得了不得。李紈道：「他後來，先罰他和了詩：若好，便請入社；若不好，還要罰他一個東道再說。」這就又把史湘雲拉下水了，卻再不提自己做東道的事。

於是第二社詠菊花，便是史湘雲的東道，薛寶釵贊助的螃蟹宴，仍然不花李紈一分錢，倒跟著吃了一頓螃蟹，還把府裏上下通請了一回，鬧得盡人皆知，白賺了個帶著姑娘們起社吟詩的美名兒。

如此算下來，從三十七回建社，到四十五回李紈來找鳳姐要錢，這其間她自己還從沒出過一分錢；那麼當李紈要到錢之後呢？她把這筆錢用在經營詩社上了嗎？

且看第四十九回〈琉璃世界白雪紅梅　脂粉香娃割腥啖膻〉。大觀園增添了寶琴、岫煙、李綺、李紋、香菱等新生力量，於是大家雅興大作，準備好好地邀一滿社：

湘雲道：「快商議作詩！我聽聽是誰的東家？」李紈道：「我的主意。想來昨兒的正日已過了，再等正日又太遠，可巧又下雪，不如大家湊個社，又替他們接風，又可以作詩。你們意思怎麼樣？」寶玉先道：「這話很是。只是今日晚了，若到明兒，晴了又無趣。」眾人看道，「這雪未必晴，縱晴了，這一夜下的也夠賞了。」李紈道：「我這裏雖好，又不如蘆雪廣好。我已經打發人籠地炕去了，咱們大家擁爐作詩。老太太想來未必高興，況且咱們小頑意兒，單給鳳丫頭個信兒就是了。你們每人一兩銀子就夠了，送到我這裏來。」指著香菱、寶琴、李紋、李綺、岫煙，「五個不算外，咱們裏頭二丫頭病了不算，四丫頭告了假也不算，你們四分子送了來，我包總五六兩銀子也盡夠了。」寶釵等一齊應諾。

鳳姐不是已經給了李紈五十兩銀子嗎？而這裏也寫得很明白，辦一社最多不過十兩銀子（估計李紈還要扣下點），可見五十兩銀子，辦五社也有餘了，怎麼隔不了幾日，這會子又讓大家湊起分子來？而李紈這個社長，到底什麼時候做過哪怕一次真正的東道呢？

接著，「只因李紈因時氣感冒；邢夫人又正害火眼，迎春岫煙皆過去朝夕侍藥；李嬸之弟又接了李嬸和李紋李綺家去住幾日；寶玉又見襲人常常思母含悲，晴雯猶未大愈：因此詩社之日，皆未有人作興，便空了幾社。」（第五十三回）

此後又是「因鳳姐病了，李紈探春料理家務不得閒暇，接著過年過節，出來許多雜事，竟將詩社擱起。」（第七十回〈林黛玉重建桃花社　史湘雲偶填柳絮詞〉）

直到次年春天，因黛玉寫了一首〈桃花行〉，鼓起眾人之興，都說：「咱們的詩社散了一年，也沒有人作興。如今正是初春時節，萬物更新，正該鼓舞另立起來才好。」於是都往稻香村來，將詩與李紈看了，大家議定：「明日乃三月初二日，就起社，便改『海棠社』為『桃花社』，林黛玉就為社主。明日飯後，齊集瀟湘館。」

雖然這一社因為恰值探春的生日，未能起成。然而這裏卻透露出一個訊息：眾人專程拿詩去稻香村與李紈看，但李紈卻並未再提自己做東，在稻香村辦社的話，只是「稱賞不已」，且議定以黛玉為社主——換言之，倘若這一社辦得成，黛玉便是東道，仍然不關李紈的事。

這一耽擱，轉眼又到暮春，史湘雲以柳絮為題，寫了一首小令，拿與寶釵和黛玉同看，並慫恿說：「咱們這幾社總沒有填詞。你明日何不起社填詞，改個樣兒，豈不新鮮些。」黛玉聽了，偶然興動，便說：「這話說的極是。我如今便請他們去。」——黛玉這個東道，到底還是補上了。

柳絮社後，眾人又放了一回風箏，便散了。這是大觀園最後一次起社。

仲秋夜賞月時，湘雲說過：「可恨寶姐姐，姊妹天天說親道熱，早已說今年中秋要大家一處賞月，必要起社，大家聯句，到今日便棄了咱們，自己賞月去了。社也散了，詩也不作了。」

可見大家原意是要在仲秋起一社的，但即使起得成，也自然是借家宴的現成資源，無需任何人做東。從頭至尾，李紈也沒打算要出任何錢來為詩社效力，她這個社長的作用，好像僅僅是為了收銀子——鳳姐為詩社贊助的銀子，以及眾人湊份子辦社的銀子。

固然，只是這麼百十兩銀子也撐不肥李紈，然而卻已足夠我們見微知著，窺一斑而測全豹了。

而李紈攢下的這些家底哪裏去了呢？我猜早已通過李紈那幾位常在園中出出進進的嬸娘、表妹運出園子去了。也因此，當賈府被抄、子弟流散、寶玉甚至淪為乞丐之際，只有李紈還可以衣食無憂，不但將兒子培養成赫赫高官，自己也鳳冠霞帔，做起誥命夫人來了。

沒才智有心計

都說薛寶釵會做人，然而榮國府大奶奶李紈也是個不可輕視的人物。如果說人人提起寶釵都讚不絕口就算做人聰明的話，那麼人人提到李紈都說不出個「不」字來，也是一種了不得的本事。

王熙鳳是精明的，但也是失敗的，不但婆婆邢夫人看不上她，下人們也都陽奉陰違，連小廝興兒也在背後饒舌，說她「嘴甜心苦，兩面三刀；上頭一臉笑，腳下使絆子；明是一盆火，暗是一把刀。」——做假做得連底下人都瞞不過，也就算不得會做假了。

在這一點上，大嫂子李紈可比她強多了。放眼榮寧二府，看誰挑過李紈的眼，找過李紈的碴來著？

第四回開篇關於李紈的生平簡歷介紹說：「這李紈雖青春喪偶，居家處膏粱錦繡之中，竟如槁木死灰一般，一概無見無聞，唯知侍親養子，外則陪侍小姑等針黹誦讀而已。」

這裏點明李紈的處世原則，「槁木死灰，無見無聞」，說白了就是「裝死」。即使放在今天的職場，一個能把自己掩飾得跟死人一般無聲無息的人，也一定是個安全的人。無論是在「一個個都像烏眼雞似的，恨不得你吃了我，我吃了你」的榮國府，還是在勾心鬥角、弱肉強食的職場江湖，這樣的人都是容易自保、不受攻擊的。而且，越是在大公司、大企業，尤其是人際變動較少的國營企業中，這樣的人就更加安全，大多可以壽終正寢地一直待到光榮退休。

當然，面對機構精減、評職稱、定薪資這樣的溝溝坎坎，一味裝死就要吃虧了。所以，李紈還有第二道板斧：示弱。

李紈的弱是人所共知的，青年守寡，無所依傍。通常在大企業中，這樣的人都會有勞保補助；就是在學校裏，貧困生也會有助學金。但人所共知，並不是每個處境困頓、符合條件的人都一定能得到合理贊助，所以就要爭取。李紈的爭取方式就是隨時隨地展示自己的可憐，甚至不顧場合地點，不管是不是有失大家閨秀的風儀。

第三十九回螃蟹宴上，李紈拉著平兒的手，當著眾姑娘的面便訴起苦來：「想當初你珠大爺在日，何曾也沒兩個人。你們看我還是那容不下人的？天天只見他兩個不自在。所以你珠大爺一沒了，趁年輕我都打發了。若有一個守得住，我倒有個膀臂。」說著滴下淚來。《禮記》上說：「里有殯，不巷歌。寡婦不夜哭。」是說鄰里有喪事，街坊都會停止唱歌以示同哀；但寡婦也要體諒旁人，不在夜裏哭泣，以免擾人清夢。

舊時規矩，嫂子是不能在未出閣姑娘面前談論房內事的，好端端地在歡宴上哭眼抹淚也是不得體的。而這李紈不但追溯前情，說起賈珠當初有過兩個收房丫頭，還抱怨那兩人在賈珠逝後難耐淒涼，不肯獨守空房，紛紛改嫁。弄得眾姑娘既不便聽又不便勸，只得胡亂搪塞了句：「又何必傷心，不如散了倒好。」趕緊洗手躲開了。

人人都以爲李紈是個知書達禮的名門淑媛，何以竟會失禮至此？是她當真不懂規矩，不知自制嗎？當然不是。她不過是在「示弱」，做給眾人看，隔三差五地提醒大家她有多慘、多可憐、多值得同情。

而這樣做是有諸多實惠的，從鳳姐替她算過的那筆賬，可以清楚地看到「示弱」的立竿見影：月銀比鳳姐等多兩倍，因老太太可憐她寡婦失業又有個小子，又添了十兩，且園子地的租子也是自取自用，年終分紅又是上上分兒。平時又儉省，母子主僕總沒十個人，吃的穿的仍舊是官中的。一年通共算起來，總有四五百銀子。

裝死，讓人人都不同她爭；示弱，讓賈母王夫人等人可憐她。這就是李紈的受益之處。但這兩招都是非常消極被動的做法，如果分寸拿捏得不好，很可能會適得其反，被人忽略、輕視、甚至任意欺侮，那可就違背了李紈的原意了。

所以，李紈也有其積極的一面。這第一條，就是在不顯山不露水的前提下熱心參與，有很強的存在感。

老太太給她派了個閒職，就是「陪侍小姑等針黹誦讀」。這句話只好說說罷了，因爲姑娘們各居各室，又有奶媽又有丫鬟，就算針黹誦讀，也用不著個大嫂子作陪。

對於這一點，李紈當然也很清楚，也很著急。所以當探春提議建詩社的時候，她第一個雙手贊成，且自薦爲社長，說：「我那裏地方大，竟在我那裏作社。我雖不能作詩，這些詩人竟不厭俗客，我作個東道主人，我自然也清雅起來了。」

大嫂子開了口，眾姑娘自然不會反對，於是她這個不擅詩的人便成了海棠社長，在老太太面前也就有了交代：不是陪著姑娘們誦讀嗎？我還帶著她們做詩呢，多麼風雅！

細讀起來，大觀園諸次起社中，時有請假不來的，然而大嫂子卻從未缺席，這就是「重在參與」。越是大企業，老闆們往往越在意員工對集體活動的參與性，你在某工作項目中取得了一點小成績，老闆未必看得見；但是你在年終慶祝會上表演了一個很有效果的小魔術，卻可能給他留下很深的印象。

這是由於公司規模大，員工多，流程穩定，老闆們在掌控天下的滿足感中惟我獨尊，會習慣性忽略員工的工作能力，即使業績出色，他也會認爲這是公司平台帶給你的機遇，而不是你的個人才華體現，或者即使承認你的才華，也覺得除了你還有別人，沒什麼大不了。但是如果你對所有的公益專案、集體活動都積極參與，而且在一些娛樂活動中起到帶頭作用，卻會意外地獲得老闆的激賞，因爲這時候他已經把自己還原成一個普通人，比較容易產生欣賞心理，而且，他會覺得你對公司活動的參與是給他面子，是助興之舉，就會視你爲自己人。

李紈無才，故而從不會刻意表現，不會像鳳姐那樣出風頭引起眾人矚目，但是她卻會以自己的方式來時刻提醒上頭注意自己的存在，這是相當高明的做法。

而且李紈的參與也不是白參與的，她最重要的心思還是放在撈實惠上。拿了個社長的名號，她口頭上說要做東，卻一次也沒有做過，反而以詩社爲名找鳳姐拉贊助。鳳姐揭老底般地替她算了筆賬，不但精密地揭出她一年的總收入，且明確指出她的吝嗇斂財：「這會子你就每年拿出一二百兩銀子來陪他們頑頑，能幾年的限？」

一句話惹怒了蔫驢子，笨嘴拙舌的李紈忽然一改常態，也不裝死示弱了，連踢帶咬，變得比誰都伶牙俐齒起來：「這東西虧他托生在詩書大宦名門之家做小姐，出了嫁又是這樣，他還是這麼著；若是生在貧寒小戶人家，作個小子，還不知怎麼下作貧嘴惡舌的呢！天下人都被你算計了去！昨兒還打平兒呢，虧你伸的出手來！那黃湯難道灌喪了狗肚子裏去了？氣的我只要給平兒打報不平兒。」

聽這番話說的，不但犀利毒辣，而且還會圍魏救趙、以退爲進，誰還能說李紈語遲呢？大觀園人人皆知鳳姐貪，然而誰會注意到，「寡婦失業」的李紈其實比鳳姐更貪、更吝嗇、且又絲毫不擔惡名呢？什麼叫扮豬吃老虎，看李紈就知道了。

而且，因爲李紈的「重劍無鋒」，正迎合了王夫人的嫉賢妒能，便更加有機會出位。

這也是常情：很多公司的高層都擅長這種「留後備」的手法，不管能不能用，先多設幾個後備領導放在那裏，讓真正管事的人看著害怕：稍不留意，就會被人取代了去。

還有些老闆奉行一條「寧濫勿優」的原則：中層領導不能幹不要緊，重要的是聽話。寧可找一個雖然沒本事，卻也不惹事的木頭；也不要選那個雖然有本領，但是太個性的刺兒頭。

像王夫人這樣本身沒什麼本事的老闆，就更加信奉這種原則。所以李紈才會有機會脫穎而出。雖然書中沒有寫到李紈當家時撈過什麼實惠，但是從鳳姐當權時諸人的逢迎巴結來看，李紈未必會空手而回。

但是放眼整個大觀園、榮國府，卻沒有一個人敢說李紈壞話的，人人皆知鳳姐貪，為人吝慳，中飽私囊；然而誰會注意到，「寡婦失業」的李紈其實比鳳姐更貪、更吝嗇、且又絲毫不擔惡名呢？

所謂「扮豬吃老虎」，就因為李紈夠低調，扮可憐，而鳳姐卻為人太張揚，得意非凡，未免受人嫌嫉，巴不得看她落勢。所以王夫人才會明知李紈無能，仍要給她機會；而將來賈府敗後，也惟有李紈可以攜子遠離，獨善其身。

每個公司每個企業中，像李紈這樣沒才幹卻有實惠的人都不少。究其秘訣，不過是「未雨綢繆」四個字罷了。而這綢繆之策，便是裝死而不隱形，示弱而不吃虧，重在參與，中飽私囊。只要拿捏到位，縱然做不了誥命夫人，自保自足，總是綽綽有餘的了。

賈蘭會中舉人嗎？

十二釵中，李紈的命雖苦，一出場就是個寡婦，但結局卻似乎不算太差，所謂「到頭誰似一盆蘭」？在家敗後還有過中興的日子。在《金陵十二釵》的冊子上，她的畫頁上是一盆茂蘭，旁有一位鳳冠霞帔的美人。

蘭是賈蘭，美人當然就是李紈了。她可以鳳冠霞帔，想來賈蘭將來是做了官。

而且全書第一回甄士隱所作「陋室空堂」的歌中，在「昨憐破襖寒，今嫌紫蟒長」一句旁，甲戌本有側批：「賈蘭、賈菌一干人。」亦可見賈蘭他日身披紫蟒，得意非凡。

但是賈蘭是怎樣做的官呢？是像高鶚續書中那樣囊螢苦讀，一舉高中的嗎？

因爲前文中曾照應賈蘭讀書，且有大志，所以紅學家們素來都認爲他將來舉業發達是一條必然之路，連流傳的十二冊畫冊中，關於李紈的題圖也多爲「李紈課子」。

然而我認爲這卻是最不可能的。

按清朝例律，凡是參加科舉的考生都必須寫明直系三代姓名資歷，記入《登科錄》以備擢選。三代之內倘有人犯重罪，則不許參加科考。曹雪芹本人即深受其苦，雖學富五車，卻因爲父親曹頫是雍正欽點的重犯，曾「枷號」多年，而沒有資格考舉。

《石頭記》借一塊「無才可去補蒼天」的石頭之口洋洋萬言，其實不過說了「懷才不遇」四個字，那麼賈蘭又怎麼有機會科考中舉呢？

《紅樓夢》第七十八回中，特別有一段文字照應中舉之議：

近日賈政年邁，名利大灰，然起初天性也是個詩酒放誕之人，因在子侄輩中，少不得規以正路。近見寶玉雖不讀書，竟頗能解此，細評起來，也還不算十分玷辱了祖宗。就思及祖宗們，各各亦皆如此，雖有深精舉業的，也不曾發跡過一個，看來此亦賈門之數。況母親溺愛，遂也不強以舉業逼他了。所以近日是這等待他。又要環蘭二人舉業之餘，怎得亦同寶玉才好，所以每欲作詩，必將三人一齊喚來對作。

這裏說得明白，不能從舉業發績，乃是「賈門之數」。可見賈蘭即使有出頭的一日，也絕不會是由科舉取仕。

這段話在程高本中被刪掉了，就因爲高鶚覺得與自己杜撰的寶玉、賈蘭叔侄高中一說相悖。由此也可以反證出，賈蘭中舉純屬高鶚臆想，不足爲信。

那麼，賈蘭若想「爵祿高登」，既然沒了「文舉」這條路，便只剩下「武功」一途了。有沒有可能呢？

且看賈蘭在第二十六回中那精彩的出場：

寶玉……出至院外，順著沁芳溪看了一回金魚。只見那邊山坡上兩隻小鹿箭也似的跑來，寶玉不解其意，正自納悶，只見賈蘭在後面拿著一張小弓追了下來。一見寶玉在前面，便站住了，笑道：「二叔叔在家裏呢，我只當出門去了。」寶玉道：「你又淘氣了。好好的射他作什麼？」賈蘭笑道：「這會子不念書，閑著作什麼？所以演習演習騎射。」寶玉道：「把牙栽了，那時才不演呢。」

賈蘭在書中對白甚少，這算是相當濃墨重彩的一筆了。而這個形象生動的畫面裏，賈蘭顯然不是紅學家們向來理解的小書呆子，而是一個真真實實的將門虎子。

「中原逐鹿」，向來就有建功立業之意，這賈蘭如此出場，豈無所指？況且關於習射，第七十五回〈開夜宴異兆發悲音　賞中秋新詞得佳讖〉還有一段照應：

賈珍近因居喪，每不得遊頑曠蕩，又不得觀優聞樂作遣。無聊之極，便生了個破悶之法。日間以習射為由，請了各世家弟兄及諸富貴親友來較射……賈赦、賈政聽見這般，不知就裏，反說這才是正理，文既誤矣，武事當亦該習，況在武蔭之屬。兩處遂也命賈環、賈琮、寶玉、賈蘭等四人於飯後過來，跟著賈珍習射一回，方許回去。

可見賈蘭除了學習文采之外，一直沒有荒疏武事。而賈家事敗後，賈蘭或是因為沒了科舉念想，從而棄文從武；或是因在「武蔭之屬」，應徵入伍；甚至被欽點充軍，送上戰場，都是非常可能的。

因此，我們可以推想，那賈蘭參軍後屢立戰功，做了大將軍，終於得以「氣昂昂頭戴簪纓；光燦燦腰懸金印；威赫赫爵祿高登」，只可惜好景不長，隨即迎來「昏慘慘黃泉路近」的命運。

說到這裏，便又引出一個常見的歧誤來：就是「黃泉路近」的人到底是誰？李紈，還是賈蘭？

單看「那美韶華去之何迅」，似乎指李紈早夭；然而再看「雖說是，人生莫受老來貧，也須要陰騭積兒孫。」又似乎是說李紈不積陰德，殃及兒孫；那早夭的又似乎是賈蘭了。

以往很多人都認爲是李紈。說李紈守寡一輩子，好容易守得兒子出息了，她卻無福享受，撒手歸西了。並有「帶珠冠，披鳳襖，也抵不了無常性命」一句做證。

我猜這多少是受了「范進中舉」的影響。那范進當了一輩子童生，鬍子一把了，卻忽然中了舉人，他娘高興得痰迷心竅，差點噎死。然而身爲「皇嫂」的李紈會如此不濟麼？她好歹也是國子監祭酒李守中的女兒，見識如何竟會跟個鄉下貧婆子一般？況且生性沉穩，「槁木死灰」一般，便是天大的事臨到頭上，想必也可以處之泰然的。

更重要的是，「頭戴簪纓」、「腰懸金印」、「爵祿高登」接連三句排比，都威風凜凜，吉利得很，但只能是形容官員，也就是賈蘭的，那麼如何到了最後一句「黃泉路近」，忽然主角就變成李紈了呢？

因此我認爲，既然「頭戴簪纓」的人是賈蘭，「黃泉路近」的人，也只能還是賈蘭。至於那「帶珠冠，披鳳襖，也抵不了無常性命」雖然說的是李紈，卻只是說珠冠鳳襖不能換來長命，並不一定是指她本人短命，解釋做功名救不了兒子的命也一樣成立。

這樣，便不難對李紈母子的命運做出如下推測：賈家雖敗，但賈蘭卻爭氣得很，從軍立功，爵祿高登，並給母親賺了一個誥命。李紈鳳冠霞帔，志得意滿。然而好景不長，那賈蘭雖然立下戰功，卻因爲或是在戰場上受了重傷，或是在軍旅生涯中患了急症，以至有福不能享，英年早逝。雖有「虛名兒與後人欽敬」，卻是黃泉路近，年輕夭逝。李紈辛苦了一輩子，臨老時，借著兒子的戰功得了不少賞賜，甚至鳳冠霞帔，風光一時，卻要承受喪子之痛，寡婦死兒，沒指望了。

爲何說李紈不積陰騭？

「紅樓夢十二支曲」中，李紈之歌名曰「晚韶華」：

> **鏡裏恩情，更那堪夢裏功名！那美韶華去之何迅！再休提繡帳鴛衾。只這帶珠冠，披鳳襖，也抵不了無常性命。雖說是，人生莫受老來貧，也須要陰騭積兒孫。氣昂昂頭戴簪纓；光燦燦腰懸金印；威赫赫爵祿高登，昏慘慘黃泉路近。問古來將相可還存？也只是虛名兒與後人欽敬。**

「鏡裏恩情」，說的是李紈早寡；「夢裏功名」，便指享兒子的福，卻沒享多久了。珠冠鳳襖是穿上身了，可是無常也來了。奈何！

但是這裏仍有兩個懸念：

一，賈家既敗，惜春「緇衣乞食」，巧姐兒「流落在煙花巷」，寶玉「寒冬噎酸虀，雪夜圍破氊」（見第十九回脂批）甚至「淪爲乞丐人皆謗」（見「好了歌」注批）——各個都落得這樣慘，爲何李紈倒像沒事人一樣，還有能力供兒子爭取功名呢？她的錢是從哪裏來的？

正如前文所寫，那李紈是很注意攢錢的，又貪又慳，省吃儉用，應該積了不少家私。但是照常理，這些積蓄在家敗時應該都被抄沒了，連鳳姐都落得「哭向金陵事更哀」，李紈又焉得無恙？

只有一個可能，就是她早已將家私轉移，通過李嬸娘母女三人偷偷運出府去了。第五十三回曾提到「李嬸之弟又接了李嬸和李紋李綺家去住幾日」，第五十八回又說，「李紈處目今李嬸母女雖去，然有時亦來住三五日不定。」可見那李嬸母女並不是長住大觀園，而是有來有往，進進出出的。這就給轉移財物提供了方便和可能性。

當然，這僅僅只是一種猜測，不能作爲定論。不過以李紈素來小心、又注意斂財的品性來看，是有很大可能的。

第二個疑點則是：爲何說李紈不積陰騭？

曲子裏唱道：「雖說是，人生莫受老來貧，也須要陰騭積兒孫。」這句話正面翻譯過來就是：李紈爲了不受老來貧，提前做了很多功夫，但是不積陰騭，傷及兒孫，所以才害死了自己的兒子賈蘭。

前一句好理解，就是說她注意攢錢，不讓自己老來受苦。但是爲什麼攢錢就是傷陰騭了呢？她做過些什麼傷天害理的事嗎？

有兩種可能，一是這錢來得不地道，是昧心財。比如她出賣了賈家，所以賈府雖然敗了，她卻富得流油。但這可能性極小，因爲李紈深居簡出，寡言少語，只怕想出賣賈家都沒門路，而且在書中幾乎找不到任何輔政。

再一個可能性就是她在賈家敗落後，對親戚冷淡至極，不加撫恤，甚至見死不救，都可以說是不積陰德。比如寶玉、巧姐兒等都可能向她求助過，但以李紈吝苛自保的性格來看，最可能的表現就是哭窮，先訴一頓苦，把人家的話堵回去。

可以設想一個這樣的情節，那賈璉和鳳姐遭難後，巧姐兒面臨困境，平兒曾向李紈借錢，而李紈不肯，眼睜睜看著巧姐兒被賣進火坑。巧姐兒的判詞裏提到「狠舅奸兄」一詞，賈蘭也可以稱作她的「兒」，因此這種假設是有可能而且可以成立的。

如此，賈蘭和巧姐兒這對書中僅有的榮國府第五代兒女，也就形成了鮮明對比：一個是飛黃騰達，卻青年早夭；一個是落入火坑，卻逢凶化吉。而這樣的寫作手法，也是很符合曹氏筆風的。再聯想李紈打著爲平兒抱不平的旗號找鳳姐要錢一節，就更加令人齒冷了。

這也就是李紈判曲中所說的：「雖說是人生莫受老來貧，也須要陰騭積兒孫。」這句話也正是從反面告訴我們，李紈不積陰騭，傷及兒孫。雖然掙了珠冠鳳襖，卻一世孤零，無子送終，也就難怪「枉與他人做笑談」了。

或許，這也就是十二釵排行中，李紈貴爲長輩，卻恰恰排在巧姐兒之後的緣故吧。

將鳳姐與李紈對看，我們不禁會想起清虛觀打醮時，鳳姐曾說過，張道士時常打趣她，勸她「積陰騭，遲了就短命」了。

然而巧姐的判曲「留餘慶」中偏說：「幸娘親，積得陰功」。

陰騭也好，陰功也好，都說的是死後留德，鳳姐顯然是「缺德」的，所以到底短命了；然而在接濟劉姥姥這件事上，卻又曾「積德」，所以總算讓女兒借著這一點陰功，得以逢凶化吉了。

而李紈則恰恰相反，一生中沒做過什麼大錯事，獨獨在周濟親朋上過於吝苛自保、不肯積德了，遂傷了陰騭，禍及子孫。

所以她的謎語才會是：「觀音未有世家傳——雖善無徵」。註定是沒有後代的了。

李紈和湘雲的兩位一體

「自是霜娥偏愛冷，非關倩女亦離魂。」

這兩句詩是史湘雲在詠白海棠時寫的，然而用來形容李紈，卻是最恰當不過。

且看李紈出場時的人物介紹：

這李氏亦係金陵名宦之女，父名李守中，曾為國子監祭酒，族中男女無有不誦詩讀書者。至李守中繼承以來，便說「女子無才便有德」，故生了李氏時，便不十分令其讀書，只不過將些《女四書》、《列女傳》、《賢媛集》等三四種書，使他認得幾個字，記得前朝這幾個賢女便罷了，卻只以紡績井臼為要，因取名為李紈，字宮裁。因此這李紈雖青春喪偶，居家處膏粱錦繡之中，竟如槁木死灰一般，一概無見無聞，唯知侍親養子，外則陪侍小姑等針黹誦讀而已。

李紈從一出場，即已居孀，即湘雲詠白海棠詩說的「霜娥」。「霜娥」一詞，從字面講是指青女，「青女素娥俱耐冷，月中霜裏鬥嬋娟」，是位神仙；但有時又借指「孀娥」，即寡婦。李紈是寡婦這不消說，而湘雲在做此詩時還是個至少表面上看起來很活潑熱情的少女，這兩句詩其實頗不合她的身分脾性，而更像是替李紈寫的，然而脂硯齋卻偏偏在此有一句批語：「又不脫自己將來形狀。」意思是湘雲將來的結局也是要做寡婦。

換言之，現在的李紈，即是將來的湘雲。兩個人的形象，其實代表著同一個人在不同階段的情狀。

這種說法乍聽上去有些匪夷所思，因爲豪爽開朗的史湘雲與木訥持重的李紈簡直有天壤之別，似乎全不可同日而語。

然而我們都知道，一個人的雙重性格往往是有著極大的衝突與和諧的。而作者的用意，很可能就是想用這樣一個反差極大的形象來說明：生活的磨難，對一個天真少女的改變有多大。

這種說法是否可能，讓我們不妨先跳開《紅樓夢》，來說一下李家的故事：

曹寅的妹夫李煦，乃是康熙欽定的蘇州織造，曾協助曹寅四次接駕，銀子花得跟淌海水似的。康熙深知其苦，於是將兩淮鹽政這一肥缺令曹寅、李煦隔年輪番管理，好讓他們彌補虧空。

清人章學誠《丙辰札記》有載：

曹寅為兩淮巡鹽御史，刻古書凡十五種，世稱「曹楝亭本」是也。康熙四十三年，四十五年，四十七年，四十九年，間年一任。與同旗李煦互相番代。李於四十四年，四十六年，四十八年，與曹互代；五十年，五十一年，五十二年，五十五年，五十六年，又連任，較曹用事為久矣。然曹至今為學士大夫所稱，而李無聞焉。

另外，蘇州織造的職官年表中也有寫明：

康熙二十九年至三十二年　曹寅
康熙三十二年至六十一年　李煦

兩證都足以說明，曹寅與李煦是輪班任職，「互相番代」的。可以說，曹家的故事即是李家的故事，兩者同樣是可以「互代」的。

事實上，兩家的命運也的確差不多——康熙死後，雍正繼位，李煦因貪污公款被革職，雍正元年〈蘇州織造胡鳳翬奏摺〉中稱：

臣請將解過蘇州織造銀兩在於審理李煦虧空案內並追；將解過江寧織造銀兩行令曹頫解還戶部。

可見李家敗落了，姻親的曹家也跑不了，這便是《紅樓夢》中說的「一損俱損，一榮俱榮」。

已有多位紅學家考證，幾乎可以說是達成紅學界的共識：即書中的賈家其實是歷史上的曹家，而史家便指李家。李煦的兩個兒子，一個名李鼎，一個名李鼐，正與書中史湘雲兩位叔叔同名。

然而如果我們就這樣刻板地理解成「史」即「李」，則未免膠柱鼓瑟了。

事實上，作者的筆觸是相當靈活的，很可能，在有一個「史」家的替身之外，「李」家在書中也會同時出場；這就像「賈」家代表「曹」家之外，「甄」家同樣也是另一個藏在幕後的「曹」家一樣，其目的，是爲了真假互代，虛實結合。

我們都知道，書中「甄」即是「真」，「賈」卻不「假」，甄寶玉和賈寶玉的故事是可以互代的；那麼很可能，李紈和史湘雲也可以互爲替身。

李紈，很可能就是史湘雲將來的寫照；而湘雲，則是少女時代的李紈。

這樣，也就可以理解史湘雲爲什麼會那麼可憐了。

書中說李紈在家時只以紡績爲要，故名宮裁；而史湘雲在家裏，主要的任務就是做針線，手藝也很好，給寶釵祝壽時是特意打發人回家取兩色針線來做賀禮，替寶玉做的手工人人讚好。

寶釵同襲人聊天時說湘雲在叔叔家的活計很忙：「他們家嫌費用大，竟不用那些針線上的人，差不多的東西多是他們娘兒們動手。爲什麼這幾次他來了，他和我說話兒，見沒人在跟前，他就說家裏累的很。我再問他兩句家常過日子的話，他就連眼圈兒都紅了，口裏含含糊糊待說不說的。想其形景來，自然從小兒沒爹娘的苦。」又說湘雲「在家裏做活做到三更天，若是替別人做一點半點，他家的那些奶奶太太們還不受用呢。」

在小說裏，湘雲的兩個叔叔，一個是忠靖侯史鼎，一個是保齡侯史鼐，雖然湘雲到底住在哪個叔叔家裏有點含糊不清，但可以肯定的是，兩家都是旺族，鐘鳴鼎食之家，似乎不至於苛刻女眷到逼令她們做針線活到三更半夜的地步。那可是賈母老太君的娘家呢，怎麼會如此寒酸？

怎麼看，這一處描寫，形容得也不像是「阿房宮，三百里，住不下金陵一個史」的史侯家。但如果說是國子監祭酒李守中這樣的薄宦之家，倒是很有可能的。

因此我認爲，作者在這裏，是把史湘雲和李紈的處境給弄混了，這種混淆，是宥於真實原型而致——在曹雪芹的記憶中，從他認識史湘雲這個人物的原型時，李家便已經沒落了，「史湘雲」是活潑天真的，卻也是寒酸困窘的；然而在傳說裏，「史湘雲」卻曾有過輝煌富貴的背景，是兩淮鹽政李煦的孫女。因此，作者便在塑造人物時同時保留了史湘雲公侯小姐的身分和針線丫頭的實情，然而這仍然不足以表現「史湘雲」後來的處境，也就是作者寫此書時的孀婦身分，於是便又塑造了李紈這個人物作爲補充。

換言之，史湘雲，是作者少年時認識的天真少女；李紈，則是那少女後來的性格——

「槁木死灰一般」。

作者面對著這個舊時好友或者表妹的今昔之變，無比憐惜，於是同時塑造了史湘雲和李紈這樣兩個看上去截然不同、實質上卻兩位一體的形象。他喜愛少年湘雲的豪爽形象，也同情中年李紈的清冷處境。

當然，這些只是我的揣測——既然脂硯齋曾指出曹雪芹在創作人物時有「釵黛一體」的手法，那麼，將湘雲和李紈這樣同一個女子的不同階段放在同一環境中出現，也是極有可能的。

而寶釵遷出大觀園後，特地將湘雲送去與李紈同住的用意，也就顯而易見了。

情天情海幻情身——秦可卿。

「爬灰」與「養小叔子」

寧國府的情孽有哪些

賈敬造了什麼孽

賈寶玉的春夢

「爬灰」與「養小叔子」

柳湘蓮曾對寶玉說過：「你們東府裏除了那兩個石頭獅子乾淨，只怕連貓兒狗兒都不乾淨。」

這個「東府」，指的是寧國府。寧府之穢亂內闈，早在第七回〈宴寧府寶玉會秦鐘〉一節，已借老僕焦大醉罵之際揭出「爬灰的爬灰，養小叔子的養小叔子。」可爲「不乾淨」之明證。

「爬灰」是民間俚語，特指公公與兒媳婦通姦，而寧國府裏惟一的公媳關係就是賈珍與秦可卿，矛頭所指，自不待言。

秦可卿是書中的一個神秘人物，風流教主。她位居十二釵之末，卻死得最早，連大觀園也沒有見過就早早歸於太虛境去了。可同時，她又是警幻仙姑的妹妹，賈寶玉夢遊的引路人，其地位不可謂不重要。

脂硯齋曾批言：「〈秦可卿淫喪天香樓〉，作者用史筆也。老朽因有魂托鳳姐賈家後事二件，的是安富尊榮坐享人能想得到處？其事雖未行，其言其意則令人悲切感服，姑赦之，因命芹溪刪去。」

於是，本來懸樑而死的秦可卿在書中就變成了病死，然而作者似乎心有不甘，所以又故意留下很多漏洞，或者說，線索。

首先是太虛幻境的畫冊上，她的主頁裏畫著「高樓大廈，有一美人懸樑自縊」。其判云：

情天情海幻情身，情既相逢必主淫。
漫言不肖皆榮出，造釁開端實在寧。

接著《紅樓夢十二支》曲中，可卿之曲「好事終」裏，又留下了一句「畫梁春盡落香塵」，再次肯定她縊死的真正宿命。詞曰：

畫梁春盡落香塵。擅風情，秉月貌，便是敗家的根本。
箕裘頹墮皆從敬，家事消亡首罪寧。宿孽總因情。

秦可卿死後，賈珍哭得淚人兒一般，問到發送之事，賈珍拍手道：「如何料理，不過盡我所有罷了！」脂硯齋在這裏批道：「『盡我所有』，爲媳婦是非禮之談，父母又將何以待之？……吾不能爲賈珍隱諱。」

可見此前批語中所言「令芹溪刪去」部分，應該就是秦可卿與賈珍的「爬灰」之文了。

但「養小叔子的養小叔子」卻又指的是誰呢？

紅迷們向有種種猜疑，綜合各家之談，嫌疑人有四組：

一、秦可卿與賈寶玉

理由是寶玉在夢中有與警幻之妹可卿雲雨之事。

然而書中已經明明白白說了是一個夢，況且旁邊侍候的丫環盡多，兩人怎麼也不可能當著眾丫環的面顛鸞倒鳳。這裏面描寫的僅僅是少年寶玉對成年美麗風情女子的一種嚮往之情，少年維特之煩惱罷了，若因爲一個夢就說二人果真有肌膚之親，未免也太「膠柱鼓瑟」些。

秦可卿應該是寶玉在愛情史上的第一個暗戀對象，也就是書裏說的「意淫」。這在夢中借警幻之語已經說得很明白，實不必再暗示什麼曖昧關係。也正因如此，當寶玉突聞可卿之死，竟然吐了一口血出來。這是十二釵中第一個赴死之人，寶玉這口血，原爲的是「千紅一哭，萬豔同悲」。

而且，秦可卿是賈蓉之妻，與寶玉乃是叔叔與侄兒媳婦的關係，也不能稱之爲「養小叔子」。所以，這種說法是第一個行不通的。

二、鳳姐與寶玉

理由是這兩個人的關係的確是叔嫂，而且寶玉聽到「爬灰」之說向鳳姐詢問時，鳳姐嗔怒，可見心虛。

但這時候寶玉尚小，雖然已經初試雲雨情，但也還不至雨露均沾至此，連自己的嫂子也不放過。果然如此，那寶玉何曾還是警幻所推崇的「意淫」，竟是實實在在的「皮膚濫淫」了。況且，即使二人之間有什麼，也還輪不到一個寧國府的老僕來過問榮國府主子的事。他們倆應該不在焦大的醉罵範圍之內。所以，也可以排除。

三、鳳姐與賈蓉

這兩個人似乎是有些曖昧的，但二人是嬸子和侄兒的關係，也不叫「養小叔子」，所以焦大罵的應該不是鳳姐。

四、秦可卿與賈薔

這是惟一的一種可能性了。因爲在整個寧國府裏，只有秦可卿和賈薔這兩個主子之間稱得上是叔嫂關係。焦大所指，只能是這兩個人。

冷子興演說榮國府時，曾給賈雨村完整地講述了寧榮二府的人脈圖，在提到「寧公居長，生了四個兒子」之後，有甲戌側批：「賈薔、賈菌之祖，不言可知矣。」確定賈薔是寧國公之後，賈府的正經主子。

第九回〈起嫌疑頑童鬧學堂〉中亦說：

原來這一個名喚賈薔，亦係寧府中之正派玄孫，父母早亡，從小兒跟賈珍過活，如今長了十六歲，比賈蓉生的還風流俊俏。他兄弟二人最相親厚，常相共處。寧府人多口雜，那些不得志的奴僕們，專能造言誹謗主人，因此不知又有了什麼小人詬誶謠諑之辭。賈珍想亦風聞得些口聲不大好，自己也要避些嫌疑，如今竟分與房舍，命賈薔搬出寧府，自去立門戶過活去了。

「正派玄孫」，再次肯定賈薔地位，不比賈芹、賈芸這些旁支；又特地提出他比賈蓉俊俏，這卻是以誰的眼光來評判？又是跟誰親厚，常相共處？真如字面所說只是與賈蓉相契嗎？那麼小人的「詬誶謠諑之辭」又會是什麼呢？賈珍又聽了什麼「口聲」，要避什麼「嫌疑」呢？

不難想像，那些「造言誹謗」應該指的就是秦可卿養小叔子、與賈薔有不軌之事，而這件事又必定牽出賈珍來，故而他不得不避些嫌疑，且也吃味兒，故分與賈薔房舍，令其搬出府另過了。

那金榮與秦鐘鬥嘴鬧事，賈薔看了動氣，卻不便自己出面，於是挑唆茗煙進去，說「連他爺寶玉都干連在內」，自己卻趁機躲出去了。書中說「他既和賈蓉最好，今見有人欺負秦鐘，如何肯依？」其實真相卻是「他既和可卿有染」，豈能看著人欺負秦鐘？卻不好自己出面，於是才要借刀殺人，挑唆茗煙來鬧事。

尤三姐死後，曾向尤二姐托夢說：「你雖悔過自新，然已將人父子兄弟致於麀聚之亂，天怎容你安生。」

這裏的父子兄弟，指的是賈珍、賈璉、賈蓉，尤二同這三個人俱有不妥關係。可見這「父子兄弟麀聚」竟是寧國府的傳統，尤二姐並不是第一個。秦可卿才是開拓者。

寧國府中，除了賈敬好仙、搬進道觀另居不算，能算得上男主子的只有三個，一是賈家族長賈珍，二是賈珍的獨子賈蓉，三是自小父母早亡、由賈珍撫養長大的賈薔。

而賈珍、賈蓉、賈薔這兩代三位主子，竟都與秦可卿有染，也就難怪可卿曲子裏說：「擅風情，秉月貌，便是敗家的根本」了。

寧國府的情孽有哪些？

可卿的判詞裏曾說：「漫言不肖皆榮出，造釁開端實在寧」，曲子中又說「箕裘頹墮皆從敬，家事消亡首罪寧。」脂硯齋還在這裏特地批了一句：「深意他人不解。」惟恐讀者忽略了去。

然而，寧國府究竟犯了什麼彌天大罪，要被稱之爲「造釁開端」、「敗家根本」呢？詞裏說「情既相逢必主淫」，曲裏說「宿孽總因情」，似乎「情」之一字，便是導致「家事消亡」的「首罪」。

那麼，寧國府犯的情孽都有哪些呢？

第一條自然是焦大所說的「爬灰的爬灰，養小叔子的養小叔子」的淫行。本來這只是家事，算不上什麼大罪。然而賈珍在可卿死後大肆操辦，還用「壞了事」的「義忠親王老千歲」的棺板爲可卿裝殮，此乃「逾制之罪」，必定會爲賈家的「事敗」埋下禍根。

第二條是「賈二舍偷娶尤二姨」之罪。

雖然賈璉並不是寧國府的人，而是榮國府長房賈赦之子，然而尤二姐卻是寧府內當家尤氏之妹，而這宗親事，也由寧府族長賈珍、賈蓉父子攛掇而成，故而「箕裘頹墮」，仍當歸罪於寧國府。

這罪大到什麼程度？

用鳳姐的話說就是：「國孝一層罪，家孝一層罪，背著父母私娶一層罪，停妻再娶一層罪。」

且看鳳姐將尤二帶回園中一段描寫：

鳳姐便帶尤氏進了大觀園的後門，來到李紈處相見了。彼時大觀園中十停人已有九停人知道了，今忽見鳳姐帶了進來，引動多人來看問。尤二姐一一見過。眾人見他標緻和悅，無不稱揚。鳳姐一一的吩咐了眾人：「都不許在外走了風聲，若老太太、太太知道，我先叫你們死。」園中婆子丫鬟都素懼鳳姐的，又係賈璉國孝家孝中所行之事，知道關係非常，都不管這事。

連婆子丫鬟們都知道「關係非常」，可見事情的嚴重。

也正因此，鳳姐才會命旺兒教唆張華往有司衙門中告賈璉「國孝家孝之中，背旨瞞親，仗財依勢，強逼退親，停妻再娶」之罪；而賈珍、尤氏、賈蓉聽說後，也才會慌了手腳，任鳳姐勒索揉搓。

然而鳳姐自作聰明，借了張華來洩憤，又讓旺兒殺人滅口，偏偏旺兒陽奉陰違，竟然沒有依命行事，留下了張華這個「活口」，將來「事敗」，張華必定是推波助瀾的元素之一。

人命關天，國法難違，這就給寧府埋下了第二條重罪。

第三條，則是賈珍聚賭之罪，也是寧府最大的隱患。

且看第七十五回〈開夜宴異兆發悲音　賞中秋新詞得佳讖〉這段：

原來賈珍近因居喪，每不得遊頑曠蕩，又不得觀優聞樂作遣。無聊之極，便生了個破悶之法。日間以習射為由，請了各世家弟兄及諸富貴親友來較射。因說：「白白的只管亂射，終無裨益，不但不能長進，而且壞了式樣，必須立個罰約，賭個利物，大家才有勉力之心。」因此在天香樓下箭道內立了鵠子，皆約定每日早飯後來射鵠子。賈珍不肯出名，便命賈蓉作局家。

這些來的皆係世襲公子，人人家道豐富，且都在少年，正是鬥雞走狗，問柳評花的一干遊蕩紈褲。因此大家議定，每日輪流作晚飯之主——每日來射，不便獨擾賈蓉一人之意。於是天天宰豬割羊，屠鵝戮鴨，好似臨潼鬥寶一般，都要賣弄自己家的好廚役好烹炮。……賈珍之志不在此，再過一二日便漸次以歇臂養力為由，晚間或抹抹骨牌，賭個酒東而已，至後漸次至錢。如今三四月的光景，竟一日一日賭勝於射了，公然鬥葉擲骰，放頭開局，夜賭起來。家下人借此各有些進益，巴不得的如此，所以竟成了勢了。外人皆不知一字。

或許有人會說，紈褲子弟喝酒賭博算什麼罪啊？

但這裏賈珍並不是關起門來自家人賭，而是聚集了「各世家弟兄及諸富貴親友」，「這些來的皆係世襲公子」，非富則貴，個個來頭不小。聚賭已經是惡行，還要教唆宗室子弟，更該罪加一等了。

雖然這些看上去與「情」無關，然而書中曾借「尤氏窺賭」的所聞所見來寫出，薛蟠、邢大舅等在賭宴之際，狎昵孌童，爭風吃醋，焉知此後不會引起大麻煩、大爭執呢？這一段肯定不是贅筆，必然會醞釀一場是非禍害，那薛大傻子可是曾因爭搶香菱打過人命官司的，此時寧府裏又添了邢大舅這麼個酒糟透了一無是處的人，知道又會惹出什麼事故來？

難怪中秋之夜，寧府祖祠裏會發出異兆悲音來。蒙府本批語說：「賈氏宗風，其墜地矣。安得不發先靈一歎！」

罪孽如此深重，賈家焉能不倒？

賈敬到底造了什麼孽？

賈敬在書中出場次數不多，分量卻很重，因為〈警幻仙曲演紅樓夢〉一回中，「好事終」曲子裏唱道：

箕裘頹墮皆從敬，家事消亡首罪寧。

把整個賈府之敗都推在了賈敬頭上，這罪過可大了。

所謂「箕裘」二字，箕指揚米去糠的竹器，或者畚箕之類；裘指冶鐵用來鼓氣的風裘。兩個字合在一起，則表示管理家務。

《禮記．學記》中說：「良冶之子，必學爲裘；良弓之子，必學爲箕。」因此，「箕裘」又代指傳統家風。有個成語叫作「克紹箕裘」，比喻繼承祖業。昆曲名劇「精忠記」裏有唱詞：「休誇琴瑟調宜，願百年奕葉傳芳，好兒孫箕裘相繼。」就是這個意思了。

而「好事終」的曲子裏剛剛相反，卻說是「箕裘頹墮」，則指家風敗壞，蕩然無存。所以會弄到這個田地，都是因爲賈敬；而整個賈家的事業消亡，首先要怪罪寧國府。

那麼，賈敬到底做了什麼錯事，才會得出這麼嚴重的指摘呢？

開篇〈冷子興演說榮國府〉時，曾介紹賈敬其人與寧國府大略：

賈代化襲了官，也養了兩個兒子。長名賈敷，至八九歲上便死了，只剩了次子賈敬襲了官，如今一味好道，只愛燒丹煉汞，餘者一概不在心上。幸而早年留下一子，名喚賈珍，因

他父親一心想作神仙，把官倒讓他襲了。他父親又不肯回原籍來，只在都中城外和道士們胡羼。這位珍爺倒生了一個兒子，今年才十六歲，名叫賈蓉。如今敬老爹一概不管。這珍爺那裏肯讀書，只一味高樂不了，把寧國府竟翻了過來，也沒有人敢來管他。

初看上去，賈敬也沒做什麼壞事，只不過癡迷道術，不管家事而已。但問題就出在這裏，他本是一族之長，如今卻不務正業，把官讓兒子賈珍襲了；又不肯好好教兒子，由得賈珍胡鬧，「把寧國府竟翻了過來，也沒有人敢來管他」——也管不了他。因爲惟一能管賈珍的人就是甩手大爺賈敬。

子不教，父之過。賈敬最大的錯處就是不理家事，不教兒孫。這對於小戶人家來說，也是一個不合格的老子，將來兒子作奸犯科，人們也要首先指責他老子不懂管教；對於寧國府這樣的公侯之家，就更是大事，因爲賈珍襲的是將軍之職——大將軍也好隨便讓賢，由得不孝子拿去玩鬧的？將祖蔭如此糟蹋，就是對皇廷的至大不忠，對祖宗的頭等不孝。

宋徽宗並沒做什麼壞事，還多才多藝，書畫兩絕，但是千秋萬代都稱其「昏君」，就是因爲他身爲九五之尊而不務正業，不理朝政，是亡國之君；賈敬本人雖然沒出什麼大壞，然而他身爲兩府之長，卻一味好道，不理家事，致使祖風敗壞，喪滅倫常，就是他最大的罪過了。

從第十、第十一回賈珍給賈敬過生日看來，世家子孫的大樣兒不走，還是很尊重老子的。所以說賈敬若肯好好教導，或許賈珍不至於變得那樣壞。但是賈敬心裏除了「道」一無所思，一不問子孫賢孝，二不管兩府事務，只說：「我是清淨慣了的，我不願意往你們那是非場中去鬧去。你們必定說是我的生日，要叫我去受眾人些頭，莫過你把我從前注的〈陰騭文〉給我令人好好的寫出來刻了，比叫我無故受眾人的頭還強百倍呢。」

後來賈蓉送禮去玄真觀，賈敬也只命把〈陰騭文〉急急的刻出來，印一萬張散人。〈陰騭文〉全名〈文昌帝君陰騭文〉，是道家經文，主旨在於勸人多積陰功陰德，為善不揚名，獨處不作惡，這樣就會得到庇佑，賜予福祿壽。

——然而賈珍做了那麼多惡，光憑抄刻一萬張經文散人，就能積德了嗎？賈敬的不理家事，不教子孫，本身已是作惡，又怎麼能積得了陰騭呢？

所以緊接著後面第十一回〈慶壽辰寧府排家宴　見熙鳳賈瑞起淫心〉，接連寫了兩件大惡：熙鳳探可卿——可卿之死，是賈珍的一件大罪孽；這還不算，鳳姐從可卿處出來，又遇見了賈瑞——又一個奸邪之徒，不久也被鳳姐害死了，又一件造孽之事。

把「慶壽辰」和「起淫心」同回描寫，這本身就大有深意——表面上賈敬滿口道義超脫，私底下寧府到處男盜女娼，卻刻那〈陰騭文〉作甚？

賈敬在廟裏修行，賈珍、賈瑞等子孫卻在家中盡行不孝不義之事，這可不正是「箕裘頹墮」麼，不怪賈敬又怪誰?!

不久，秦可卿淫喪天香樓，「那賈敬聞得長孫媳婦死了，因自為早晚就要飛升，如何肯又回家染了紅塵，將前功盡棄呢，因此並不在意，只憑賈珍料理。」

孫媳婦年輕輕的死了，賈敬身為一家之長，問都不問，既不思索一下這孫媳婦到底是怎麼死的，也不關照一句這喪事該如何辦理，只由得兒孫胡鬧。

於是接下一段明明白白說：「賈珍見父親不管，亦發恣意奢華。」不但用了塊僭越的板子給可卿做壽材，還「恨不能代秦氏之死」，出盡醜態。

到此，寧國府的喪音已經敲響了。可歎賈敬不理箕裘，即使過年回家祭祖，也只略待幾日，「於後十七日祖祀已完，他便仍出城去修養。便這幾日在家內，亦是靜室默處，一概無聽無聞，不在話下。」

這是賈敬惟一的一次回府，還無聽無聞，沒有台詞。再出現便是他的死期了，接入第六十三回〈壽怡紅群芳開夜宴　死金丹獨豔理親喪〉。

很有意思的是，十二回是賈敬的生日，卻暗伏了可卿之死；而六十三回是寶玉生日，則接入了賈敬之死。兩回對看，越發覺得熱鬧得益發熱鬧，慘淒的格外慘淒。

但這兩處都銜接得十分自然。高鶚續寫時，照著這個思路寫了寶玉大婚和黛玉之死，把喜事與喪事強行安排在同一晚，則見刻意了。

賈敬的死因與其生平表現一脈相承，乃為好道而死。文中說尤氏驚聞公公死訊，先命人到玄真觀裏把道士鎖了，又帶了家人媳婦出城，請太醫來診症。

大夫們見人已死，何處診脈來，素知賈敬導氣之術總屬虛誕，更至參星禮鬥，守庚申，服靈砂，妄作虛為，過於勞神費力，反因此傷了性命的。如今雖死，肚中堅硬似鐵，面皮嘴唇燒的紫絳皺裂。便向媳婦回說：「係玄教中吞金服砂，燒脹而歿。」眾道士慌的回說：「原是老爺秘法新製的丹砂吃壞事，小道們也曾勸說『功行未到且服不得』，不承望老爺於今夜守庚申時悄悄的服了下去，便升仙了。這恐是虔心得道，已出苦海，脫去皮囊，自了去也。」尤氏也不聽，只命鎖著，等賈珍來發放，且命人去飛馬報信。一面看視這裏窄狹，不能停放，橫豎也不能進城的，忙裝裹好了，用軟轎抬至鐵檻寺來停放。

——又是鐵檻寺，可巧正是秦可卿停靈的地方兒。不知到了太虛幻境，這位太公公見了孫媳婦兒，於警幻仙子座前銷號時，會不會反省一番？

賈敬死後，賈珍等告假奔喪，這裏極罕見地正寫了一段朝廷對答——

且說賈珍聞了此信，即忙告假，並賈蓉是有職之人。禮部見當今隆敦孝弟，不敢自專，具本請旨。原來天子極是仁孝過天的，且更隆重功臣之裔，一見此本，便詔問賈敬何職。禮部代奏：「係進士出身，祖職已蔭其子賈珍。賈敬因年邁多疾，常養靜於都城之外玄真觀。今因疾歿於寺中，其子珍，其孫蓉，現因國喪隨駕在此，故乞假歸殮。」天子聽了，忙下額外恩旨曰：「賈敬雖白衣無功於國，念彼祖父之功，追賜五品之職。令其子孫扶柩由北下之

門進都，入彼私第殯殮。任子孫盡喪禮畢扶柩回籍外，著光祿寺按上例賜祭。朝中由王公以下准其祭弔。欽此。」此旨一下，不但賈府中人謝恩，連朝中所有大臣皆嵩呼稱頌不絕。

看了一兩遍紅樓原著的人，常常會有個疑問：爲什麼秦可卿作爲寧國府的一個孫媳婦兒，出身又低微，身後事卻辦得那樣隆重，而賈敬作爲寧府之長，喪事卻極簡略？所以有此誤解，是輕看了這段描寫之故。

賈敬之死，上達朝廷，直接得了皇上御旨的，不但指出「令其子孫扶柩由北下之門進都，入彼私第殯殮」這樣的細節，還特別恩賜「著光祿寺按上例賜祭」，且「朝中由王公以下准其祭弔」。

也就是說，賈敬喪禮上所有的規矩禮數，都是有來歷有御批的，是「過了明路」的。這是何等的哀榮！

而可卿的喪禮，則儉也罷，奢也罷，只是賈珍個人的無厘頭。只不過因爲出現在前面，是寧榮府裏第一件白事，同時要出脫賈珍之奢靡、鳳姐之威凜、秦鐘之風流，所以大書特書，詳細描寫；而賈敬之死既有皇旨，便不寫也可知其隆重，便不作二次贅述了，是作者省筆之法。正如蒙府本六十四回的回前批所云：

此一回緊接賈敬靈柩進城，原當鋪敘寧府喪儀之盛，然上回秦氏病故鳳姐理喪已描寫殆盡，若仍極力寫去，不過加倍熱鬧而已，故書中於迎靈送殯極忙亂處卻只閑閑數筆帶過。忽

插入釵玉評詩、璉尤贈珮一段閒雅文字來，正所謂「急脈緩受」也。

重要的是，皇上爲一國之尊，死個臣子還要親自過問禮數，定其規格；賈敬作爲家長，死了孫媳婦卻不聞不問，兩者也構成了鮮明對比，就更加看出寧國府的沒有規矩，僭越妄爲了。

況且賈敬出殯之筆雖儉，卻不代表禮儀簡陋，六十四回開篇寫得明白：

是日，喪儀昆耀，賓客如雲，自鐵檻寺至寧府，夾路看的何止數萬人。內中有嗟歎的，也有羨慕的，又有一等半瓶醋的讀書人，說是「喪禮與其奢易莫若儉戚」的，一路紛紛議論不一。

至於說爲什麼可卿出殯，北靜王等都給面子設路祭，那不是因爲可卿，而是因爲元春。早在第五回開篇寫寧府梅花盛開，甲戌本就有側批說：「元春消息動矣」。

這句話的意思就是說，早在這年初春，元春要晉爲貴妃的消息已經有信兒了。賈府裏的人還不知道，但中宮內或有耳聞。到了可卿死時，元妃的事應該已經落聽了，聖旨雖然未下，北靜王等人如何不知？新寵嬪妃的家人最是衆王公爭相親近的對象，因此衆人就借著這個寧府出殯的機緣，大行外交手段了。

這原寫的是官場常情，只因書中太過隱晦，才造成了今人的諸多附會，以至於扯出了什麼「可卿原是太子女」的說法，其實可笑。因為可卿若當真是賈府匿藏的太子女，被逼得要上吊自盡來保全家，賈府不悄沒聲兒地埋了去，還大張旗鼓地鬧得天驚地動；而諸王不躲得遠遠的以示清白，還要設路祭自認是太子黨，不是存心跟皇上對著幹嗎？

若說皇上是為了面子故意放賈家一馬，眾王公也是不知深淺要對太子表一下忠誠，也太把當時官員看低了。

可歎的是，前八十回兩次大喪事俱出於寧府中，因了可卿之喪，秦鐘在饅頭庵做下了風流事；而為了賈敬之喪，賈珍接了尤老娘和尤二、尤三姐妹倆來看家，於是越發演出「聚麀」鬧劇來，也就是罪孽越積越重。

蒙府本於六十五回有回末總評云：

房內兄弟聚麀，棚內兩馬相鬧；小廝與賈母飲酒，小姨與姐夫同床。可見有是主必有奴（是）奴，有是兄必有是弟，有是姐必有是妹，有是人必有是馬。

何等混亂至此！豈非皆因賈敬撒手之故？第七十五回〈開夜宴異兆發悲音〉又有回前批云：

「賈珍居長，不能承先啟後，丕振家風。兄弟問柳尋花，父子呼么喝六，賈氏宗風，其

墜地矣。安得不發先靈一歎！」

再次點出箕裘頹墮之實，可知滅頂之災近矣。

秦可卿判詞中說：「謾言不肖皆榮出，造釁開端首在寧。」明確指出禍端在寧國府裏。這個禍端，就是賈珍；而賈珍之過，又在賈敬。所以說賈敬是兩府第一罪人，一點也不為過。

賈寶玉的春夢

第五回的回目在不同版本裏有不同的說法，開列如下：

甲戌本：〈開生面夢演紅樓夢　立新場情傳幻境情〉

己卯本、庚辰本、楊藏本：〈遊幻境指迷十二釵　飲仙醪曲演紅樓夢〉

蒙府本、戚序本、舒序本：〈靈石迷性難解仙機　警幻多情秘垂淫訓〉

夢覺本、程甲本、程乙本：〈賈寶玉神遊太虛境　警幻仙曲演紅樓夢〉

諸回目中，我先入為主，因為小時候一直看的是程高本，所以始終記得「賈寶玉神遊太虛境」一說，日後看了別個版本，總覺繞口，不如這一個來得明白曉暢。

因為整個第五回的重點，就是講寶玉做夢，以及夢前的種種準備，和醒來的餘波未了。

那麼要準備些什麼呢？

首先是時間準備：

正值冬日中午，因寧府梅花盛開，尤氏請賈母、邢、王夫人等來賞花。小宴之後，寶玉倦怠，要睡午覺——這時候的寶玉大約十二歲左右，剛剛發育，正是既好動又渴睡的年紀。

其次是人物準備：

寧國府裏的女主人是尤氏、秦氏婆媳，尤氏要留下來陪賈母，但寶玉是賈母的心肝兒寶貝，斷不能隨便指使個丫環婆子帶了去睡覺，所以秦氏親自出座笑道：「我們這裏有給寶叔收什下的屋子，老祖宗放心，只管交與我就是了。」秦氏是賈蓉之妻，年齡雖比寶玉大，輩份卻小，所以十分妥當。

這是秦氏的第一次出場，就扮演了寶玉引路人的角色。

然後是環境準備：

這就見出寶玉的挑剔左性了。秦氏先帶他來到了上房內間——前面所謂「給寶叔收什下的屋子」，位於「上房」，規格挺高了。但是寶玉不喜歡那佈置：牆上一幅「燃藜圖」，說的是勵志故事，原不合他自由心性；對聯寫著「世事洞明皆學問　人情練達即文章」，更是酸腐市儈。於是寶玉立即說：「快出去！快出去！」

這下子秦氏犯愁了，預備好的上房都看不中，那去哪裏好呢？客房、書房就更不行了。賈珍、尤氏的房間自然也不行，兒媳婦豈能擅自做主的？於是就領來自己的房間了。

文中用了大段筆墨極力渲染了秦可卿臥室的鋪陳，用兩個字形容就是：香、豔。

先是說剛到房門，「便有一股細細的甜香襲人而來」，令人眼餳骨軟；接著看見牆上掛的是「海棠春睡圖」，寫的對聯是：嫩寒鎖夢因春冷　芳氣襲人是酒香。——這一圖一聯，正與方才那間正房內室相對應，如果彼為正大堂皇，這裏可就足稱風流淫逸了。

這樣的房子，肯定不是黛玉的吟詩處、寶釵的繡花房，亦不可比探春的書屋、惜春的畫室，而只好用來睡覺、發夢罷了。

在這裏，接著書中一連用了七個人物典故：

案上設著武則天鏡室中設的寶鏡，一邊擺著飛燕立著舞過的金盤，盤內盛著安祿山擲過傷了太真乳的木瓜；

上面設著壽昌公主於含章殿下臥的榻，懸的是同昌公主製的連珠帳；

還有西子浣過的紗衾，紅娘抱過的鴛枕……

上述物件，全借的是風流典故，香豔人物，極力鋪陳秦可卿的性感迷人。同時，也暗示了寶玉蠢蠢欲動的青春情懷。

因為這些東西若是去掉前面的形容詞，不過是鏡台上放個金盤，盤子裏有幾隻木瓜，也就是水果盤嘛，很正常；軟榻珠帳，原為大戶人家常有，紗衾暖枕，更是必備之物。但是看在寶玉眼裏，欲睡未睡似夢非夢之間，心思卻已經飛出去，聯想到了什麼武則天的鏡室，趙飛燕的舞蹈，西施的被子，紅娘的枕頭……總之所有的物事都有了不同的含意，帶了挑逗的意味。

這就是典型的春夢了。

也就是說，還在寶玉睡著之前，因為一路跟著他這位歡顏笑語的侄兒媳婦找房間，潛意識裏已經有了很多思慕繾綣之情了，所以進到對方臥室後，早已情愫暗生，纏綿動盪起來。只不過他還是個孩子，所以一切都是朦朦朧朧含含糊糊的，只是潛意識的天馬行空罷了。

然而他一睡著，潛意識就活動起來，那匹情欲的馬兒真正騰空了。夢是現實情感的延續和誇張，所以他的夢魂仍然跟著秦氏在走，去到了一個綠樹青溪的逍遙所在，並且在夢中領略了閨中之樂。

書中寫他被警幻帶去繡閣之中，有一女子在內，「其鮮妍嫵媚，有似寶釵；其嫋娜風流，則又如黛玉。」

這又是一處標準的潛意識：因為整個賈府之內，寶玉心中最在意的兩個女子，乃是寶釵、黛玉。日夜每思親近，卻終有隔閡。如今在夢裏卻沒了那些拘束，可以盡情想像，便把兩人想成了一個人，難解難分。

後來他在現實生活裏要看寶釵戴的紅麝串子，看見人家露出雪白一段酥臂，不覺動了羨慕之心，暗想：「這個膀子要長在林妹妹身上，或者還得摸一摸，偏生長在他身上。」這時候已是明意識了，但也是本能地把釵、黛兩個混為一談。

若將這段描寫與他的春夢結合來看，便不難理解可卿為何表字「兼美」，合釵、黛二人之形象了。

要注意的是，寶玉在夢中所見的可卿與秦氏是兩個人，因為他在最初入夢之時，還恍惚見到秦氏在前引路的；但隨喜了薄命司，聽完了《紅樓夢》十二支曲後，他進入閨房，看見裏面坐的女子卻並不認識，是警幻說這是自己的妹妹可卿。

而「可卿」又恰是秦氏的小名，且府中無人知道的，連寶玉也並不知道——如此奇奇怪怪之文，越發讓人雲裏霧裏，真假難辨。

這種種幻筆，正是《紅樓夢》的離奇之處。或許是為了點明秦氏在仙境中的地位，就如黛玉是株絳珠草一樣，而可卿則是警幻的妹子，來到紅塵中，正是為了布散相思，所以才「擅風情，稟月貌」，做了情孽（秦業）的女兒，情種（秦鐘）的姐姐。

所以說，寶玉在可卿房裏的一場春夢，重點寫的是他性意識的初醒，而不是要暗示他跟秦氏有什麼不軌之舉。因為書中明寫著，秦氏喚寶玉時原說：「嬤嬤姐姐們，請寶叔隨我這裏來。」跟在身後的有奶娘丫鬟一大堆人，即便到了她的閨房，眾奶姆伏侍寶玉臥好後散去，身邊也還是留下襲人、媚人、晴雯、麝月四個大丫環作伴；而可卿反而並不在屋裏，出來廊簷下，吩咐小丫頭好生看著貓兒狗兒，叫別打架吵了寶叔休息。

如此條理清晰，佈局分明，偏有人不信，非說寶玉不僅在夢裏見到了可卿，現實裏也與秦氏發生了不倫之戀。大家試想，連襲人給寶玉穿衣裳，不小心摸到腿根精濕的一片，當著人也不敢多問，還是晚上回房後才細細算賬，偷試一回的。那秦氏卻又是什麼時間與寶玉翻雲覆雨？

須知寧榮二府雖在一條街上，出入卻要坐車，寶玉來寧國府是客，動靜不小，隨從不少，尤氏也須親自接待的，卻教他如何與可卿有染？所以此種猜測，實屬無稽。

更有甚者，因了秦氏房中的種種佈置，便認定是爲了暗示其出身高貴，珍藏奢華，所以用的都是宮裏的東西。這就更可笑了。所謂「安祿山擲過傷了太真乳的木瓜」，高貴在哪裏？唐朝的木瓜留到今天，那得成啥樣兒了？

更何況還有什麼西子浣過的紗，紅娘抱過的枕，那是什麼樣的紗？又是什麼樣的枕？西施浣紗時不過是個村姑，那紗又有何貴之有？紅娘更是小說裏的人物，誰見過她抱的枕是個什麼樣的枕頭？

至於說上面的人物除了紅娘外，都是宮裏的人，那是因爲傳奇裏的古代美女大多是皇后妃子，更何況寶玉每天讀的書看的戲儘是這些香豔玩意兒，也不可能讓他聯想個烈女出來呀。而含章殿公主臥榻梅花落額處正是秦淮舊跡，亦略抒作者思鄉懷抱耳。

甲戌本明明白白在此處批示：「設譬調侃耳，若真以爲然，則又被作者瞞過。」所以種種形容，不過是一種修辭手法，極力描寫「香豔」二字，爲寶玉入夢做鋪墊罷了。

有趣的是，寶玉入夢前，先聞到可卿房中「有一股細細的甜香襲人而來」，又看見牆上對聯寫的是：「嫩寒鎖夢因春冷　芳氣襲人是酒香。」

這裏接連兩個「襲人」，一虛一實，著實乍眼。而後來寶玉醒了，與之共赴巫山、偷試雲雨的，正是襲人。

夢裏的可卿兼有釵、黛之美，而現實裏的襲人既是寶釵的影子，又偏偏與黛玉同辰。所以說，與襲人偷試雲雨之文，仍是這個春夢的延續。既然已經有了襲人這個「兼美」，又何必非要補一秦氏呢？

但作者這樣寫，到底深意爲何呢？

或許是爲了暗示夢中是一個人，現實卻是另一個吧。寶玉在夢裏與之纏綿的人是可卿，但是生活中不能實現，惟有寄望於襲人。

同樣的，他心中真正愛的人是林黛玉，然而現實中娶的，卻是薛寶釵，「縱然是齊眉舉案，到底意難平」。

這真真照應了他初入幻境時聽的那首歌：「春夢隨雲散，飛花逐水流。寄言眾兒女，何須覓閒愁？」

請續看西讀紅樓夢之《金陵十二釵》（下）

西讀紅樓夢之金陵十二釵 (上)

作者：西嶺雪
出版者：風雲時代出版股份有限公司
出版所：風雲時代出版股份有限公司
地址：105台北市民生東路五段178號7樓之3
風雲書網：http://www.eastbooks.com.tw
官方部落格：http://eastbooks.pixnet.net/blog
信箱：h7560949@ms15.hinet.net
郵撥帳號：12043291
服務專線：(02)27560949
傳真專線：(02)27653799
執行主編：劉宇青
美術編輯：許惠芳

版權授權：劉愷怡
法律顧問：永然法律事務所　李永然律師
　　　　　北辰著作權事務所　蕭雄淋律師

初版日期：2013年8月
ISBN：978-986-146-686-6

總經銷：成信文化事業股份有限公司
地　址：新北市新店區中正路四維巷二弄2號4樓
電　話：(02)2219-2080

行政院新聞局局版台業字第3595號 營利事業統一編號22759935

定價：380元

國家圖書館出版品預行編目資料

西讀紅樓夢之金陵十二釵／西嶺雪著；
臺北市：風雲時代，2013.04　面；公分

ISBN 978-986-146-686-6（上冊：平裝）
1. 紅學　2.研究考訂
857.49　　102004588